Die Behandlung Drogenabhängiger

HERAUSGEBER
JÜRGEN VOM SCHEIDT

NYMPHENBURGER

Druck: Graphische Werkstätten Kösel, Kempten
ISBN 3-485-01830-9
Printed in Germany

Inhalt

Einleitung

Allmählich klärt sich die Bedeutung dessen, was seit den sechziger Jahren als »Drogenproblem« durch die Massenmedien und die wissenschaftlichen Publikationen irrlichtert. Wenn auch noch längst nicht alle sozialen, psychischen, ja nicht einmal die medizinischen und pharmakologischen Aspekte[1]* der diversen Drogen und Drogenabhängigkeiten völlig geklärt sind, so läßt sich doch in etwa folgendes sagen: Wie Epidemien im somatischen Bereich, etwa die alljährlichen »Grippe-Wellen«, scheinen auch »Drogen-Wellen«[2] eine Art natürlicher Grenze zu finden, sobald alle anfälligen Individuen erfaßt worden sind. Diese Schlußphase scheint zumindest bei den Hauptdrogen Haschisch/Marihuana, LSD und den Opiaten erreicht zu sein. Amerikanische Quellen[3] sprechen bereits optimistisch von »Licht am Ende des Tunnels« und spielen damit auf einen deutlichen Rückgang der Zahl der Heroin-Toten in den USA und anderer Begleiterscheinungen des bislang grassierenden Rauschgift-Abusus an.

Andererseits deutet wirklich nichts darauf hin, daß das Drogenproblem in absehbarer Zeit seine Virulenz völlig verlieren könnte. Dafür spricht nicht nur der »harte Kern« von immerhin rund 40 000 Drogenabhängigen in der Bundesrepublik (darunter 10 000 Fixer), mit dem die Bundesregierung Mitte 1973 rechnete[4] und dessen Mitglieder eine ständige Ansteckungsgefahr für andere labile Jugendliche sind und als potentielle Drogenlieferanten gelten können. Noch viel mehr wird diese Annahme unterstützt durch die unaufhaltsame Zunahme des süchtigen Verhaltens unter Menschen aller Altersgruppen, vor allem aber unter den ganz jungen[5]. Studien aus den USA und aus Kanada weisen darauf hin, daß der Mißbrauch von Beruhigungstabletten (Tranquilizer), überhaupt von

* Anmerkungen und Literaturhinweise jeweils am Ende der Beiträge.

Tabletten aller Art, durch die Eltern der Haupt-Schrittmacher des Drogen- (und Tabletten-)Mißbrauchs der Teenager ist.

Gleichermaßen ist das Ansteigen der prominentesten Suchtformen, nämlich Alkoholismus und Nikotin-Mißbrauch, ein deutlicher Hinweis darauf, daß die Neigung weiterhin um sich greift, psychopharmakologische »Krücken« zur (vermeintlichen) Bewältigung psychosozialer Konflikte einzusetzen.

Den Grund für diese Zunahme süchtigen und suchtnahen Verhaltens sehen viele Forscher inzwischen in einer ebenfalls zunehmenden Verbreitung depressiver Persönlichkeitsstrukturen, hinter denen wiederum massive orale Frustrationen, vor allem infolge »Mutterentbehrung«[6] (mit den entsprechenden, weitgehend unbewußt wirksamen Aggressionen) vermutet werden können. An anderer Stelle[7] wurden diese intrapsychischen Zusammenhänge ausführlich untersucht.

Es ist nicht nur ein Gebot der Humanität, daß man den Opfern der Rauschdrogen hilft und eine intensive Prophylaxe betreibt – es ist dies auch eine höchst überzeugende volkswirtschaftliche Forderung. Die – bislang nur schätzbaren – Kosten für die Behandlung Süchtiger erreichen astronomische Summen: Der Berliner Senator für Gesundheit und Umweltschutz rechnete 1972, daß die Selbstkosten des Aufenthalts in einem psychiatrisch-pädagogischen Rehabilitationszentrum für drogenabhängige Kinder und Jugendliche pro Patient und Tag rund DM 100 betragen.[8]

Andere Stellen kalkulieren, daß jeder Drogensüchtige die Gemeinschaft im Laufe seines Lebens etwa eine Million Mark kosten wird; legt man die offizielle Schätzzahl von 40 000 Probanden zugrunde, so kommt man für die Bundesrepublik auf die stolze Summe von 40 Milliarden Mark. (Solange man nur die bereits heute Abhängigen berücksichtigt und Alkoholiker, Tablettensüchtige etc. außer acht läßt!) Laut »Welt« ergibt sich aus einer Hochrechnung, die Prof. Franke von der Zentrale für gesundheitliche Aufklärung erstellte, daß die BRD in den nächsten Jahrzehnten für »süchtige Frührentner« etwa 250 Milliarden Mark wird aufbringen müssen.[9] Damit verglichen nehmen sich die vier Millionen Mark, die 1972 bei uns in der Drogenhilfe ausgegeben wurden, mehr als bescheiden aus.[10]

Resignation – oder »Warten auf das Wunder«?

Diesem deprimierenden ökonomischen wie volksgesundheitlichen Aspekt läßt sich bislang nur ein kaum merklicher Fortschritt auf wissenschaftlich-theoretischem und praktisch-therapeutischem Gebiet entgegenhalten. Eines der Motive für die Herausgabe dieses Buches war nicht zuletzt, durch eine Vorstellung der wichtigsten derzeit gängigen Therapie-Modelle und Denkansätze zum Drogenmißbrauch und seiner Behandlung einige Anregungen in Richtung einer intensiveren Forschung auf diesem Gebiet zu geben. Da es ja niemandem etwas nützt, wenn sich angesichts horrender Süchtigenzahlen und wahrhaft gigantischer Therapiekosten »therapeutischer Pessimismus« oder gar »therapeutische Resignation« ausbreitet, auf ein »Wunder« in Form eines unerwarteten Rückgangs der Suchtmentalität aber wahrscheinlich umsonst gewartet wird, ist die wohl einzig realistische Einstellung tatsächlich die, zu sichten, was an Behandlungsmöglichkeiten existiert und in welcher Richtung man eventuell weiterarbeiten könnte, um diese Möglichkeiten zu verbessern.

Obwohl die Arbeit des Chicagoer Psychoanalytikers Heinz Kohut zunächst sehr theoretisch und wenig relevant für das Drogenproblem zu sein scheint, wurde sie den anderen Beiträgen vorangestellt: die geschilderten Beobachtungen und Überlegungen zur psychoanalytischen Behandlung narzißtischer Persönlichkeitsstörungen stellen nämlich eine bedeutsame Fortentwicklung der klassischen Psychoanalyse dar. Wie schon an anderen Stellen [11] ausgeführt, läßt sich ja mit der an Neurosen durchaus bewährten Therapieform, wie sie Freud begründete, bei Süchtigen nur unter großen Schwierigkeiten oder gar nicht arbeiten. Es handelt sich bei diesem Patientenkreis um Menschen mit (um im Rahmen des psychoanalytischen Denkmodells zu bleiben) sehr tiefreichenden Störungen aus den frühesten Lebensjahren. Kohut hat mit der abgedruckten Arbeit wie auch in seinen danach veröffentlichten Überlegungen zur »narzißtischen Wut« [12] und in seinem Buch »Narzißmus« [13] das Freudsche Modell bedeutsam erweitert und dadurch auch das Verständnis der psychischen Struktur und unbewußten Dynamik der Drogenkonsumenten sehr verbessert.[14/15]

Der psychoanalytisch wenig vorinformierte Leser sollte sich durch die stellenweise nicht leicht verständlichen Ausführungen Kohuts nicht verunsichern oder gar abschrecken lassen; diese Schwierigkeiten beim Verständnis rühren daher, daß es sich bei den beschriebenen psychischen Zuständen und Prozessen um bisher kaum bekannte und erforschte (nichtsdestoweniger aber sehr reale) Gegebenheiten handelt. Wer sich mit den Hintergründen des Drogenproblems, vor allem aber mit den Behandlungsmöglichkeiten befaßt, wird in Zukunft um die Kenntnis der Kohutschen Gedankengänge und Erfahrungen kaum herumkommen, denn zumindest die – im klassischen Sinne nicht süchtigen – Halluzinogenkonsumenten gehören fast alle in die Kategorie der »narzißtischen Persönlichkeitsstörungen« (während man die Fixer und die anderen schwer Süchtigen wahrscheinlich den *Borderline*-Fällen[15] zurechnen muß).

Nicht nur für das Verständnis des Drogenkonsumenten und seiner unbewußten Dynamik ist Kohuts Arbeit von Nutzen, sondern auch für das Selbstverständnis dessen, der in einer Drogenberatungsstelle oder anderweitig mit Drogenabhängigen zu tun hat. Der Umgang mit solchen Probanden bringt, wie jeder bald feststellt, seine eigenen Schwierigkeiten und vor allem Frustrationen mit sich. Der Herausgeber hat ausgesprochen erleichtert gelesen, was Kohut über seine eigenen Anfangsschwierigkeiten bei der Behandlung narzißtisch Gestörter mitteilt, und er nimmt an, daß auch andere ähnlichen Trost (das ist wohl das passende Wort) erfahren können:

»... ich weiß, daß die Hindernisse, die meinem Verstehen entgegenstanden, nicht nur auf dem Gebiet der Erkenntnis lagen, und ich kann ... versichern, daß es spezifische Hindernisse in meiner eigenen Persönlichkeit waren, die mir im Wege standen. Da war ein Rest von Beharren, erwachsen aus tiefverwurzelten alten Fixierungspunkten, mich selbst im narzißtischen Mittelpunkt der Bühne sehen zu wollen, und obwohl ich natürlich lange Zeit mit den entsprechenden Selbsttäuschungen der Kindheit gekämpft hatte und glaubte, im Ganzen gesehen die Herrschaft über sie erlangt zu haben, war ich doch den extremen Anforderungen nicht gewachsen, die sich aus der begrifflich nicht gestützten Konfrontation mit dem grandiosen Selbst ... ergaben.« (S. 44)

Da es sich bei dem modernen Typ des Drogenkonsumenten vor allem um Jugendliche und Heranwachsende handelt, kommt den Untersuchungen von Peter Choras und Alan A. Stone über die Anfangsphase der psychotherapeutischen Behandlung bei dieser Patientengruppe ebenfalls große Bedeutung zu. Der Jugendliche wird, vor allem unter dem Triebdruck der Pubertät und infolge der »Identitäts-Krise« (Erikson), mit anderen Erwartungen und Voraussetzungen in eine Therapie gehen als der Erwachsene, nicht zuletzt weil der Leidensdruck andere Formen hat oder gar – wie bei vielen Haschischrauchern – nicht vorhanden zu sein scheint.[16]

Die folgenden zehn Arbeiten weisen alle einen direkteren Bezug zur Drogenproblematik auf. Clara Tordas Gedanken zur möglichen Abkürzung der Behandlung von Drogenabhängigen sind nicht allein deshalb wichtig, weil die üblichen Therapieformen zeitlich, finanziell und personell so aufwendig sind, sondern auch weil gerade junge Leute einerseits ungeduldiger sind, andererseits aber oft erstaunlich rasch und nachhaltig auf eine *ihnen gemäße* Beratung oder entsprechend abgewandelte Therapie ansprechen.

Wolfgang Schmidbauer hat erstmalig, zumindest für den deutschen Sprachraum, die grundlegenden Untersuchungen zur Verhaltensforschung und Verhaltenstherapie Drogenabhängiger zusammengetragen und, was sehr notwendig ist, kritisch gesichtet; gleichzeitig gibt er eine Einführung in die Grundlagen der Methode. Da man vor allem in den überall entstehenden Drogenberatungsstellen dazu neigt, sich die schwierige Arbeit mit verhaltenstherapeutischen Ansätzen zu strukturieren, kommt Schmidbauers Referat – gerade im Vergleich mit den psychodynamischen Beiträgen dieses Bandes – ein besonderer Stellenwert zu.

Die polemische Studie von Henry L. Lennard, Leon J. Epstein und Mitchell S. Rosenthal über die in den USA so beliebten Methadon-Programme dürfte für die Befürworter dieser Behandlungsform interessant sein, die auch in der Bundesrepublik häufiger werden. Die Schlußfolgerungen der drei amerikanischen Forscher sind eher bestürzend als ermutigend: für sie ist die Verwendung des (ebenfalls süchtig machenden) Methadon bzw. Polamidon ein deutliches Eingeständnis allzufrüh einsetzender Resignation und nicht zuletzt auch einer völlig falschen, wenngleich sehr bequemen Fehleinschätzung der wahren Ursachen des Heroin- wie jedes anderen Drogenmißbrauchs.

Demgegenüber zeigt der Versuch von Menachim Amitai, Hans H. Dickhaut und Peter Hasenknopf, das Entzugs-Syndrom bei

Fixern mittels Apomorphin zu behandeln, daß pharmakologische Mittel durchaus sinnvoll eingesetzt werden können und nicht nur – wie es bei Methadon so fatal den Anschein hat – »der Teufel mit dem Beelzebub ausgetrieben« wird.

Der zweite Beitrag von Wolfgang Schmidbauer untersucht kritisch die Selbsthilfe-Versuche Drogenabhängiger, wie sie vor allem unter den Bezeichnungen »Synanon« und »Release« bei uns bekannt geworden sind. Er zieht Parallelen zu den »Anonymen Alkoholikern« und schätzt derartige Einrichtungen als im Grunde einzige Hoffnung für hochgradig Süchtige ein, dem Teufelskreis der Abhängigkeit mit Hilfe von ehemaligen, nun geheilten Süchtigen und einer stabilen, mit der speziellen Fixer-Problematik vertrauten Gruppe zu entrinnen.[17]

Die »Nachhall-Psychose«, auch »Flashback« genannt, ist eines der merkwürdigsten und beängstigendsten Phänomene des Halluzinogenmißbrauchs. Damit erleben vor allem LSD-Konsumenten nicht selten böse Überraschungen. Helmut Waldmann und Heinz Ewald Hasse haben eine ganze Reihe solcher Fälle an der Bonner Nervenklinik untersucht und ziehen daraus wichtige Schlüsse für die therapeutische Praxis.

Jürgen Götte beschreibt die Sucht, in psychoanalytischer Terminologie, als unbewußte Abwehr seelischer Konflikte. Anhand einer Fallstudie macht er diese Dynamik der Drogenabhängigkeit und die großen Schwierigkeiten ihrer Behandlung einsichtig.

Die beiden nächsten Arbeiten behandeln den Einfluß von Drogen (LSD bzw. Amphetamin) nicht so zentral; gerade deshalb sind sie jedoch geeignet zur Verdeutlichung des Einflusses auch eines peripheren Gebrauchs solcher Substanzen auf das Seelenleben. Ob Gilbert J. Rose einen Fall von narzißtischer Identitätsstörung mit LSD-Psychose beschreibt oder Leon E. A. Berman die Rolle von Amphetamin in einem Fall von Hysterie untersucht – beide Male wird klar, wie tiefreichend und anhaltend psychopharmakologische Effekte den Konsumenten beeinflussen und in seiner Entwicklung beeinträchtigen. Angesichts der eher zunehmenden Bereitschaft breiter Bevölkerungskreise, diese oder andere Mittel anzuwenden (ohne daß man sie sogleich als süchtig oder abhängig bezeichnen würde), müssen die Beobachtungen von Rose und Berman sehr nachdenklich stimmen.

Klaus Leas Selbsterfahrungs-Bericht »Über Tun und Lassen« zeigt die Problematik einmal von der »anderen« Seite. Er liest sich nicht so glatt wie die oft zurechtredigierten Erlebnisse bekehrter »Sünder«, sondern bezieht gerade durch seine Diktion den Leser in jenen komplizierten und ungemein anstrengenden Prozeß ein, den eine echte Auseinandersetzung mit Drogenerfahrungen verlangt. Wie er es sieht, sind Drogen »eine Jahrtausende alte Verstrickung. Es bedarf einer konstanten Wachsamkeit, diese Verstrickung zu erkennen, damit man in Gefahr dagegen anzugehen weiß.« Der Text ist fast schon poetisch komprimiert und dennoch realitätsbezogen – eben auf die Realität des Drogenkonsumenten. Er soll »etwas von den Bewußtseinsabläufen andeuten, die auf mannigfache Art in Gang kommen, wenn man aus einer Abhängigkeit wieder herausmöchte«.

Wer vielleicht meint, daß diese Arbeit eines sogenannten wissenschaftlichen Laien nichts in einem von Fachleuten verfaßten Buch zu suchen habe, der sei darauf hingewiesen, daß wahrer Fachmann sicher auch der ist, der Drogenerfahrungen selbst durchgemacht hat – und damit fertiggeworden ist. Leas Beitrag zeigt zudem deutlich, daß Therapie im Grunde immer nur Selbsttherapie sein kann. Man läßt sich durch den Aufwand, der gerade bei der Drogenabhängigkeit für die Behandlung notwendig ist, leicht über diese Tatsache hinwegtäuschen.

Schließlich weist dieser letzte Beitrag noch unübersehbar auf die Unhaltbarkeit einer Annahme hin, der gerade die Konsumenten der sogenannten *soft drugs* (vor allem Haschisch) noch immer anhängen: man könne ja jederzeit wieder mit dem Konsum aufhören, wenn man es nur nicht übertreibe. In Wirklichkeit kann man zwar vielleicht die Droge absetzen – aber aus mannigfachen Gründen wirkt der Aufruhr, den die Räusche im bewußten wie im unbewußten Seelenleben angefacht haben, oft noch jahrelang weiter. Eines der eklatantesten Beispiele hierfür ist Sigmund Freuds Buch »Die Traumdeutung« [18]: Noch im Jahr 1899 beschäftigte sich sein Unbewußtes, in Form einer Traumserie, mit jenen Kokaineuphorien, die er mehr als zehn Jahre vorher erlebt hatte.[19]

Freuds Beispiel ist freilich insofern untypisch, als er einer der ganz wenigen ist, die es jemals geschafft haben, Drogenerfahrungen schöpferisch zu gestalten. Hunderttausende, die weniger kreativ und vor allem auch weniger ich-stark sind, haben dieses Glück nicht. Sie scheitern an ihrer Droge, mehr oder minder kläglich.

München, Januar 1974 *Jürgen vom Scheidt*

Anmerkungen

[1] Näheres zu den verschiedenen Aspekten der Rauschdrogen findet sich in: Schmidbauer, W. und Scheidt, J. vom: *Handbuch der Rauschdrogen.* München 4. Aufl. 1972.

[2] Die »Drogen-Welle« unserer Tage ist keineswegs die erste und vermutlich auch nicht die letzte. Man kann in den vergangenen hundert Jahren wenigstens vier weitere solcher »Epidemien« verzeichnen:
Im Gefolge des Sezessionskrieges (1861–1865) betrieben vier bis fünf Prozent der US-Bevölkerung Opiummißbrauch (zehnmal so viel wie heutzutage heroinsüchtig sind).
Während der »Gründerzeit« in den siebziger Jahren des vergangenen Jahrhunderts kam es in Europa in weiten Kreisen der Arbeiterschaft zum »Elendsalkoholismus«.
In den »Roaring Twenties« des Nachkriegseuropa kam es zu massenhaftem Kokainismus, vor allem in der Unterwelt, bei der Bohème und bei Jugendlichen.
In Japan grassierte nach dem Zweiten Weltkrieg der Pervitinmißbrauch, ebenfalls vor allem unter den jüngeren Jahrgängen.

[3] *Medical World News 1973*, zit. n. *Der Spiegel* Nr. 23, 1973.

[4] Zit. n. *Süddeutsche Zeitung* vom 7. Juni 1973.

[5] Ein erschütterndes Beispiel hierfür ist die steigende Zahl von Trinkern, die bereits im Kindesalter, mit zehn oder elf Jahren, dem Alkoholismus verfallen. Morris Chafetz, Leiter des nationalen Instituts zur Bekämpfung von Alkoholmißbrauch, rechnet in den USA mit 450 000 Trunksüchtigen im Kindes- und Jugendalter (zit. n. *Süddeutsche Zeitung* vom 30. Juni 1973). Daß auch in der BRD ab und an schon haschende und sogar fixende Kinder unter vierzehn Jahren beobachtet wurden, ist unter Fachleuten kein Geheimnis.

[6] Schmalohr, E.: *Frühe Mutterentbehrung bei Mensch und Tier*, München 1968.

[7] Scheidt, J. vom: *Innenwelt-Verschmutzung*. München 1973.

[8] Senator f. Gesundheit u. Umweltschutz (Hrsg.): *Bericht über die derzeitige Situation des Rauschmittelmißbrauchs in Berlin.* Berlin 1972. S. 13.

[9] Zit. n. *Welt* vom 28. Juni 1972 (»Kein Zurück aus eigener Kraft« von Leo Nitschmann).

[10] Zit. n. *Selecta* vom 30. April 1973. S. 1810.

[11] Scheidt, J. vom (Hrsg.): *Drogenabhängigkeit,* München 1972 (Einleitung sowie die Beiträge von A. Limentani, H. und Y. Lowenfeld, P. C. Kuiper, H. Rosenfeld) sowie: Schmidbauer, W. und Scheidt, J. vom: *Handbuch der Rauschdrogen.* München 4. Aufl. 1972 (Rahmenartikel II).

[12] Kohut, H.: »Überlegungen zum Narzißmus und zur narzißtischen Wut«. In: *Psyche.* 27. 1973. S. 513–554.

[13] Ders., *Narzißmus. Eine Theorie der psychoanalytischen Behandlung narzißtischer Persönlichkeitsstörungen.* Frankfurt a. M. 1973.

[14] Ders., »Introspektion, Empathie und Psychoanalyse«. In: *Psyche.* 25. 1971. S. 831–855 (speziell S. 848).

[15] Siehe hierzu auch die Ausführungen über die sogenannten »Grenzstörungen«: Kernberg, O.: »Borderline personality organization«. In: *Journal of the American Psychoanalytic Association.* 15. 1967. S. 641–685.

[16] Siehe hierzu auch Newman, C.: »The making of a Hippie«. In: *American Journal of Psychotherapy.* 23. 1969. S. 463–472.

[17] In die anderen Möglichkeiten, speziell Fixer zu behandeln, geben – sehr skeptisch – folgende drei Arbeiten einen Einblick:
Mayer, J.: »Treatment of drug addiction: Past myths and present problems«. In: *British Journal of Addiction.* 67. 1972. S. 137–142.
Chapple, P. A. L./Somekh, D. E./Taylor, M. E.: »A Fiveyear follow-up of 108 cases of opiate addiction«. In: a. a. O. S. 33–38.
Stephens, R. und Cottrell, E.: »A follow-up study of 200 narcotic addicts committed for treatment under the Narcotic Addict Rehabilitation Act (NARA)«. In: a. a. O. S. 45–53.

[18] Freud, S.: *Die Traumdeutung* (1900), Frankfurt a. M. 4. Aufl. 1968.

[19] Scheidt, J. vom: »Sigmund Freud und das Kokain«, in: *Psyche.* 27. 1973. S. 385–430. In erweiterter Form als Taschenbuch in der Reihe »Geist und Psyche«: *Freud und das Kokain.* München 1973.

HEINZ KOHUT

Die psychoanalytische Behandlung narzißtischer Persönlichkeitsstörungen*

Einleitende Betrachtungen

Die hier vorgelegte Klassifizierung der übertragungsartigen Strukturen, die während der Analyse narzißtischer Persönlichkeiten mobilisiert werden, beruht auf früheren Formulierungen [1], von denen im folgenden nur eine kurze Zusammenfassung gegeben werden kann. Es wurde gesagt, daß das ursprünglich narzißtische Gleichgewicht des Kindes, die Vollkommenheit seines primären Narzißmus, durch die unvermeidlichen Mängel mütterlicher Fürsorge gestört wird, daß das Kind aber versucht, dieses ursprüngliche Erlebnis der Vollkommenheit zu bewahren, indem es sie einerseits einer grandiosen und exhibitionistischen Imago des Selbst, dem *grandiosen Selbst* [2], und andererseits einem bewunderten Du: dem *idealisierten Elternbild* zuweist. Die zentralen Mechanismen, von denen diese beiden grundlegenden narzißtischen Strukturen Gebrauch ma-

* Diese Arbeit stellt die Hauptgedanken einer längeren Studie über gewisse Aspekte der Analyse narzißtischer Persönlichkeiten dar. Abgesehen von geringfügigen Änderungen wurde sie in der vorliegenden Form als die »Third Freud Anniversary Lecture« der Psychoanalytic Association of New York am 20. Mai 1968 vorgetragen. Eine erheblich kürzere Vorschau auf das gleiche Thema wurde beim Second Pan-American Congress in Buenos Aires am 2. August 1966 gegeben.
Viele Gebiete, die in der vorliegenden Arbeit nur gestreift werden konnten, werden in einer nachfolgenden, größeren Untersuchung über denselben Gegenstand eingehend behandelt (H. Kohut: *Narzißmus*. Frankfurt a. M. 1973). Einige wichtige Aspekte des Problems mußten im Rahmen der hier gezogenen Grenzen ausgelassen werden. Bemerkungen über die Unvollständigkeit der Ausführungen oder regelrechte Auslassungen in der vorliegenden Arbeit beziehen sich im allgemeinen auf Themen (einschließlich der Bezugnahmen auf die Arbeiten anderer Autoren), die in der längeren Untersuchung behandelt werden.

chen, um einen Teil des ursprünglichen Erlebnisses zu bewahren, sind freilich gegensätzlich; dennoch bestehen sie von Anfang an gleichzeitig, und ihre individuellen und weitgehend unabhängigen Entwicklungslinien können getrennt erforscht werden. An dieser Stelle kann nur darauf hingewiesen werden, daß unter optimalen Entwicklungsbedingungen Exhibitionismus und Großartigkeit des archaischen grandiosen Selbst nach und nach gezähmt werden und die ganze Struktur schließlich in die erwachsene Persönlichkeit integriert wird; sie liefert die Triebenergie für unsere ichgerechten Ambitionen und Vorsätze, für die Freude an unserem Handeln und für wichtige Aspekte unserer Selbstachtung. Unter ähnlich günstigen Umständen wird auch das idealisierte Elternbild in die erwachsene Persönlichkeit integriert. Introjiziert als unser idealisiertes Überich, wird es zu einer bedeutenden Komponente unserer psychischen Organisation, indem es uns seine Ideale als Lenker und Führer vor Augen stellt. Erleidet das Kind jedoch schwere narzißtische Traumen, dann verschmilzt das grandiose Selbst nicht mit dem relevanten Ichgehalt, sondern bleibt in seiner unveränderten Form erhalten und verlangt nach der Erfüllung seiner archaischen Strebungen. Wenn das Kind nun traumatische Enttäuschungen an dem bewunderten Erwachsenen erleidet, bleibt auch das idealisierte Elternbild in seiner unveränderten Form bestehen; es wird nicht in spannungsregelnde psychische Struktur umgewandelt, sondern bleibt ein archaisches Übergangsobjekt, das für die Erhaltung der narzißtischen Homöostase benötigt wird.

Schwere Regressionen, mögen sie spontan oder während der Behandlung auftreten, können zur Aktivierung instabiler, präpsychologischer Fragmente des Seele-Körper-Selbst und seiner Funktionen führen, die zum Stadium des *Autoerotismus* gehören.[3] Die pathognomonisch spezifischen, übertragungsartigen und therapeutisch nutzbringenden Umstände jedoch, auf die ich mein Augenmerk richte, beruhen auf der Aktivierung psychologisch differenzierter, festgeformter Gestaltungen, die zu starken psychischen Verschmelzungen mit der *narzißtisch* wahrgenommenen Vorstellung des Analytikers führen. Die relative Stabilität dieser narzißtischen Übertragungs-Amalgamierung ist aber die Voraussetzung für die Durchführung der analytischen Aufgabe in den pathogenen narzißtischen Bereichen der Persönlichkeit.

Die narzißtischen Übertragungen

Ich werde nun die beiden narzißtischen Übertragungsformen untersuchen, die in Übereinstimmung mit den zuvor genannten Begriffsbildungen abgegrenzt werden sollen: die therapeutische Aktivierung des idealisierten Elternbildes, für die die Bezeichnung *idealisierende Übertragung* verwendet werden soll, und die Aktivierung des grandiosen Selbst, die ich *Spiegelübertragung* nenne.

Therapeutische Aktivierung des idealisierten Elternbildes: die idealisierende Übertragung

Die idealisierende Übertragung ist die therapeutische Wiederbelebung jenes frühen Zustandes, in dem die Psyche einen Teil des verlorengegangenen Erlebnisses der kompletten narzißtischen Vollkommenheit dadurch rettet, daß sie ihn einem archaischen (Übergangs-)Objekt, dem idealisierten Elternbild, zuweist. Da alle Seligkeit und Macht nun in diesem idealisierten Objekt wohnen, fühlt sich das Kind wertlos und schwach, wenn es von ihm getrennt wird, und es versucht daher, eine ständige Verbindung mit ihm aufrechtzuerhalten.

Jede Idealisierung, sei sie auf eine verschwommen wahrgenommene archaische Mutterbrust gerichtet oder auf die klar erkannte, ödipale Vorstellung von Vater oder Mutter, gehört genetisch und dynamisch in einen narzißtischen Zusammenhang. Die idealisierenden Besetzungen werden aber trotz der Bewahrung ihres narzißtischen Charakters zunehmend neutralisiert und zielgehemmt. Vor allem in den am weitesten fortgeschrittenen Stadien ihrer frühen Entwicklung üben die Idealisierungen, die nun mit starken libidinösen und aggressiven Objektbesetzungen koexistieren, ihren stärksten und wichtigsten Einfluß auf die phasengerechten Internalisierungsprozesse aus. Am Ende der ödipalen Periode bestimmt zum Beispiel die Internalisierung der objektbesetzten Aspekte des Elternbildes den Inhalt (etwa die Befehle und Verbote) und die Funktionen (z. B. Lob, Schelte, Bestrafung) des Überichs, die Internalisierung der narzißtischen Aspekte hingegen den speziellen Nimbus dieser Inhalte und Funktionen. Gerade die narzißtisch-triebmäßige Komponente ihrer Besetzungen ist daher für die Aura absoluter

Vollkommenheit der Werte und Maßstäbe des Überichs und für die Allwissenheit und Macht der ganzen Struktur verantwortlich. Dieser Zweig des Narzißmus jedoch, der unter die Bezeichnung ›idealisiertes Elternbild‹ subsumiert wird, bleibt während seiner ganzen frühen Entwicklung verletzbar, d. h. vom Stadium des im Entstehen begriffenen archaischen idealisierten Objekts (das dann noch mit dem Selbst fast verschmolzen ist) bis zum Zeitpunkt der massiven Reinternalisierung des idealisierten Aspekts der psychischen Vorstellung (Imago) vom ödipalen Elternteil (der bereits als vom Selbst getrennt fest etabliert ist). Die Zeitspanne größter Verletzbarkeit endet, sobald ein idealisiertes Kern-Überich gebildet worden ist, da die Fähigkeit zur Idealisierung seiner zentralen Werte und Maßstäbe, die das Kind auf diese Art erwirbt, einen dauernden, wohltuenden Einfluß auf die psychische Ökonomie in den narzißtischen Sektoren der Persönlichkeit ausübt.

Der Beginn der Latenzzeit kann aber noch als zur ödipalen Phase gehörig betrachtet werden. Sie ist die letzte von mehreren Perioden größter Gefahr in der frühen Kindheit, während der die Psyche für Traumatisierungen besonders anfällig ist, weil nach einem schnellen Vorwärtsschießen der Entwicklung ein neues Gleichgewicht der psychischen Kräfte nur unsicher hergestellt werden kann. Wenn wir dieses *Prinzip der Verletzbarkeit neuer Strukturen* auf das Überich zu Beginn der Latenzzeit und insbesondere auf die neu errichtete Idealisierung seiner Werte und Maßstäbe sowie seiner belohnenden und bestrafenden Funktionen anwenden, wird uns die klinische Erfahrung nicht überraschen, daß eine tiefe Enttäuschung über das idealisierte ödipale Objekt gerade zu Beginn der Latenz die dann noch unsichere Idealisierung des Überichs umstoßen, das Bild des idealisierten Objekts neu besetzen und so dazu führen kann, daß das Kind erneut darauf besteht, ein äußeres Objekt der Vollkommenheit zu finden.

Unter optimalen Bedingungen erlebt das Kind die Enttäuschung am idealisierten Objekt nicht plötzlich, sondern nach und nach; oder – anders ausgedrückt – die Bewertung des idealisierten Objekts durch das Kind wird zunehmend realistischer, was zum Abzug der narzißtischen, idealisierenden Besetzungen vom Objektbild führt sowie zu ihrer allmählichen (oder auch massiven, aber dennoch phasengerechten) Internalisierung, d. h. zum Erwerb bleibender psychologischer Strukturen, die innerpsychisch die Funktionen übernehmen, die vorher vom idealisierten Objekt erfüllt wurden. Wenn aber die Beziehung des Kindes zum idealisierten Objekt traumatisch gestört wird, d. h. wenn es eine (intensive und plötzliche oder nicht phasengerechte) Enttäuschung erleidet, dann erwirbt das Kind die erforderliche innere Struktur nicht, sondern seine Psyche bleibt an ein archaisches Objektbild fixiert, und seine Persönlichkeit wird später und sein ganzes Leben hindurch in einer offenbar intensiven Form von Objekthunger von gewissen Objekten abhängig bleiben. Die Intensität der Suche nach solchen Objekten und die Abhängigkeit von ihnen erklärt sich aus der Tatsache, daß in ihnen ein Ersatz für fehlende Segmente der psychischen Struktur gesucht wird. Sie werden nicht um ihrer Eigenschaften willen geliebt, und ihre Aktionen werden nur undeutlich wahrgenommen; sie werden vielmehr benötigt, um die Funktionen eines Segments des seelischen Apparats zu übernehmen, das sich in der Kindheit nicht ausbilden konnte.

Die strukturellen Mängel, die aus frühen Störungen in der Beziehung zum idealisierten Objekt erwachsen, können im Rahmen dieses Essays nicht erörtert werden. Die folgende klinische Darstellung wird sich statt dessen auf die Wirkung späterer traumatischer Enttäuschungen konzentrieren, die bis zum Beginn der frühen Latenzzeit, ja noch in diese hineinreichend, auftreten.

Herr A., ein großer asthenischer Mann, etwa Ende der 20, war Chemiker in einer pharmazeutischen Firma. Obwohl er in die Analyse mit der Klage kam, daß er sich von Männern sexuell erregt fühlte, wurde bald klar, daß seine Beschäftigung mit homosexuellen Phantasien nur eins von mehreren Anzeichen eines tieferliegenden, umfassenden Persönlichkeitsdefekts war. Wichtiger waren Perioden depressiver Verstimmung, die von einem Absinken seiner Arbeitsfähigkeit begleitet waren, und – als auslösendes Moment der eben genannten Störung – eine spezifische Verletzbarkeit seiner Selbstachtung, die sich in einer Empfindlichkeit gegen Kritik oder einfach Mangel an Lob von Leuten ausdrückte, die er als Respektspersonen oder Vorgesetzte ansah. Aus diesem Grunde und obwohl er ein Mann von beträchtlicher Intelligenz war, der seine Aufgaben geschickt und einfallsreich erfüllte, war er ständig auf der Suche nach Anerkennung: er erwartete sie vom Leiter des Forschungslaboratoriums, in dem er beschäftigt war, von einer Anzahl älterer Kollegen und von den Vätern der Mädchen, mit denen er befreundet war. Die Haltung dieser Männer und ihre Meinung über ihn waren ihm ständig peinlich bewußt. Solange er das Gefühl hatte, daß sie ihn anerkannten, empfand er sich selbst als heil, annehmbar und leistungsfähig und war dann tatsächlich in der Lage, gute Arbeit zu leisten, schöpferisch und erfolgreich zu sein. Nahm er hingegen geringfügige Anzeichen von Mißbilligung oder mangelndem Verständnis für seine Person wahr, wurde er depressiv und neigte dazu, zunächst wütend, dann kalt und hochmütig zu werden und sich abzusondern; seine Leistungsfähigkeit verringerte sich.

Die kohäsive Übertragung erlaubte die allmähliche Rekonstruktion eines genetisch überaus wichtigen, sich immer wiederholenden Ablaufs einer typischen Folge bestimmter Erlebnisse. Der Patient hatte sich während seiner Kindheit wiederholt in seiner Vorstellung von der Macht seines Vaters enttäuscht gefühlt, und zwar immer gerade dann, wenn er in ihm (wieder) eine beschützende, starke und tüchtige Gestalt gesehen hatte. Wie es häufig der Fall ist, bezogen sich die ersten Erinnerungen, die der Patient im Laufe der durch die Übertragung bewirkten Aktivierung des entscheidenden psychischen Ablaufs lieferte, auf eine vergleichsweise späte Periode.

Die Familie war in die Vereinigten Staaten gekommen, als der Patient neun Jahre alt war. Seinem Vater, der in Europa ein wohlhabender Mann gewesen war, gelang es nicht, auch in der neuen Umgebung Erfolg zu erringen. Immer wieder vertraute er seinem Sohn seine neuesten Pläne an und erregte so die Phantasie und die Erwartungen des Kindes. Doch jedesmal, wenn unvorhergesehene Ereignisse und seine mangelnde Vertrautheit mit der amerikanischen Umwelt sich verbanden, um seine Pläne zu vereiteln, geriet er in Panik. Obwohl ihm diese Erinnerungen immer bewußt geblieben waren, hatte der Patient die Intensität des Gegensatzes zwischen der Phase, in der er großes Zutrauen zum Vater hatte – der auch viel Vertrauen einzuflößen vermochte, wenn er seine Pläne schmiedete – und der darauffolgenden Enttäuschung vorher nie richtig eingeschätzt.

Am hervorstechendsten unter den bedeutungsvollen Erinnerungen des Patienten an Vorkommnisse während der Aufeinanderfolge von Idealisierung und Enttäuschung waren zwei Ereignisse, die das

Schicksal der Familie entscheidend beeinflußten, als das Kind sechs bzw. acht Jahre alt war. Der Vater war während der frühen Kindheit des Patienten ein kraftvoller und gutaussehender Mann gewesen, der einen kleinen, aber blühenden Betrieb besessen hatte. Viele Anzeichen und Erinnerungen deuteten darauf hin, daß Vater und Sohn sich gefühlsmäßig sehr nahestanden und der Sohn den Vater sehr bewunderte. Als der Patient sechs Jahre alt war, drangen plötzlich deutsche Truppen in das Land ein, und die – jüdische – Familie flüchtete. Der Vater hatte zwar anfangs mit Hilflosigkeit und Panik reagiert, war jedoch später imstande, sein Geschäft, wenn auch sehr verkleinert, neu zu gründen. Aber infolge der deutschen Invasion des Landes, in das sie geflüchtet waren (der Patient war zu jener Zeit acht Jahre alt), verloren sie wiederum alles, und die Familie mußte erneut fliehen.

Die Erinnerungen des Patienten implizieren, daß der zentrale strukturelle Defekt seines psychischen Apparates erst zu Beginn der Latenzzeit aufgetreten war. Es besteht jedoch kein Zweifel, daß frühere, mit seiner pathologischen Mutter verbundene Erlebnisse ihn sensibilisiert hatten und die Schwere des später erworbenen strukturellen Defekts erklärten.

Metapsychologisch ausgedrückt, war sein Defekt die ungenügende Idealisierung des Überichs und die damit einhergehende Wiederbesetzung des idealisierten Elternbildes des späten präödipalen und ödipalen Stadiums. Das symptomatische Ergebnis dieses Defektes war zwar begrenzt, aber tiefgehend. Da der Patient eine traumatische Enttäuschung hinsichtlich der narzißtisch besetzten Aspekte des Vaterbildes erlitten hatte, besaß sein Überich nicht die erforderliche Höhe und war daher unfähig, die Selbstachtung des Patienten zu stärken. Da der Patient aber jene Aspekte des Vaterbildes nicht in gleichem Maße eingebüßt hatte, die die Objektbesetzungen zum Inhalt hatten, war sein Überich (in bezug auf diejenigen Inhalte und Funktionen, die dem Bereich der Objektbesetzung der ödipalen Vaterbeziehung entstammten) relativ intakt. Seine Lebensziele und Wertmaßstäbe waren im Kern tatsächlich die der ihm vom Vater vermittelten kulturellen Tradition; was ihm fehlte, war die Fähigkeit, mehr als ein flüchtiges Gefühl der Befriedigung zu empfinden, wenn er seinen Maßstäben entsprechend lebte oder seine Ziele erreichte. Nur durch bestätigende Anerkennung von seiten bewunderter anderer Menschen war es ihm möglich, gesteigerte Selbstachtung zu empfinden. In der Übertragung erschien er daher unersättlich hinsichtlich zweier Forderungen, die er an den idealisierten Analytiker richtete: daß der Analytiker die Wertvorstellungen, Ziele und Maßstäbe des Patienten teilte (und sie so durch Idealisierung bedeutsam machte), und daß der Analytiker dem Patienten freudig und mit warmherziger Anteilnahme bestätigte, seinen Wertvorstellungen und Maßstäben entsprochen zu haben und einem Ziele nähergekommen zu sein. Brachte der Analytiker sein teilnahmsvolles Verständnis für diese Bedürfnisse nicht in der entsprechenden Weise zum Ausdruck, dann erschienen dem Patienten seine Wertvorstellungen und Ziele seicht und schal, seine Erfolge bedeuteten ihm nichts, und er fühlte sich deprimiert und leer.

Die Entstehung der pathogenen Fixierung auf das idealisierte Elternbild

Wie regelmäßig festgestellt werden kann, wurzelt das ausschlaggebende genetische Trauma in den eigenen narzißtischen Fixierungen der Eltern, und die narzißtischen Bedürfnisse der Eltern tragen entscheidend dazu bei, daß das Kind in das narzißtische Gewebe der Persönlichkeit der Eltern verstrickt bleibt, bis etwa die Mängel der Eltern plötzlich erkannt werden; oder aber die plötzliche verzweifelte Erkenntnis, wie sehr seine eigene gefühlsmäßige Entwicklung im argen liegt, konfrontiert das Kind mit der unlösbaren Aufgabe, die Internalisierung einer chronischen narzißtischen Beziehung auf einen Schlag zu bewältigen. Die Komplexität der pathogenen Wechselwirkungen zwischen Eltern und Kind und die Vielfältigkeit ihrer Formen entziehen sich einer umfassenden Beschreibung. Dennoch werden in einer gut durchgeführten Analyse die entscheidenden Tatsachen oft klar hervortreten.

Herr B. zum Beispiel stellte eine narzißtische Übertragung her, bei der die Gegenwart des Analytikers seine Selbstachtung steigerte und stärkte und damit gleichzeitig seine Ich-Funktionen und -Leistungen verbesserte[4]. Auf jede drohende Unterbrechung dieser wohltuenden Entfaltung der Wirkung narzißtischer Besetzungen reagierte er mit Wut, Abkehr vom narzißtisch besetzten Analytiker und einer Überbesetzung seines grandiosen Selbst, die sich in einem kalten und herrischen Benehmen manifestierte. Aber schließlich (z. B. nachdem die Unterbrechung der Analyse Tatsache geworden war) erreichte er ein verhältnismäßig stabiles Gleichgewicht: er zog sich auf einsame geistige Aktivitäten zurück, die er zwar mit geringerer schöpferischer Phantasie als zuvor betrieb, die ihm aber doch ein Gefühl von Selbstgenügsamkeit verschafften. Mit seinen Worten: Er »ruderte allein in die Mitte des Sees und schaute den Mond an«. Wenn sich jedoch die Möglichkeit einer Wiederherstellung der Beziehung zu dem narzißtisch besetzten Objekt bot, reagierte er mit der gleichen Wut, die er empfunden hatte, wenn – um seine eigene vielsagende Analogie zu benutzen – »der Stecker in seinem Kontakt zur Analytikerin herausgezogen worden war«. Zuerst glaubte ich, daß seine Reaktion nicht spezifisch sei und nur aus der noch nicht zum Ausdruck gekommenen Wut über den Weggang des Analytikers und dem Ärger darüber entstanden sei, ein neugefundenes und beschützendes Gleichgewicht aufgeben zu müssen. Diese Erklärungen waren aber unvollständig, da der Patient tatsächlich durch seine Reaktionen eine wichtige Folge früherer Ereignisse beschrieb.

Die Mutter des Patienten war aufs engste mit ihm verbunden gewesen und hatte ihn ständig überwacht und kontrolliert. Seine genauen Fütterungszeiten zum Beispiel, und in der späteren Kindheit seine Eßzeiten wurden von einem mechanischen Zeitmesser bestimmt, der an die Vorrichtungen erinnert, die Schrebers Vater bei seinen Kindern verwandte[5]. So empfand das Kind, daß es keinen eigenen Willen und Verstand hatte und daß seine Mutter seine geistigen Funktionen weit über die Zeit hinaus übernahm, in der solche mütterlichen Handlungen, wenn sie einfühlsam ausgeführt werden, phasengerecht und notwendig sind. Unter der Einwirkung der angstvollen Erkenntnis der Unangemessenheit dieser Beziehung zog er sich in der späteren Kindheit in sein Zimmer zurück, um seine eigenen Gedanken zu denken, ohne durch die Einmischung der Mutter gestört zu werden. Er hatte gerade begonnen, ein gewisses Vertrauen zu diesem Minimum autonomen Handelns zu gewinnen, als seine Mutter einen Summer installieren ließ. Von da an unterbrach sie seine Bemühungen um die innerliche Trennung von ihr jedesmal, wenn er allein sein wollte. Der Summer rief ihn zwingender (weil die mechanische Vorrichtung ähnlich einer endopsychischen Kommunikation empfunden wurde), als es ihre Stimme oder ein Anklopfen getan hätte. Es war also kein Wunder, daß er mit Wut auf die Rückkehr des Analytikers reagierte, nachdem er »in die Mitte des Sees gerudert war und zum Mond aufgeschaut hatte«.

Der Prozeß des Durcharbeitens und einige andere klinische Probleme bei der idealisierenden Übertragung

Über den Beginn der Analyse braucht nur wenig gesagt zu werden. Obwohl ernste Widerstände bestehen mögen – insbesondere solche, die durch Befürchtungen über die Auslöschung der Individualität infolge des Wunsches nach Verschmelzung mit dem idealisierten Objekt motiviert sind –, wird die pathognomonische Regression sich spontan herstellen, wenn der Analytiker nicht mit voreiligen Übertragungsdeutungen störend eingreift. Die Durcharbeitungsphase der Analyse kann aber erst beginnen, wenn eine feste pathognomonische, idealisierende Übertragung hergestellt ist. Sie wird dadurch in Gang gebracht, daß das libidinöse Gleichgewicht, das der Analysand zu wahren bemüht ist, früher oder später gestört wird. In der ungestörten Übertragung fühlt sich der Patient stark, gut und tüchtig. Aber alles, was ihn des idealisierten Analytikers beraubt, bewirkt eine Störung seiner Selbstachtung: er fühlt sich macht- und wertlos, und wenn sein Ich nicht von Deutungen unterstützt wird, die den Verlust des idealisierten Elternbildes betreffen, kann es geschehen, daß der Patient zu archaischen Vorläufern des idealisierten Elternbildes zurückkehrt oder es ganz aufgibt und noch weiter zu reaktiv mobilisierten, archaischen Stadien des grandiosen Selbst regrediert. Der Rückzug auf archaische Idealisierungen kann sich in der Form vager, unpersönlicher, tranceähnlicher religiöser Empfindungen manifestieren. Die Überbesetzung archaischer Formen des grandiosen Selbst und des (autoerotischen) Körper-Ichs wird dann das Syndrom der Gefühlskälte, der Neigung zu Affektiertheit in Sprache und Benehmen, zu Hypochondrie und Schamgefühlen erzeugen.

Obgleich solche vorübergehenden Verschiebungen der libidinösen Besetzung auf archaische Stadien des idealisierten Elternbildes und des grandiosen Selbst häufige Vorkommnisse bei der Analyse narzißtischer Persönlichkeiten sind, können sie durch scheinbar winzige narzißtische Verletzungen heraufbeschworen werden, deren Entdeckung Einfühlungsgabe und klinischen Scharfsinn des Analytikers ernstlich auf die Probe zu stellen vermag.

Das Wesentliche des Heilungsprozesses in der idealisierenden Übertragung läßt sich aber in einigen wenigen, relativ einfachen Grundzügen zusammenfassen. Ein Durcharbeitungsprozeß wird in Gang gebracht, um die unterdrückten narzißtischen Strebungen, mit denen das archaische Objekt besetzt wird, ins Bewußtsein zu heben. Obwohl auch hier die Ich- und Überich-Widerstände auftreten, mit denen wir von der Analyse der Übertragungsneurosen her vertraut sind, und obwohl es zusätzlich spezifische Ich-Widerstände gibt (motiviert durch die Angst vor der hypomanischen Übererregung), die der Mobilisierung der idealisierenden Besetzungen entgegenstehen, betrifft der Hauptteil des Durcharbeitungsprozesses den Verlust des narzißtisch erlebten Objekts. Wenn die wiederholten Interpretationen der Bedeutung der Trennungen vom Analytiker auf der Stufe der idealisierenden narzißtischen Libido mit richtiger Einfühlung in die Empfindungen des Analysanden (vor allem für das, was als Mangel an Gefühl erscheint, d. h. seine Kälte und Zurückgezogenheit, z. B. als Reaktion auf Trennungen) gegeben werden, dann wird allmählich ein Schwarm bedeutungsvoller Erinnerungen auftauchen, die sich auf die dynamischen Prototypen der gegenwärtigen Übertragungserlebnisse beziehen. Der Patient wird sich einsamer Stunden während seiner Kindheit erinnern, in denen er Gefühle der Vernichtung, der Hypochondrie und der Leblosigkeit zu überwinden versuchte, die infolge einer Trennung vom idealisierten Elternteil auftraten. Und er wird sich erinnern und dankbar verstehen, wie er für das idealisierte Elternbild und seine Funktionen Stellvertreter zu finden versuchte, indem er erotisierte Ersatzobjekte schuf und andererseits das grandiose Selbst heftig überbesetzte. Er wird sich erinnern, wie er sein Gesicht gegen den rauhen Kellerfußboden preßte, die Photographie der Mutter betrachtete, ihre Schubladen durchstöberte und an ihrer Unterwäsche roch, und wie er tollkühne Sportkunststücke vollführte, um die grandiosen Flugphantasien aus der Kindheit zu verwirklichen – all das, um ein Gefühl von Sicherheit zu gewinnen.

Dem entsprechen während der Analyse des Erwachsenen (z. B. am Wochenende) intensive voyeuristische Betätigungen, der plötzliche Drang, etwas zu stehlen oder rücksichtsloses Autofahren bei rasender Geschwindigkeit. Kindheitserinnerungen und vertieftes Verständnis analoger Übertragungserlebnisse vereinigen sich zur Hilfeleistung für das Ich des Patienten, und die ehemals automatischen Reaktionen werden allmählich zielgehemmter.

Das Ich wird zunehmend fähiger, die Abwesenheit des Analytikers wie auch sein gelegentliches Versagen im Verstehen zu ertragen. Der Patient lernt, daß die idealisierende Libido nicht sofort vom idealisierten Bild abgezogen werden muß und daß die schmerzlichen und gefährlichen regressiven Verschiebungen der narzißtischen Besetzungen verhütet werden können. Zugleich mit der wachsenden Fähigkeit, einen Teil der idealisierenden Besetzung trotz der Trennung zu bewahren, kommt es zu einer verstärkten Internalisierung, d. h. die psychische Organisation des Analysanden erwirbt die Kraft, einige der Funktionen auszuüben, die vorher vom idealisierten Objekt geleistet wurden.

Therapeutische Aktivierung des grandiosen Selbst: die Spiegelübertragung

Analog dem idealisierten Objekt in der idealisierenden Übertragung wird in dem übertragungsartigen Zustand, der hier als Spiegelübertragung bezeichnet wird, das grandiose Selbst reaktiviert.

Die Spiegelübertragung stellt die therapeutische Wiederbelebung des Entwicklungsstadiums dar, in dem das Kind versucht, einen Teil des ursprünglichen, allumfassenden Narzißmus festzuhalten, indem es Vollkommenheit und Macht auf ein grandioses Selbst konzentriert und alle Unvollkommenheiten der Außenwelt zuschreibt.

Die Spiegelübertragung findet in drei Formen statt, die sich auf spezifische Entwicklungsstadien des grandiosen Selbst beziehen:

1. in einer archaischen Form, in der das Erlebnis des eigenen Selbst des Analysanden den Analytiker einschließt; sie soll als *Verschmelzung durch Ausdehnung des grandiosen Selbst* bezeichnet werden;

2. in einer weniger archaischen Form, bei der der Patient an-

nimmt, daß der Analytiker wie er selbst sei oder daß der seelische Zustand des Analytikers dem seinen ähnlich ist; sie soll *Alter ego-Übertragung* oder *Zwillingsübertragung* genannt werden;

3. in einer noch weniger archaischen Form, in der der Analytiker als getrennte Person erlebt wird, die für den Patienten aber nur hinsichtlich der Bedürfnisse von Bedeutung ist, die von dessen therapeutisch reaktiviertem, grandiosen Selbst stammen. Hier ist die Bezeichnung *Spiegelübertragung* am treffendsten und wird deshalb wieder verwendet. In diesem engeren Sinne ist sie die Wiederherstellung der Phase, in der der Glanz im Auge der Mutter, der die exhibitionistische Schaustellung des Kindes widerspiegelt und andere Formen mütterlicher Anteilnahme an der narzißtischen Glückseligkeit des Kindes dessen Selbstachtung bestätigen und beginnen, sie durch eine allmählich zunehmende Selektivität in realistische Bahnen zu lenken. Wird jedoch die Entwicklung des grandiosen Selbst traumatisch gestört, dann kann die psychische Struktur von der weiteren integrativen Teilnahme an der Entwicklung der Persönlichkeit abgeschnitten werden. In einer archaischen Form unsicher verdrängt, ist sie einerseits von jedem weiteren äußeren Einfluß abgeschnitten; andererseits aber fährt sie fort, die realistische Anpassung durch wiederholtes Eindringen in das Ich zu stören. In der Spiegelübertragung hingegen kann sie zusammenhängend remobilisiert und ein neuer Weg zu ihrer allmählichen Modifizierung eröffnet werden.

Die zentrale Aktivität im klinischen Prozeß während der Spiegelübertragung besteht darin, infantile exhibitionistische Größenphantasien des Patienten ins Bewußtsein zu heben. In Anbetracht der starken Widerstände, die diesem Prozeß entgegenwirken, und der zu ihrer Überwindung erforderlichen intensiven Anstrengungen mag es für den Analytiker mitunter enttäuschend sein, das scheinbar nichtssagende Hirngespinst zu erblicken, das der Patient zu guter Letzt zu Tage gefördert hat. Allerdings erlaubt manchmal sogar der Gehalt einer solchen ans Licht gebrachten Phantasie ein empathisches Verständnis für die Scham, Hypochondrie und Angst, die der Patient empfindet: Scham deshalb, weil die Aufdeckung mitunter mit der Abfuhr nicht-neutralisierter exhibitionistischer Libido verbunden ist, und Angst, weil die Größenideen den Analysanden isolieren und ihn mit dauerndem Objektverlust bedrohen.

Der Patient C. zum Beispiel erzählte zu einer Zeit, als er einer öffentlichen Ehrung entgegensah, den folgenden Traum: »Es handelte sich darum, einen Nachfolger für mich zu finden. Ich dachte: ›Wie wär's mit Gott?‹« Der Traum war teilweise das Resultat des Versuchs, die Größenideen durch Humor abzuschwächen. Trotzdem erweckte er Erregung und Angst und führte – gegen erneute Widerstände – zur Erinnerung an Kindheitsphantasien, in denen er sich vorgestellt hatte, Gott zu sein. In vielen Fällen jedoch sind die im Kern vorhandenen Größenideen nur angedeutet. Patient D. etwa entsann sich mit heftiger Scham und widerstrebend, daß er sich als Kind vorzustellen pflegte, die Straßenbahnen der Stadt würden von ihm betrieben. Diese Phantasievorstellung erschien harmlos genug, aber die Scham und der Widerstand wurden verständlicher, als der Patient erklärte, daß er die Straßenbahnen mittels einer »Gedankenkontrolle« fahren ließ, die seinem Kopf entströmte, während er einsam über den Wolken thronte.

Wenn auch die Inhalte von Größenphantasien hier nicht weiter erörtert werden können, ist es wichtig, die Rolle der Spiegelübertragung klarzustellen, die ihr Hervortreten ermöglicht. Wie ich schon sagte, werden die stärksten Widerstände des Patienten durch seinen Versuch motiviert, einer Situation zu entfliehen, in der das Gefühl nicht ganz glaubwürdiger Hochstimmung abwechselt mit der Furcht vor dauerndem Objektverlust, Befangenheit und einer schmerzhaften Mischung von Scham, Spannung und Hypochondrie, die auf das entdifferenzierende Eindringen von Größenphantasien und narzißtisch-exhibitionistischer Libido in das Ich zurückzuführen ist. Die Übertragung hingegen wirkt spezifisch als eine Art therapeutischen Prellbocks. In der Spiegelübertragung im engeren Sinne ist der Patient fähig, seine Größenphantasien und seinen Exhibitionismus auf der Basis der Hoffnung zu mobilisieren, daß die einfühlende Anteilnahme und die emotionale Reaktion des Analytikers den narzißtischen Spannungen nicht gestatten werden, eine übermäßig schmerzhafte oder gefährliche Höhe zu erreichen. In der Zwillingsübertragung und der Verschmelzung wird der entsprechende Schutz durch langanhaltenden Einsatz der narzißtischen Besetzungen in ihrer Bindung an den Therapeuten geliefert, der nun zum Träger der infantilen Größenvorstellungen und des Exhibitionismus wird.

Später sollen – insbesondere mit Hilfe des letzten klinischen Beispiels, das in der vorliegenden Arbeit angeführt wird – einige der spezifischen, konkreten klinischen Maßnahmen dargestellt werden, durch die die mobilisierten infantilen, narzißtischen Forderungen allmählich gezähmt und neutralisiert werden. An dieser Stelle soll jedoch die allgemeine Bedeutung der Spiegelübertragung im Hinblick auf die Therapie untersucht werden.

Die rationalen therapeutischen Ziele als solche könnten das verletzliche Ich des narzißtisch fixierten Analysanden nicht dazu bewegen, Abwehr und Agieren aufzugeben und die Bedürfnisse und Ansprüche des archaischen grandiosen Selbst mutig ins Auge zu fassen und sie zu prüfen. Um den schmerzhaften Prozeß in Gang zu bringen und zu erhalten, der schließlich zur Konfrontation der Größenphantasien mit einer realistischen Auffassung vom eigenen Selbst und zu der Erkenntnis führt, daß das Leben nur begrenzte Möglichkeiten der Befriedigung narzißtisch-exhibitionistischer Wünsche bereithält, muß eine Spiegelübertragung erreicht werden. Entwickelt sie sich nicht, so konzentrieren sich die Größenvorstellungen des Patienten weiterhin auf das eigene grandiose Selbst, die Abwehrhaltung des Ich bleibt starr, und die Ich-Erweiterung kann nicht stattfinden.

Die Spiegelübertragung beruht auf der therapeutischen Reaktivierung des grandiosen Selbst. Daß der Analytiker zur Stärkung dieser Struktur herangezogen werden kann, ist ein Beweis für die Tatsache, daß in der Kindheit die Stufe der Bildung eines zusammenhängenden grandiosen Selbst in der Tat erreicht wurde. Die Gegenwart des Analytikers als zuhörendes, wahrnehmendes, quasi Echo und Spiegel darstellendes Wesen stärkt nun die psychischen Kräfte, die den Zusammenhalt des Bildes vom eigenen Selbst wahren, mag es (nach den Maßstäben des Erwachsenen) noch so archaisch und unrealistisch sein. Analog den in therapeutischer Hinsicht wertvollen, Einsicht vermittelnden, kontrollierten, vorübergehenden Pendelschwüngen in Richtung auf die Auflösung des idealisierenden Elternbildes im Falle einer Störung der idealisierenden Übertragung, können wir als Folge einer Störung der Spiegelübertragung gewisse Regressionsprodukte ins Auge fassen, die ebenfalls von größtem Wert für den Fortschritt der Analyse sind. Wir begegnen hier der vorübergehenden Fragmentierung des narzißtisch besetzten, zusammenhängenden (Körper-Seele-) Selbst und einer zeitweiligen Konzentration der narzißtischen Besetzungen auf isolierte Körperteile, isolierte geistige Funktionen und isolierte Handlungen. Diese Bruchstücke und isolierten Funktionen werden dann als von einem zerbröckelnden Selbst in gefährlicher Weise abgespalten erlebt. Wie im Falle der idealisierenden Übertragung nehmen diese zeitweiligen Störungen des Übertragungsgleichgewichts bei der Analyse narzißtischer Persönlichkeiten eine zentrale Position von strategischer Bedeutung ein, die der Stellung des strukturellen Konflikts bei den gewöhnlichen Übertragungsneurosen entspricht; ihre Analyse kann zu den tiefsten Einsichten führen und den haltbarsten Zuwachs an psychischer Struktur zustande bringen.

Der folgende Fall stellt eine besonders lehrreiche Illustration einer solchen vorübergehenden, regressiven Fragmentierung des therapeutisch aktivierten grandiosen Selbst dar.

Herr E. war Student in höheren Semestern, dessen Psychopathologie und Persönlichkeitsstruktur hier nicht weiter erörtert werden sollen. Es sei lediglich gesagt, daß er mit Hilfe verschiedener perverser Mittel Erleichterung von schmerzhaften narzißtischen Spannungszuständen suchte. Seine Unbeständigkeit hinsichtlich seiner Objekte und sexuellen Ziele deutete darauf hin, daß er keiner Quelle der Befriedigung zu vertrauen vermochte. Der folgende kurze Bericht betrifft ein Wochenende während einer frühen Phase der langen Analyse, als der Patient bereits zu erkennen begann, daß Trennungen vom Analytiker [6] sein psychisches Gleichgewicht erschütterten, er aber die spezifische Art der Hilfe, die die Analyse ihm bot, noch nicht verstand. Während früherer Wochenendtrennungen hatte ihn eine vage empfundene, innere Bedrohung zu gefährlichen voyeuristischen Handlungen in öffentlichen Bedürfnisanstalten getrieben, in deren Verlauf er ein Gefühl der Verschmelzung mit dem Mann erlangte, den er beobachtete. Diesmal jedoch war er imstande, durch einen Akt künstlerischer Sublimierung sich nicht nur die erwähnten gröberen Mittel zum Schutz gegen drohende Auflösung des Selbst zu ersparen, sondern auch das Wesen der ihm durch den Analytiker zuteil werdenden Hilfe zu erklären. Während dieses Wochenendes malte der Patient ein Bild des Analytikers. Der Schlüssel zum Verständnis dieser künstlerischen Produktion lag in der Tatsache, daß der Analytiker auf dem Bild weder Augen noch Nase hatte – der Platz dieser Sinnesorgane wurde vom Analysanden eingenommen. Auf der Grundlage dieses und zusätzlichen Materials konnte der Schluß gezogen werden, daß das Wahrgenommenwerden durch den Analytiker dem Patienten bei der Bewahrung seines narzißtisch besetzten Selbstbildes eine entscheidende Unterstützung bedeutete. Der Patient fühlte sich heil, wenn er glaubte, daß er von einem Objekt zustimmend angeschaut würde, das als Ersatz für eine unzureichend entwickelte innerpsychische Funktion diente: der Analytiker lieferte den Ersatz für die mangelnde narzißtische Besetzung des Selbst.

Einige allgemeine therapeutische Betrachtungen über die Spiegelübertragung

Das Verlangen des Analysanden nach Aufmerksamkeit, Bewunderung und einer Vielzahl anderer Arten widerspiegelnder und Widerhall bekundender Reaktionen auf das mobilisierte grandiose Selbst, die die Spiegelübertragung im engeren Sinne dieser Bezeichnung erfüllen, stellt im allgemeinen kein großes Erkenntnisproblem für den Analytiker dar. Manchmal muß er freilich viel subtiles Verständnis aufbringen, um mit des Patienten Verleugnung seiner Wünsche oder der Abkehr von ihnen Schritt zu halten – Abwehrmechanismen, die immer dann mobilisiert zu werden pflegen, wenn der Analytiker nicht sofort auf einen häufig kaum ausgedrückten Wunsch mit einfühlendem Verständnis reagiert. Hier ist es von entscheidender Bedeutung, daß der Analytiker die Phasengerechtheit des grandiosen Selbst versteht und akzeptiert und erfaßt, daß es jetzt und für lange Zeit ein Fehler wäre, dem Patienten gegenüber das Unrealistische seiner Forderungen zu betonen. Wenn der Analytiker dem Patienten zeigt, daß die narzißtischen Bedürfnisse innerhalb des Zusammenhangs der gesamten frühen Phase, die in der Übertragung wiedererweckt wird, angemessen sind, dann wird der Patient allmählich die Triebe und Phantasien des grandiosen Selbst enthüllen, und damit ist der langsame Prozeß eingeleitet, der zur Integration des grandiosen Selbst in die reale Ich-Struktur und zur angepaßten nützlichen Umwandlung seiner Energien führt.

Allerdings ist das einfühlende Verständnis für die Reaktivierung früherer Entwicklungsstadien (die Alter ego- oder Zwillingsübertragung, die Verschmelzung mit dem Analytiker durch die Erweiterung des grandiosen Selbst) nicht leicht zu erreichen. Es ist z. B. für den Analytiker im allgemeinen schwierig, an seiner Einsicht festzuhalten, daß die Dürftigkeit des objektbezogenen Phantasielebens des Patienten in bezug auf gegenwärtige oder vergangene Gestalten und den Analytiker selbst eine archaische narzißtische Beziehung angemessen repräsentiert. Ein häufiges Mißverständnis der Spiegelübertragung im allgemeinen und der therapeutischen Aktivierung der ältesten und primitivsten Stadien des grandiosen Selbst im besonderen besteht darin, sie als Produkt eines weitreichenden Widerstandes gegen die Errichtung einer Übertragung vom Charakter einer Objektbeziehung aufzufassen. Viele Analysen narzißtischer Persönlichkeitsstörungen werden an diesem Punkt entweder auf ein Nebengleis gelenkt (und führen zu einer begrenzten Analyse von untergeordneten Sektoren der Persönlichkeit, in denen gewöhnliche Übertragungen stattfinden, während die Hauptstörung, die narzißtischer Art ist, unberührt bleibt), oder aber sie werden fälschlich und ergebnislos gegen diffuse, unspezifische, chronische Ich-Widerstände des Analysanden gerichtet.

Wenn aber die Errichtung einer Spiegelübertragung nicht verhindert wird, kommt es zur allmählichen Mobilisierung des verdrängten grandiosen Selbst, und eine Anzahl spezifischer pathognomonischer und therapeutisch wertvoller Widerstände wird in Gang gesetzt. Das Hauptziel der Durcharbeitungsprozesse in der idealisierenden Übertragung ist die Internalisierung des idealisierten Objekts, die zur Stärkung der fundamentalen Struktur des Ichs des Patienten und zur Stärkung seiner Ideale führt. Das Hauptziel der Durcharbeitungsprozesse in der Spiegelübertragung ist aber die Umwandlung des grandiosen Selbst, deren Ergebnis eine Festigung des Handlungspotentials des Ichs (infolge des wachsenden Realismus der Ambitionen der Persönlichkeit) sowie eine realistischere Selbstachtung ist.

Eine wichtige Frage bei der Analyse narzißtischer Persönlichkeiten, insbesondere im Bereich des grandiosen Selbst, betrifft den Grad therapeutischer Aktivität, die vom Analytiker aufgewendet werden muß. Bei der Anwendung von Aichhorns Technik (1936) gegenüber jugendlichen Kriminellen[7] z. B. bietet sich der Analytiker dem Patienten aktiv als Ebenbild von dessen grandiosem Selbst an, und zwar in einer Beziehung, die der Zwillings- (oder Alter ego-)Variante der Spiegelübertragung ähnelt (siehe auch A. Freuds aufschlußreiche Zusammenfassung [8]). Die Fähigkeit eines Delinquenten, sich dem Analytiker mit Bewunderung zuzuwenden, zeigt allerdings an, daß ein idealisiertes Elternbild und der tiefe Wunsch nach idealisierender Übertragung (vorbewußt) vorhanden waren, infolge früher Enttäuschungen jedoch verleugnet und verheimlicht wurden. Aichhorns besonderes Verständnis für den Delinquenten führte ihn dazu, sich selbst zunächst als Spiegelbild von dessen grandiosem Selbst anzubieten. Auf diese Weise war er in der Lage, eine verschleierte Mobilisierung der idealisierenden Besetzungen eines Objekts einzuleiten, ohne zunächst den notwendigen Schutz des defensiv geschaffenen grandiosen Selbst und seiner Aktivitäten zu beeinträchtigen. Ist aber einmal ein Band geschlungen, kann der allmähliche Wechsel von der Omnipotenz des grandiosen Selbst zur tiefer ersehnten Omnipotenz eines idealisierten Objekts (und dem nötigen therapeutischen Vertrauen darauf) vor sich gehen.

In der analytischen Behandlung gewöhnlicher Fälle narzißtischer Persönlichkeitsstörungen ist aber eine Ermutigung zur Idealisierung nicht wünschenswert. Sie führt zu einer beharrlichen und zähen Übertragungsbindung, die einen aus massiven Identifikationen mit dem Analytiker bestehenden Deckmantel erzeugt und die allmähliche Veränderung der (nun verborgenen) pathogenen, narzißtischen Strukturen verhindert. Aber eine spontan einsetzende therapeutische Mobilisierung des idealisierten Elternbildes oder des grandiosen Selbst ist in der Tat zu begrüßen und darf nicht gestört werden.

Hinsichtlich der Deutungen, die sich auf narzißtische Übertragungen beziehen, kann der Analytiker in zwei antithetischen Fehlrichtungen irregehen, nämlich wenn er dazu neigt, über den Narzißmus des Patienten zu moralisieren, oder wenn er ihm seine – korrekten – Deutungen in allzu abstrakter Weise vorsetzt.

Die Trias aus Werturteilen, moralisierenden Ermahnungen und therapeutischem Aktivismus, in der der Analytiker die grundsätzliche analytische Haltung aufgibt, um zum Führer und Lehrer des Patienten zu werden, entsteht höchstwahrscheinlich dann, wenn die zu erforschende Psychopathologie metapsychologisch nicht verstanden wird. Unter solchen Umständen kann der Analytiker schwerlich getadelt werden, wenn er dazu neigt, das anscheinend wirkungslose, analytische Werkzeug beiseite zu legen und statt dessen sich selbst dem Patienten als Identifikationsobjekt anzubieten, um therapeutische Veränderungen zu erzielen. Wird aber mangelnder Erfolg in Bereichen in Kauf genommen, die metapsychologisch noch nicht verstanden werden, ohne deswegen analytische Mittel aufzugeben, dann steht der Gewinnung neuer analytischer Einsichten nichts im Wege, und wissenschaftlicher Fortschritt wird möglich.

Wo metapsychologisches Verständnis zwar nicht gänzlich fehlt, aber unvollständig ist, neigen manche Analytiker dazu, ihre Deutungen durch suggestiven Druck zu ergänzen, und das Gewicht der Persönlichkeit des Therapeuten bekommt größere Bedeutung. Es gibt gewisse Analytiker, von denen gesagt wird, daß sie hinsichtlich der Analyse von Borderline-Fällen besonders begabt seien, und Anekdoten über ihre therapeutischen Leistungen machen in Analytikerkreisen die Runde. Aber ebenso wie der Chirurg in der heroischen Ära der Chirurgie ein charismatisch begnadeter Mann war, der Heldentaten voll Mut und Geschick vollbrachte, heute aber zum gut ausgebildeten, gelassenen Fachmann geworden ist, so auch der Analytiker. Mit der Zunahme unseres Wissens über narzißtische Störungen wird ihre Behandlung das Werk von Analytikern, die keinerlei besonderes Charisma ihrer Persönlichkeit aufbieten, sondern die sich auf den Gebrauch von Werkzeugen beschränken, die rationalen Erfolg versprechen, nämlich Deutungen und Rekonstruktionen. Es gibt natürlich Augenblicke, in denen eine energische Äußerung angebracht erscheint, als ein letzter Schritt, um den Patienten zu überzeugen, daß die aus ungemilderten narzißtischen Phantasien gewonnenen Befriedigungen illusorisch sind. Ein geschickter Analytiker der älteren Generation beispielsweise – so berichtet die lokale psychoanalytische Überlieferung – kam zum Ziel, indem er seinem nichtsahnenden Analysanden an einem strategischen Punkt der Analyse schweigend Zepter und Krone überreichte, anstatt ihm eine weitere verbale Deutung vorzuhalten. Im allgemeinen wird jedoch der psychoanalytische Prozeß am meisten gefördert, wenn wir den spontanen synthetischen Ich-Funktionen des Patienten zutrauen, die narzißtischen Konfigurationen in einer Atmosphäre analytisch-empathischen *Sich-angenommen-Fühlens* allmählich zu integrieren, anstatt ihn dazu zu treiben, daß er die ärgerliche Zurückweisung seiner irrealen Wünsche durch den Analytiker nachahmt.

Die zweite Gefahr, daß Deutungen der narzißtischen Übertragung zu abstrakt ausfallen, kann sehr herabgesetzt werden, wenn wir vermeiden, der weitverbreiteten Verwechslung von Objektbeziehungen und Objektliebe zum Opfer zu fallen. Wir müssen im Auge behalten, daß unsere Deutungen der idealisierenden und der Spiegelübertragung trotz der Tatsache, daß das Objekt narzißtisch besetzt ist, eine intensive Objektbeziehung betreffen; daß wir dem Analysanden mit unserer Deutung erklären, wie gerade sein Narzißmus seine Empfindlichkeit gegenüber gewissen Eigenschaften und Handlungen des Objekts, nämlich des Analytikers, erhöht, den er in narzißtischer Weise erlebt.

Wenn die Deutungen des Analytikers nicht Verdammungsurteile sind, wenn er dem Patienten in konkreten Worten Wichtigkeit und Bedeutung seiner – oft ausagierten – Botschaften, seiner scheinbar irrationalen Überempfindlichkeit und des Hin- und Herfließens der Besetzungen der narzißtischen Positionen klarmachen kann, und wenn er insbesondere dem Patienten zu erklären vermag, daß diese archaischen Einstellungen verständlich, anpassungsfördernd und wertvoll sind im Gesamt der Persönlichkeitsbildung, von der sie ein Teil sind – dann wird sich der reife Ich-Anteil nicht von der Grandiosität des archaischen Selbst oder von den Ehrfurcht und Schrecken erregenden Zügen des überschätzten, narzißtisch erlebten Objekts abwenden. Wieder und wieder wird sich das Ich in kleinen, von ihm zu bewältigenden psychischen Arbeitsmengen mit der Enttäuschung darüber auseinandersetzen, daß es die Forderungen des grandiosen Selbst als unrealistisch erkennen muß. Als Reaktion auf diese Erfahrung wird es dann entweder traurig einen Teil der narzißtischen Besetzung von dem archaischen Selbstbildnis abziehen oder mit Hilfe der neuerworbenen Strukturierung die dann freigewordenen narzißtischen Energien neutralisieren bzw. sie in zielgehemmte Vorhaben leiten. Ferner wird sich das Ich in kleinen, von ihm zu bewältigenden psychischen Arbeitsmengen auch mit der Enttäuschung auseinandersetzen, daß das idealisierte

Objekt unerreichbar oder unvollkommen ist. Und als Reaktion auf diese Erfahrung wird es einen Teil der idealisierenden Besetzung vom Objekt abziehen und die entsprechenden inneren Strukturen stärken. Kurzum, wenn das Ich zunächst lernt, das Vorhandensein der mobilisierten narzißtischen Strukturen zu akzeptieren, wird es sie allmählich in seine eigene Sphäre eingliedern, und der Analytiker wird Zeuge der Errichtung von Ich-Dominanz und Ich-Autonomie im narzißtischen Sektor der Persönlichkeit werden.

Reaktionen des Analytikers

Reaktionen des Analytikers während der Mobilisierung des idealisierten Elternbildes des Patienten in der idealisierenden Übertragung

Vor einiger Zeit wurde ich von einem Kollegen wegen des Stillstandes einer Analyse konsultiert, der von Anfang an zu bestehen schien und während der zwei Jahre dauernden Arbeit nicht zu beheben gewesen war. Da es sich bei der betreffenden Patientin um eine oberflächliche, zur Promiskuität neigende Frau handelte, die eine ernste Störung ihrer Fähigkeit, sinnvolle Objektbeziehungen herzustellen, aufwies und eine Anamnese schwerer Kindheitstraumata bot, neigte ich anfangs dazu, mit dem Analytiker darin übereinzustimmen, daß das Ausmaß der narzißtischen Fixierungen die Herstellung jenes Minimums an Übertragung hinderte, ohne das eine Analyse nicht fortschreiten kann. Dennoch bat ich den Analytiker um einen Bericht über die ersten Behandlungsstunden unter besonderer Berücksichtigung derjenigen seiner Handlungen, die die Patientin als Zurückweisung empfunden haben könnte. Zu den frühesten Übertragungsmanifestationen dieser katholischen Patientin gehörten einige Träume, in denen eine leuchtende Priestergestalt aufgetreten war. Wenngleich diese frühen Träume nicht gedeutet worden waren, erinnerte sich der Analytiker – doch mit sichtlichem Widerstreben! – seiner späteren Erklärung, er sei kein Katholik. Er begründete sein Verhalten damit, daß es für die Patientin notwendig gewesen sei, wenigstens ein Minimum der realen Situation zur Kenntnis zu nehmen, da seiner Ansicht nach ihre

Bindung an die Realität eine höchst prekäre war. Diese Erfahrung muß für die Patientin sehr bedeutungsvoll gewesen sein. Wir erkannten später, daß sie als einen anfänglichen, versuchsweisen Übertragungsschritt eine Haltung idealisierender religiöser Devotion wiederhergestellt hatte, wie sie bei ihr zu Beginn der Adoleszenz bestand – eine Haltung, die ihrerseits eine Wiederbelebung von ängstlicher Scheu und Bewunderung war, die sie in der Kindheit empfunden hatte. Diese frühesten Idealisierungen waren, wie wir später schließen konnten, eine Zuflucht vor bizarren Spannungen und Phantasien gewesen, die durch traumatische Stimulierungen und Versagungen von seiten ihrer pathologischen Eltern verursacht wurden. Die unangebrachte Bemerkung des Analytikers nun, daß er kein Katholik sei – d. h. keine idealisierte, gute und gesunde Version der Patientin –, bedeutete für sie eine Zurückweisung und führte zu jenem Stocken der Analyse, das der Analytiker mit Hilfe einer Anzahl von Kontrollstunden über diese Patientin und seine Reaktion auf sie später weitgehend überwinden konnte.

Ich will hier das Hauptaugenmerk weder auf die Übertragung noch auf die Auswirkung des Fehlers des Analytikers auf die Analyse richten, sondern auf die Erhellung eines Gegenübertragungssymptoms. Eine Kombination von Umständen – darunter die Tatsache, daß ich einige ähnliche Vorfälle beobachtet habe – erlaubt es mir, mit einem Gefühl von Sicherheit und Überzeugung die folgende Erklärung vorzulegen: Die analytisch ungerechtfertigte Zurückweisung idealisierender Haltungen eines Patienten beruht gewöhnlich auf der defensiven Abwehr narzißtischer Spannungen, die als beschämend oder peinlich empfunden werden und sogar zu hypochondrischen Grübeleien führen können. Sie entstehen beim Analytiker, wenn auf Grund der Idealisierung durch den Patienten verdrängte Phantasien seines eigenen grandiosen Selbst angeregt werden.

Sind diese Reaktionen des Analytikers nun vorwiegend durch eine augenblickliche Belastung motiviert oder stehen sie in Beziehung zu einer gefährlichen Mobilisierung spezifischer verdrängter, unbewußter Konstellationen?

In einem Brief an Binswanger äußerte sich Freud (1913) über das Problem der Gegenübertragung folgendermaßen: »Was man dem Patienten gibt«, sagte Freud, »soll eben niemals unmittelbarer

Affekt, sondern stets bewußt zugeteilter sein, und dann je nach Notwendigkeit mehr oder weniger. Unter Umständen sehr viel ...«. Und dann stellte Freud die entscheidende Grundregel auf: »Jemandem zu wenig geben, weil man ihn zu sehr liebt, ist ein Unrecht an dem Kranken und ein technischer Fehler.« [9]

Wenn die inzestuösen, objekt-libidinösen Forderungen eines Patienten beim Analytiker eine intensive, unbewußte Reaktion auslösen, wird er möglicherweise den Wünschen dieses Patienten mit überbetonter technischer Kühle begegnen, oder er erkennt sie nicht einmal – auf jeden Fall wird es seinem Ich verwehrt sein, die für die Analyse günstigste Reaktion frei zu wählen. Eine parallele Situation kann bei der Analyse narzißtischer Persönlichkeitsstörungen auftreten, wenn die Remobilisierung des idealisierten Elternbildes den Analysanden veranlaßt, den Analytiker als Verkörperung idealisierter Vollkommenheit anzusehen. Wenn der Analytiker mit seinem eigenen grandiosen Selbst noch nicht ins reine gekommen ist, besteht die Gefahr, daß er auf die Idealisierung mit einer intensiven Stimulierung seiner unbewußten Größenphantasien und einer Intensivierung von Abwehrkräften reagiert, was zur Zurückweisung der idealisierenden Übertragung des Patienten führt. Wenn die Abwehrhaltung des Analytikers chronisch wird, dann wird die Herstellung einer brauchbaren idealisierenden Übertragung beeinträchtigt, und der analytische Prozeß wird blockiert.

Es macht wenig Unterschied, ob die Zurückweisung des Patienten schroff erfolgt – was nur selten vorkommt – oder aus scheinbarem Zartgefühl (wie in dem berichteten Beispiel) – das ist gewöhnlich der Fall. Oder – was am häufigsten geschieht – ob sie hinter an sich korrekten, aber voreilig gegebenen, genetischen oder dynamischen Interpretationen fast völlig verborgen wird, wenn etwa der Analytiker die Aufmerksamkeit des Patienten zu rasch auf idealisierte Gestalten seiner Vergangenheit lenkt oder wenn er auf feindselige Impulse hinweist, die den idealisierenden angeblich zugrunde liegen. Die Zurückweisung braucht nur in einer leichten Überobjektivität der Haltung des Analytikers zum Ausdruck zu kommen oder auch in der Neigung, die narzißtische Idealisierung in humorvoller und freundlicher Weise herabzusetzen. Und schließlich ist es geradezu schädlich, die Vorzüge des Patienten zu einer Zeit hervorzuheben, während der er sich um die idealisierende

Expansion der tief verwurzelten narzißtischen Positionen bemüht und sich im Vergleich zum Therapeuten unbedeutend vorkommt – so sympathisch es auch ist, wenn der Analytiker Achtung vor seinem Patienten hat. Kurzum, während jener Phase der Analyse narzißtischer Persönlichkeiten, in der eine idealisierende Übertragung aufzukeimen beginnt, gibt es nur *eine* richtige analytische Haltung, nämlich: die Bewunderung entgegenzunehmen.

Reaktionen des Analytikers während der therapeutischen Mobilisierung des grandiosen Selbst des Patienten in der Spiegelübertragung

Die Spiegelübertragung tritt in verschiedenen Formen auf, die dem Analytiker ungleichartige emotionale Aufgaben stellen. In der Spiegelübertragung im engeren Sinne reagiert der Patient auf das Auf und Ab der Einfühlung des Analytikers in seine narzißtischen Bedürfnisse und auf die Reaktion des Analytikers auf sie. Die Tatsache der Existenz des Analytikers und seiner Gegenwart wird daher zumindest in diesem Bezugskreise anerkannt. Selbst unter diesen Umständen mögen aber im Analytiker Reaktionen erweckt werden, die die therapeutische Reaktivierung des grandiosen Selbst des Patienten erschweren, da des Analytikers eigene, narzißtische Bedürfnisse ihn gegenüber einer Situation intolerant machen können, in der ihm lediglich die Rolle eines Spiegels für den infantilen Narzißmus des Patienten zugewiesen ist. In den anderen Unterarten der therapeutischen Aktivierung des grandiosen Selbst, d. h. in der Zwillings- oder Alter ego-Übertragung und in der Verschmelzungsübertragung, wird der Analytiker sogar des Minimums an narzißtischer Befriedigung beraubt: der Patient erkennt ihn nicht einmal als von ihm getrenntes Wesen. Während in der Spiegelübertragung im engeren Sinne der Analytiker unfähig werden kann, die narzißtischen Bedürfnisse des Patienten zu verstehen und auf sie zu reagieren, sind die häufigsten Gefahren bei der Zwillingsübertragung und der Verschmelzung seine Langeweile, sein Mangel an emotionaler Anteilnahme am Patienten und die Schwierigkeit, seine Aufmerksamkeit wachzuhalten. Eine theoretische Erörterung solchen Versagens muß hier jedoch unterbleiben. Sie würde einerseits eine Untersuchung der Psychologie der Aufmerksamkeit in

Abwesenheit von Stimulierung durch Objektbesetzungen erfordern, und andererseits müßte man gewisse Aspekte der Verletzlichkeit der Einfühlung von Analytikern studieren, die genetisch mit der Tatsache zusammenhängen, daß eine spezifische empathische Sensibilität, die in einer frühen narzißtischen Beziehung erworben wird, oft entscheidend zur Motivierung des Entschlusses beiträgt, Analytiker zu werden. Anstelle einer theoretischen Diskussion soll der Versuch gemacht werden, den Gegenstand mit Hilfe eines klinischen Beispiels zu beleuchten.

Fräulein F., 25 Jahre alt, entschloß sich zur Analyse aufgrund des vagen Gefühls einer diffusen Unzufriedenheit. Obwohl sie aktiv im Beruf stand und zahlreiche gesellschaftliche Kontakte unterhielt, war sie mit niemand wirklich vertraut und empfand sich als andersartig und isoliert von anderen Menschen. Sie hatte eine Anzahl von Liebesbeziehungen gehabt, eine Heirat aber immer abgelehnt, weil sie wußte, daß solch ein Schritt Selbstbetrug sein würde. Sie war plötzlichen Stimmungsschwankungen unterworfen, die von Ungewißheit über die Realität ihrer Gefühle und Gedanken begleitet waren. Metapsychologisch ausgedrückt, war die Störung auf eine fehlerhafte Integration des grandiosen Selbst zurückzuführen. Diese hatte Schwankungen zwischen Zuständen von ängstlicher Aufregung wegen eines geheimen Gefühls von »Auserwähltsein«, das sie weit über die anderen hinaushob (und zwar immer dann, wenn das Ich nahe daran war, dem überbesetzten grandiosen Selbst das Feld zu räumen), und Zuständen emotionaler Entleerung im Gefolge (wenn das Ich seine ganze Kraft darauf verwandte, sich gegen das Eindringen der unrealistischen grandiosen Substruktur zu verteidigen). Genetisch gesehen hatte die Tatsache, daß die Mutter zu verschiedenen Zeitpunkten während des frühen Lebens des Kindes depressiv gewesen war, die allmähliche Integration der narzißtisch-exhibitionistischen Besetzungen des grandiosen Selbst verhindert. Während entscheidender Zeitspannen ihrer Kindheit hatten die Gegenwart des Mädchens und seine Handlungen bei der Mutter keinerlei Freude und Anerkennung hervorgerufen. Im Gegenteil: immer wenn sie versuchte, über sich selbst zu sprechen, hatte die Mutter unmerklich die Aufmerksamkeit auf ihre eigenen depressiven Vorstellungen gelenkt und damit das Kind jener optimalen mütterlichen Anteilnahme beraubt, die kruden Exhibitionismus und Grandiosität in realistische und anpassungsfördernde Selbstachtung und in Freude an sich selbst verwandelt.

Während ausgedehnter Phasen der Analyse – zu einer Zeit, als ich die Psychopathologie der Patientin noch nicht verstand – kam es in den analytischen Sitzungen häufig zu folgendem Ablauf der Ereignisse. Die Patientin kam in freundlicher Stimmung an, ließ sich bequem nieder und begann, ihre Gedanken und Gefühle mitzuteilen: über aktuelle Themen, über die Übertragung und über Erkenntnisse, die den Zusammenhang zwischen Gegenwart und Vergangenheit und zwischen Übertragungen auf den Analytiker und analogen Strebungen gegenüber anderen betrafen. Kurz gesagt, der erste Teil der Sitzungen erweckte den Eindruck einer gut vorangehenden Selbstanalyse, bei der der Analytiker in der Tat wenig mehr als ein interessierter Beobachter ist, der sich für die nächste Widerstandswelle bereithält. Diese Phase währte nun aber viel länger als die bei anderen Analysen erlebten selbstanalytischen Perioden. Ich bemerkte ferner, daß ich nicht in der Lage war, die Haltung interessierter Aufmerksamkeit zu bewahren, die sich normalerweise ohne Anstrengung und spontan einstellt, wenn man den freien Assoziationen eines Patienten während einer relativ unbeeinträchtigten Selbstanalyse folgt. Endlich, nach einer langen Zeit der Unwissenheit und des Mißverstehens, während der ich geneigt war, mit der Patientin über die Richtigkeit meiner Deutungen zu hadern und das Vorhandensein hartnäckiger, verborgener Widerstände zu argwöhnen, kam ich zu der entscheidenden Erkenntnis, daß die Patientin eine ganz bestimmte Reaktion auf ihre Mitteilungen verlangte, und daß sie jede andere vollkommen ablehnte. Im Gegensatz zu anderen Analysanden, die sich in Perioden echter Selbstanalyse befinden, konnte die Patientin das Schweigen des Analytikers nicht ertragen. Etwa in der Mitte der Sitzungen wurde sie plötzlich wütend auf mich, weil ich schwieg. (Ich möchte hinzufügen, daß sich die archaische Natur ihres Bedürfnisses durch die Plötzlichkeit verriet, mit der es auftrat, entsprechend dem plötzlichen Übergang von Sättigung zu Hunger und von Hunger zu Sättigung bei sehr kleinen Kindern.) Ich erfaßte jedoch allmählich, daß sie sofort ruhig und zufrieden wurde, wenn ich in solchen Momenten einfach zusammenfaßte oder wiederholte, was sie im wesentlichen bereits gesagt hatte (wie etwa: »Sie kämpfen wieder darum, sich aus der Verstrickung in das Mißtrauen Ihrer Mutter gegenüber den Männern zu befreien« oder »Sie haben sich dazu durchgearbeitet, zu verstehen, daß die Phantasien über den englischen Besucher Phantasien über mich reflektieren«). Ging ich aber auch nur einen einzigen Schritt über das hinaus, was die Patientin bereits selbst gesagt oder entdeckt hatte (z. B.: »Die Phantasien über den fremden Besucher reflektieren Phantasien über mich, und außerdem glaube ich, daß sie eine Wiederbelebung der gefährlichen Stimulierung sind, der Sie sich durch die Phantasiegeschichten Ihres Vaters ausgesetzt fühlten«), ärgerte sie sich wieder heftig (sogar ungeachtet der Tatsache, daß das, was ich hinzugefügt hatte, ihr bereits bekannt sein mochte) und beschuldigte mich wütend in erregtem, schrillem Ton, ihr Selbstvertrauen zu untergraben, mit meiner Bemerkung alles zerstört zu haben, was sie aufgebaut hatte, und die Analyse zu ruinieren.

Gewisse Überzeugungen können nur aus erster Hand gewonnen werden, und ich bin daher nicht in der Lage, die Richtigkeit der folgenden Schlußfolgerungen im Detail zu erweisen.

Während dieser Phase der Analyse hatte die Patientin begonnen, ein archaisches, intensiv libidinös besetztes Bild ihres Selbst zu remobilisieren, das bis dahin verdrängt worden war. Zugleich mit der Wiederbelebung dieses grandiosen Selbst, an das sie fixiert geblieben war, erhob sich auch das neuerliche Verlangen nach einem archaischen Objekt, das nicht mehr sein sollte als die Verkörperung einer psychologischen Funktion, die die Psyche der Patientin noch nicht selbst ausführen konnte: einfühlend auf ihren Exhibitionismus zu reagieren und sie durch Anerkennung, Spiegelung und Widerhall mit narzißtischer Nahrung zu versorgen. Die Patientin versuchte so, mit Hilfe meiner bestätigenden, widerspiegelnden Gegenwart, ein überbesetztes, archaisches Selbst in ihre sonstige Persönlichkeit zu integrieren. Der Prozeß begann in diesem Stadium mit der vorsichtigen Wiederherstellung des Empfindens der Realität ihrer Gedanken und Gefühle. Später schritt er allmählich fort in Richtung einer Umwandlung ihrer intensiven exhibitionistischen Bedürfnisse in ein ich-gerechtes Verständnis ihres eigenen Wertes und der Freude an ihren Handlungen.

Da ich mir zu jener Zeit über die Fallstricke solcher Übertragungsbedürfnisse nicht genügend im klaren war, beeinträchtigten viele meiner Interventionen das Ingangkommen der Strukturbildung. Aber ich weiß, daß die Hindernisse, die meinem Verstehen entgegenstanden, nicht nur auf dem Gebiet der Erkenntnis lagen, und ich kann – ohne die Regeln des Anstands zu verletzen und ohne in jene Art unbescheidener Selbstenthüllung zu verfallen, die letztlich mehr verbirgt als sie eingesteht – versichern, daß es spezifische Hindernisse in meiner eigenen Persönlichkeit waren, die mir im Wege standen. Da war ein Rest von Beharren, erwachsen aus tiefverwurzelten alten Fixierungspunkten, mich selbst im narzißtischen Mittelpunkt der Bühne sehen zu wollen, und obwohl ich natürlich lange Zeit mit den entsprechenden Selbsttäuschungen der Kindheit gekämpft hatte und glaubte, im ganzen gesehen die Herrschaft über sie erlangt zu haben, war ich doch den extremen Anforderungen nicht gewachsen, die sich aus der begrifflich nicht gestützten Konfrontation mit dem grandiosen Selbst meiner Patientin ergaben. Deshalb weigerte ich mich, die Möglichkeit in Betracht zu ziehen, daß ich für die Patientin nicht Objekt, nicht ein Amalgam mit den Liebes- und Haßobjekten aus ihrer Kindheit war, sondern – wie ich widerstrebend einsehen mußte – eine unpersönliche Funktion, bedeutungsvoll nur insofern, als sie mit dem Königreich ihrer eigenen, remobilisierten narzißtischen Größe und ihres Exhibitionismus in Beziehung stand. Lange Zeit bestand ich daher darauf, daß die Vorwürfe der Patientin sich auf spezifische Übertragungsphantasien und -wünsche der ödipalen Stufe bezogen – aber ich kam in dieser Richtung nicht voran. Ich glaube, es war schließlich der schrille Ton ihrer Stimme, der die absolute Überzeugung ausdrückte, im Recht zu sein – die Überzeugung eines sehr kleinen Kindes, eine verhaltene, bis dahin nicht ausgesprochene Überzeugung –, der mich auf die richtige Spur brachte. Ich erkannte, daß ich immer, wenn ich mehr (oder weniger) tat, als auf die Berichte der Patientin von ihren eigenen Entdeckungen mit einfacher Zustimmung oder Bestätigung zu reagieren, für sie die depressive Mutter wurde, die die narzißtischen Besetzungen von der kleinen Tochter weg auf sich selbst lenkte oder aber das von ihr geforderte narzißtische Echo nicht bot.

Die oben geschilderte klinische Situation und insbesondere die therapeutischen Reaktionen des Analytikers auf sie bedürfen weiterer Erhellung. Auf den ersten Blick mag es den Anschein haben, als behauptete ich, der Analytiker müsse in solchen Fällen einem Übertragungswunsch des Analysanden nachgeben. Genauer gesagt: Die Patientin hätte nicht den nötigen emotionalen Widerhall oder die nötige Bestätigung von der depressiven Mutter erhalten, und der Analytiker müsse ihr dies nun geben, um eine »corrective emotional experience« zu liefern [10].

Es gibt in der Tat Patienten, für die diese Art des Befriedigtwerdens nicht nur ein vorübergehendes, taktisches Erfordernis während gewisser Stress-Phasen der Analyse darstellt, sondern die niemals die zu jener wachsenden Ich-Herrschaft über den Kindheitswunsch führenden Schritte unternehmen können, die das spezifische Ziel der psychoanalytischen Arbeit ist. Es besteht ferner kein Zweifel, daß gelegentlich die Befriedigung eines wichtigen Kindheitswunsches eine anhaltende, wohltuende Wirkung in bezug auf Symptommilderung und Verhaltensänderung des Patienten haben kann – vor allem, wenn sie in einer Aura von starker Überzeugung und einer therapeutischen Atmosphäre geboten wird, die einen quasi religiösen, magischen Beiklang von Glauben an die Wirkungskraft der Liebe hat.

Der analytische Prozeß in analysierbaren Fällen – wie dem in der vorliegenden klinischen Vignette beschriebenen – entwickelt sich jedoch in anderer Weise. Wenngleich der Analytiker aus taktischen Gründen vielleicht vorübergehend eine Haltung einnehmen muß, die man etwa *ein widerstrebendes Eingehen auf den Kindheitswunsch* nennen könnte, bleibt das wahre analytische Ziel nicht die Erfüllung des Wunsches, sondern seine auf Einsicht beruhende Bemeisterung, die im Rahmen einer (erträglichen) analytischen Abstinenz erreicht wird. Die Erkenntnis der spezifischen Kindheitsforderung war nur der Beginn eines das grandiose Selbst betreffenden Durcharbeitungsprozesses. Ihr folgte die Aufdeckung ganzer Bündel analoger Erinnerungen an das Eintreten der Mutter in eine Phase depressiver Beschäftigung mit sich selbst während späterer Perioden im Leben der Patientin. Schließlich bezog sich eine zentrale Gruppe bitterer Erinnerungen, über die sich eine Serie früherer und späterer geschoben zu haben schien, speziell auf Episoden der Heimkehr vom Kindergarten oder den ersten Schulklassen. Zu dieser Zeit pflegte sie voller Freude und Erwartung nach Hause zu laufen, um ihrer Mutter so schnell wie möglich von den Erfolgen in der Schule zu erzählen. Sie erinnerte sich dann, wie die Mutter die Tür öffnete, aber anstatt daß ihr Gesicht aufgeleuchtet hätte, blieb ihr Ausdruck leer. Ebenso erinnerte sie sich, daß die Mutter zwar zuzuhören und Anteil zu nehmen schien, wenn die Patientin über Schule und Spiel sowie ihre Leistungen und Erfolge während der vorangegangenen Stunden zu erzählen begann, aber unmerklich verschob sich das Thema der Unterhaltung, und die Mutter fing an, über sich selbst, ihr Kopfweh, ihre Müdigkeit oder andere physische Beschwerden zu reden. Hinsichtlich ihrer eigenen Reaktionen konnte sich die Patientin nur erinnern, daß sie sich plötzlich ihrer Energie beraubt und leer gefühlt hatte. Lange Zeit hindurch war sie unfähig, sich zu erinnern, daß sie bei solchen Gelegenheiten Wut über ihre Mutter empfunden hatte. Erst nach einer ausgedehnten Durcharbeitungsperiode konnte sie allmählich Verbindungen herstellen zwischen der Wut, die sie gegen mich empfand, wenn ich ihre Forderungen nicht verstand, und den Gefühlen, die sie als Kind empfunden hatte.

Dieser Phase folgte dann eine langsame, Scham auslösende, ängstliche Aufdeckung ihrer persistierenden infantilen Grandiosität und ihres Exhibitionismus. Die während dieser Zeitspanne erreichte Durcharbeitung führte schließlich zu gesteigerter Ich-Herrschaft über die alte Grandiosität und den Exhibitionismus und damit zu größerem Selbstvertrauen und anderen vorteilhaften Umformungen ihres Narzißmus in diesem Teil ihrer Persönlichkeit.

Abschließende Bemerkungen

Die vorliegende Untersuchung muß in ihrer Gesamtheit als zusammenfassende Vorschau auf eine ausgedehntere Studie angesehen werden. Es soll deswegen keine retrospektive Übersicht über die dargelegten Ergebnisse und Meinungen gegeben werden. Es muß aber betont werden, daß es einige wichtige Aspekte des Themas gibt, die entweder nur kurz angedeutet wurden oder gänzlich unberücksichtigt bleiben mußten.

So war es notwendig, wie eingangs erwähnt, fast alle Bezugnahmen auf Werke anderer Autoren wegzulassen, beispielsweise auf die wichtigen Beiträge von H. Hartmann [11], K. R. Eissler [12], E. Jacobson[13] und A. Reich[14]. Ferner war es nicht möglich, die Betrachtung der vorliegenden Untersuchung mit der Bearbeitung des Themas durch so bedeutende Autoren wie P. Federn[15] einerseits und M. Mahler[16] andererseits zu vergleichen. Und schließlich – immer noch im selben Zusammenhang – war es nicht möglich, die Arbeit von Melanie Klein[17] und ihrer Schule zu diskutieren, die sich oft mit Störungen zu befassen scheint, welche mit den in diesem Essay untersuchten verwandt sind.

Es wurde nicht versucht, das in dieser Studie behandelte Gebiet der Psychopathologie zu definieren und abzugrenzen; die Frage der Angemessenheit des Gebrauchs der Bezeichnung ›Übertragung‹ konnte im gegenwärtigen Zusammenhang nicht aufgegriffen werden; die Erörterung der Rolle der Aggression mußte übergangen werden; die wiederholten traumatischen Zustände, in denen sich der Fokus der Analyse vorübergehend auf die nahezu ausschließliche Betrachtung der Überbürdung der Psyche verschiebt, konnten nicht erhellt werden. Viele andere Schwierigkeiten, therapeutische Grenzen und Fehlschläge wurden nicht behandelt und, was am bedauerlichsten ist, es war nicht möglich, die spezifischen wohltätigen Veränderungen zu beschreiben, die als Resultat der Umformung der narzißtischen Strukturen und ihrer Energien sich ergeben. Alles in allem: es war meine Absicht, mit diesem Beitrag einen Entwurf für das systematische Vorgehen bei der psychoanalytischen Behandlung narzißtischer Persönlichkeiten vorzulegen; eine gründliche Erforschung des Gegenstandes konnte nicht unternommen werden.

Anmerkungen

[1] Kohut, H.: »Forms and transformations of Narcissism«. In: *Journal of the American Psychoanalytic Association.* 14. 1966. S. 243–272. (Deutsch in: *Psyche.* 8. 1966. S. 561–587).

[2] Die tautologische Bezeichnung »narzißtisches Selbst«, die in dem Essay von 1966 (s. Anm. 1) verwendet wurde, ist jetzt durch die Bezeichnung »grandioses Selbst« ersetzt worden.

[3] Vgl. Nagera, H.: »Autoerotism, autoerotic activities, and Ego development«. In: *Psychoanalytic Study of the Child.* 4. New York 1964. S. 240–255.

[4] Die hier geschilderte Episode betrifft einen Patienten, der von einer Kollegin in ständiger Konsultation mit dem Autor behandelt wurde.

[5] Niederland, W. G.: »Schreber: Father and Son«. In: *Psychoanalytic Quarterly*. 28. 1959.

[6] Diese Analyse wurde von einem fortgeschrittenen Ausbildungskandidaten am Chicago Institute for Psychoanalysis unter regelmäßiger Kontrolle durch den Autor durchgeführt.

[7] Aichhorn, A.: »The narcissistic transference of the ›Juvenile Impostor‹« (1936). In: Fleischmann, O./Kramer, P./Ross, H. (Hrsg.): *Delinquency and Child Guidance*. New York 1964. S. 184–191.

[8] Freud, A.: »Obituary: August Aichhorn«. In: *International Journal of Psychoanalysis*. 32. 1951. S. 51–56.

[9] Freud, S.: »Brief an Ludwig Binswanger vom 20. Februar 1913«. In: Binswanger, L.: *Erinnerungen an Sigmund Freud*. Bern 1956.

[10] Alexander, F., French, T. M. et al.: *Psychoanalytic Therapy, Principles and Application*. New York 1946.

[11] Hartmann, H.: »Contribution to the metapsychology of schizophrenia«. In: *Psychoanalytic Study of the Child*. 8. 1953. S. 177–198.

[12] Eissler, K. R.: »Notes upon the emotionality of a schizophrenic patient and its relation to problems of technique«. In: *Psychoanalytic Study of the Child*. 8. 1953. S. 199–251.

[13] Jacobson, E.: *The Self and the Object World*. New York 1964.

[14] Reich, A.: »Pathologic Forms of self-esteem regulation«. In: *Psychoanalytic Study of the Child*. 15. 1960. S. 215–232.

[15] Federn, P.: *Ego Psychology and the Psychoses*. New York 1952.

[16] Mahler, M.: »On child psychosis and schizophrenia«. In: *Psychoanalytic Study of the Child*. 7. 1952. S. 286–305.

[17] Klein, M.: Das Seelenleben des Kleinkindes. Stuttgart 1962 (Anm. d. Hrsg.).

PETER CHORAS UND ALAN A. STONE

Die Anfangsphase der psychotherapeutischen Behandlung von Jugendlichen: ein Modell

In den letzten Jahren konnten wir eine Reihe bedeutender sozialer Umwälzungen beobachten. Eine ihrer bemerkenswertesten Elemente ist das Aufeinanderprallen von Wertvorstellungen über die Generationenkluft hinweg. Wer mit Jugendlichen psychotherapeutisch gearbeitet hat, kennt diese Kluft seit langem.[1] In der Praxis begegnet sie einem als besonders harter Widerstand gegen den Aufbau einer soliden therapeutischen Beziehung, als Mißtrauen gegen die »Heuchelei« der Erwachsenen, als Kontaktscheu, verbunden mit offener Auflehnung und dem gesunden Verlangen nach Selbständigkeit.

Der jugendliche Patient kann das Generationenproblem natürlich als Vorwand benutzen, um tiefere Konflikte zu verschleiern oder um seiner eigenen Auflehnung und Isolation mehr Nachdruck zu verleihen. Abgesehen von den Auswirkungen im persönlichen Bereich, konstituiert diese soziale Antriebskraft ein neues und wichtiges Element in der therapeutischen Auseinandersetzung. Für den Psychotherapeuten, der sich dieser Gegebenheit konfrontiert sieht, wird es noch schwieriger, den Jugendlichen zur gemeinsamen Arbeit und Anstrengung zu bewegen. Neutralität des Therapeuten ist bei der Behandlung von Jugendlichen von jeher problematisch gewesen, besonders im Anfangsstadium der Behandlung, aber nun wird ihr Sinn durch eine ganze Reihe von feststehenden Erwartungen noch stärker in Frage gestellt.

Dieser Artikel will versuchen, einige der speziellen Ansatzpunkte zu beschreiben, die man in der Vergangenheit für den Beginn der psychotherapeutischen Behandlung von Jugendlichen empfohlen hat. Er will ferner versuchen, einen Abriß unseres eigenen pragmatischen Vorgehens zu geben, das intuitiv und spontan entstand, jedoch einige der speziellen Ansatzpunkte berücksichtigt, die von anderen entwickelt worden sind. Um unsere Methode in einen Zusammenhang zu stellen, haben wir zudem in knapper Form ein theoretisches Grundprinzip ausgearbeitet, das von psychodynamischen Entwicklungstheorien abgeleitet wurde.

Übersicht über Behandlungsmethoden

Die erste und größte Schwierigkeit mit den meisten der »bindungslosen«, »entfremdeten« oder »aufsässigen« Jugendlichen besteht natürlich darin, den Patienten zur Behandlung zu überreden, seinen Widerstand zu überwinden und ihn allmählich aufzutauen, bis er (oder sie) schließlich aktiv an der Behandlung teilnimmt. Um dies zu erreichen, gibt es eine Vielzahl von Techniken, die man in der einschlägigen Literatur finden kann; Techniken, die zum Teil allerdings erstaunlich widersprüchlich sind. An drei Hauptrichtungen sollen diese Divergenzen erläutert werden.

Eine dieser gängigen Auffassungen vertritt Masterson in seinen Schriften.[2] Ihr Charakteristikum ist der Einsatz der Deutung zur Überwindung des Anfangswiderstandes. Masterson ist der Ansicht, daß der Therapeut in den ersten Sitzungen besonders aufmerksam die Abwehrmanöver beobachten müßte. Er sollte dann zu einem möglichst frühen Zeitpunkt versuchen, diese anfänglichen Abwehrmechanismen in Begriffen des alltäglichen Sprachgebrauchs offen zu deuten. Diese Taktik hat das Ziel, den Patienten von der Kompetenz des Therapeuten zu überzeugen, sowie dessen aufmerksame Fürsorge zu demonstrieren.

Eine ähnliche, aber gründlichere Methode haben einige in der Behandlung von Jugendlichen erfahrene Therapeuten vorgeschlagen und angewandt. Sie empfehlen in einer frühen – wenn nicht in der ersten – Sitzung die möglichst eingehende und direkte Deutung eines unbewußten Triebs oder eines unbewußten Konflikts, um dem Jugendlichen die Möglichkeiten und die Stärke der Psychotherapie und ihre Bedeutung für seine Person deutlich zu machen.[3] Bei Melanie Klein[4] findet sich das radikalste Beispiel für diese Tendenz. Sie rät, in der Behandlung von Jugendlichen jede »symbolische« Handlung von Anfang an und direkt zu deuten. Sie hält dieses Vorgehen für notwendig, um den Anfangswiderstand zu überwinden.

Obwohl diese Auffassungen in ihrem theoretischen Beiwerk voneinander abweichen und für Jugendliche ganz allgemein entwickelt worden sind, scheinen sie wenigstens einen Aspekt von Aichhorns[5] alter Formel für kriminelle Jugendliche zu berücksichtigen: »Der Therapeut erweckt die Illusion von Allwissenheit, die eine positive Übertragung steigert, indem er die geheimen Gedanken des Kriminellen ausspricht, die er aus einzelnen Verhaltensweisen des Patienten erschließt.«

Fraiberg[6] vertritt eine völlig andere Meinung als die meisten ihrer Kollegen. Ihre Methode könnte man als »Hilfestellungstaktik« zur Überwindung des Anfangswiderstandes bezeichnen. Sie ist der Ansicht, daß sich in der Pubertät »das Ich verhält, als befände es sich in Gefahr, vernichtet zu werden. Es reagiert äußerst abwehrend, zieht sich in sich selbst zurück, um sich vor der Verschmelzung mit der objektiven Welt zu bewahren. Aus diesem Grunde fürchtet der Jugendliche den allmächtigen Therapeuten. Er fürchtet sich, durchschaut zu werden.«

Fraiberg leugnet damit den Wert des allmächtigen Therapeuten; statt dessen versucht sie, dem Jugendlichen in der neuen, fremden Situation der therapeutischen Behandlung Orientierungshilfen zu bieten. Sie stellt fest: »Wir verbinden uns mit den Kräften innerhalb des Ichs, die nach Harmonie und Gleichgewicht verlangen, und wir geben dem Ich das Versprechen, daß die Behandlung seine Selbständigkeit wiederherstellen und dem Patienten helfen wird, sich selbst zu beherrschen.«[6–8]

Eine dritte Methode ist kürzlich von Lourie und Werkman[9] summarisch abgehandelt worden. Die beiden betonen, daß bei Jugendlichen die Hauptaufgabe des Therapeuten »wohl nicht in der intensiven Psychotherapie läge, sondern darin, das Leben seines Patienten mit Unterstützung vieler Helfer zu lenken und zu organisieren«.

Sie glauben, daß es wegen der immer fluktuierenden Form der Übertragung und der schwierig zu erreichenden Beteiligung des Jugendlichen an der Behandlung notwendig wäre, eine ganze Reihe von Helfern heranzuziehen, wie zum Beispiel »andere Ärzte, Lehrer, Tutoren, Leiter von Gruppentherapie und Psychodrama, Freizeit- und Sportlehrer«. Damit funktionieren sie den Psychotherapeuten um zu einem Berater, der die Oberaufsicht über eine ganze

Reihe von Hilfskräften führt. Sie betonen, daß Störungen im Verlauf der Behandlung von Jugendlichen – versäumte Termine, Wutanfälle und so fort – die Regel sind. Sie haben ferner das Gefühl, selbst sehr bewußte Jugendliche hätten die Neigung, vieles in der Therapie zu verschweigen und Tatsachen zu verdrehen, wie sie auch große Schwierigkeiten hätten, folgerichtig und genau ihren Lebenslauf zu berichten. Lourie und Werkman behandeln die instinktiven Triebe mit Vorsicht, und sie warnen vor allem vor der Gefahr, sich vom Jugendlichen verführen zu lassen oder ihn durch eine offene Diskussion sexueller Wünsche zu verführen, die der Patient entweder als Zugeständnis oder Ermutigung völlig unangemessener Vorstellungen auffassen könnte. Lourie und Werkman sind der Meinung, daß viele der heftigen Übertragungsreaktionen nicht aufgearbeitet werden können und raten deshalb dem Therapeuten, sich mit dieser Tatsache abzufinden und sich andere Hauptziele zu suchen. Daher ist für sie die psychotherapeutische Behandlung von Jugendlichen ein immer wieder befristeter Eingriff, ein Behandlungsprozeß mit beschränkten Zielen. Sie verlangen, »daß man in wohlüberlegten zeitlichen Abständen auf den Jugendlichen einwirkt, um die Entwicklungsprozesse und die wachsenden Abwehrkräfte gegen Frustration, die Fähigkeit, sich der Angst direkt zu stellen und die Erlangung einer wirklichen Befriedigung zu gewährleisten«.

Somit könnte man die drei Hauptkategorien der Annäherungstaktik bezeichnen als Interpretation, Hilfestellung und Beratung.

Kurt R. Eissler [10] hat die Anfangstaktiken von verschiedenen Methoden überprüft. Eissler geht davon aus, daß aufgrund der differierenden psychischen Struktur der Jugendlichen die jeweilige Taktik des Behandlungsanfangs variieren sollte, und deshalb ist es ihm möglich, eine ziemlich große Anzahl von Methoden zu akzeptieren. Er argumentiert, daß angesichts des veränderlichen Krankheitsbilds, das typisch sei für die Zeit des Heranwachsens, eine möglichst vielseitige, jeweils auf den einzelnen Patienten abgestimmte Methode angewandt werden sollte.

Obwohl wir mit dem Tenor dieser Auffassung übereinstimmen, zweifeln wir aufgrund unserer eigenen Erfahrung ernsthaft an der Fähigkeit vieler Therapeuten, im Ansatz der Behandlung flexibel und gleichzeitig präsent genug zu sein. Zudem sind wir der Ansicht, daß der heikle Punkt in der Anfangsphase der Behandlung in der Entwicklung einer neuen Objektbeziehung liegt. Dieser Faktor ist deshalb besonders kritisch, da er einerseits von der Wirkung der therapeutischen Begegnung abhängt, aber andererseits auch gleichzeitig wegen der Veränderlichkeit ihrer Objektbeziehungen [11] ein Hauptproblem aller Jugendlichen ist.

In diesem Zusammenhang muß betont werden, daß – wie aus den bereits angeführten Beispielen zu ersehen ist – die meisten Autoren darin übereinstimmen, daß zur Errichtung einer therapeutischen Gemeinschaft mit den Jugendlichen einige ganz besondere Richtlinien zu beachten sind, und fast alle von ihnen sind bereit, ihre Bemühungen diesem Ziel anzupassen.[1]

Es ist darüber hinaus bemerkenswert, daß erfahrene Therapeuten eine Überzeugung vertreten, die man nur selten schwarz auf weiß zu sehen bekommt: daß nämlich der erfolgreich mit Jugendlichen arbeitende Therapeut oft gewisse persönliche Eigenschaften mitbringt, die es ihm ermöglichen, die Generationskluft zu überbrücken oder mit einer speziellen Gruppe von Jugendlichen zu arbeiten.[1]

Noshpitz [12] hat sich mit einigen besonderen Anfangsproblemen der Therapie beschäftigt und eine Methode entwickelt, die sich auf das »symptomatische Verhalten« des Patienten konzentriert. In seiner Funktion als Vorstand der Psychotherapeuten hob er besonders die unterschiedlichen Wertvorstellungen von Patient und Therapeut hervor. Er empfahl den Verbandsangehörigen, weder Verhaltensweisen zu interpretieren, noch es auf einen Aufeinanderprall verschiedener Wertvorstellungen ankommen zu lassen, sondern im Gegenteil auf kameradschaftliche Weise für die Interessen des Patienten einzutreten. Wie bei vielen neuen Methoden, schoß auch Noshpitz unglücklicherweise in manchem Punkt über das Ziel hinaus, was ein Grund dafür sein mag, daß er nur begrenzte Anerkennung fand. So empfahl er seinen Therapeuten: »Sie müssen sich die Aggression ihres Patienten oder ihrer Patientin gegen die Gesellschaft zu eigen machen. Sie müssen allmächtig und allwissend sein ... Sie können sich krimineller benehmen als ihr krimineller Patient ...« Und all dies nennt er einen »psychopathischen Interaktionsstil«. Dennoch basiert die Auffassung von Noshpitz auf einer brauchbaren Idee: der Erkenntnis nämlich, daß es für den

Therapeuten nicht nur von entscheidender Bedeutung ist, keine moralischen Vorurteile gegen den Patienten zu hegen, sondern auch positiv Anteil an den Dingen zu nehmen, auf die sich zum jeweiligen Zeitpunkt die wesentlichsten Ich-Interessen des Patienten konzentrieren.

Josselyn hat sich über einige dieser besonderen Richtlinien mit bemerkenswerter Offenheit geäußert. Sie meint: »Allzu oft werden bei dieser Altersgruppe die erfolgreichsten Resultate entweder auf unerklärliche Weise durch eine scheinbar unorthodoxe Therapie erreicht oder mit Hilfe von Mitteln, die sich schwerlich mit der Würde des psychotherapeutischen Berufsethos vereinbaren lassen.«

Vor zwanzig Jahren untersuchte Gitelson [1] die besondere Problematik, »mit diesen Patienten Kontakt zu bekommen«. Er meinte, daß alle Anwendungsmethoden, die bis dahin entwickelt worden waren (und wir glauben, daß seine Analyse immer noch zutrifft), »sich auf das Ich oder die Ich-Struktur des Patienten konzentrieren; sie alle setzen stillschweigend voraus, daß sich seine Ich-Struktur von der des Erwachsenen qualitativ unterscheidet; und sie alle versuchen, diesen Unterschied auszugleichen. Im Grunde läuft dies auf die Überzeugung hinaus, daß der Therapeut einen Teil der Verantwortung übernehmen muß . . .« Gitelson betonte die Notwendigkeit, »einen im Prinzip narzißtischen Kontakt aufzunehmen«.

In der von Gitelson betonten Bedeutung von Ich und Ich-Struktur und in der von ihm nachgewiesenen Wichtigkeit des »narzißtischen Kontakts« liegen auch die kritischen Punkte unserer eigenen Annäherungstaktik. Wir haben uns deshalb in den folgenden grundsätzlichen Überlegungen auf die theoretische Erörterung dieser Punkte konzentriert. Wir haben versucht, uns mit Anna Freuds ziemlich allgemein gefaßter These auseinanderzusetzen, daß »es uns bei Jugendlichen bisher noch nicht gelungen ist, herauszukristallisieren, welche spezifischen inneren Zustände oder typischen Gegebenheiten wir in unserer Technik berücksichtigen müssen, um den Patienten wirklich behandeln zu können«.[13] Obwohl Anna Freud dabei die Psychoanalyse im Sinn hatte, sind ihre Überlegungen verwertbar bei einer ganzen Reihe von dynamisch orientierten psychotherapeutischen Methoden zur Behandlung von Jugendlichen.

Zur Theorie

Der Prozeß des Heranwachsens ist unter vielen verschiedenen Aspekten betrachtet worden. Wir meinen aus der Kenntnis der unmittelbaren psychotherapeutischen Praxis heraus, daß die wichtigsten der von Gitelson aufgeworfenen Kernfragen in den Schriften von Edith Jacobson[14] erklärt worden sind. Das nun Folgende ist eine paraphrasierte Wiedergabe und Weiterführung ihres Berichtes.

Der Heranwachsende in unserem Kulturkreis muß sich bewußt aus seiner alten Objektbindung und -abhängigkeit lösen, bevor er sich erfolgreich einer neuen zuwenden kann. Was immer an libidinösen Bindungen bleibt, muß verdrängt, verleugnet oder isoliert werden; deshalb reagiert der Jugendliche in Zeiten, in denen er kein Bezugsobjekt findet, in hohem Maße instinktiv und triebhaft. Die klassische psychoanalytische Theorie nennt diese Situation dann narzißtisch[15], da sich die Libido auf das Ich* richtet. Es tritt – wie Jacobson betont – eine Situation ein, in der es wegen des tiefgreifenden Objektverlustes zu Kummer, Langeweile und häufig auch zu – allerdings nicht krankhaften – Depressionen kommen kann. Der Verlust der ursprünglichen Objektbindungen äußert sich in einer verstärkt auf das Ich gerichteten Libido, während gleichzeitig die Symptome der Hilflosigkeit des Ichs auftreten.[16]

Diese Merkmale führen zusammen genommen häufig zu einer übermäßigen Beschäftigung mit dem Idealich und zur Selbstüberschätzung. Diese Gefahr zur hemmungslosen Selbstbewunderung wird verstärkt durch die in diesem Alter unvermeidlichen Veränderungen des Überichs und durch die Tatsache, daß der Jugendliche oft nicht mehr bei seinen Eltern Trost und Bestätigung erfahren kann: es fehlen ihm die normalen menschlichen Mittel zur Erlangung einer narzißtischen Ersatzbefriedigung.[17] Bevor der Jugendliche die Bindung zu seinen Eltern löst, kann er sich immer noch direkt an sie wenden, um Liebe und Fürsorge bitten und sich die Bestätigung holen, daß er in ihren Augen liebenswert und stark ist. In dem Maße, in dem er diese äußere Autorität noch ak-

* In den neuen Veröffentlichungen sprechen die Psychoanalytiker in diesem Fall nicht mehr von »Ich«, sondern von »Selbst« – s. beispielsweise die voranstehende Arbeit von H. Kohut. (Anm. d. Hrsg.)

zeptiert, wird er nicht von Selbstvorwürfen und Forderungen des Überichs geplagt, die in Wirklichkeit oft strenger sind als die seiner Eltern.[18/19] So muß sich paradoxerweise der rebellische und trotzige Heranwachsende, ungeachtet gelegentlicher Impulsivität, häufig mit einem viel erbarmungsloseren Überich mit viel starreren Moralansprüchen auseinandersetzen als der Jugendliche, der sich eine gewisse Beziehung zu seinen Eltern bewahrt hat.

In dem Ausmaß, in dem alle Heranwachsenden die Bindung an ihre Eltern lösen, müssen sie sich im Leben der Realität stellen, und das mit einem Überich, das manchmal sehr schroffe und primitive Seiten aufweist. Damit wollen wir keineswegs die von Schafer[20] hervorgehobenen guten und anpassungsfähigen Eigenschaften des Überichs herabmindern, sondern lediglich daran erinnern, daß sich in der Zeit des Heranwachsens die Probleme mit dem Überich verstärken, wie auch das Überich eine Wandlung durchmachen muß[14], weg von den infantilen, übertriebenen Gewaltakten zu ich-orientierten und realitätserprobten Werten. Dem gestörten Jugendlichen gelingt es selten, diese Wandlung unbeschadet zu überstehen, und das geht auf Kosten seines sowieso begrenzten Selbstbewußtseins. Manchmal geht der Jugendliche in Abwehrstellung und flüchtet sich in eine Art von prahlerischer Tapferkeit; zu anderen Zeiten, in Momenten der Kreativität und (oder) der Befriedigung, empfindet er gesteigertes Selbstbewußtsein und Triumphgefühle, die an überschwengliche ödipale Träume vom Ruhm erinnern. In den meisten Fällen zieht sich der gestörte Jugendliche »in sich selbst« zurück. Soweit diese Haltung Depressionen verhindert und dem Ich quasi als Schutzmantel dient, muß sie in der Behandlung respektiert werden, so lange, bis sie die gereiftere Persönlichkeit durch angemessenere Abwehrmaßnahmen oder -kräfte ersetzen kann.

Spezielle Technik für den Beginn der Therapie

Aufgrund dieser Schwierigkeiten in der Entwicklungsphase sollte der Therapeut zu Beginn der Behandlung von Jugendlichen das Selbstbewußtsein und den Narzißmus seiner Patienten in den Mittelpunkt seiner Betrachtungen stellen und zumindest weitgehend berücksichtigen. Besonders deshalb, weil diese Probleme oft unmittelbar mit dem Verlangen nach Unabhängigkeit zusammenhängen. Daher sollte der Therapeut bei der ersten Zusammenkunft mit dem jugendlichen Patienten die Gründe klären, die zur Behandlung geführt hatten. Er sollte dem Patienten gegenüber eine Position einnehmen, die das Gefühl des Jugendlichen, von seinen Eltern unabhängig zu sein, legitimiert und bestärkt. Zum Beispiel:

»Ich möchte zuerst einmal *mit Ihnen gemeinsam* überlegen, ob tatsächlich ein Problem vorliegt«,

»Wenn wir ein Problem gefunden haben, werden wir seine Ursachen zu ergründen versuchen«,

und schließlich wird der Therapeut einen Weg vorschlagen, den der Patient annehmen oder ablehnen kann.

Diese Art der Einleitung hilft, den diagnostischen Prozeß zu klären, und hebt die Stellung des Therapeuten deutlich von derjenigen der Eltern ab.[2]

In Zusammenhang mit diesem letzten Punkt diskutieren wir offen über die Schweigepflicht des Therapeuten und über ihre Grenzen, wobei wir klar feststellen, daß wir die Schweigepflicht nur im eindeutigen Interesse des Patienten zu brechen bereit wären. Wir betonen, daß wir der Arzt des Patienten und nicht der verlängerte Arm seiner Eltern sind. Nach dieser direkten Klarstellung besteht der nächste schwierige und kritische Schritt, wie wir glauben, darin, den Narzißmus des Patienten therapeutisch in den Griff zu bekommen, da dieser, wie wir bereits festgestellt haben, in dieser Phase besonders stark ist. Wir betonen immer wieder, daß die Therapie dem Patienten dazu verhelfen könnte, sein Leben zu *genießen* und *Befriedigung zu erlangen.* Wir kritisieren nicht an ihm herum und zeigen uns ehrlich an ihm interessiert. Wir versuchen, seine impulsiven Handlungen nicht herabzusetzen, aber bei Gelegenheit machen wir ihm klar, daß sie keinen Erfolg haben und daß es gerade im Hinblick auf seine besonderen Ziele nicht bloß sinnlos, sondern auch ausgesprochen dumm wäre, wenn er so weitermachte. Die theoretische Basis für diese Taktik ist leicht zu ersehen: Da diese Technik sich vorrangig mit dem Narzißmus und dem Allmachtskomplex des Patienten auseinandersetzt, fordert sie sein Ich-Interesse heraus, ohne diejenigen Vorstellungen anzugreifen, die für das Selbstbewußtsein entscheidend sind.

Dann versuchen wir, das triebhafte Bedürfnis des Jugendlichen nach Befriedigung auszunützen, um ihn zur Teilnahme an der Behandlung zu bewegen. Hierbei gibt der Therapeut zu verstehen, daß Lustvorstellungen des Patienten durchaus erfüllt werden können, aber daß sie zuerst der Realität angepaßt werden müssen. Das Verhalten des Patienten zu diesem Zeitpunkt wird nicht besprochen und nicht interpretiert, seine primitiven Abwehrmanöver werden hingenommen. Abwehr- und Störmanöver, Introjektionen und Projektionen werden kommentarlos hingenommen. Zu diesem Zeitpunkt würde der Patient jede Bemerkung dazu entweder als Kritik auffassen oder gar nicht begreifen. Wir interpretieren und klären nichts anderes als das Verlangen des Patienten nach Befriedigung, immer in bezug auf sein Bedürfnis und sein Verhalten und unter Berücksichtigung der tatsächlichen Gegebenheiten.

Wir besprechen mit dem Patienten seine Handlungen und Impulse und prüfen mit ihm nur die Realitätsgrundlage für diejenigen Ziele, die er selber anstrebt. Wir weisen ihn auf die erfolglosen Versuche hin, seine Wünsche zu befriedigen und betonen immer wieder drei Dinge:

das Ausbleiben der Befriedigung im Fall des Versagens,
die Strafe, die oft der impulsiven Handlung folgt und
den Lustgewinn, den das Beschreiten neuer Wege bringt.

Alle Konfrontationen mit der Wirklichkeit und alle Klärungsversuche werden auf diese Weise eingesetzt, um eine brauchbare Übertragung zu festigen und aufrechtzuerhalten. Der Therapeut sollte an diesem Punkt dem Patienten verbal und emotional ein positives, stützendes Gefühl vermitteln. Bis zu einer gewissen Grenze setzt sich der Therapeut über den konventionellen Moralkodex hinweg, das heißt, er urteilt nicht moralistisch. Seine Haltung stellt sich so dar: Wie kann ich dir helfen, daß du vom Leben bekommst, was du erwartest – und dies wird die Basis für die therapeutische Beziehung sein. In gewisser Weise bedeutet dies ein Bündnis mit den übermächtigen Kräften, die aus dem Lustprinzip herrühren (oder zumindest eine realistische Achtungsbezeugung vor diesen). Das soll nicht heißen, daß man, wie Noshpitz[12] vorschlägt, *auf psychopathische Weise* mit dem Patienten verkehrt.

Wenn diese Methode Erfolg hat, wird sich ein festes Bündnis mit dem Narzißmus des Jugendlichen ergeben, und der Patient wird den Therapeuten auf seiner Seite sehen. Konkret gesagt: Der Patient verläßt sich jetzt auf den Therapeuten und glaubt, daß dieser wahrscheinlich besser Bescheid weiß, wie man sich Wünsche erfüllt und wie man Befriedigung erlangt. Wenn diese Taktik Erfolg hat, gewinnt der Patient einen völlig neuen Eindruck von den Möglichkeiten der Therapie und des Therapeuten. Diese Tatsache wird, gemeinsam mit der Festigkeit und der Hilfsbereitschaft des Therapeuten, die positive Übertragung konsolidieren. Wenn die Übertragung nun stark und belastungsfähig genug ist, kann der Therapeut sie weiter benutzen, um das Überich und die Ich-Strukturen zu verändern.

Eine Technik, die für den Therapeuten zu diesem Zeitpunkt besonders nahe liegt, besteht darin, in Bereichen, denen er zustimmt, sowie bei Verhaltensweisen des Patienten, die er stärken möchte, Fragen zu stellen und Interesse zu zeigen. Zum Beispiel kann sich der Therapeut interessieren: für besondere Fähigkeiten oder für die Beziehung eines Patienten zu Sport, Musik und Schule, für eine besondere Freundschaft oder für eine spezielle heterosexuelle Bindung. Auf die gleiche Weise zeigt er Mißbilligung durch Kritik und Klärung von impulsivem, ich-hemmendem Verhalten. Somit wird die positive Übertragung benutzt, um die Libido vom Ich fort auf andere Menschen und auf Ich-Interessen zu lenken. Die Ich-Struktur, zu der der Patient nun kommen muß, ist die Identifikation. Dies ist wahrscheinlich der Augenblick, in dem sich eher als zu jedem anderen Zeitpunkt der Therapie die Gelegenheit bietet, das archaisch strafende Überich des Patienten auf einen Schlag zu verändern. Sobald eine Vertrauensbasis gebildet ist und der Patient seinem neuen Verbündeten, dem Therapeuten zu gefallen versucht, kommt es zur Identifikation mit dem Therapeuten, und der Patient kann einige positive Eigenschaften des Therapeuten introjizieren.

Nun besteht die weitere Technik darin, den Patienten aus seiner abhängig-passiven Haltung zu einer aktiven Beherrschung seiner Umwelt zu bringen, um Anpassungsstrukturen aufbauen zu können. Die Übertragung wird eingesetzt, um das Verhältnis zu Sport, Schule, Hobbys und Freunden zu festigen. Der Therapeut versucht dem Patienten zu helfen, mit sich selbst und mit seiner Umgebung fertig zu werden. Die Fähigkeiten des Patienten werden gefördert, er wird angehalten, seine Impulse zu beherrschen und, wenn möglich, seine Frustrationsschwelle zu erhöhen. Man versucht, seine Fähigkeit zu stärken, die Erfüllung seiner Wünsche abwarten zu können. Alle in diesem Aufsatz bisher behandelten Verfahren sind Bausteine zur Entwicklung eines Anpassungsverhaltens im Sekundärprozeß. Wir schildern nun im folgenden einige Fälle, um zu verdeutlichen, wie die erarbeiteten Techniken in der Praxis angewandt werden.

Fall Colin

Colin C. war ein sechzehnjähriger Junge mit abgebrochener Schulausbildung (neunte Klasse). Colin war von seinen Eltern kurz nach der Geburt adoptiert worden. Von seinem sechsten Lebensjahr an machte er ständig Schwierigkeiten, sowohl zu Hause wie in der Schule. Jahre hindurch war er immer wieder in therapeutischer Behandlung. Zu Anfang machten sich die Eltern hauptsächlich Sorgen wegen der schulischen Schwierigkeiten des Patienten. Im Jahr zuvor war er zuerst von einem Internat verwiesen worden und dann aus der örtlichen Highschool.

In der ersten Sitzung sagte Colin, daß er am liebsten den ganzen Tag lang am Flipper-Automaten spiele. Er beschrieb mit Genuß seine ungewaschenen Freunde und wie seine Eltern auf sie reagierten und dann mit gleicher Genugtuung seine Beziehungen zu Prostituierten. Während er sprach, beobachtete er die Reaktion des Therapeuten. Der Therapeut enthielt sich mit Bedacht jeder Art von Kritik. Er bat den Patienten lediglich, ihm eingehender die Lustgefühle zu beschreiben, die er aus dieser Art von »Dingen« bezog.

Wenngleich Colin überrascht schien, begann er sofort seine sexuellen Erfahrungen mit den Prostituierten in allen Einzelheiten, jedoch mit seltsam trauriger Anteilnahme zu schildern. Als er nach seinen unmittelbar damit verbundenen Gedanken gefragt wurde, sprach er von den Frustrations- und Wutgefühlen, die ihn überkamen, wenn er die hübschen, miniberockten Mädchen auf der Straße beobachtete und gleichzeitig wußte, daß er es niemals schaffen würde, an sie heranzukommen. Er beklagte sich, daß sie bereit zu sein schienen, mit jedem ins Bett zu gehen außer mit ihm.

Der Therapeut äußerte sich dazu in Form einer Frage. Warum, wenn es ihn so sehr nach den Minimädchen verlangte, begnügte er sich mit Ersatz (den Prostituierten)? Warum versuchte er nicht, sich auf irgendeine Weise das zu beschaffen, was er sich so sehr wünschte, besonders wenn er der Überzeugung war, daß die Mädchen praktisch für jeden zu haben waren?

Bei der zweiten Sitzung erzählte Colin von seinen Freunden. Er ließ sich gern mit ihnen in der Nähe der elterlichen Wohnung sehen. Sie verschaffte ihm Respekt bei seinen Kameraden in der Nachbarschaft. Unglücklicherweise nahmen ihn seine städtischen Freunde übermäßig in Anspruch und kosteten ihn den größten Teil seines Taschengeldes, wodurch er zum einen viel Zeit für den Flipper-Automaten verlor und zum anderen die Möglichkeit, zu Prostituierten zu gehen, sehr eingeschränkt wurde. Hier stellte der Therapeut nur fest, daß Colin sich anscheinend in der Klemme befände; einerseits gewann er an Prestige durch seine Freunde, andererseits ging ihm viel von dem Vergnügen verloren, das er sich durch Frauen und »Automaten« verschaffen konnte. Colins wirkliche Entscheidung, so stellte der Therapeut fest, mußte sich um die Frage drehen: »Was ist für mich drin?« »Welche Alternative bietet den größten Lustgewinn?«

In den folgenden Sitzungen stellte sich heraus, daß Colin wenig Freunde und noch weniger Interessen hatte. Er nannte sich selbst offen einen Versager ohne Zukunft, der nur an Automaten spielen könnte. Der Therapeut gab zu, daß Colin gewiß ein Star auf dem Gebiet des »Flipperns« wäre, aber daß ihm seine ausgezeichneten Leistungen in diesem Bereich unglücklicherweise wenig einbrächten. Es verschaffte ihm weder eine Schar von in Anbetung verzückten Mädchen, noch konnte er damit Geld verdienen. Diese Feststellung des Therapeuten beinhaltete die Frage: »Warum fängt er es nicht geschickter an und bemüht sich, echte Befriedigung zu finden?« Das entscheidende Moment in den Bemühungen des Therapeuten, der Libido des Patienten ein neues Objekt zu geben, folgte sehr schnell in der anschließenden Klärung.

Der Therapeut folgte Hinweisen in den vom Patienten ausgesprochenen Assoziationen, als er Vergleiche zog zwischen dem »Spielen mit Maschinen« und seinem Wunsch, mit »Mädchen zu spielen«. Colins Bedürfnis, ein Mädchen »zu schaffen« wurde verglichen mit »seinem Vergnügen, eine Maschine zu schaffen«. Der Therapeut stellte humorvoll-verständig fest, daß die Maschinen, »obwohl sie gewiß vergnüglich sind, schwerlich einen Sex-Ersatz abgeben könnten«.

Der Therapeut versuchte, den libidinösen Interessen des Jugendlichen durch Manipulation der Übertragung und durch das Bündnis mit dem Narzißmus des Patienten eine andere Richtung zu geben. Colins Interesse an Mädchen war ein Thema, das der Therapeut während der Behandlung immer wieder aufnahm.

Der Patient schien sich von älteren Mädchen angezogen zu fühlen, und seine Vorstöße, sie zu Verabredungen zu bewegen, schlugen für gewöhnlich fehl. Dieses Verhaltensmuster veranlaßte den Therapeuten in den verschiedenen Stadien der Behandlung zu völlig unterschiedlichen Kommentaren.

Im Anfangsstadium akzeptierte der Therapeut sein Interesse für ältere Mädchen ganz einfach als möglicherweise gerechtfertigtes Ziel, aber er verglich es mit den Schwierigkeiten, die ein Anfänger im Gewichtheben haben würde, wenn er zweihundertfünfzig Kilo drücken wollte. Colin, verwirrt von dem Vergleich, begann sich für Mädchen seines Alters zu interessieren. Er war überrascht über ihre positive Reaktion. Er stellte fest, daß es ihm für gewöhnlich gelang, eine erste Verabredung herbeizuführen, aber er brachte es niemals fertig, bei dieser Verabredung einen kühlen Kopf zu behalten. Entweder schreckte sein sexuelles Ungestüm das Mädchen ab oder seine Bedürfnisse kamen ihm so erschreckend zum Bewußtsein, daß sich wiederum seine Verletzlichkeit steigerte und er sich in die masochistische Haltung eines Zurückgestoßenen flüchtete. Obwohl Colin kurz vor dem Ziel seiner Wünsche stand, konnte er es nicht erreichen. Der Therapeut bediente sich eines ungewöhnlichen Manövers, um diesen Punkt zu klären.

Colin war ein guter Kartenspieler und konnte den Therapeuten häufig beim »Rommé« schlagen. Beim Kartenspiel behielt Colin immer »einen kühlen Kopf« und handelte nie unüberlegt. Der Therapeut machte oft positive Bemerkungen darüber; Colins Stolz über seine »beherrschte Art zu spielen« wuchs. Er war niemals zu ehrgeizig noch zu ängstlich, er konnte den Erfolg geduldig abwarten, strategisch vorgehen und zahlreiche Züge im voraus planen. Er war der Überlegene, der Unbeteiligte, der kühle Taktiker, der sein Ziel ohne zu fiebern verfolgte, aber immer »gerissen spielte«.

Der Therapeut begann Vergleiche zu ziehen zwischen Colins Verhalten beim Kartenspiel und seinem Verhalten bei Verabredungen – den Schlußfolgerungen wurde starker Nachdruck verliehen. Colin war in der Lage, diese Gegenüberstellung zu begreifen und begann bei seinen Verabredungen mehr Zurückhaltung zu zeigen. Als er anfing, sich bei seinen Verabredungen gelassener zu zeigen, verbesserten sich seine Erfahrungen, und sein Vertrauen zu den Mädchen wuchs.

Colins Schulprobleme wurden gleichzeitig mit den bereits beschriebenen Punkten angegangen. Die Schulentlassungen wurden auf folgende Fragen hin überprüft:

Was hatte er vorgehabt, als er ertappt und hinausgeworfen wurde?

Hätte er bekommen können, was er wollte, ohne bestraft zu werden?

Gab es einen einfachen Weg, diese Befriedigungen zu erlangen?

Hatte er sich geschickt verhalten?

Nachdem er wiederholt bekräftigt hatte, »daß er nie wieder zur Schule zurückgehen würde«, forderte die Gegenfrage des Therapeuten, »ob er wohl gerissen genug gespielt habe«, Colin heraus. Eine besondere Vorbereitungsschule, die der Patient kannte, wurde auf seine Bedürfnisse hin überprüft. Die neue Schule wurde von Colin als eine Herausforderung verstanden, um festzustellen, ob er dort mit »Gerissenheit« durchkommen würde (also bekommen würde, was er wollte, wobei er gleichzeitig tat, was er wollte). Das forderte von ihm eine positive Haltung gegenüber seiner neuen Schule, wenn er vor seinen Freunden das Gesicht wahren wollte.

Er begann seinen Freunden von dem neu entdeckten »Country Club« zu erzählen und riet ihnen, sich ebenfalls von der Schule werfen zu lassen und auch dorthin zu kommen. Diese positive Haltung, zu der er sich gezwungen hatte, machte es der Schule möglich, an ihn heranzukommen und trug schließlich zu seinem dortigen Erfolg bei.

Dieser Fall zeigt am besten, wieviel Einfühlungsvermögen im Anfangsstadium der Therapie vonnöten ist, wenn es darum geht, dem Patienten klarzumachen, wie sehr er sich mit seinem Verhalten selbst im Wege steht. Der Therapeut sollte sich erst dann klar aussprechen, wenn ihm ein erfolgreiches Bündnis mit den Ich-Interessen des Patienten geglückt ist (Narzißmus). Die hierdurch entwikkelte positive Übertragung muß erhalten bleiben, sonst wird der Patient die Vorhaltungen des Therapeuten als Kritik empfinden. Doch trotz dieser Vorhaltungen und Klarstellungen muß dem Patienten immer noch der Weg für Alternativen offen gelassen werden, bei denen er das Gesicht wahren kann.

Die Übertragung wird auf diese Weise wohlüberlegt eingesetzt, um die Interessen des Patienten (Libido) zu verlagern und ihnen eine neue Richtung zu geben. Die gleichen elementaren Techniken werden benutzt, um sein Verhalten im Sekundärprozeß zu stärken. Es ist hierbei wichtig, darauf hinzuweisen, daß die wertfreie Aufmerksamkeit des Therapeuten für die primären Ich-Interessen des jungen Mannes (Flipper-Automaten und Prostituierte) weder unmittelbar dessen Selbstbewußtsein noch dessen mögliche Fähigkeiten für eine Veränderung des Überich zerstörte. Mehr als alles andere scheint dies dem Patienten Colin sein symptomatisches Verhalten deutlich gemacht zu haben, ohne dabei seinen Narzißmus herauszufordern. Durch diese Technik gelang es dem Therapeuten, Respekt und Anerkennung des Patienten zu gewinnen.

Fall Bill

Bill C. war sechzehn Jahre alt und besuchte die Highschool. Die Mutter des Patienten bat den Therapeuten telefonisch um einen Termin und klagte dabei, daß Bill plötzlich anfinge, in der Schule zu versagen, daß er in mehrere Diebstähle verwickelt sei und überhaupt ein mürrisches und aufsässiges Betragen an den Tag lege.

Der erste Schritt, der den Therapeuten deutlich von den Eltern distanzierte, wurde bereits am Ende dieses ersten Gesprächs mit der Mutter getan. Der Therapeut verlangte, nachdem er die Mutter angehört hatte, daß der nächste Kontakt sich direkt zwischen ihm und dem Patienten vollziehen müsse. Der Mutter wurde wohlweislich angekündigt, daß der Therapeut mehrere Sitzungen mit Bill abhalten werde, bevor er sich wieder an sie wenden würde. Der Patient rief dann selbst den Therapeuten an und erhielt einen Termin.

Bei der ersten Sitzung sagte der Therapeut gleich zu Anfang, er sei der Meinung, Bill müsse die Gründe für diese Unterredung erfahren. Der Inhalt des Telefongesprächs mit der Mutter wurde dann für den Patienten noch einmal kurz zusammengefaßt. Die Rolle des Therapeuten wurde folgendermaßen dargelegt: Seine Aufgabe sei es, herauszufinden und abzuwägen, ob die von der Mutter geäußerte Besorgnis tatsächlich ein Problem darstellte. Ein Problem wurde nie als von vornherein vorhanden oder nicht vorhanden akzeptiert, und Position oder Alter waren keine Kriterien, die einer Aussage größeres Gewicht verliehen.

Dann besprachen sie die Frage des gegenseitigen Vertrauens, und der Therapeut schloß mit der Bemerkung, sobald er zu einer Beurteilung gelangt sei, werde der Patient als erster die Ergebnisse erfahren.

Bill akzeptierte das Angebot, sich während der Zeit, in der der Therapeut sich ein Urteil bilden wollte, mehr als Partner denn als Patient zu fühlen und arbeitete willig mit. Als es dann für die Beurteilung notwendig wurde, mit Bills Eltern zu sprechen, um den Grad ihrer Beteiligung abschätzen zu können und um einige Datenangaben von ihnen zu erhalten, erklärte Bill sich nicht nur damit einverstanden, daß der Therapeut seine Eltern traf, sondern gab ihm auch Ratschläge hinsichtlich der zu stellenden Fragen und der Punkte, an denen er nachbohren sollte.

Als die Beurteilung abgeschlossen war, wurden Bill die Ergebnisse mitgeteilt, und er bekam eine Stunde Zeit, um darauf zu antworten. Der Therapeut betonte, daß seine Schlußfolgerungen im Verlaufe dieser Stunde offen kritisiert und eventuell auch verändert werden sollten. Am Ende dieser Stunde wurde Bill gebeten, eine Woche lang zu überdenken, worüber sie gesprochen hatten, bevor er sich wieder mit dem Therapeuten in Verbindung setzte und ihm seine Entscheidung mitteilte. Mit Hilfe dieses technischen Kniffes versuchte der Therapeut eindeutig klarzustellen, daß die Entscheidung, in die Behandlung zu kommen, einzig und allein bei Bill lag, soweit es den Therapeuten betraf. Das bewahrte den Therapeuten auch vor Wut und Trotz, die der Patient dagegen im Hinblick auf die Eltern entwickeln mochte, die ihn in die Behandlung trieben.

Bill wartete eine volle Woche, bevor er mitteilte, daß er sich zur

Behandlung entschlossen habe. Bill brachte in der ersten Stunde nach seiner Zusage ein altes Thema zur Sprache: seine Sorgen, seinen Ärger und seine Hilflosigkeit in der Schule. Der Angelpunkt seiner schulischen Probleme war die Mittagsstunde, in der er von einer Gruppe von Jungen terrorisiert wurde. Die betreffenden Jungen waren, jeder für sich allein, alle mit ihm befreundet, aber in der Gruppe machte es ihnen Spaß, sich über ihn lustig zu machen.

Bill sagte, es sei wichtig für ihn, jedermann zu beweisen, daß er es aushalten würde, denn man hielt ihn allgemein für einen Bücherwurm. Jedoch war er vor und nach der Pause so eingeschüchtert und verunsichert, daß seine Konzentrationsfähigkeit und seine Aufmerksamkeit im Unterricht schwer beeinträchtigt wurden.

Der Therapeut faßte seinen ersten Kommentar in eine Frage: Was hatte Bill davon, ständig der Punchingball der anderen zu sein? Wenn ihm die Hänselei so zu schaffen machte, warum aß er sein Pausenbrot nicht anderswo? Der Therapeut dachte laut über diese Frage nach. Es schien ganz einfach zu sein: Blieb Bill, wurde er geärgert, ging er, passierte nichts. Bill blieb, wie er selbst zugab, weil er seine Freunde mit seiner kühlen Gelassenheit beeindrucken wollte. Durch sein Bleiben bewirkte er aber nur das Gegenteil, weil gerade dadurch seine Freunde erkannten, wie wichtig ihm ihre Anerkennung war.

Nach diesem klärenden Gespräch verbrachte Bill die Pausenzeit in der Bibliothek. Als Kompromiß jedoch kehrte er einmal in der Woche in seine alte Klasse zurück. Wenn er zurückkam, machten sich seine Freunde nur selten über ihn lustig, da sie zu sehr damit beschäftigt waren, einander zu hänseln.

Er sah, wie andere Mitschüler, die früher »kaltblütig« wirkten, geärgert wurden und dabei sehr unsicher und gehemmt wurden.

Bill dachte viel über seine Beobachtungen nach. Er äußerte schließlich, sobald er seine Gefühle der Unsicherheit meistere, sei er fähig, sich von seiner Umgebung unabhängig zu machen (z. B. in die Bibliothek zu gehen). Wäre er im Klassenzimmer geblieben und hätte entweder impulsiv oder passiv (erduldend wie zuvor) reagiert, hätte er sich selbst damit geschadet.

Der Patient war sich bewußt, wie sehr ihm die Erklärungen des Therapeuten geholfen hatten, seine Schwierigkeiten in den Griff zu bekommen. Dadurch wurde die Übertragung wesentlich intensiviert. Nachdem eine Reihe ähnlicher Selbstbeherrschungsprobleme (Ärger mit einem jüngeren Bruder und mit seinem Vater) aufgearbeitet war, beteiligte sich Bill dank seines neu erworbenen Selbstvertrauens und dank seiner neu erworbenen Selbstsicherheit aktiv an der Schülermitverwaltung, zuerst noch im Hintergrund und dann direkt: er wurde Herausgeber einer großen Schülerzeitung.

Wie der Patient es selbst etwas umständlich formulierte, hatte sich »Bill der Bücherwurm« zu »Bill dem Intellektuellen« gemausert.

Fall Jim

Jim G., neunzehn Jahre alt, ist ein Beispiel für die Möglichkeit schneller Heilerfolge in dieser Altersgruppe. Jim hatte nach der achten Klasse die Schulausbildung abgebrochen. Als er das erste Mal in die Behandlung kam, arbeitete er gerade seit drei Monaten als Angestellter einer Eisenbahngesellschaft. Er und seine Eltern waren erst kürzlich aus einer fünfhundert Meilen entfernten Stadt zugezogen. Jim hatte in der Stadt, in der sie früher gewohnt hatten, eine Menge von Ausreißversuchen unternommen, mehrmals Autos gestohlen und sich sowohl zu Hause wie in der Schule aufsässig verhalten. Als er zur ersten Behandlung kam, war er sichtlich deprimiert, hatte keine Freunde, stritt sich immer mit dem Vater, langweilte sich bei der Arbeit und war stets nahe daran, mit der Polizei Ärger zu bekommen. Bei diesem Patienten waren die therapeutischen Ansätze im Anfangsstadium von zentraler Bedeutung für seine Heilung. Diese waren

Stärkung und Nutzung seines Narzißmus,

Förderung seines Verlangens nach anspruchsvolleren Vergnügungen und

Entwicklung und Steuerung der Übertragung zwecks Anpassung an die Wirklichkeit.

Bei Jim konzentrierte sich der Therapeut anfänglich auf die positiven Dinge in seinem Leben: Seine Arbeit; ein Boot, das er gekauft hatte; das Auto, das er kaufen wollte; diejenigen Auseinandersetzungen mit seinen Eltern, bei denen er im Recht und sie im Unrecht waren. Der Therapeut zeigte Interesse für die Wünsche des

Patienten, eine bessere Stellung zu finden, in die Navy einzutreten und sich dort ausbilden zu lassen, Geld für einen Autokauf zu sparen. Durch sein Interesse gab der Therapeut zu verstehen, daß alle Wünsche des Patienten zu verwirklichen seien.

Gleichzeitig machte der Therapeut immer wieder klärende Bemerkungen und wies Jim oft auf sein masochistisches Verhalten hin, um sein Bedürfnis nach Vergnügen zu unterstützen und ihm bei der Anpassung an die Wirklichkeit zu helfen. Nach kurzer Zeit war der Patient in der Lage, zu sparen und sich ein Auto zu kaufen. Bald darauf beendete er die ungesunde Beziehung zu einer schizophrenen Freundin und wurde an seinem Arbeitsplatz sehr schnell zweimal befördert. Er war fähig, Impulse zu überdenken und zu steuern, anstatt sofort zu handeln.

Kurz nachdem er diesen Punkt erreicht hatte, erhielt er die Nachricht, daß die Navy seine Bewerbung angenommen hatte. Er berichtete, daß er zwischen der Navy und seiner gegenwärtigen Stellung schwanke. Wofür sollte er sich entscheiden? Er war fähig, dieses Problem in der Behandlung vorzubringen und wollte es lieber mit dem Therapeuten durcharbeiten, bevor er einen unüberlegten Entschluß traf. Er entschied sich für die Navy, nachdem alle Argumente für und wider reiflich geprüft worden waren.

Als der Therapeut Jim zum erstenmal sah, meinten seine Eltern, daß er ein hoffnungsloser Fall sei, ein geborener Psychopath. Eine seiner ersten Fragen war: Bin ich verrückt? Bin ich schlecht? Die Antwort war: Nein. Der Therapeut versuchte sowohl Jim wie später auch seinen Eltern zu zeigen, daß die Probleme nicht durch ihn allein entstanden waren, sondern daß alle gemeinsam dazu beigetragen hatten. Zuerst stärkte der Therapeut den Egoismus des Patienten in bezug auf seine Freundin; später, als die Übertragung entwickelt war, wurde Jim auf die masochistische Komponente dieser Beziehung hingewiesen.

Somit ist der erste Schritt, sich mit dem Narzißmus und der Selbsteinschätzung des Patienten zu verbünden. Dann wird es durch eine Realitätsdeutung, die allein auf die Bedürfnisse des Patienten zugeschnitten ist, möglich, die Übertragung zu erreichen und gegen die Symptome anzugehen. Schließlich, wenn die Übertragung entwicklungsfähig ist, wird sie weiterhin benutzt, um den Patienten von den tiefverwurzelten Äußerungen seiner Krankheit zu befreien.

Kurz bevor Jim zur Navy ging, fragte er, ob er einen »Abschiedsbrief« an die Eisenbahngesellschaft schicken solle. Er zog seine eigene Idee ins Lächerliche, indem er sagte, daß dies so ein »höflicher Erwachsenenunfug« sei. Der Therapeut besprach zu diesem Zeitpunkt diese Idee nur unter dem Aspekt des künftigen Vorteils, der eines Tages die jetzige Unlust und Unzufriedenheit aufwiegen könnte. Der Therapeut meinte, daß es durchaus sein könnte, daß Jim die Navy wieder verlassen würde und daß es ihm helfen könnte, falls er wieder eine Stellung bei der Eisenbahngesellschaft suchte, dort einen Abschiedsbrief hinterlassen zu haben. Es könnte ihm auch helfen, später Referenzen von der Eisenbahngesellschaft zu erhalten. Es wurde erklärt, daß es vielleicht nicht vergnüglich sei, diesen Brief zu schreiben, aber daß dies wahrscheinlich mehr als ausgeglichen würde durch den zu erwartenden künftigen Nutzen eines solchen Briefes. Der Brief wurde geschrieben.

Zusammenfassung

In diesem Aufsatz wurde der Versuch gemacht, die verschiedenen Behandlungsmethoden in der therapeutischen Anfangsphase mit Jugendlichen zu schildern. Die pragmatische Methode der Autoren, die auf den Gesetzlichkeiten der Entwicklung beruht, ist vorgestellt worden. Nach dieser Methode beginnt die Anfangsphase mit dem therapeutischen Versuch, sich den starken Narzißmus des Patienten zunutze zu machen und sein schwankendes Selbstbewußtsein zu stützen. Dies wird erreicht durch die offene Diskussion über das legitime Lustbedürfnis des Patienten, was wiederum gewöhnlich zur Entwicklung einer positiven Übertragung führt. Die Übertragung sollte, wenn möglich, dazu benutzt werden, das Überich, das Ich und die Strukturen der Objektbeziehungen im Patienten zu verlagern und seinem Leben einen festen Halt zu geben.

Anmerkungen

[1] Gitelson, M.: »Character synthesis: the psychotherapeutic problem of adolescence«. In: *American Journal of Orthopsychiatry*. 18. 1948. S. 422.

[2] Masterson, J. F.: »Psychiatric treatment of adolescents«. In: Freedman, A. A. (Hrsg.): *Comprehensive Textbook of Psychiatry*. Baltimore 1967.

[3] Werner, H.: persönliche Mitteilung.

[4] Klein, M.: *The Psychoanalysis of Children*. London 1946.

[5] Aichhorn, A.: *Wayward Youth*. New York 1948.

[6] Fraiberg, S.: »Some considerations in the introduction of therapy in puberty«. In: *Psychoanalytic Study of the Child*. 10. 1955. S. 264.

[7] Geleerd, E. R.: »Some aspects of psychoanalytic technique in adolescents«. In: *Psychoanalytic Study of the Child*. 13. 1958. S. 279.

[8] Josselyn, I.: In: Balser, B. H. (Hrsg.): *Psychotherapy of the Adolescent*. New York 1957.

[9] Lourie, R. S. und Werkman, S. L.: In: Caplan, G. (Hrsg.): *Prevention of Mental Disorders in Children: Initial Exploration*. New York 1961.

[10] Eissler, K. R.: »Notes on the problems of technique in the psychoanalytic treatment of adolescents«. In: *Psychoanalytic Study of the Child*. 13. 1958. S. 223.

[11] Spiegal, L.: »A review of contributions to the psychoanalytic theory of adolescence«. In: *Psychoanalytic Study of the Child*. 6. 1951. S. 375.

[12] Noshpitz, J. D.: »Opening Phase in the psychotherapy of adolescents with character disorders«. In: *Bulletin of the Menninger Clinic*. 21. 1957. S. 153.

[13] Freud, A.: »Adolescence«. In: *Psychoanalytic Study of the Child*. 13. 1958. S. 255.

[14] Jacobson, E.: »Adolescence«. In: *Psychoanalytic Study of the Child*. 16. 1961. S. 164.

[15] Freud, S.: »On Narcissism: an introduction«. In: *Standard Edition* XIV. London 1914. S. 67–104.

[16] Bibring, E.: »Mechanisms of depression«. In: Greenacre, Ph. (Hrsg.): *Affective Disorders*. New York 1953. S. 13–48.

[17] Fenichel, O.: *The Psychoanalytic Theory of Neurosis*. New York 1945.

[18] Freud, S.: »New introductory lectures«. In: *Standard Edition* XXII. London 1933. S. 57–69.

[19] Flugel, J. C.: *Man, Morals and Society*. New York 1945.

[20] Schafer, R.: »The loving and beloved Superego in Freud's structural theory«. In: *Psychoanalytic Study of the Child*. 15. 1960. S. 163.

CLARA TORDA

Wie man die Behandlung von Drogenabhängigen abkürzen könnte

Die weite Verbreitung des LSD-Konsums, die Erkenntnis der damit verbundenen Gefahren und die Anstrengungen, diesem Problem Herr zu werden, sind verhältnismäßig neuen Datums. LSD wurde zum erstenmal im Jahre 1938 von Stoll und Hofmann synthetisch hergestellt.[1] 1943 entdeckte dann Hofmann als erster die halluzinogenen Wirkungen des LSD[2] und 1947 begann Stoll mit systematischen Untersuchungen.[3] In den frühen fünfziger Jahren benutzte man LSD als diagnostisches, experimentell eingesetztes Mittel zur Erforschung von Schizophrenie und Psychosen.[4] Da LSD Empfindungen zu steigern vermochte, wurde es ein beliebtes therapeutisches Hilfsmittel für die Behandlung von emotionell sehr gehemmten und gestörten Patienten. Eine Zeitlang versuchte man auch, Heroinsüchtige auf schmerzlose Weise zu heilen, indem man Heroin durch LSD ersetzte. Seine bemerkenswerten Auswirkungen auf Empfindungs- und Wahrnehmungsprozesse, sowie seine vermeintliche Harmlosigkeit ließen LSD schnell zu einem beliebten »bewußtseinserweiternden« und »kreativitätsfördernden« Mittel werden.

Der weitverbreitete Irrglaube, daß LSD nur bei Schizophrenie gefährliche Folgen zeitige, brachte es mit sich, daß man die auftretenden Störungssymptome leugnete, so daß am Anfang pathologische Auswirkungen nur vereinzelt bekannt wurden. Deshalb scheint dem LSD-Abhängigen die therapeutische Behandlung in der Regel nur ein allerletztes Mittel zur Rettung zu sein, wenn sein Verhältnis zum Ich und zur Realität bereits schwer gestört ist und er allen Forderungen nach Abstinenz tief mißtraut. Trotz seines verzweifelten Bedürfnisses nach Hilfe, treibt ihn die übermächtige Angst vor Zurückweisung dazu, seine Gedanken, seine Gefühle und seine früheren Erfahrungen zu verbergen und macht so die Psychotherapie zu einem langwierigen und qualvollen Prozeß. Die Situation wird zusätzlich noch dadurch erschwert, daß es keine spezifisch therapeutische Methode gibt, die den Symptomen des LSD-Abhängigen angepaßt wäre.

Aufgrund von scheinbar ähnlichen und teilweise gleichen Symptomen behandelt man den LSD-Abhängigen gewöhnlich nach Methoden, die zur Therapie von Heroinsüchtigen oder Alkoholikern entwickelt worden sind. Da sich diese Techniken keineswegs dazu eignen, die spezifischen Charakterzüge und psychodynamischen Prozesse des LSD-Konsumenten zu erfassen[5], ist die Eingangsphase der Psychotherapie gerade in emotioneller Hinsicht sehr qualvoll und langwierig. Nach mehrjähriger Arbeitserfahrung mit LSD-Konsumenten entwickelte die Autorin dieses Artikels eine therapeutische Methode, die sich in dem schwierigen Anfangsstadium der Psychotherapie als sehr effektiv erwiesen hat.

Methoden

Die Patienten

Der Bericht gibt Beobachtungen wieder, die in den ersten sechs Monaten der Psychotherapie von LSD-abhängigen Patienten gemacht wurden. Diese Patienten waren Jugendliche und Erwachsene im Alter von sechzehn bis neunundzwanzig Jahren. Ihr ethnischer, kultureller, religiöser und finanzieller Hintergrund war äußerst differenziert. Fünf hatten einen Hochschulabschluß, einundzwanzig studierten noch oder hatten ein Studium abgebrochen, neun hatten einen Highschool-Abschluß, fünf weitere wiederum hatten die Highschool vorzeitig verlassen. Die Arbeitsgewohnheiten schwankten zwischen regulärer Ganztagsbeschäftigung und völligem Nichtstun. Aufgrund psychiatrischer Untersuchungen und psychologischer Tests (Wechsler/Bellevue, Rorschach, TAT, Figuren-Zeichnen) ergaben sich folgende Diagnosen: Psychoneurose, Persönlichkeitsstörung (passiv-aggressiver Art), Anpassungsstörung und schizoide Persönlichkeitsstruktur. Alle LSD-Konsumenten litten unter schweren Depressionen.

Familiärer Hintergrund

Die Patienten kamen aus Familien der Mittelschicht. Elf von ihnen waren Opfer zerrütteter Familienverhältnisse. Ungefähr zur Hälfte waren die Eltern Akademiker. Die Eltern waren angespannte, ängstliche, gewissenhafte, hart arbeitende Menschen, mit einem ausgeprägten Verantwortungsbewußtsein. Sie litten unter häufigen Depressionen und hatten masochistische Neigungen ohne paranoide Merkmale. Sie übten Tätigkeiten aus, die unter dem Niveau ihrer Fähigkeiten lagen. Sie waren sehr selbstkritisch. Das quälende Bewußtsein, im Leben zu kurz gekommen zu sein, zusätzlich verstärkt durch ihren Masochismus, ließ diese Eltern keine Anstrengungen scheuen, ein harmonisches Heim zu schaffen und zu versuchen, bei dem Patienten ein Verhalten zu entwickeln, das ihm Erfolg und Glück für die Zukunft sichern sollte. Sie brachten ihm echte Liebe entgegen und umsorgten ihn. Sie neigten sogar zu übertriebener Fürsorge. Dennoch versagten sie als Eltern aufgrund ihrer unrealistischen Vorstellungen und ihrer Unkenntnis davon, wie eine Umgebung beschaffen sein muß, die ein gesundes Heranwachsen gewährleistet.

Drogenkonsum

Die Patienten hatten zwischen acht- und sechsundzwanzigmal LSD genommen. Zusätzlich rauchten sie alle ständig Marihuana, zwei- bis siebenmal pro Woche. Die Gründe, die sie veranlaßten, LSD zu nehmen, waren verschieden. Sie versuchten zum Beispiel »Depressionen zu bekämpfen«, »bewußtseinserweiternde Erfahrungen zu machen«, »die Kreativität zu steigern« oder »Gefühle und Wahrnehmungen zu verstärken«. Ein Motiv war auch Konkurrenzstreben und leichte Feindseligkeit gegenüber den Eltern: »Eine Erfahrung zu haben, an die sich die Eltern nicht heranwagten«.

Als Gründe für den Entschluß, sich einer Behandlung zu unterziehen, gaben sie an: schulisches Versagen, Mangel an Ehrgeiz, fehlende Zielstrebigkeit, das Auftreten von Halluzinationserscheinungen ohne vorherige LSD-Einnahme, echte Angst und Depressivität. Ein Patient suchte die Behandlung auf, nachdem er erlebt hatte, daß es ein Freund »plötzlich sehr komisch fand, aus dem

Fenster zu springen«. Dieser Freund starb tatsächlich nach einem Sturz aus dem zwölften Stockwerk. Einsamkeit, gesellschaftliches oder sexuelles Versagen, wurden als Motive nicht genannt.

Chronologische Beschreibung von Versuchen, die Anfangsphase der psychotherapeutischen Behandlung zu verkürzen

Individuelle Therapie

Die ersten vier der LSD-Konsumenten wurden dreimal in der Woche in Einzelsitzungen behandelt. Monatelang waren sie ängstlich, unbeherrscht, ungeduldig, gereizt, mißtrauisch, labil, überempfindlich und unkonzentriert. Hinter maskenähnlichem Gesichtsausdruck und Schweigen verbarg sich oft das Bedürfnis zu weinen. Verstellung und übermäßige Selbstbeherrschung, zwanghafte Prahlerei und Versuche, die Therapeutin zu unterhalten, wurden oft ausgelöst durch ein übermächtiges Bedürfnis nach Zustimmung. Zwanghafte Beschreibungen großartiger, lustvoller Erfahrungen sollten oft nur eine Angst lindern, die aus Selbstverachtung herrührte, und dienten dazu, auf versteckte Weise unterschwellige Aggressionen zum Ausdruck zu bringen. Die Patienten griffen zur Taktik der Vorwärtsverteidigung, so sollte z. B. eine laute und prahlerische Herausforderung nur die Angst vor Niederlagen, die Bloßstellung von Schwächen und die geringe Widerstandskraft gegen Enttäuschungen verbergen helfen. Da sich die Behandlung als sehr langwierig und qualvoll erwies, versuchte die Therapeutin das Anfangsstadium abzukürzen und zu erleichtern, indem sie die Neigung des LSD-Konsumenten zur Gruppenbildung ausnützte.

Kombinierte Einzel- und Gruppentherapie (Homogene Gruppen)

Die nächsten sechzehn Patienten wurden einer kombinierten Einzel- und Gruppentherapie unterzogen. Neben zwei bis drei Einzelsitzungen wurden ein bis zwei Gruppensitzungen pro Woche angesetzt. Es wurden zwei Gruppen gebildet (jeweils acht LSD-Konsumenten). Die Patienten fanden die Gruppe angenehm, zeigten sich der Therapie jedoch nicht sehr zugänglich. Das sich entwikkelnde Gruppenbewußtsein der Abhängigen und die Anwesenheit der abstinenten Therapeutin verstärkte ihre Abwehr gegen die Angst und konsolidierte die Krankheitserscheinungen, anstatt das Verlangen nach Selbsterkenntnis und wirklicher Gesundung zu fördern. Das Befinden der Patienten besserte sich. Depressionen und offensichtliche Angstsymptome nahmen ab, aber äquivalente Erscheinungen wie Bedrückung, Ausflüchte und Ablehnung steigerten sich. Einzelne Ausbruchsversuche wurden in immer stärkerem Maße durch die Mißbilligung der Gruppe vereitelt. Die Gruppe verurteilte einen Patienten, der seine Absicht kundtat, wieder ein normales Alltagsleben aufzunehmen, mit folgenden Worten: »Arbeit ist langweiliger Stumpfsinn, sie ist ein Eingeständnis der Niederlage«. Darüber hinaus begann der Drogenkonsum der Gruppe innerhalb weniger Wochen anzusteigen.

Kombinierte Einzel- und Gruppentherapie (Heterogene Gruppen)

Es wurde der Versuch gemacht, sich die positiven Züge der Gruppentherapie zunutze zu machen und die unerwünschten Erscheinungen zu umgehen, die sich bei homogenen Gruppierungen von LSD-Konsumenten gezeigt hatten. Dies wurde durch eine gemischte Einzel- und Gruppentherapie erreicht, bei der zwanzig LSD-Abhängige (immer zwei bis vier gleichzeitig) in bereits psychotherapeutisch arbeitende Gruppen von abstinenten Patienten aufgenommen wurden. Darüber hinaus wurde versucht, den anfänglichen Widerstand gegen eine Behandlung durch eine Methode abzubauen, die ursprünglich auf Bedürfnisse jugendlicher Patienten zugeschnitten war.[6/7]

Das Verhalten des LSD-Konsumenten zu Beginn der Behandlung ähnelt dem des psychisch kranken Heranwachsenden. Obwohl die zugrunde liegenden, auslösenden Prozesse sich beträchtlich unterscheiden, sprechen die LSD-Süchtigen und die Heranwachsenden in ihren Reaktionen auf eine ähnliche therapeutische Technik an. Ein paar typische Merkmale dieses Verhaltens sind Abhängigkeit von der Gemeinschaft, Mißtrauen gegen Autorität, die übermäßige Angst vor Zurückweisung, die die Patienten veranlassen, ihre Gedanken, Gefühle und die Erinnerung an frühere Erfahrungen zu verbergen. Sie sind sich selbst und anderen entfremdet. Sie haben kein Verhältnis zu realistischen Wertsystemen und realistischen Zielen. Sie klammern sich an lebensfremde Vorstellungen und negieren die Bedürfnisse der anderen. Die Fähigkeit zur Selbsterkenntnis ist nur gering zu veranschlagen, für eine richtige Selbsteinschätzung fehlen die Maßstäbe. Sie leben nach den Gesetzen einer doppelten Moral: Überempfindlichkeit verbindet sich mit extremer Gleichgültigkeit für die Bedürfnisse anderer. Sie schreiben ihren Mitmenschen magische Kräfte zu, erlauben ihnen keine Bedürfnisse und glauben, daß diese die Pflicht hätten, für sie zu sorgen. Denkprozesse sind vorwiegend emotional und nicht rational gesteuert. Sie sind plötzlichen und unberechenbaren Stimmungsschwankungen unterworfen. Äußerungen eines starken Abhängigkeitsbedürfnisses wechseln mit Auflehnung. Sie versuchen sich vor Enttäuschungen – für die sie so anfällig sind – zu schützen, indem sie ständig danach streben, sich eine Rückversicherung zu schaffen.

Sowohl LSD-Konsumenten als auch Jugendliche sind ungeduldig, ausfallend und mißtrauisch. Sie verabscheuen Schweigsamkeit und wehren sich gegen die Deutung von unbewußtem, symbolischem Material. Ihre verbalen Kommunikationsmöglichkeiten sind sehr unzulänglich. Die geringen verbalen Ausdrucksmittel des Jugendlichen beruhen jedoch auf seiner unterentwickelten Kommunikationsfähigkeit, die des LSD-Süchtigen dagegen auf seiner Angst vor Zurückweisung. Trotz seiner hervorragenden linguistischen Fähigkeiten und seiner sorgfältigen logischen Schulung beschränkt sich der LSD-Abhängige freiwillig und bedient sich der Sprache, die in der Gruppe *in* ist: Anspielungen, Doppeldeutigkeiten, widersprüchliche Darstellungen und absichtliche Entstellungen. Diese verschleiernden Kommunikationsmethoden schützen ihn vor einer eindeutigen Festlegung seiner Aussage und sollen außerdem den Therapeuten auf die Probe stellen. Unrealistische Beurteilung der Außenwelt, der eigenen seelischen Erkrankung und der damit verbundenen psychodynamischen Prozesse sind beim LSD-Süchtigen wie beim Heranwachsenden sehr häufig. Aufgrund der drogenbedingten Wahrnehmungsveränderungen und der ebenfalls durch die Drogen verursachten Ziel- und Maßlosigkeit ist das Verhältnis zur Realität beim LSD-Abhängigen jedoch quantitativ wie qualitativ viel stärker gestört. Deshalb schien es angebracht, sofort auf jede nur mögliche Methode zurückzugreifen, die angetan war, dieses

Verhältnis zur Realität zu verbessern und das Selbstbewußtsein zu stärken.

Zu Beginn der Therapie unterzog man die LSD-Konsumenten sowohl einer Einzelbehandlung (zwei bis drei Sitzungen pro Woche) wie auch einer Gruppenbehandlung (eine bis zwei Sitzungen pro Woche). Zwei bis vier davon wurden einer offenen, gemischten Gruppe von vier bis sechs abstinenten Patienten zugeteilt. Man versuchte, das schon vorhandene Gemeinschaftsgefühl und den Entwicklungsstand der Gruppe aufrecht zu erhalten, ohne jedoch die Bedürfnisse und Probleme der LSD-Abhängigen außer Acht zu lassen, die in unmittelbarer, direkter Konfrontation angegangen wurden. Solange der LSD-Konsument davon überzeugt war, daß den Therapeuten einzig und allein echte Sorge um sein Wohlbefinden leitete, reagierte er positiv auf konstruktive Kritik. Die Interpretationen wurden seiner augenblicklichen Ich-Stärke angepaßt und auf knappe aber konkrete Weise vorgetragen, wobei auch viele unausgesprochene Dinge bewußt gemacht wurden. Selbstentfremdung, zu geringe Selbstbewertung und zu geringe Selbstachtung wurden mit allen verfügbaren Mitteln bekämpft, wobei die potentiellen Fähigkeiten des Patienten immer mit in Betracht gezogen und seine eigenen positiven Bemühungen, sich emotional zu festigen, berücksichtigt wurden. Trotz mancher Kaschierungsabsichten offenbarte das Verhalten des LSD-Abhängigen in der Gruppe seine augenblickliche Fähigkeit zu genauer Wahrnehmung, seine augenblickliche Bereitschaft zur Selbstreflexion und seine augenblickliche Begabung, seine Reaktionen auf andere abzustimmen.

Zu Beginn der Gruppentherapie entwickelten die LSD-Abhängigen beträchtliches Konkurrenzstreben. Zwanghafte, aggressive Verteidigungsmanöver stellten unbewußte Versuche dar, die Panik über die auftretenden Symptome zu verbergen. Diese Symptome bestanden in: Angst vor dem Neuen, Unentschlossenheit, geringem Urteilsvermögen, schwindender Konzentrationsfähigkeit und so weiter. Falscher Stolz ließ diese Patienten ihre »Trips« weiterhin in farbigen und verführerischen Begriffen schildern. Sie waren ausfallend, streitlustig und intolerant. Der enge Gruppenkontakt mit den abstinenten Patienten förderte beim LSD-Konsumenten zunehmend die Einsicht in seine Störungen, wie auch in seine psychodynamischen und psychopathologischen Prozesse, und er steigerte so in beträchtlichem Maße die Genauigkeit seiner Realitätswahrnehmung. Dies beruhte auf der großen Sensibilitätsspanne des LSD-Konsumenten sowohl auf der Ebene verbaler Kommunikation wie auch der des Einfühlungsvermögens. Die Tatsache, daß Abhängige und Abstinente den gleichen Therapeuten hatten und daß sie Zeuge der Kämpfe der anderen Patienten wurden, trug dazu bei, ihre Entfremdung und ihre Angst vor Zurückweisung zu mindern und entfachte ihren gesunden (und pathologischen) Ehrgeiz, die anderen Mitglieder der Gruppe in allem zu übertreffen, auch in bezug auf die seelische Gesundung. Die Integrationsprozesse wurden gesteigert durch die Gruppenbindung, die Gruppenunterstützung und durch das eigene Anschlußbedürfnis.

Anfänglich war die seelische Reedukation des LSD-Abhängigen vorwiegend auf die Wiedergewinnung eines vernünftigen Wirklichkeitsverhältnisses ausgerichtet: Die Therapie konzentrierte sich hauptsächlich darauf, Brücken zwischen Imagination und Wirklichkeit zu schlagen und die sprunghaften Ich-Funktionen des Süchtigen wieder ins Lot zu bringen. Zu Beginn der Behandlung wurden mittels einer klassischen therapeutischen Methode Versuche zu einer Psychoanalyse gemacht, wobei man die Analyse sorgfältig nach dem Frustrationspunkt des LSD-Konsumenten ausrichtete. Die Angstschwelle und die Bereitschaft zur Einsicht wurden ständig getestet, Interpretationen wurden nur knapp und partiell gegeben und der augenblicklichen Toleranzschwelle angepaßt. Die Mischung von Einzel- und Gruppentherapie mit heterogenen Gruppen, denen auch abstinente Patienten angehörten, erweckte anscheinend eine früher einsetzende und intensivere Mitarbeit in beiden Sitzungen, in der Einzeltherapie und in der Gruppe. Zu Beginn der Therapie schien es nicht realistisch, eine freiwillige vollständige Drogenenthaltsamkeit zu fordern. Es wurde zur Abstinenz geraten, aber sie wurde nicht erzwungen. Nach zwei oder drei Monaten kombinierter Einzel- und Gruppentherapie in heterogenen Gruppen waren alle LSD-Konsumenten abstinent.

Trotz seines abweisenden, feindseligen Benehmens war der LSD-Abhängige eher geneigt, seine falschen Anschauungen und sein fehlerhaftes Verhalten zu korrigieren als seine nichtabhängigen Freunde in der Gruppe. Ein Vergleich der Ergebnisse psychologischer Tests und psychiatrischer Untersuchungen, die zu Beginn der Behandlung und dann drei Monate später vorgenommen wurden, erbrachte, daß wesentliche Fortschritte in manchen Verhaltensbereichen eingetreten waren. Realitätsbeurteilung und Selbsteinschätzung verbesserten sich. Passivität, Depressionen und Angst nahmen bedeutend ab. Die Frustrationsschwelle erhöhte sich. Die Patienten lernten, sich Lustgewinn nicht nur auf orale Weise zu verschaffen. Sie begannen sich realistische Ziele zu setzen und daran zu arbeiten. Sie gewannen tiefere Einsichten in ihr Verhalten, ihre seelische Erkrankung und den Ablauf ihrer psychodynamischen Prozesse.

Die bedeutende Besserung ergab sich aus verschiedenen Faktoren, die in der Charakterstruktur des LSD-Abhängigen wurzelten.[5] Die vierzig Patienten besaßen viele angeborene Vorzüge, insbesondere große Sensibilität, hohe Intelligenz und kreative Kräfte. Sie waren besessen von dem Wunsch sich weiterzuentwickeln. Sie waren es gewohnt, Ziele mit vorbehaltloser Anstrengung zu verfolgen. Sie maßen Ich-Stärke und Persönlichkeitswert nach absoluten Richtlinien. Die Beschaffenheit der frühesten Eltern-Kind-Beziehung, die auf echter Liebe und Fürsorge der Eltern für das Kind basierte[5/6], erleichterte in den Sitzungen die Mitarbeit und förderte die Entwicklung, sobald der LSD-Konsument seine anfängliche negative Haltung dem Therapeuten gegenüber überwunden hatte.

Diskussion

Die vollkommene Wiederherstellung der seelischen Gesundheit von LSD-Abhängigen ist eine schwierige Aufgabe. Neben der Bewältigung seiner pathologischen Störungen muß die Therapie auch seine besonderen Charakterneigungen korrigieren.[5] Der Kranke muß außerdem die ungünstigen Auswirkungen seiner drogenbedingten psychischen und physischen Erfahrungen überwinden.

Die bereits angeführten spezifischen Züge der Charakterstruktur von LSD-Abhängigen können folgendermaßen zusammengefaßt werden[5]: Starke Fixierungsmomente in der oralen Saugphase, teilweise gemischt mit analen Charaktereigenschaften. Die aus der oralen Fixierung herrührenden Charaktereigenschaften sind hauptsächlich: Kreativität, Optimismus, Großzügigkeit, magisches Denken, Lustbedürfnis, eine niedrige Frustrationsschwelle und passive

Abhängigkeitstendenzen. Die analbestimmten Eigenschaften sind gewöhnlich: Ehrgeiz, Perfektionsdrang, neurotisches Abwehrbedürfnis und Selbstreflektiertheit. Neurotisches Verlangen nach Lustgewinn und überragende Leistungen mischen sich mit nicht entwickelten Fähigkeiten, diese Bedürfnisse zu realisieren. Dazu tritt beim LSD-Konsumenten noch die Überzeugung, daß er berechtigt sei, eine Bedürfnisbefriedigung zu erlangen, die über seinen eigenen Einsatz hinausgeht. Als ständige potentielle Frustrationsquelle zieht diese Haltung wirklichkeitsfremde Unzulänglichkeitsgefühle und Angstzustände nach sich, die sich wiederum in Feindseligkeit äußern. Zu unerfahren und zu gehemmt, seine Feindseligkeit zu veräußerlichen, verinnerlicht sie der LSD-Abhängige. Dies führt zu nicht periodischer, anhaltender Depressivität. Manchmal gelingt es ihm, seine Feindseligkeit zu externalisieren, indem er einen zufällig Anwesenden zur Zielscheibe seiner Aggressionen macht, gewöhnlich in einem masochistischen Akt von Haßliebe. Anstelle von Erleichterung führt diese Handlung allerdings meist zu weiterem Selbsthaß und zu Schuldgefühlen.

Die zugrundeliegenden psychodynamischen Prozesse haben ihren Ursprung in frühen Kind-Eltern-Beziehungen. Eine starke orale Fixierung ist dominant. Die Eltern sorgten für eine entwicklungsfördernde, relativ angstfreie Atmosphäre von Wärme und Sicherheit während der oralen Saugphase. Die Nahrungsaufnahme war komplikationslos und angenehm. Abgelehntes Essen wurde durch medizinische Kräftigungsmittel ersetzt. Großzügige Anreicherung der Nahrung mit Arzneien wurde als vorsorgende und erleichternde Maßnahme angesehen: Die Eltern fühlten sich berechtigt, alles zu verwenden, was Schmerzen lindern konnte. Mehr noch: Mindestens ein Mitglied aus dem Familienkreis des LSD-Abhängigen wurde in seiner frühen Kindheit durch mit Arzneimitteln versetzte Nahrung »am Leben erhalten«. Die Liebe und Fürsorge der Eltern war aufrichtig. Sie kannten die Bedürfnisse des Kindes und scheuten keine Anstrengung, sie zu befriedigen, oft auch ohne dessen ausdrückliches Verlangen. Diese Versuche, die das Kind vor Frustrationen bewahren sollten, waren unrealistisch und kurzsichtig. Sie machten es nicht widerstandsfähiger, sondern im Gegenteil überempfindlich für Frustrationen. Das hing von vielen Faktoren ab, so ließen z. B. die fehlenden Möglichkeiten der frühen Umwelterfahrung seine Fähigkeiten zur Problembewältigung, sein praktisches Wissen und sein Durchsetzungsvermögen unentwickelt. Es blieb emotionell stark abhängig von seinen Eltern. Seine Fähigkeiten und sein Abwehrvermögen gegen den elterlichen Einfluß konnten sich nicht voll entwickeln und es blieb überempfindlich gegen manche unbewußte und (oder) unausgesprochene Äußerung der Eltern. Dies förderte seine Zwiespältigkeit und seine Schuldgefühle. Im zweiten Lebensjahr zwangen es die zunehmenden Kontakte mit der Außenwelt mehr und mehr auf seine unterentwickelten Reserven zurückzugreifen, um seine Bedürfnisse zu befriedigen. Das wiederum führte allmählich zu einem nicht gerechtfertigten Unzulänglichkeitsgefühl. Als es immer notwendiger wurde, dem Kind zu helfen, mit den zahlreichen komplizierten Problemen und dem Druck von außen fertig zu werden, wuchs auch die elterliche Angst. Das Kind reagierte übersensibel auf die Ängstlichkeit der Eltern und fuhr fort, den Inhalt dieser Ängstlichkeit falsch zu interpretieren, da die Möglichkeit der präzisen sprachlichen Kommunikation fehlte.

Die hauptsächlichen Quellen der elterlichen Ängste waren Zweifel an sich selbst, aber das Kind verstand: »Meine Eltern haben Angst, und deshalb muß das Leben gefährlich sein«. Die Situation wurde erschwert durch zunehmende Mißverständnisse der elterlichen Kommunikation: Die Eltern suchten die Schuld für ihren Mißerfolg in ihrem eigenen Verhalten. Deshalb ermutigten sie das Kind, sich anders zu verhalten, ohne fähig zu sein, ihre eingetretenen Bahnen zu verlassen. Die sich daraus ergebende Verwirrung führte beim Kind zu Unentschlossenheit, Unsicherheit, Passivität und Masochismus. Das Kind wurde gleichsam prädestiniert für Frustrationen, die sich aus der Konfrontation seiner angeborenen Fähigkeit und seines Perfektionsdrangs mit seiner unterentwickelten Zielstrebigkeit und seinen tiefverwurzelten Minderwertigkeitskomplexen ergaben. Es geriet in einen Teufelskreis: Frustration – Ängstlichkeit – feindselige Abwehr – Verinnerlichung – Verunsicherung – zeitweise Depressivität. Durch die LSD-Einnahme sucht der Patient, sich die liebevolle und angstfreie Atmosphäre seiner frühen Kindheit auf dem Wege der Illusion wiederzuverschaffen.

Die vom LSD ausgelösten unglücklichen emotionellen und kognitiven Folgeerscheinungen[8/9] bestehen hauptsächlich im Verlust des

Sicherheitsgefühls und der genauen Realitätserkenntnis, welche sich aus wiederholten Wahrnehmungsveränderungen und dem Qualitätswechsel von Gefühls- und Gedankenvorgängen ergeben. Wahrnehmungsveränderungen führen zu Bindungsverlusten und zu ständig wechselnden physikalischen Eindrücken: Farbe, Form, Stoff, Umriß. Die Objekte können sich auflösen, wieder zusammensetzen, bewegen, sich gegenseitig durchdringen und alle physikalischen Gesetze auf den Kopf stellen. Synästhetische Empfindungswechsel verwirren die Vorstellung von den Gegenständen. Überempfindlichkeit für angenehme wie unangenehme Eindrücke führt zu heftigen, unrealistischen Affektreaktionen. Das Denken wird bildhaft, folgt den Gesetzen der Traumlogik und vermischt sich mit allen möglichen Erinnerungsfragmenten.[10–12] Bewußte und unbewußte Vorgänge verschmelzen miteinander. Die Kontinuität der Zeit löst sich auf. Urteilskraft, Realitätsbezug, Impulssteuerung und Zielstrebigkeit werden bedeutend geschwächt. Die eingebildete Auflösung der Welt des Gegenständlichen führt zu Proportionsverschiebungen, zum Verlust des Wertungsvermögens, zu tiefer Unsicherheit, zu Panik und zur schließlichen Demoralisierung. Obwohl man bisher nicht weiß, ob LSD zu bleibenden biochemischen Schädigungen des Gehirns führt, sind die psychischen Schädigungen wahrscheinlich beträchtlich. LSD fördert Emotions- und Empfindungsvorgänge anstelle von Integrationsvorgängen. Statt der erhofften »Bewußtseinserweiterung« erlaubt LSD bloß die simultane Wahrnehmung vergangener Eindrücke, die normalerweise zeitlich und räumlich getrennt sind. Die Erinnerung an Gegenstände (oder Ereignisse), die in verschiedenen Stadien der qualitativen Wahrnehmungsveränderungen (und/oder emotionalen Verwirrung) gespeichert wurden, können gleichzeitig wieder auftauchen. Die Wahrnehmung dieses Erinnerungsgemischs verbunden mit dem LSD-bedingten Zusammenfluß aller sensorischen Impulse schaffen dem Konsumenten die Illusion tiefer philosophischer Erkenntnisse (neue Aufschlüsse über das Universum, Bewußtseinserweiterung).

Durch den Eingriff in normale Adaptionsvorgänge fördert LSD die Bildung von Absorbierungsprozessen und verringert die Leistung der psychischen Kräfte. Verminderte Anpassungsfunktionen, verbunden mit zunehmender Verzerrung von Sinneswahrnehmungen, können die Angst ins Unerträgliche steigern. Die unauslöschliche

Erinnerung an den *Trip*, hauptsächlich an den Horrortrip, bildet eine unversiegliche Quelle für neue Ängste, manchmal auch für künftige Depressionen und Selbstmordabsichten. Probleme werden durch LSD nicht gelöst, sie werden nur beiseite geschoben durch die verschleiernde Magie des Trips. Anstatt emotionale Stärke zu gewinnen, untergräbt der LSD-Abhängige nur seine emotionale Sicherheit, wobei er durch die Droge seiner ursprünglichen Panik und Depression auch noch den Verlust seiner Urteilskraft und der individuellen und allgemeinen Bindungen hinzufügt.

Der weitverbreitete Glaube an die »bemerkenswerte Ähnlichkeit« der Charakterstrukturen des LSD-Konsumenten und des Heroinsüchtigen [13/14] ist nicht nur unbegründet, sondern kann therapeutische Behandlungen auch wesentlich verzögern. Zum einen sind grundsätzliche Charakterunterschiede feststellbar [5/15/16] und zum anderen rufen LSD und Heroin verschiedene psychische Reaktionen hervor, die, wie man annehmen kann, auch verschiedenen Persönlichkeitstypen zusagen. Heroin vermindert die Sinneswahrnehmung, wahrscheinlich durch die Veränderung der intercerebralen Bewegung von biogenetischen Aminen.[17/25] LSD führt zu einem bestimmten Geisteszustand, der bedingt wird durch die Schwächung der Dendriten in der Gehirnrinde und durch die Schwächung ihrer synaptischen Funktionen.[17–22] LSD führt auch zu einem Wechsel in den Sinneswahrnehmungen und fördert das Wiederauftauchen von alten Erinnerungen.[10–12/21–23] Eine Theorie, die sich auf elektrophysikalische Erkenntnisse stützt [24/25], behauptet, daß dies durch die Überreizung der Serotoninrezeptoren im Gehirn eintreten würde. In der Tat scheinen die Heroinsüchtigen [15/16/26] Einzelgänger zu sein, die niemals Glück und echte Liebe erfahren haben. Der Heroinabhängige hat Angst vor seinen alten Erinnerungen. Er fürchtet seine eigene Aggressivität. Deshalb versucht er, die selbstgesetzten Schranken zu verstärken. Die Heroineinnahme schenkt ihm eine willkommene kurzfristige Befreiung von Frustration, Panik und reaktiver Feindseligkeit. Er wiegt sich in der Illusion, sich selbst zu genügen und genießt das saturierte Gefühl präoraler Existenz.

Der LSD-Süchtige hat echte Liebe erfahren. Seine Mutter reagierte übersensibel auf seine Bedürfnisse und erfüllte sie.[5] Er erreicht zumeist eine größere psychische Reife als der Heroinsüchtige. Er benutzt die Halluzinogene, um sich die angstfreie und gefühlsreiche Atmosphäre des *Beisammenseins* wiederzuverschaffen, wobei er die durch zufällig wiederauftauchende Erinnerungen hervorgerufenen Emotionen für Äußerungen seiner Kreativität hält. Bereitwillig nimmt er schwere Frustrationen auf sich, um sein neurotisches Verlangen nach außergewöhnlichen emotionellen und intellektuellen Erfahrungen und Entwicklungen zu stillen.[5]

Wegen der unterschiedlichen sozialen Herkunft der Drogenkonsumenten und den mannigfaltigen Gründen, eine Droge einzunehmen, finden sich die hier beschriebenen Unterschiede nicht immer in ihrer typischsten Form. Die Berücksichtigung dieser grundsätzlichen Unterschiede jedoch können das sehr schwierige Anfangsstadium der Psychotherapie abkürzen. Darüber hinaus können diese Untersuchungsergebnisse, wenn wir sie bei unserer Kindererziehung berücksichtigen, weiterer Rauschgiftsucht vorbeugen und den Drogengebrauch steuern.

Zusammenfassung

Aus den hier wiedergegebenen Beobachtungen, die während der ersten sechs Monate einer psychoanalytisch orientierten Behandlung gemacht wurden, ist eine Methode abgeleitet worden, welche das Anfangsstadium der Therapie von vierzig LSD-Abhängigen abkürzte und erleichterte. Diese Methode besteht in einer Kombination von Einzel- und Gruppentherapie, wobei die LSD-Abhängigen in gemischte Gruppen von nicht abhängigen Patienten eingegliedert werden. Diese therapeutische Maßnahme kürzte das Anfangsstadium der Behandlung von LSD-Konsumenten beträchtlich ab. Gleichzeitig wurden besondere Charaktereigenheiten und die zugrunde liegenden psychodynamischen Vorgänge entdeckt. Die Vorgänge scheinen typisch für den LSD-Abhängigen zu sein und unterscheiden sich von Prozessen, die bei Heroinsüchtigen beobachtet wurden.

[1] Hofmann, A.: »Psychomimetic drugs: Chemical and pharmacological aspects«. In: *Acta Physiol. Pharmacol. Neerl.* 8. 1959. S. 240.

[2] Hofmann, A.: »Psychomimetic substances«. In: *Indian Journal of Pharmacology.* 25. 1963. S. 245.

[3] Stoll, W. A.: »Lysergsäure–diethyl-amid, ein Phantasticum aus der Mutterkorngruppe«. In: *Schweizer Archiv für Neurologie und Psychiatrie.* 60. 1947. S. 279.

[4] Hoch, P. H./Catell, J. P./Pennes, H. H.: »Effects of mescaline and lysergic acid (d-LSD-25)«. In: *American Journal of Psychiatry.* 108. 1952. S. 579.

[5] Torda, C.: »Comments on the character structure and psychodynamic processes of LSD-users«. In: *New York Journal of Medicine.* 69. 1969. S. 2243.

[6] Torda, C.: »Combined group and individual therapy for adolescents with emotional disorders of functional origin«. In: *Journal of Psychotherapy in Groups.* 2. 1968. S. 100.

[7] Holmes, D.: *The Adolescent in Psychotherapy.* Boston 1964.

[8] Klee, G. D.: »Lysergic acid diethylamide (LSD-25) and Ego functions«. In: *Archives of General Psychiatry.* 8. 1965. S. 461.

[9] Savage, C.: »Variations in Ego feelings induced by d-lysergic acid diethylamide (LSD-25)«. In: *Psychoanalytic Review.* 43. 1955. S. 1.

[10] Linton, H. B./Langs, R. J./Paul, J. H.: »Retrospective alterations of the LSD-25 experience«. In: *Journal of Nervous and Mental Diseases.* 138. 1964. S. 409.

[11] Langs, R. J.: »Stability of earliest memories under LSD-25 and placebo«. In: *Journal of Nervous and Mental Diseases.* 144. 1967. S. 171.

[12] Torda, C.: »Contribution to the serotonin theory of dreaming (LSD infusion)«. In: *New York Journal of Medicine.* 68. 1968. S. 1135.

[13] Killam, K.: »The use and users of LSD-25«. In: Blum, R. (Hrsg.): *Utopiates.* New York 1964. S. 119.

[14] Blumenfield, N. und Glickman, L.: »Ten months experience with LSD-users admitted to County Psychiatric Receiving Hospital«. In: *New York Journal of Medicine.* 67. 1967. S. 1849.

[15] Torda, C.: »Comments on the character structure and psychodynamic processes of the heroin addict«. In: *Perceptive and Motor Skills.* 27. 1968. S. 143.

[16] Torda, C.: »An effective therapeutic procedure for the heroin addict«. In: *Perceptive and Motor Skills.* 26. 1968. S. 753.

[17] Goodman, L. und Gilman, A.: *Pharmacological Basis of Therapeutics.* Philadelphia 1966.

[18] Evarts, E. V.: »A review of the neurophysiological effects of lysergic acid diethylamide (LSD) and other psychomimetic agents«. In: *Annals of the New York Academy of Sciences.* 66. 1957. S. 479.

[19] Apter, J. T. und Pfeiffer, C. C.: »The effect of the hallucinogenic

drugs LSD-25 and mescaline on the electroencephalograms«. In: *Annals of the New York Academy of Sciences.* 66. 1957. S. 508.

[20] Purpura, D.: »Experimental analysis of the inhibitory action of lysergic acid diethylamide and cortical dendritic activity«. In: *Annals of the New York Academy of Sciences.* 66. 1957. S. 515.

[21] Torda, C.: »Observations on a physiological process related to dreaming«. In: *Communication in Behavioral Biology.* Teil A. 2. 1968. S. 39.

[22] Torda, C.: »Physiolocial and biochemical processes causally related to sleep, REM sleep, dreaming and arousal«. In: *Excerpta Medica, International Congress Series.* 171. 1968. S. 60.

[23] Muzio, J. N./Roffwarg, H. P./Kaufman, R.: »Alterations in the nocturnal sleep cycle resulting from LSD«. In: *Electroenceph. Clin. Neurophysiol.* 21. 1966. S. 313.

[24] Anden, N. E./Corrodi, H./Fuxe, K./Hokfelt, T.: »Evidence for a central 5-hydroxytryptamine receptor stimulation by lysergic acid diethylamide«. In: *British Journal of Pharmacology.* 34. 1968. S. 1.

[25] Carlson, A.: »Recent studies on the mode of action of anti-depressant drugs«. In: *Archives of Pharmacological Experiments in Therapy.* 265. 1966. S. 115.

[26] Nyswander, M.: *The Drug Addict as a Patient.* New York 1951.

WOLFGANG SCHMIDBAUER

Verhaltensforschung und Verhaltenstherapie bei Drogenabhängigen

Für die Verhaltenstherapie gilt wohl noch mehr, was Ebbinghaus über die Psychologie schlechthin sagte: Sie hat eine lange Vergangenheit, aber eine kurze Geschichte.[1] Mindestens seit es schriftliche Aufzeichnungen gibt, sind Lohn und Strafe – positive und negative Verstärker im Vokabular der Verhaltenstherapie – die wichtigsten Instrumente, um erwünschtes Verhalten herbeizuführen, unerwünschtes abzustellen. Bereits der römische Arzt Celsus empfahl, seelisch gestörte Menschen anzuketten oder auszupeitschen.[2] Durch diese rohen Strafmethoden hoffte er, das sozial auffällige Verhalten wieder zum Verschwinden zu bringen. Es ist gut möglich, daß diese Erwartung sich manchmal erfüllte; das Gegenteil dürfte freilich ebensooft der Fall gewesen sein. Wir werden noch auf die Fragwürdigkeit aller Strafmethoden in der Verhaltenstherapie zurückkommen.

Tierexperimente

Die moderne Verhaltenstherapie stützt sich vor allem auf aus Tierexperimenten gewonnene Theorien über das Verhalten höherer Organismen. Von zentraler Bedeutung sind zwei elementare Formen des Lernens, die wir hier stark verkürzt und vereinfacht darstellen; sehr viel ausführlichere Beschreibungen bietet die einschlägige Literatur.[3]

1. *Der bedingte Reflex* (I. P. Pawlow)

Der Organismus wird als System aufgefaßt, das eine Reihe vorgeformter Antworten (Reflexe) auf äußere Reize bereithält. Der Geschmack von Futter im Maul eines Hundes löst die Sekretion von

Magensaft aus (unbedingter Reiz = Reflex). Bietet man nun gleichzeitig mit dem Futter ein Glockensignal, dann löst nach mehrmaliger gemeinsamer Darbietung auch das Signal allein die Magensaftabsonderung aus. Ein bedingter Reflex ist entstanden. Dieser ist immer etwas schwächer als die unbedingte Reaktion (weniger Magensaft wird sezerniert) und verschwindet nach einiger Zeit weitgehend, wenn der unbedingte Reiz nicht mehr mit dem bedingten (dem Glockensignal) zusammen geboten wird. Diesen Prozeß nennt man Auslöschung.

2. Das operante Lernen

Hier reagiert das Versuchstier nicht nur, sondern es agiert, »operiert«. Verhaltensweisen, die Instinkte[4] befriedigen, d. h. »erfolgreich« sind, treten häufiger auf, sie werden »verstärkt«. In der Tierdressur verstärkt man erwünschtes Verhalten durch kleine Futterhappen. Operantes Lernen ist die Grundlage zahlreicher tierischer und menschlicher Gewohnheiten. Vor allem beim Menschen sind neben den primären Verstärkern (Hunger, Durst, Sexualität usw.) sekundäre sehr wichtig, die oft durch Koppelung mit primären Verstärkern entstehen. Gelderwerb ist ein typisches Beispiel für einen solchen sekundären Verstärker – eine Triebbefriedigung in abstracto, die jederzeit in den Zugang zu primären Verstärkern umgesetzt werden kann (denn Essen, Trinken und in mancher Hinsicht auch sexuelle Befriedigung sind »käuflich«).[5]

Grenzen der Konditionierungs-Modelle

Selbst tierisches Verhalten kann nicht allein durch die Modelle des klassischen (Pawlow) und des operanten (Thorndike, Hull, Skinner) Konditionierens erschöpfend erklärt werden.[6] Tiere sind keine Reflexmaschinen, die passiv abwarten, bis zum Beispiel ein Beutetier vorbeikommt und die entsprechenden Beutefangreaktionen auslöst. Sie werden spontan aktiv, von innen heraus, und geraten in bestimmte Verhaltensbereitschaften (»Stimmungen«) bzw. suchen im sogenannten »Appetenzverhalten«[7] nach Auslösern für die zielbildende Endhandlung, d. h. den primären Verstärker.[8]

Bereits bei vielen höheren Tieren werden die Konditionierungsprozesse durch einsichtiges Verhalten ergänzt und überformt. Dabei wird nicht auf dem Weg von Versuch und Irrtum eine zufällig erfolgreiche Reaktion verstärkt, sondern durch Einsicht in die strukturellen Gegebenheiten einer bestimmten Situation. Dafür hier als Beispiel der Versuch mit einem Schimpansen: Drei Kisten stehen in einer Ecke, eine Banane liegt unerreichbar hoch oben, nach einem plötzlichen »Aha-Erlebnis«, das sich im Ausdrucksverhalten des Tiers deutlich zeigt, wird die »richtige« Reaktion vorweggenommen und dann planmäßig ausgeführt; er stellt die Kisten aufeinander, klettert hinauf und erreicht so die Banane.[9]

Im menschlichen Verhalten übt die Einsicht als Super-Lernen, das die konditionierten Reaktionen überformt und ordnet, einen sehr wesentlichen Einfluß aus. Die Verhaltenstherapie erscheint deshalb vielen humanistisch und geisteswissenschaftlich orientierten Autoren primitiv, mechanistisch und einseitig, was sich in kritischen Formeln wie »Rattenpsychologie«, »Dressurmethoden«, »Psychomechanik« ausdrückt. Es scheint den spezifischen Gegebenheiten menschlichen Lernens zu entsprechen, daß immer angesichts gestörten Verhaltens zunächst die als »höher« erlebten psychischen Prozesse der Einsicht erklärend herangezogen werden; dieses Vorgehen entspricht der hierarchischen Ordnung des Lernens im menschlichen Lernen selbst, in dem sehr oft (zumindest beim Erwachsenen) zunächst durch bewußte Einsicht gesteuerte Lernvorgänge später routinisiert und automatisiert werden (etwa beim Autofahren). Aber diese Hierarchie ist keineswegs allgemeingültig. Vor allem in der Kindheit darf man die Bedeutung von Konditionierungsvorgängen keineswegs unterschätzen. Und gerade die Betonung der Kindheit, welche seit Freuds Erkenntnissen [10] für jede Neurosenpsychologie so wichtig geworden ist, kann auch dem eher psychoanalytisch eingestellten Forscher die Beschäftigung mit den Theorien und vor allem den Techniken der Verhaltenstherapie lohnend erscheinen lassen. Während früher das Verhältnis zwischen Verhaltenstherapeuten und Psychoanalytikern sehr polemisch geprägt war (manche Lerntheoretiker sprachen der Psychoanalyse sogar jeden wissenschaftlichen und therapeutischen Sinn ab) [11], verbreitet sich heute die Einsicht, daß man hier unter sehr verschiedenen, aber im Prinzip wohl gleichberechtigten und auch keineswegs einander notwendig widersprechenden Blickwinkeln das Problem der psychischen Krankheit anvisiert hat.[12]

Drogenabhängigkeit im Tierversuch

In einer Übersichtsarbeit zum Problem experimentell induzierter Drogenabhängigkeit bei Versuchstieren haben Schuster und Thompson festgestellt, daß verschiedene, auch beim Menschen als Suchtgifte bekannte Drogen bei einer Reihe von Tiergattungen als primäre Verstärker wirksam werden.[13] Affen mit einer intravenös liegenden Kanüle injizieren sich spontan durch Hebeldruck Morphin, Kodein, Kokain, Amphetamine, Pentobarbital, Äthanol (= Äthylalkohol) und Koffein.[14] Sie »arbeiten« *nicht,* um Nalorphin, Chlorpromazin, Meskalin oder Kochsalzlösung zu erhalten.[15] Offensichtlich wirken in diesen Fällen die zuerst genannten Rauschdrogen als primär, positive Verstärker. Sie werden nicht nur vom Menschen als Lustspender erlebt, sondern beeinflussen auch das Verhalten von Tieren. Die Physiologie des Säugetierorganismus ist also so beschaffen, daß man Drogenabhängigkeit als Konstruktionsrisiko höherer Tiere bewerten muß. Interessant dabei ist, daß Halluzinogene (Haschisch bzw. Tetrahydrocannabinol, Meskalin, Psilocybin, LSD 25) bei Versuchstieren offensichtlich keine Abhängigkeit bewirken. Sie verkörpern offensichtlich ein spezifisch menschliches Drogen-Risiko, sind nur für ein mit Sprache und reflektierendem Bewußtsein ausgerüstetes Wesen »Verstärker«. Die Aussagekraft der Tierexperimente ist hinsichtlich des Verhaltens Drogenabhängiger naturgemäß begrenzt. Das kann man schon daraus ersehen, daß der menschliche Fixer sich selbst die Nadel in die Vene sticht, während der Affe erst durch eine Kanüle präpariert werden muß, bevor er »süchtig« gemacht werden kann. Auch hier sind einsichtige Lernprozesse beim Menschen zentral. Der Jugendliche liest in den Massenmedien von den tollen Effekten eines Rauschgifts, hört von einem Freund, »Heroin hält, was Haschisch verspricht«, und entschließt sich, diese Formel auf sich selber anzuwenden. Das darf aber nicht darüber täuschen, daß die rasche Gewohnheitsbildung des Drogensuch- und -zufuhrverhaltens in vielen Punkten einer Konditionierung entspricht.

Verstärkerquellen in der Drogenabhängigkeit

Zunächst ist es notwendig, nach den Verstärkern zu fragen, die Drogenabhängigkeit erzeugen und unterhalten können. D. D. Cahoon und Cynthia C. Crosby haben hier kürzlich versucht, einzelne Formen positiver (Einsetzen eines »belohnenden« Reizes nach einer bestimmten Reaktion) und negativer Verstärkung (Aufhören eines »bestrafenden« Reizes nach einer bestimmten Reaktion) zu klassifizieren.[16]

1. Positive Verstärkung durch soziale Zuwendung

Das Streben, von einer Gruppe akzeptiert zu werden, gehört möglicherweise zu den biologischen Grundbedürfnissen des Menschen (und fehlt bei kaum einem seelisch gesunden Individuum). Wenn nun in der Kontaktgruppe der Konsum von Rauschdrogen »in« ist, dann wird kritisiert, wer sich diesem Konsum entzieht, aber positiv beurteilt, wer mitmacht. In vielen Gruppen Jugendlicher, vor allem im Underground, gehört Drogenkonsum zum Lebensstil. Thomas J. Crowley hat darauf hingewiesen, daß solche sekundären sozialen Verstärker in einem bestimmten Fall zu einer Drogen-Epidemie mit einem nachweislich wirkungslosen Mittel führten. Im Zug der sogenannten Mellow-Yellow-Welle rauchten die Hippies in New York getrocknete Bananenschalen und behaupteten, dadurch *high* zu werden.[17] Die Tatsache, daß diese Mode bald abflaute, zeigt allerdings deutlich, daß die Konsumzwänge in einer sozialen Gruppe allein nicht ausreichen, um ein stabiles Drogenkonsumverhalten aufzubauen. Die Bedeutung der sekundären sozialen Verstärker liegt vorwiegend darin, daß diese in vielen Fällen den ersten Kontakt mit einer Droge vermitteln.

2. Positive Verstärkung als Primäreffekt des Rauschgifts

Zweifellos werden viele Rauschdrogen als Lustspender erlebt; sie erzeugen eine Euphorie, die bis zum »Gesamtkörperorgasmus« reichen kann.[18] Ehe andere Verstärker hinzukommen, muß dieser Faktor aber zu keiner stärkeren seelischen Abhängigkeit führen als andere Lustquellen: gutes Essen, ein gutes Buch, schöne Musik,

Filme oder Tanzparties. Cahoon und Crosby nehmen an, daß eine Mehrheit der Trinker von Alkoholika oder der Haschisch-Konsumenten nur durch die Verstärker der Gruppen 1 und 2 veranlaßt werden, Rauschdrogen zu konsumieren. Da emotional stabile Menschen vielfach keine Lust empfinden, wenn man ihnen Opiate verabreicht (Cohen 1970)[19], kann man annehmen, daß wahrscheinlich schon beim ersten Schritt zum Konsum von Morphin oder Heroin andere Faktoren im Spiel sind als die reine Lustsuche. Dafür spricht auch, daß die gefixten (d. h. intravenös injizierten) Rauschgifte ihren Effekt erst entfalten, wenn man eine unangenehme Prozedur in Kauf nimmt, nämlich die Injektion selbst. Übrigens klingen bei vielen Fixern die Entzugssymptome zeitweise ab, wenn sie sich eine Leerinjektion geben, was sich nach dem Prinzip des klassischen Konditionierens erklären läßt: Einstichschmerz und Opiateffekt sind so oft zusammen aufgetreten, daß der bedingte Reiz (Stich in die Vene) auch ohne den unbedingten (Opiatzufuhr) die Euphorie auslösen kann, allerdings wohl nicht nachhaltig und intensiv genug, um wirklich über den Entzug hinwegzuhelfen.

3. Negative Verstärkung durch aversive Reize aus der Umwelt

Bereits Tiere führen jede ihnen mögliche Verhaltensweise aus, wenn sie dadurch einen unangenehmen Reiz (z. B. elektrischen Strom im Käfigboden) ausschalten können. Es überrascht nicht, daß menschliche Drogenabhängige das Rauschgift benutzen, um aversive Reize in ihrer sozialen Umwelt »auszuschalten«; dieser Faktor spielt eine wesentliche Rolle bei den sozialen und historischen Unterschieden im Drogenkonsum. In New York sind mehr als fünfzig Prozent aller Heroinsüchtigen Neger, mehr als zwanzig Prozent Puertoricaner und Mexikaner. Das liegt nicht an rassischen Eigentümlichkeiten (Südstaaten-Neger sind sehr selten heroinsüchtig), sondern an dem desolaten Leben in den Slums. Die Droge entspricht einem Versuch, das aversive Milieu des Großstadtghettos mit Hilfe einer Manipulation der subjektiven Schmerzempfindung auszulöschen. In diesem Milieu kann jedes Rauschgift, das einen solchen Lösch-Effekt hat, zum Suchtgift werden, proportional zu eben dieser Wirkung. Nicht zuletzt deshalb sind Barbiturate und Opiate in den Slums besonders beliebt.

4. Negative Verstärkung durch soziale Folgen des Drogenkonsums

Die Drogenabhängigkeit löscht die Probleme des Konsumenten zeitweise aus, statt sie zu lösen; allmählich wird sie selbst zu seinem größten Problem. Die soziale Umwelt toleriert das unzuverlässige, von Kontroll-Ausfällen heimgesuchte Verhalten des Drogenabhängigen nicht; er verliert seinen Arbeitsplatz, seine Frau verläßt ihn, der Hauswirt kündigt die Wohnung. Dadurch wird die Bindung an die »tröstende«, aversive Stimuli auslöschende Droge noch verstärkt: ein sozialer Teufelskreis, der den der physischen Abhängigkeit (in Punkt 6 besprochen) ergänzt.

5. Negative Verstärkung durch innere aversive Reize, die nichts mit dem Drogeneffekt zu tun haben

Nicht nur ein trostloses äußeres Milieu, wie das des Koka-Blätter kauenden indianischen Lastenträgers, des schnapstrinkenden Arbeiters der hochkapitalistischen Epoche, des heroinspritzenden Negers im amerikanischen Slum kann den Drogenkonsum verstärken, sondern auch ein belastendes »inneres Milieu«: heftige physische Schmerzen, Ängste, Depressionen, Müdigkeit, Langeweile. Diese inneren aversiven Stimuli werden in der psychoanalytischen Theorie der Drogenabhängigkeit besonders betont. Orale Frustration (d. h. mangelnde mütterliche Zuwendung) in der frühen Kindheit, Kontakt mit erlebnisunfähigen Eltern, mangelndes »Urvertrauen« (E. H. Erikson)[20] führen zu einer sucht-disponierten Persönlichkeit, die ihre Symptome in einer ruinösen Selbst-Therapie durch die Rauschdrogen zu bewältigen (d. h. zuzudecken) sucht.

6. Negative Verstärkung, die durch aversive, innere Reize infolge ständigen Drogengebrauchs induziert wird

Unter diese Rubrik fallen die wichtigsten Verstärker des typischen Suchtmittelabusus, nämlich die Entzugssymptome infolge körperlicher Gewöhnung. Diese Entzugssymptome gehören zu den stärksten aversiven Stimuli, die es gibt; ihre motivierende Kraft ist so groß, daß der Süchtige seine besten Freunde verrät, Verbrechen begeht, kurz: vor nichts oder doch fast nichts zurückschreckt, um sich sein Suchtmittel zu verschaffen. (Die sekundäre Kriminalisierung des Süchtigen wirkt ihrerseits wieder als Verstärker vom Typ 4.)

Verstärker des Drogenkonsums: Kritik

Die hier nach Cahoon, Crosby, Crowley, Wikler u. a.[21] zusammengestellte Liste einzelner Verstärker des Drogenkonsums ist unvollständig. Das läßt sich zum Teil auf die behavioristische Optik dieser Autoren zurückführen, in der kaum intellektuelle Motive für den Drogenkonsum gesehen werden – zum Beispiel die Neugier oder der Wunsch, neue seelische Zustände zu erleben (»Bewußtseinserweiterung«); diese Motive spielen in der sogenannten psychodelischen Bewegung eine große Rolle.[22] Praktisch ist das aber kein sehr schwerwiegender Nachteil, weil es meist kaum möglich ist zu entscheiden, ob diese intellektuellen oder spirituellen Motive nur Rationalisationen anderer, unbewußter Bedürfnisse darstellen (wie sie etwa unter Typ 5 der Verstärker genannt sind).

Ein großer Vorzug der Klassifikation typischer Verstärker ist, daß sie erlaubt, innerhalb der bisher reichlich unkritisch gehandhabten Begriffe von physischer und (oder) psychischer (emotionaler, psychologischer, behavioraler usw.) Abhängigkeit zu differenzieren und klar zu erkennen, daß es keineswegs allein von den chemisch-pharmakologischen Eigenschaften einer bestimmten Rauschdroge abhängt, ob sie nun einem Menschen zum Verhängnis wird oder nicht, sondern einwandfrei auch von den motivierenden Kräften, die in diesem Menschen wirken, sowie von seiner sozialen Situation. Es ist auch unsinnig, »psychische Abhängigkeit« nun einfach als Gegenstück der »physiologischen Abhängigkeit« anzusehen. Selbst die hier aufgestellte Typologie zeigt, daß es mindestens fünf verschiedene Formen dieser psychischen Abhängigkeit gibt. Es ist also notwendig, nicht nur zwischen den einzelnen Rauschdrogen zu unterscheiden (ob sie z. B. zu Gewöhnung, Toleranz und körperlich meßbaren Entzugserscheinungen führen), sondern auch zwischen den einzelnen Konsumenten und ihrer jeweiligen soziokulturellen Situation. Es ist gut möglich, daß bestimmte Drogen nur in einem chronisch aversiv, »strafend« wirkenden Milieu zu Suchtgiften werden. Möglicherweise gilt das sogar für alle Rauschdrogen, wenn man »aversives Milieu« nicht nur auf die äußere, sondern auch auf die innere Situation der Betroffenen anwendet. Ein seelisch gesunder Mensch in einer menschengerechten Gesellschaft wird vielleicht überhaupt nie süchtig.

Lerntheoretische Gesichtspunkte zur Prophylaxe

Vom lerntheoretischen und verhaltenstherapeutischen Standpunkt aus sind die bisherigen Maßnahmen zur Prophylaxe der Drogenabhängigkeit mehr als fragwürdig. Sicher hätte die sogenannte »Rauschgiftwelle« unter den Jugendlichen weit weniger Opfer erreicht, wenn sie nicht durch eine Unzahl mehr oder weniger gut informierter und wohlmeinender Aufklärer immer wieder in düsteren oder leuchtenden Farben geschildert worden wäre. Diese Informationen über Art, Herkunft, Verwendung und Gefahren aller erdenklichen Rauschgifte haben in den meisten Fällen wohl nur als Propaganda gewirkt, Neugier geweckt, einen ersten Kontakt mit den Drogen selbst eingeleitet – nicht zuletzt deshalb, weil es in der von den Massenmedien informierten Welt zu den stärksten sozial motivierenden Kräften gehört (»positive Verstärker«), im Fernsehen zu erscheinen oder doch mit einer Gruppe identifiziert zu werden, die im Fernsehen und auf den Titelblättern der Illustrierten überrepräsentiert ist. Diese Informationen und sozialen Verstärker haben wahrscheinlich in den meisten Fällen jenes Neugierverhalten bei Jugendlichen in Gang gesetzt, das zu einem ersten Kontakt mit Rauschgiften führte. Von anderen motivierenden Faktoren, die wir oben zusammengestellt haben, hing es dann ab, ob diese Kontakte zu einer Drogenkarriere mit sich ausweitendem Konsum und (oder) zu dauernder Abhängigkeit führten.

Die Erfolge der Anti-Drogen-Erziehung sind keineswegs positiver als die der sogenannten »Aufklärung« in den Massenmedien. Die ausgedehntesten Erfahrungen mit entsprechenden propagandistischen Bemühungen konnte man in den Vereinigten Staaten sammeln, wo seit 1960 Millionen ausgegeben wurden, um die Jugendlichen von einer Drogenkarriere abzubringen. Dieses Geld ist nicht nur nutzlos ausgegeben worden, sondern hat möglicherweise sogar zu einem paradoxen Resultat geführt: Der Drogenmißbrauch stieg stark an, seit in einer gigantischen Werbekampagne mit Fernsehspots, Postern und Zeitungsreklame versucht wurde, den Jugendlichen einzuhämmern, sie sollten die Finger vom Rauschgift lassen. (Hammond 1972) [23]

In dieser Kampagne wurden lernpsychologische Einsichten viel zuwenig beachtet. Die Werbemanager übersahen, daß man nicht mit den gleichen übertriebenen und unkritischen Behauptungen, mit denen es immerhin möglich sein mag, Produkte zu verkaufen, auch den Kauf eines Produktes verhindern kann, das in mancher Hinsicht für sich selbst wirbt. Die entsprechenden Informationen wurden einmal in den Massenmedien viel zu breit gestreut. Zahlreiche Jugendliche erfuhren erst durch die Anti-Drogen-Propaganda, daß es solche Rauschgifte überhaupt gibt; sie wurden neugierig und zu weiterem Nachforschen angeregt. Bald sahen sie sich mit einer Fülle widersprüchlicher Aussagen konfrontiert – die Drogen wurden bald verteufelt, bald gelobt – und damit reizte man sie noch mehr zu einem Selbstversuch. Während die Anti-Drogen-Propaganda also die Nicht-Konsumenten zum Konsum hinführte, gelang es ihr nicht, die Konsumenten von ihm abzubringen. Denn sie war meist so unsachlich und tendenziös formuliert, daß jeder einigermaßen intelligente Drogenkonsument ihr zahlreiche Irrtümer, Übertreibungen und Entstellungen nachweisen konnte. Der Protest gegen solche Entstellungen führte liberale Journalisten dazu, auch in Deutschland die sehr realen Gefahren des Drogenkonsums zu bagatellisieren.[24]

Hammond zitiert ein aufschlußreiches Dokument aus der Szene selbst: »Wenn ich diese Reklamesendungen schon sehe, die unsere Regierung gegen die Drogen macht! Da siehst du ein Gör Hasch rauchen, und dann windet sie sich auf dem Boden und halluziniert und so weiter. Und dann zeigen sie dir dasselbe bei jemand, der LSD schluckt. So probierst du halt einmal Hasch, und siehst, daß es viel schwächer ist als Alkohol. Und du probierst LSD und siehst, daß es zu den schönsten Sachen gehört, die du jemals erlebt hast. Und so merkst du, wieviel Mist man dir immer beigebracht hat ... Diese Reklamen machen mich ganz verrückt. Jedesmal wenn ich sie sehe, möchte ich ein paar Kumpels mehr aufreißen, nur um ihnen zu zeigen, wie man sie angelogen hat.« [25]

In dieser Stellungnahme deutet sich schon die wohl größte Gefahr einer undifferenzierten Anti-Drogen-Propaganda an: Weil manche Warnungen nachweislich übertrieben sind (etwa die, Marihuana sei eine »Killer-Droge«, die zu lebenslanger physischer Abhängigkeit führe)[26], schenkt der Jugendliche endlich auch den sehr berechtigten Warnungen vor zerstörerischen Suchtgiften wie Heroin und Morphin keinen Glauben mehr. Er hat Haschisch einige Male geraucht und kann ohne weiteres wochenlang darauf verzichten – obschon man ihm eine Haschischsucht angekündigt und in den schwärzesten Farben geschildert hat. Warum sollte er dann nicht auch Heroin spritzen können; vielleicht hat man ihn in diesem Punkt ebenso angelogen?[27]

Die Anti-Drogen-Propaganda hat übersehen, daß sie selbst ein mächtiger sozialer Verstärker für den Drogenkonsum war und ist. Sie erkannte nicht, daß der wirklich aversive Reiz in diesem Fall darin bestünde, den Drogenkonsum in den Massenmedien einfach nicht zu beachten. Sozial abweichendes Verhalten wird oft deshalb angestrebt, weil es Beachtung und Aufmerksamkeit von seiten der Mitmenschen – auch der sonst Gleichgültigen und Desinteressierten – verschafft. Das vernachlässigte Kind, das mit einer Schere die Vorhänge zerschneidet oder mit Bauklötzen wirft, um endlich die Aufmerksamkeit seiner Mutter zu gewinnen, und der Jugendliche, der Autos knackt, sich einer Rockerbande anschließt oder Drogen nimmt – sie alle suchen durch sozial negativ bewertetes Verhalten zu erreichen, was ihnen bisher versagt blieb oder doch nicht in ausreichendem Maß zuteil wurde: soziale Zuwendung, das Interesse ihrer Beziehungspersonen oder der Mitmenschen schlechthin, auch wenn es Schimpfworte, Strafen, Kritik enthält. Es wäre eine miserable Verhaltenstherapie, in diesen Fällen nur durch Zuwendungsentzug für das abweichende Verhalten diesen Verstärker zu eliminieren. Man sollte dieses deviante Verhalten nicht zum Anlaß für die Zuwendung oder für die Strafen nehmen, sondern es als Signal werten, daß die sozial positiven Verhaltensweisen des Betroffenen bisher nicht genügend verstärkt worden sind. Gezielte Nichtbeachtung der Verhaltensdevianz, verbunden mit erhöhter Beachtung sozial positiver Verhaltensweisen, kann zu einem raschen Abbau solcher Auffälligkeiten bei Kindern führen.[28]

Überträgt man diese Einsicht auf die Anti-Drogen-Propaganda, so kommt man zu folgendem Schluß: Das beste Mittel gegen eine Rauschgiftwelle wäre wohl gewesen, nicht von ihr zu reden, die Drogen und ihre Konsumenten totzuschweigen. Nur die Kontaktpersonen potentiell Drogenabhängiger – Sozialarbeiter, Lehrer, Heimleiter, Ärzte usw. – hätten gründlich informiert und in den elementaren Regeln der Verhaltensanalyse und Verhaltensveränderung unterrichtet werden müssen. Ihnen wäre es dann möglich gewesen, die gewiß erheblich geringere Zahl der gefährdeten, am Beginn einer Drogenkarriere stehenden Jugendlichen durch gezielte Nichtbeachtung des Drogenkonsums, sachliche Information über seine echten Gefahren und vor allem durch das Aufzeigen positiver Alternativen vor einer selbstzerstörerischen Entwicklung zu bewahren. Statt abschreckender Gruselstories vom kaputten Fixer, die ja nachweislich einen ganz ähnlichen Propagandaeffekt haben wie aufmunternde Literatur, müßte eine lerntheoretisch orientierte Anti-Drogen-Erziehung vor allem darauf abzielen, Alternativen zum Rauschgiftkonsum zu schaffen – Meditation, Yogaübungen, Erlebnis enger Gemeinsamkeit in einer Gruppe, etwa durch Musizieren, Malen, Theater- oder Puppenspiele, Film- oder Videobänder-Produktion. Positive Verstärker anzubieten, das hieße auch den Jugendlichen einen repressionsfreien Raum in speziellen Jugendzentren zu gewähren, wo man nicht kirchlich oder anderweitig organisiert sein muß, um eintreten zu dürfen. In den Beat-Lokalen, die manchmal Drogen-Umschlagplätze sind, wird eben dieses Bedürfnis der Jugendlichen kommerziell ausgeschlachtet.

Da Selbsterkenntnis, »Bewußtseinserweiterung«, die Suche nach einer eigenen Identität eine wichtige Rolle unter den durch Drogenkonsum erstrebten (aber durch ihn nicht erreichbaren) Zielen spielen, wäre es sicher sehr hilfreich, wenn man in den Schulen (etwa vom neunten Schuljahr an) Psychologie und Erziehungslehre als neues Pflichtfach einführen würde. Heute lernen unsere Kinder zwar, Wurzeln zu ziehen und die Hauptstadt Boliviens zu nennen, aber für ihre wichtigste und verantwortlichste Aufgabe im späteren Leben – nämlich die eigenen Kinder richtig zu erziehen – werden sie in keiner Weise vorbereitet.

Jüngere amerikanische Studien haben gezeigt, daß viele bisher beschuldigte Faktoren den tatsächlichen Drogenkonsum Jugendlicher nur in sehr geringem Maß beeinflussen – so die Verführung durch Altersgenossen und die Kenntnis der Drogen und ihrer Bezugsquellen [29] (wohl deshalb, weil beide Faktoren heute schier allgegenwärtig sind: jeder Jugendliche kennt jemanden, der Drogen nimmt, und weiß auch, wo man hingehen müßte, um Drogen zu bekommen). Der entscheidende Einfluß geht von familiären Faktoren aus, die es nach Studien von Richard Blum mit hoher Wahrscheinlichkeit gestatten, vorauszusagen, ob ein Jugendlicher an einer Droge »hängenbleibt« oder nicht. Weniger die Klassenkameraden, Drogenapostel Timothy Leary oder Beatmusik sind demnach für den Drogenkonsum verantwortlich zu machen, als vielmehr bestimmte Züge des Familienlebens, die bisher kaum Eingang in die Drogenerziehungs-Programme fanden. Zu ihnen gehört etwa der elterliche Drogenkonsum (Alkohol, Zigaretten, Tabletten), die Einstellung zur Erziehung, das »Urvertrauen« [30], sowie die Tatsache, ob ein Kind akzeptiert und in seiner Identitätsfindung unterstützt wird oder nicht [31]

Probleme der Verhaltenstherapie

Der »klassische« Neurotiker erlebt Situationen als angsteinflößend, die eigentlich neutral (etwa das Überqueren von Straßen und freien Plätzen) oder lustbetont (z. B. der Sexualverkehr) sein müßten. In der Regel führen neurotische Symptome – Zwänge, Depressionen, Ängste, Arbeitshemmungen – zu einem deutlichen Leidensdruck. Der Patient will sie loswerden und ist bereit, in der Therapie Mühe und Verzicht auf sich zu nehmen, um dieses Ziel zu erreichen. Die Behandlung der Drogenabhängigkeit wird nun dadurch außerordentlich erschwert, daß hier das Symptom selbst lustvoll erlebt wird. Primär besteht kein Leidensdruck, der den Kranken motiviert, seine Abhängigkeit zu überwinden. Im Gegenteil: der Drogenkonsum erscheint ihm ein unentbehrliches Hilfsmittel, um zugrunde liegende seelische und soziale Schwierigkeiten zu überwinden (die teilweise – siehe oben – durch den Drogenkonsum erst entstanden sind). Deshalb ist die Rückfallquote von Süchtigen, denen man durch eine polizeilich verordnete Entziehungskur lediglich diese Selbst-Therapie wegnimmt, ohne die Verhaltensstörung zu beeinflussen, auch so hoch (nicht selten 95 bis 99 Prozent).[32]

Weil neurotische Symptome den Betroffenen quälen, besteht zumindest in den leichteren Fällen eine deutliche Selbstheilungstendenz. Bereits kleine Besserungen wirken als mächtige Verstärker für weitere Heilungsschritte und führen im glücklichen (selten von Ärzten oder Psychologen beobachteten) Fall dazu, daß Ängste schrittweise abgebaut, Hemmungen und Phobien überwunden werden.[33] Wer sich davor ängstigte, öffentlich zu reden oder zu singen, gewinnt bereits nach einem ersten, einigermaßen erfolgreichen Auftreten soviel Sicherheit, daß er dieses Symptom allmählich überwinden kann. Diese Tendenz zur Spontanheilung ist gering, solange die Symptome der psychischen Störung als lustvoll erlebt werden, was neben der Drogenabhängigkeit etwa auch bei sexuellen Perversionen der Fall sein kann. Erst wenn die so gewonnene Lust bzw. vermiedene Unlust (lerntheoretisch gesprochen: die positiven und negativen Verstärker) nicht mehr die zerstörerischen Folgen der Sucht für Gesundheit, Familie und soziale Position aufwiegen, kann der Drogenabhängige für eine Therapie motiviert werden. Nach verschiedenen Schätzungen sind es nur rund zehn Prozent aller Opiatabhängigen, die man überhaupt für behandlungswillig halten darf.

Die Verhaltenstherapie geht davon aus, daß die Neurose das Symptom ist (während die Psychoanalyse und die analytisch orientierte Psychotherapie im Symptom nur den Ausdruck eines zugrundeliegenden, unbewußten Konfliktes sehen), und daß dieses Symptom durch Lernen zustande kam, somit auch prinzipiell wieder verlernt werden kann.[34] Wenn die bedingte Angstreaktion bei einer phobischen Neurose etwa nicht von selber wieder verschwindet – wie bedingte Reflexe im Tierexperiment verschwinden, wenn sie nicht mehr regelmäßig verstärkt werden (indem man unbedingte und bedingte Reize gemeinsam anbietet) – dann liegt das in lerntheoretischer Sicht daran, daß die Neurose durch einen »Selbstverstärker« unterhalten wird. (Etwa ähnliches meinte Freud mit dem »Wiederholungszwang«.) Das neurotische System löst eine Meidungsreaktion aus, die immer wieder verstärkt wird, weil sie neurotische Angst bindet (etwa ein Zwang, oder auch das Meiden eines phobisch besetzten Objektes, wie Schlangen, weite Plätze, öffentliches Sprechen); auf diese Weise wird verhindert, daß das neurotische Symptom spontan verschwindet.

Dieser Teufelskreis einer dauernd sich selbst verstärkenden neurotischen Symptomatik wird nun in der Verhaltenstherapie durch eine ganze Reihe von Techniken durchbrochen.[35] Während der Neurotiker etwa seinen quälend erlebten Verhaltensdefekt durch Phantasien ausgleicht, in denen er sich selbst das Ideal einer übermenschlichen Vollkommenheit setzt (Harald Schultz-Hencke spricht von einem Konflikt zwischen Gehemmtheit und Riesenansprüchen[36]), erfährt er in der Verhaltenstherapie, daß sein »Selbstverstärkungssystem« falsch aufgebaut ist. (Bereits Alfred Adler betonte[37], daß in jeder Neurose eine Störung des Selbstgefühls vorliegt.) Um Verhalten zu ändern, darf man nicht nach dem Alles-oder-nichts-Prinzip vorgehen, unerreichbare Perfektion von sich fordern, an der man mit Sicherheit scheitern muß, sondern es ist notwendig, in kleinen, systematisch verstärkten und sich selbst verstärkenden Schritten vorzugehen, um neue Verhaltensweisen aufzubauen (wie es in Tierexperimenten mit künstlich »neurotisch« gemachten Katzen, Ratten u. ä. sichtbar wurde).[38] Eine der am meisten angewendeten Techniken ist die zuerst von Joseph Wolpe verwendete »systematische Desensibilisierung«.[39] Der Patient erlernt zunächst eine Entspannungstechnik (progressive Muskelentspannung nach Jackson; autogenes Training nach J. H. Schultz) und wird dann stufenweise mit den vorher in einer Hierarchie geordneten Angstreizen (vom schwächsten zum stärksten) konfrontiert. Das kann mit nur vorgestellten Auslösern geschehen, oder auch mit Abbildungen der Realsituation bzw. in dieser Situation selbst. Geringere Angstreize werden durch die Entspannung, welche der Angst entgegenwirkt, allmählich ausgelöscht; stufenweise wird neues, angstfreies Verhalten aufgebaut. Die schrittweise Vergrößerung seiner Angsttoleranz, verbunden mit dem Erfolgserlebnis der Therapie, ermöglicht es vielfach dem Kranken, dauerhaft mit seinen Ängsten fertig zu werden.

Angesichts lustvoller Symptome soll nun aber ein Reiz, der bisher angenehm war, durch die Assoziation Reiz-Angst unangenehm gemacht werden, um nachteilige soziale Folgen zu verhindern. Auch hier geht die Verhaltenstherapie von tierexperimentell gesicherten Erkenntnissen aus: Man braucht negative Verstärker (aversive Reize), um die Verbindung zwischen Drogenkonsum und Lust, Erleichterung, Entspannung aufzubrechen. Solche aversiven Reize sind etwa faradische Stromstöße (manchmal mißverständlich »Elektroschocks« genannt; sie haben mit der psychiatrischen Elektroschocktherapie, die einen epileptischen Krampf auslöst, nichts zu tun) oder Medikamente mit sehr unangenehmen Effekten (Emetika wie Apomorphin, Muskelrelaxantien wie Scolin). Entsprechende Therapieverfahren sind schon recht oft mit Alkoholikern und Homosexuellen durchgeführt worden, vielfach mit signifikantem Erfolg.[40] Die Erfahrungen mit Fixern sind noch sehr gering. Es muß vorausgeschickt werden, daß kein ernstzunehmender Verhaltenstherapeut einen Patienten behandelt, der nicht freiwillig zu ihm kommt und aus eigener Motivation heraus gesund werden will.

Methoden der Aversionstherapie

Im folgenden sollen die verschiedenen Techniken der Aversionstherapie von Drogenabhängigen an Fallbeispielen aus der Literatur aufgezeigt werden. Ein erster Fall stammt von Joseph Wolpe.[41]

Vor allem wenn er Schwierigkeiten mit seinen Kollegen und Vorgesetzten hatte, injizierte sich sein Patient, ein Arzt, Demerol (=Pethidin, ein Morphinderivat). Da ihm eine dreijährige Psychoanalyse nicht helfen konnte, konsultierte er endlich telephonisch Wolpe, der über 500 km entfernt wohnte und nach dem ersten persönlichen Kontakt mit dem Kranken diesem einen kleinen Apparat mitgab, mit dem sich der Drogenabhängige immer dann selbst einen schmerzhaften elektrischen Reiz geben sollte, wenn er ein Begehren (craving) nach einer Injektion verspürte. Nach einer Woche berichtete der Patient von einem ersten Erfolg, der ihn sehr begeisterte: zweimal habe er mit Hilfe des Stromstoßes verhindert, daß der Wunsch nach einem »Schuß« unüberwindbar wurde. Selbst als der tragbare Impulsgeber nach nur dreimaliger Applikation eines aversiven Reizes ausfiel, konnte der Patient mehrere Monate lang auf das Opiat verzichten. Endlich erlitt er aber doch einen Rückfall, wohl auch deshalb, weil die Therapie wegen der großen räumlichen Entfernung zwischen Wolpe und dem Patienten nicht weitergeführt werden konnte. Interessant an dieser Kasuistik ist vor allem die Tatsache, daß hier der Patient selbst den Strafreiz auslöste, sobald er einen Wunsch nach dem Rauschgift verspürte. Damit ist der für jede Konditionierung so wesentliche enge zeitliche Zusammenhang zwischen unerwünschtem Verhalten und aversivem Stimulus zwingend gegeben; allerdings ist auch eine sehr gute Motivation des Patienten unbedingt notwendig.[42]

Eine im Prinzip ähnliche, aber nicht auf selbstaversiven Stimuli basierende Therapietechnik schildert Erwin Lesser[43] in einem Fallbericht. Diesmal dauerte die Therapie weitaus länger. (33 Stunden über viereinhalb Monate.) Der Patient, ein 21jähriger Student, stand an der Grenze zwischen gelegentlichem Opiatkonsum und ausgesprochener Drogenabhängigkeit. Er hatte von Kindheit an unter Ängsten und Depressionen gelitten und eine typische Drogenkarriere hinter sich, die ihn bis zu regelmäßigen Morphin-Injektionen geführt hatte. Auch dieser Patient war sehr gut motiviert und recht willensstark. Es war ihm vorher bereits einmal gelungen, seine Abhängigkeit zu überwinden, indem er sich in einem Zimmer einschloß, bis die Entzugssymptome vorbei waren.

Zur Zeit der ersten Kontaktaufnahme injizierte er sich ungefähr zweimal pro Woche Morphin, fürchtete aber, wieder abhängig zu werden. Lesser versuchte zunächst, ein Verhaltenstraining durchzuführen, das Morphin überflüssig machen sollte. Um mit seinen Angstzuständen besser fertig zu werden, sollte der Patient muskuläre Entspannung nach der Technik von Jackson[44], modifiziert nach Wolpe lernen. Er arbeitete so gut mit, daß er bereits nach wenigen Stunden fähig war, den ganzen Körper auf das konditionierte Signal »relax« hin zu entspannen. Weiterhin erhielt er ein Buch über Selbstbehauptungstraining[45], das mit ihm diskutiert wurde. Nach der siebten Stunde konnte er zum ersten Mal im College tanzen gehen. Zweimal boten ihm Freunde Narkotika an; er lehnte jedesmal ab.

Erst während eines Ferienaufenthaltes bei seinen Eltern (da sein Vater einen medizinischen Beruf ausübte, konnte der Klient unschwer an Opiate herankommen) konnte er nach anfänglichem inneren Widerstand nicht länger gegen den Drang ankämpfen; als er wieder ins College zurückkam, schlug er seinen süchtigen Freunden den angebotenen Fix nicht mehr aus. Jetzt beschloß Lesser, den Aufbau positiver Verhaltensweisen durch eine Aversionsbehandlung zu ergänzen. Zunächst wurde das Drogen-Applikations-

Verhalten des Patienten analysiert. Er pflegte das Morphin mit Hilfe einer Injektionsnadel und eines Gumminippel zu spritzen. Fünf wichtige Schritte in der Drogenapplikation wurden identifiziert; der Patient mußte sich jeden einzelnen von ihnen klar vorstellen. Wenn er ein deutliches Bild hatte und das dem Therapeuten signalisierte, bekam er einen schmerzhaften elektrischen Schlag am Arm, bis er »Stop« sagte und damit anzeigte, daß auch das Vorstellungsbild verschwunden war. Drei der fünf aversiv behandelten Verhaltenseinheiten wurden nur vorgestellt; zwei von ihnen tatsächlich durchgeführt (Aufheben der Nadel und des Gumminippels). In diesem Fall wurde der Strom erst abgeschaltet, wenn der Patient diese mit Drogenkonsum verbundenen Gegenstände fallen ließ. Insgesamt erhielt er in den ersten Wochen fünfzehn elektrische Schläge pro Therapiesitzung; später ging der Therapeut auf intermittierende Verstärkung über (die vielfach beständigere Resultate ergibt)[46], so daß nur noch fünf Schocks pro Sitzung gegeben wurden.

Nach der achten Stunde der Aversionstherapie wurde dem Patienten von Freunden ein Morphin-Fix angeboten. Er akzeptierte, merkte aber, daß er keine Lust mehr verspürte wie früher, und beschloß, nun das Fixen ganz aufzugeben. Er begann in seinem College intensiv mitzuarbeiten und machte seine Abschlußprüfung. Die Katamnese umfaßte zur Zeit des Berichts von Lesser zehn Monate, in denen sich keine Rückfallneigung mehr bemerkbar machte; die Besserung des Patienten hielt an.

Stromstöße sind relativ schwache aversive Reize; verschiedene Verhaltenstherapeuten haben deshalb nach anderen negativen Verstärkern gesucht. Ein sehr mächtiger aversiver Reiz ist ausgeprägte Nausea, wie viele Menschen aus eigener Erfahrung wissen, denen einmal nach einer bestimmten Speise schlecht wurde, die sie dann längere Zeit nicht mehr essen, ja nicht einmal riechen können (Reizgeneralisierung). Künstliches Erbrechen kann durch verschiedene Mittel ausgelöst werden, vor allem durch Emetin (das oral genommen wird und nach etwa 20 Minuten wirkt) sowie durch Apomorphin (ein nicht-euphorisierendes Morphinderivat, das injiziert wird und nach rund zehn Minuten wirkt).

M. J. Raymond hat die Technik der Apomorphin-Aversionstherapie bei Alkoholismus, Opiatabhängigkeit und suchtartigem

Zigarettenrauchen angewendet.[47] In jedem Fall wurde zunächst die Latenzzeit zwischen der subkutanen Injektion von einem zwanzigstel bis einem zehntel Gramm Apomorphin und dem Eintritt von Übelkeit und Erbrechen gemessen, da sie – je nach Konstitution des Probanden – schwanken kann. Kurz ehe der Patient die Nausea empfindet, soll er Alkohol trinken bzw. sich eine Spritze mit dem von ihm bevorzugten Opiat geben. Wichtig ist, daß die Wirkung des Suchtmittels die Übelkeit subjektiv für den Patienten auszulösen scheint und deshalb dauerhaft mit ihr assoziiert wird. Deshalb darf die Dosis etwa von Heroin nicht groß genug sein, um die Nausea zu unterdrücken; in diesem Fall würde ja der Drogenkonsum positiv (und nicht aversiv) erlebt.

Raymond berichtet über eine 30jährige Frau, die seit sechs Jahren Physepton-süchtig war und täglich drei Ampullen (30 mg) brauchte. Nach einer Woche Aversionstherapie (die Physepton-Ampullen wurden dabei ohne ihr Wissen zunehmend durch mit Kochsalzlösung gefüllte ersetzt) wurde sie schwer deprimiert und suizidal, so daß Raymond et al. die Aversionstherapie unterbrachen und eine Elektrokrampfbehandlung durchführten, die drei Wochen dauerte.[48] Nach Abschluß dieser Therapiephase waren die physischen Entzugssymptome (Durchfall, Schweißausbrüche) verschwunden, aber die seelische Abhängigkeit bestand noch weiter; die Patientin gab zu, sie würde sich gern wieder das Opiat injizieren. Jetzt wurde die Aversionstherapie wieder aufgenommen; am dritten Tag zögerte die Kranke, sich noch Injektionen zu geben, am fünften Tag zerbrach sie absichtlich die Nadel. Sieben Wochen später, nachdem ihre familiären Probleme mit ihr besprochen worden waren, konnte die Patientin entlassen werden. Nach zweieinhalb Jahren berichtete sie, sie nähme keine Drogen mehr und fühle sich viel besser als zuvor.[49]

Ebenfalls mit Apomorphin-Aversionstherapie behandelte Robert Liberman[50] zwei Patienten. Einer wurde kurz nach der Behandlung rückfällig, obschon er während der Aversions-Sitzungen die Spritze weggeworfen und jeden Wunsch nach einem »Fix« abgeleugnet hatte, ja sogar fähig war, ohne Begehren fixenden Freunden zuzusehen. Mitverantwortlich für dieses Versagen der Aversionsbehandlung war wohl, daß dem Patienten keine Möglichkeit angeboten wurde, konstruktiver mit seinen heftigen sozialen Ängsten fertig zu werden. Außerdem begegnete er dem Therapeuten mit Mißtrauen, als dieser ihm einmal eine Injektion mit Kochsalzlösung gab, um zu sehen, ob sich ein bedingter Reflex ausgebildet hatte (Injektion → Nausea; der unbedingte Stimulus war das Apomorphin). Zwar wurde dem Kranken schlecht; doch die Übelkeit war erheblich geringer als die durch Apomorphin produzierte. Er brach die Behandlung ab, nahm wieder Heroin und wurde wenig später wegen eines Autodiebstahls verhaftet.

Erfolgreicher war die Behandlung einer 38jährigen Frau, die seit fünf Jahren hohe Dosen von Heroin spritzte, nachdem ihre Ehe gescheitert war. Diese Patientin war sehr stark motiviert, weil sie ihren Beruf als Röntgenassistentin wieder aufnehmen wollte. Schon nach drei aversionstherapeutischen Sitzungen entwickelte sich eine konditionierte emotionale Reaktion; sie konnte ihren Wunsch nach Drogen viel besser kontrollieren und suchte Arbeit in einem Krankenhaus. Nach fünfzehn Sitzungen wurde sie nach Hause entlassen, wo sie wieder Zugang zu Narkotika gehabt hätte. Sie arbeitete erfolgreich und suchte den Therapeuten nur noch gelegentlich auf, um vor Situationen, die sie möglicherweise beanspruchen könnten, die Drogen-Aversion noch einmal zu verstärken. Nach einem Jahr arbeitete sie immer noch erfolgreich und war nicht wieder süchtig geworden.[51]

Mit noch nachdrücklicheren aversiven Reizen arbeiteten I. G. Thompson und N. H. Rathod.[52] Auch hier ist der spontane Behandlungswunsch des Fixers die Voraussetzung, damit er in das Programm aufgenommen wird. Man betreut ihn zunächst einige Wochen lang ambulant (medizinisch und sozial-fürsorgerisch), um einen ersten Kontakt herzustellen. Es folgt eine einwöchentliche Entziehungskur. Nach einem weiteren, einwöchigen Intervall darf sich der Patient eine Heroininjektion in der von ihm gewünschten Dosis geben. Sofort nachher wird er interviewt; er soll seine Erlebnisse während des Drogenkonsums, Alternativen zu ihm, Gründe für seinen Wunsch, aufzuhören usw. schildern. Das Interview wird auf Tonband aufgenommen; man schneidet die Teile heraus, in denen am meisten von Drogen geschwärmt wird.

Erst jetzt folgt die Phase der aversiven Konditionierung. Sie sucht ein möglichst getreues Modell der Lebensumstände von Drogenabhängigen zu geben. An manchen Tagen gibt es beispielsweise kein Frühstück (wie ja auch der Fixer nicht mehr regelmäßig ißt). Wer ein Mittagessen bekommt, wird an diesem Tag nicht behandelt. Wer ins Therapiezimmer kommt, wird durch Zufallsauswahl festgelegt. Das Zimmer ist ein mit Postern und ähnlichen Signalen der Szene ausgestatteter Raum. Dem Fixer wird ein Tablett (»Rathod's Roulette«) angeboten, auf dem fünf Spritzen liegen: zwei Placebos, die mit destilliertem Wasser gefüllt sind, zwei mit Scolin, eine mit Heroin.

Diese Versuchsanordnung spiegelt die Unsicherheit des Süchtigen wider, der ja auch nicht weiß, ob er reinen Stoff bekommen hat. Als aversiver Reiz wirkt das Scolin: Sofort nach der Injektion (binnen 10 Sekunden) wird die gesamte willkürliche Muskulatur gelähmt, einschließlich der Atemmuskeln, während das Bewußtsein voll erhalten bleibt. Der Patient steht buchstäblich Todesängste aus. Er muß eine kurze Zeit lang künstlich beatmet werden. Der volle Effekt dauert ungefähr eine Minute; die Nachwirkungen klingen nach einer Viertelstunde vollständig ab. Scolin gehört zu den aversivsten Reizen, die es gibt; manche Fixer können sich schon nach einer Woche keine Injektionen mehr geben, weil sie beim Anblick des Roulette anfangen zu zittern. Nach rund zwei Wochen wird die Behandlung abgebrochen.

Grenzen der Aversionstherapie

Die Aversionstherapie läßt sich ethisch nur durch eindeutige Erfolge bzw. das Fehlen einer anderen, wirksamen, aber weniger belastenden Methode begründen. Die Freiwilligkeit der Teilnahme selbst ist zwar eine selbstverständliche Voraussetzung, aber keine Rechtfertigung. (Wie freiwillig ist denn der Behandlungswunsch eines von sozialer und physischer Selbstzerstörung bedrohten Menschen?) Wie bereits die skizzierten Fallstudien verraten, ist der Erfolg einer Aversionstherapie primär wenig stabil, solange dem Patienten keine positive Alternative zum Drogenkonsum geboten wird. Ist das nicht der Fall, so verlieren auch die unangenehmsten Strafreize ihren Effekt[53] (was der seit Jahrhunderten bekannte Mißerfolg von Strafen in der Bekämpfung von Verbrechen ja eindeutig zeigt: bekanntlich erhöhen Gefängnisaufenthalte die Rückfallgefahr, statt sie zu senken).[54] Ein weiterer Nachteil der Aversionstherapie liegt im Fehlen einer echten Generalisierung. Der Proband lernt relativ rasch, zwischen Situationen zu unterscheiden, die bestraft werden oder nicht. Der Fixer wird möglicherweise auf oral zugeführte Rauschmittel (Alkohol, Barbiturate) überwechseln. Die Aversionstherapie kann im ungünstigsten Fall sogar die Motivation zum Drogenmißbrauch verstärken, weil sie Angst auslöst, die ihrerseits ein häufiger Anlaß zum Rauschgiftkonsum ist.

Insgesamt wirken die Aversionstechniken wie »Rizinus beim Husten: man traut sich im Moment nicht mehr«, wie Rudolf Cohen sagte.[55] Sie führen nur dann zu einem Dauererfolg, wenn dem Patienten nicht allein das krankhafte Verhalten weggenommen wird, sondern man ihm auch ermöglicht, die entstandene Leere auszufüllen. In manchen Fällen kann das außerhalb der Aversionstherapie geschehen: durch eigene Einsicht des Patienten, der sieht, daß es so nicht weiter geht, aber seine Symptome nicht kontrollieren kann; durch soziale Einflüsse, einen neuen, günstigen Arbeitsplatz, einen verständnisvollen Sexualpartner u. ä. mehr. Sicherer ist es jedoch in jedem Fall, wenn auch dieser Aufbau positiver Verhaltensweisen im Rahmen der Therapie erfolgt.

Lerntheoretische Aspekte der Chemotherapie

In den letzten Jahren haben sich vor allem in den Vereinigten Staaten die Methadon-Therapieprogramme rascher ausgebreitet als sämtliche anderen Maßnahmen gegen die Opiatsucht.[56] Obschon ihr Effekt immer noch umstritten ist[57], läßt er sich doch lerntheoretisch recht gut erklären und in seiner potentiellen Tragweite abgrenzen. Methadon, ein langwirkendes Narkotikum, wird dem Opiatsüchtigen in so hohen Dosen gegeben, daß er von den handelsüblichen Heroinmengen keinerlei euphorisierenden Effekt mehr verspürt, aber zugleich nicht unter Entzugssymptomen leidet, wenn er einmal pro Tag seine Dosis erhält, die oral zugeführt wird. Methadon eliminiert also einen negativen Verstärker des Heroinkonsums (die Entzugssymptome) und einen positiven (die Euphorie). Dadurch kann das Drogensuchverhalten ausgelöscht werden; Heroininjektionen werden durch kein folgendes »High« mehr verstärkt. Ein Nachteil der Methadon-Therapie ist aber, daß sie die sozialen und innerpsychischen negativen Verstärker für den Drogenkonsum (Ängste, Depressionen, soziale Schwierigkeiten u. ä.) nicht auslöschen kann, wenn sie nicht durch ergänzende Psycho- oder Verhaltenstherapie abgestützt wird, welche die Konflikte und Verhaltensstörungen angeht, die erst zum Drogenmißbrauch disponierten. Vor allem weicht der Drogenabhängige dann möglicherweise auf andere Rauschgifte aus, deren primärer Verstärkereffekt durch Methadon nicht annulliert wird. Unter den Teilnehmern der Methadon-Erhaltungs-Programme steigt die Quote des Alkoholmißbrauchs vielfach signifikant an.[58]

Immerhin ist Methadon vom lerntheoretischen Standpunkt erheblich sinnvoller als die rein aversive Konditionierung durch chemische Mittel, wie sie durch Disulfiram (Antabus) erfolgt, das ausschließlich bei Äthanol-Abhängigkeit angewendet werden kann. Wenn ein Alkoholiker Disulfiram nimmt und trinkt, während das Mittel noch in seinem Organismus vorhanden ist, setzt eine Unverträglichkeitsreaktion ein, die als aversiver Stimulus wirkt und weiteren Alkoholkonsum verhindert. Gegen die Disulfiram-Behandlung des Alkoholismus richten sich dieselben Einwände wie gegen jede reine Aversionstherapie.

Umfassende Therapiemodelle

Die bisher vorwiegend in Einzelfallstudien ohne hinreichende Katamnesen und Kontrollgruppen niedergelegten Daten über die Verhaltenstherapie der Drogenabhängigkeit zeigen, daß man es hier mit einem vielversprechenden Ansatz zu tun hat, der einen recht hohen Wirkungsgrad verspricht und keine so großen Ansprüche an Motivation, Intelligenz und Ausdauer des Patienten stellt wie die psychoanalytisch orientierte Psychotherapie. Sicherlich ließe sich der Wirkungsgrad verhaltenstherapeutischer Einzelmaßnahmen wesentlich verbessern, wenn man sie in ein umfassendes Therapiemodell integrieren würde. Ein solches Modell wollen wir abschließend schildern – eine realisierbare Utopie, die den Vorschlägen von Johannes C. Brengelmann, Gerhard Bühringer, Curtis Lange und Rudi Wormser[59] wichtige Züge verdankt.

Die Therapie der Drogenabhängigen wird dabei in drei Phasen unterteilt: ambulante Kontaktnahme, stationäre Behandlung und ambulante Nachsorge plus Gruppentherapie. Wichtigste Aufgabe der ambulanten Kontaktnahme ist es, den Patienten für die stationäre Behandlung zu motivieren und Daten zu gewinnen, die für sie relevant sind: Anamnese, Analyse des Drogensuch- und Konsumverhaltens, medizinische Behandlung sekundärer Folgen der Abhängigkeit (Abszesse durch unsterile Spritzen, allgemeine Abwehrschwäche gegen Infektionskrankheiten, Nebenwirkungen unreiner Rauschgifte u. ä. mehr), Klärung rechtlicher und beruflicher Probleme (Krankenkasse, Übernahme der Therapiekosten, Arbeitsplatz). Schon während dieser Kontaktphase wird der Patient mit dem Therapieplan genau vertraut gemacht, damit die Behandlung selbst mit einem für beide Seiten verbindlichen und detaillierten »Pakt« begonnen werden kann.

Die Vorphase dauert rund vier Wochen. Die Behandlung selbst wird zunächst durch den Entzug in einer geschlossenen Abteilung eines Krankenhauses eingeleitet. Die Entzugssymptome werden durch Tranquilizer oder Apomorphin in geeigneter Dosis[60] medikamentös erleichtert. Um die Motivation des Patienten ständig zu kontrollieren, gesteht man ihm zu, die Behandlung jederzeit zu unterbrechen. Er darf also auch die geschlossene Abteilung verlassen; andererseits ist es seinen früheren Bekannten, die womöglich noch Drogen nehmen, nicht erlaubt, ihn zu besuchen. Zeitplan und medikamentöse Unterstützung dieser Entzugsphase orientieren sich vorwiegend an Art und Grad der bestehenden Abhängigkeit. (Barbiturate müssen in allmählich ausschleichender Dosis abgebaut werden, während man Opiate und Amphetamine meist vollständig absetzt und die Entzugserscheinungen medikamentös bekämpft.)

Der Entzugsphase folgt eine Dekonditionierungsphase mit Aversionsbehandlung nach den oben geschilderten Methoden mit Stromschlägen, Apomorphin oder Scolin. Auf diese Weise soll verhindert werden, daß der Patient im Entzug ständig an Rauschdrogen denkt und so sein Verhalten durch fortlaufende innere Verstärkung fixiert. Es gibt auch andere Möglichkeiten als aversive Konditionierung, um diese inneren Verstärker abzuschwächen und zu beseitigen. Cautela[61] hat einige von ihnen beschrieben: Das »Gedankenstoppen«, wobei der Patient trainiert wird, bestimmte Vorstellungsreihen durch ein zunächst vom Therapeuten energisch ausgesprochenes »Stop« zu unterbrechen; die »verdeckte Sensibilisierung«, wobei der Patient lernt, durch Vorstellungsübungen gezielt gegen die lustvollen Phantasien über seinen Drogenkonsum anzugehen, indem er sich immer wieder vergegenwärtigt, wie seine negativen Drogenerfahrungen aussahen: *bad trips*[62], Übelkeit und Angstzustände im Entzug, Krankheiten, die durch Rauschgift schlechter Qualität ausgelöst wurden usw. Wichtig ist auch, daß der einzelne Patient gleich zu Beginn seiner Kontakte mit dem Behandlungsprogramm einen Psychologen oder Arzt zugeteilt bekommt, der ständig mit ihm in Verbindung bleibt, ihm die Aufgabe der einzelnen Therapieschritte erklärt, Fortschritte durch Anerkennung und Lob positiv verstärkt und ihm so den Übergang in die dritte, die Rehabilitationsphase erleichtert.

Diese hat vor allem die Aufgabe, dem Ex-Abhängigen drogenfrei zu geben, was er bisher nur durch seine ruinöse Selbstbehandlung mit Rauschgiften erreichen konnte. Das therapeutische Team bestimmt zunächst einmal die möglicherweise indizierten Formen der Einzeltherapie für jeden einzelnen Patienten. In Betracht kommen an speziell verhaltenstherapeutischen Techniken:

1. Entspannungstraining, etwa nach den Methoden von Jackson[63] oder J. H. Schultz[64]: Der Patient lernt, sich auf einen bestimmten Auslöser hin (etwa die Wortfolge »ich entspanne mich«) vollständig zu relaxieren und eine parasympatikotone vegetative Umschaltung herzustellen. Dadurch werden leichtere Formen von Angstzuständen und Depressionen gelindert, d. h. ein ähnlicher Effekt erzielt, wie ihn der Drogenabhängige u. a. durch den Rauschgiftkonsum sucht. Mindestens potentiell ist die Selbstentspannung eine Alternative zum Drogenkonsum und zum Gebrauch der legalen Tranquilizer. In ihr lernt der Klient eine Verhaltensweise, die in sich eine positive Verstärkung enthält, ohne durch begleitende negative Verstärker (wie beim Abhängigen die Entzugssymptome) eine unheilvolle Kettenreaktion einzuleiten.

2. Über die Entspannung hinaus können neurotische Symptome in der Art abgrenzbarer Phobien oder Zwangs-Symptome durch Verhaltenstherapie gezielt angegangen werden. Auch dadurch wird die Rückfallgefahr vermindert, da ja der Drogenkonsum meist dazu dient, neurotische Ängste und (oder) Depressionen zu beseitigen.

Viele Ex-Abhängige werden etwa von einer systematischen Desensibilisierung [65] sozialer oder Leistungs-Ängste profitieren.

3. Das Selbstsicherheitstraining (assertive training) [66] ist ein weiterer, wichtiger Weg, um es dem Ex-Abhängigen zu ermöglichen, auf der positiven Seite des Lebens soziale Verstärker zu finden, statt im Drogenkonsum ein trügerisches Selbstgefühl und eine zweifelhafte soziale Identität zu suchen. Es handelt sich hier um den schrittweisen Aufbau selbstsicheren Sozialverhaltens, der heute vielfach in Gruppen durchgeführt wird. (So auch im Sensitivitätstraining und in den *encounter groups* [67], allerdings dort nicht unter lerntheoretischem Aspekt und experimentellen Bedingungen.) Der Drogenabhängige leidet sehr oft unter einem negativen Selbstbild, das durch seinen sozialen Abstieg im Gefolge des Drogenkonsums und die ständigen Niederlagen gegen die Versuchung durch die Droge meist noch mehr verdüstert wurde. Im Selbstsicherheitstraining soll er nun schrittweise und im positiv-verstärkenden Milieu einer Gruppe anderer Ex-Abhängiger ein neues Selbstbewußtsein gewinnen. Da die Gruppe offen ist (jeden Monat wird ein neues Mitglied aufgenommen und ein anderes, das bereits voll berufstätig und sozial neu stabilisiert ist, »abgenabelt«), bildet sich auch eine soziale Hierarchie mit eigenen Verstärkern, da erfahrene Gruppenmitglieder den Neuankömmlingen weitergeben können, was sie selbst gelernt haben.

Soziale Situationen, die den Ex-Abhängigen wieder zurück zum Drogenkonsum treiben könnten, werden in der Gruppe psychodramatisch ausgespielt. Auf diese Weise soll der einzelne widerstandsfähiger gegen Frustrationen werden, die er zur Zeit seiner Drogenabhängigkeit reflektorisch mit einem »Schuß« beantwortete. In der Gruppe wird sowohl geübt, auf alte Auslöser des Drogenkonsums (Frustrationen, Ängste, Depressionen, Minderwertigkeitsgefühle) neue Reaktionen zu lernen (etwa offenen Ausdruck der eigenen Gefühle, Entspannung, Gedankenstoppen), als auch ein Vermeidungsverhalten eingeübt, das den Ex-Abhängigen davor bewahrt, wieder rückfällig zu werden. Dazu gehört auch eine Anti-Drogen-Ideologie, die den völligen Verzicht auf Rauschgift in jeder Form, also auch auf »weiche« illegale (Haschisch) und legale Suchtmittel (Äthanol) einschließt und die sich in den Gruppen der Anonymen Alkoholiker so gut bewährt hat.[68]

In der Subkultur, in die fast alle Fixer früher oder später abrutschen, werden die anerkannten Werte der Gesellschaft geradezu wie ein Handschuh umgedreht. Leistung, äußerer Erfolg, soziale Anpassung, ja sogar elementare menschliche Werte wie Zuverlässigkeit, Ehrlichkeit und Treue, die in der Industriegesellschaft positiv verstärkt werden, lehnt man ab oder beachtet sie nicht. Dies hat lerntheoretisch gesehen sehr ähnliche Folgen, nämlich den Abbau dieser Normen, früher als Depravierung des Süchtigen beschrieben. Nahezu alle positiven Verstärker sind um den Erwerb und Konsum von Rauschgift zentriert; wer die dazu nötigen Fertigkeiten am besten beherrscht, wird am höchsten eingeschätzt. In der Resozialisierung, die sich an die Rehabilitation anschließt, muß nun der letzte Schritt zur Überwindung dieser Vergangenheit getan werden. Der Ex-Abhängige muß die Verhaltensweisen, die er im schützenden und bestätigenden Milieu der Therapiegruppe einübte, »draußen« erfolgreich beibehalten: Volle Gemeinschaftsfähigkeit, ein stabiles Drogen-Vermeidungsverhalten und eine angemessene Frustrationstoleranz.

Dieser Übergang würde in dem skizzierten Ideal-Modell einer integrierten Verhaltenstherapie der Drogenabhängigkeit durch psychologische Berufsberatung, Unterstützung bei einer eventuell angezeigten Umschulung, Übergangshilfe etwa in Form einer Nachtklinik oder eines »beschützten Arbeitsplatzes« (vor allem als Landkommune) und die Betreuung durch einen Sozialarbeiter erleichtert.[69]

Schluß

Alle hier beschriebenen Methoden in der Therapie von Süchtigen beruhen auf einer Prämisse, die leider viel öfter nicht erfüllt als erfüllt ist: dem Therapiewunsch und der Bereitschaft, aktiv an der eigenen Gesundung mitzuarbeiten. Nur rund zehn Prozent aller Drogenabhängigen sind behandlungswillig; die Bedeutung einer umfassenden Prophylaxe kann deshalb kaum hoch genug eingeschätzt werden. Diese Prophylaxe ist weit mehr als die Anti-Drogen-Erziehung, von der wir schon sprachen, oder gar ein Unterricht im weisen Gebrauch legaler Suchtmittel wie Alkohol, Tranquilizer oder Zigaretten. Sie enthält die Forderung nach einer Sanierung der »Innenweltverschmutzung« in den Industriegesellschaften selbst. Diese umfaßt neben einer psychohygienisch orientierten Kindererziehung [70] (um sowohl jenem Urmißtrauen als auch jenen Depressionen und Ängsten vorzubeugen, die im späteren Leben dem Drogenkonsum den Weg bahnen) vor allem auch eine Abkehr von Ideologie und Praxis der Konsumgesellschaft [71], die der ruinösen Selbstbehandlung mit Rauschgiften den Weg bahnt. Die Konsumideologien finden ihren deutlichsten, aber gewiß nicht ihren einzigen Ausdruck in der Reklame [72] und in den von Reklame kaum unterscheidbaren Sensationsstories und »Lebenshilfen« der Werbeträger. Sie verheißen Glück, Zufriedenheit und Gesundheit, sie versprechen Jugend und Liebe käuflich zu machen, speisen den Käufer dann aber mit einem Konsumgut ab, das oft gerade zerstört, was die Reklame verspricht. Auf diese Weise wird wirkliche Befriedigung unerreichbar. Eigenleistung, Entwicklung der persönlichen Kreativität, produktive Arbeit, Verzicht, von Tauschinteressen unbelasteter zwischenmenschlicher Kontakt – sie alle werden durch das Trommelfeuer der Konsumideologien als unbedeutend und nichtig hingestellt. Alles, was nicht käuflich ist, verliert an Aufmerksamkeitswert.

In dieser bis heute dem Konsumenten – dem *Homo consumens*, der heute zunehmend den Homo sapiens ersetzt – weitgehend unbewußten Ideologie der Konsumgesellschaft liegt auch eine sehr wesentliche Teilursache der Drogenabhängigkeit. Von den mächtigen Organisationen der Mafia und anderen Gruppen des organisierten Verbrechens wie von Großkonzernen manipuliert und versorgt zugleich, ist der Drogenabhängige gewissermaßen der Extremfall des Homo consumens. Wie diesem das erlaubte Konsumgut, so ist ihm die verbotene Rauschdroge ein noch stärkeres käufliches Mittel, passiv eine innere Leere, ein »Loch im Ich« [73], aufzufüllen, neurotische Selbstzweifel zu stillen, in der Selbst-Manipulation Probleme und Konflikte scheinbar zu bewältigen, die nur durch Eigenleistung, persönliche Mühe, und vor allem durch Verzicht – den Konsumverzicht wie den Verzicht auf Illusionen und infantile Sehnsüchte, in dem Freud das Kernproblem des Neurotikers erkannt hat [74] – tatsächlich gelöst werden können.

Das Gesundheitsbewußtsein des selbständigen und kritischen

Menschen, der ohne wirkliche Notwendigkeit keine Pille schluckt, keinen psychotropen Stoff zu sich nimmt – sei es unreflektiert oder weil er die biologische Vollkommenheit einer in vielen Millionen Jahren entstandenen Struktur, wie es das menschliche Gehirn ist, erkennt und respektiert – wird immer mehr durch ein Konsumbewußtsein ersetzt, in dem nicht nur Kopfschmerzen und Schnupfen, sondern auch Ängste, Depressionen, Langeweile und Weltschmerz schier reflektorisch durch legale und illegale chemische Mittel abgetrieben werden. Die jugendlichen Drogenabhängigen, die glauben, durch ihren Rauschgiftkonsum gegen das Establishment der Konsumgesellschaft zu protestieren, sind einer Illusion zum Opfer gefallen. Tatsächlich spiegeln sie die Ideologien eben dieser Konsumgesellschaft nur allzu getreu wider. Sie haben nur das Konsumgut gewechselt.

Andererseits könnte Homo consumens gerade im Scheitern des Drogenabhängigen, in seiner ungeheueren Bedürftigkeit nach Therapie in jeder Form, wie in einem vergrößernden Spiegel sein eigenes Bild sehen – und zugleich seine eigene Zukunft. Denn die Tage der Konsumgesellschaft sind nach fundierten Computer-Prognosen bereits gezählt.[75] Wie einst der Dinosaurier, ist heute Homo consumens bereits zum Aussterben verurteilt. Offen scheint lediglich die Frage, ob Homo sapiens dieses Aussterben überleben wird.

Anmerkungen

1 Wertheimer, M.: *Eine kurze Geschichte der Psychologie.* München 1971.

2 Vgl. Schmidbauer, W.: *Psychotherapie – ihr Weg von der Magie zur Wissenschaft.* München 1971. S. 113, 119, sowie Kap. 6. S. 137 ff.

3 z. B. Hilgard, E. R./Bower, G. H.: *Theorien des Lernens.* Stuttgart 1971.

4 Vgl. Tinbergen, N.: *The Study of Instinct.* Oxford 1952.

5 Solche sekundären Verstärker spielen schon im Tierexperiment eine Rolle; Affen können darauf dressiert werden, für den Erwerb von Pappmünzen zu »arbeiten« (z. B. wiederholt einen Hebel zu drücken), wenn diese Pappmünzen in einen Automaten passen, der primäre Verstärker – etwa Futter – dafür ausgibt. Vgl. Rohracher, H.: *Einführung in die Psychologie.* Wien 1971.

6 Lorenz, K.: *Über tierisches und menschliches Verhalten.* Ges. Abhandlungen I und II. München 1965.

7 Lorenz, K.: a. a. O. Der Ausdruck Appetenzverhalten stammt von

Craig, W.: »Appetites and Aversions as Constituents of Instincts«. In: *Biological Bulletin.* 34. 1918.

[8] Vgl. Tinbergen, N.: a. a. O. (Anm. 4).

[9] Köhler, W.: *Intelligenzprüfungen an Menschenaffen.* Berlin 1924.

[10] Einen guten Überblick der modernen – auch empirischen – Belege für Freuds Konzeption bietet Biermann, G. (Hrsg.): *Handbuch der Kinderpsychotherapie.* München 1969.

[11] So Eysenck, H.-J./Rachman, S.: *Neurosen – Ursachen und Heilmethoden.* Berlin 1970.

[12] Bachmann, C. H. (Hrsg.): *Psychoanalyse und Verhaltenstherapie.* Frankfurt 1972. Vgl. vor allem den Aufsatz von A. Görres in diesem Kompendium.

[13] Schuster, C. R./Thompson, T.: »Self-Administration of and Behavioral Dependence on Drugs«. In: *Ann. Rev. Pharmacol.* 9. 1969. S. 483 ff.

[14] Deneau, G. et al.: »Self-Administration of Psychoactive Substances by the Monkey«. In: *Psychopharmacologia.* 16. 1969. S. 30 ff.

[15] Deneau, G. et al.: a. a. O.

[16] Cahoon, D. D./Crosby, C. C.: »A Learning Approach to Chronic Drug Use: Sources of Reinforcement«. In: *Behavior Therapy.* 3. 1972. S. 64–71.

[17] Crowley, Th. J.: »The Reinforcers for Drug Abuse: Why People Take Drugs«. In: *Comprehensive Psychiatry.* 13. 1972. S. 51–61. Crowley betont mehr die unterschiedlichen Verstärker-Qualitäten verschiedener Drogen, ein Thema, mit dem sich auch Wikler, A.: »Some Implications of Conditioning Theory for Problems of Drug Abuse«. In: *Behavioral Science.* 16. 1971. S. 92–97, befaßt.

[18] Smith, D. E.: »The Characteristics of Dependence in high-dose Methamphetamine Abuse«. In: *Int. J. Addictions.* 4. 1969. S. 453 ff.

[19] Cohen, J.: *Secondary Motivation: I. Personal Motives.* Chicago 1970 (Eyewitness Series in Psychology).

[20] Erikson, E. H.: *Kindheit und Gesellschaft.* Stuttgart 1965.

[21] Lit. in den Anm. 16 u. 17, siehe auch noch das Sammelwerk von Hoch, P. H./Zubin, J. (Hrsg.): *Problems of Addiction and Habituation.* New York 1958.

[22] Vgl. Schmidbauer, W./Scheidt, J. vom: *Handbuch der Rauschdrogen.* München 1971. Stichwort LSD.

[23] Hammond, P. G.: Vortrag. Geh. anl. des internationalen Kongresses *Man and His Mind Changers.* Amsterdam 1972.

[24] z. B. Leonhardt, R. W. in der *Zeit.* Bisher hat nur die Links-Illustrierte *konkret* ihre Haschisch-Freundlichkeit widerrufen (»Genossen, wir haben Scheiße gebaut«. Nr. 20. 1971. S. 8).

[25] Hammond, P. G.: a. a. O. S. 2 (unveröffentlichtes Vortragsmanuskript).

[26] International Narcotic Education Association: *Marihuana or Indian Hemp and its Preparations.* Los Angeles 1936. Zit. nach Solomon, D.: *The Marihuana Papers.* Indianapolis 1966. S. 242.

[27] Aus diesem Grund ist wohl die Zahl der jugendlichen Herointoten in New York sprunghaft angestiegen, als die Regierung durch die Opera-

tion »Intercept« den Marihuana-Handel blockierte (der meist von kleinen *pushern* durchgeführt wurde), während der viel besser organisierte Heroinschmuggel weiterlief. Vgl. Schmidbauer, W./Scheidt, J. vom: a. a. O. (Anm. 22). S. 7.

28 Blöschl, L.: *Grundlagen und Methoden der Verhaltenstherapie.* Bern 1969.

29 Hammond, P. G.: a. a. O. (Anm. 23). Blum, R.: *Horatio Alger's Children.* 1972.

30 Erikson, E. H.: a. a. O. (Anm. 20).

31 Ammon, G.: *Gruppendynamik der Aggression.* Berlin 1970.

32 Hoch, P. H./Zubin, J.: a. a. O. (Anm. 21).

33 Zu dieser spontanen Selbstheilungstendenz vgl. Schmidbauer, W.: *Seele als Patient.* München 1971.

34 Grundlegende Literatur: Bandura, A.: *Principles of Behavior Modification.* New York 1969. – Cohen, R.: *Grundlagen der Verhaltenstherapie.* In: Bachmann, C. H. (Hrsg.): a. a. O. (Anm. 12). – Wolpe, J.: *Psychotherapy by Reciprocal Inhibition.* Stanford 1958.

35 Eine erste Einführung gibt London, P.: *Behavior Control.* New York 1970.

36 Schultz-Hencke, H.: *Der gehemmte Mensch.* Stuttgart 1964.

37 Adler, A.: *Menschenkenntnis.* Leipzig 1927.

38 Masserman, J. H.: *Behavior and Neuroses.* Chicago 1943.

39 Wolpe, J.: a. a. O.

40 Eysenck, H. J./Rachman, S.: a. a. O. (Anm. 11).

41 Wolpe, J.: »Conditioned Inhibition in Drug Addiction«. In: *Behavior Research and Therapy.* 2. 1965. S. 285 f.

42 Die in dem von Wolpe geschilderten Fall zweifellos vorlag.

43 Lesser, E.: »Behavior Therapy with a Narcotics User: A Case Report«. In: *Behavior Research and Therapy.* 5. 1967. S. 251–252.

44 Jackson, E.: *Progressive Relaxation.* Chicago 1938.

45 Salter, A.: *Conditioned Reflex Therapy.* New York 1949.

46 Lovibond, S. H.: »Intermittent Reinforcement in Behavior Therapy«. In: *Behavior Research and Therapy.* 1. 1963. S. 127–132.

47 Raymond, M. J.: »The Treatment of Addiction by Aversion Conditioning with Apomorphine«. In: *Behavior Research and Therapy.* 1. 1964. S. 287 ff.

48 Raymond, M. J.: a. a. O. (Anm. 47). S. 290. An der Notwendigkeit, die wohl durch das Aversions-Verfahren mitbedingte Depression mit einem so massiven Mittel wie der Elektroschockbehandlung anzugehen, wird die ganze Fragwürdigkeit der Aversionsmethoden deutlich.

49 Raymond, M. J.: a. a. O. (Anm. 47). S. 290.

50 Liberman, R.: »Aversive Conditioning of Drug Addicts: A Pilot Study«. In: *Behavior Research and Therapy.* 5. 1967. S. 251 ff.

51 Liberman, R.: a. a. O. (Anm. 50). S. 231.

52 Thompson, I. G./Rathod, N. H.: »Aversion Therapy for Heroin Dependence«. In: *Lancet.* 2. 1968. S. 382 ff.

[53] Aronson, E./Carlsmith, J. M.: »The Effect of Severity of Threat on the Devaluation of Forbidden Behavior«. In: *J. Abnormal and Social Psychology. 66.* 1963. S. 584. Sowie Rachman, S./Teasdale, J.: *Aversion Therapy and Behavior Disorders.* London 1969.

[54] Hofmann, Th.: *Jugend im Gefängnis.* München 1967.

[55] Cohen, R.: a. a. O. (Anm. 34).

[56] »Methadone Maintenance Evaluation Committee: Progress Report«. In: *J. American Medical Ass.* 206. 1968. S. 2712. – Dole, V. P. et al.: »Methadone Treatment of Randomly Selected Criminal Addicts«. In: *New England Journal of Medicine.* 280. 1969. S. 1372 ff.

[57] Siehe die Arbeit von H. L. Lennard et al., S. 120 in diesem Buch.

[58] Nach einer Studie von Jacob Schut, Philadelphia, über die Schut et al. auf dem Drogenkongreß in Amsterdam (Anm. 23) berichteten, sinkt der Alkoholkonsum stark ab, sobald ein Drogenabhängiger zu fixen beginnt (bei 92 % der Befragten), während unter der Methadon-Therapie nur noch 38 % der Patienten wenig Alkohol trinken; der Rest konsumiert mehr als früher.

[59] Brengelmann, J. C./Bühringer, G./Lange, C.: *Drei Modelle der Behandlung der Drogenabhängigkeit.* Unv. Manuskript. München 1972. – Wormser, R.: *Verhaltenstherapie und Drogenabhängigkeit. Möglichkeiten und Modelle.* Unv. Manuskript. München 1972.

[60] Siehe die Arbeit von M. Amitai et al., S. 135 in diesem Buch.

[61] Cautela, J. R.: »Covert Sensitization«. In: *Psychological Review.* 20. 1967. S. 459.

[62] bad trip: unangenehmes Drogenerlebnis, meist nach Halluzinogen-Konsum. Die Symptomatik gleicht vielfach einer akuten Angstneurose, kann sich aber bis zu psychotischen Reaktionen steigern.

[63] Jackson, E.: a. a. O. Anm. 44.

[64] Schultz, J. H.: *Das autogene Training.* Stuttgart 1966.

[65] Über eine kombinierte Behandlung von Drogenabhängigen (Heroinsüchtigen) mit Aversionsmethoden, Entspannungstraining und systematischer Desensitivierung berichten O'Brien, J. S./Raynes, E. A./Patch, V. D.: »Treatment of Heroin Addiction with Aversion Therapy, Relaxation Training and Systematic Desensitization«. In: *Behavior Research and Therapy.* 10. 1972. S. 77 ff.

[66] Salter, A.: *Conditioned Reflex Therapy.* New York 1949.

[67] Ein erster Bericht in deutscher Sprache über die encounter-Technik, der ihre Ziele ebenso deutlich macht wie ihre Fragwürdigkeit, ist Shepard, M./Lee, M.: *Marathon 16.* München 1972.

[68] Das Modell der Anonymen Alkoholiker ist auch bereits auf Fixer übertragen worden; den unreflektiert-verhaltenstherapeutischen Charakter dieser Gruppenarbeit kann man etwa aus Yablonski, L.: *The Tunnel Back: Synanon.* New York 1965, ablesen.

[69] Der Personalbedarf einer solchen Modellinstitution ist wegen der Gruppenarbeit nicht einmal übermäßig groß. Neben dem Pflegepersonal für die Behandlungsphase müßten für eine zehnköpfige Gruppe von Dro-

genabhängigen ein Psychiater, ein Psychologe und ein Sozialarbeiter genügen. Intelligente und stabile Ex-Abhängige sollten in möglichst großem Umfang als Ko-Therapeuten zugezogen werden; die Landkommunen würden sich unter der Leitung eines solchen Ko-Therapeuten selbst tragen.

70 Vgl. Schmidbauer, W.: *Erziehung ohne Angst.* München 1972.

71 Sehr viel ausführlicher sind die Zusammenhänge zwischen Konsum-Ideologien und Drogenkonsum untersucht in Schmidbauer, W.: *Homo consumens.* Stuttgart 1972.

72 Schmidbauer, W.: a. a. O. (Anm. 71). S. 77 ff.

73 Ammon, G.: Diskussionsbemerkung auf dem *Kongreß der Deutschen Akademie für Psychoanalyse.* Pästum 1972.

74 »Der Neurotiker wendet sich von der Realität ab, weil er sie ganz oder Teile von ihr unerträglich findet.« Aufgabe der Psychoanalyse ist es in diesem Fall, die Verdrängung unerwünschter bzw. unerträglicher Bestandteile der Realität durch den realistischen, bewußt vollzogenen Verzicht zu ersetzen.

75 Meadows, D. L.: *Die Grenzen des Wachstums.* Stuttgart 1972. – Forrester, J. W.: *Der teuflische Regelkreis.* Stuttgart 1972.

HENRY L. LENNARD, LEON J. EPSTEIN und MITCHELL S. ROSENTHAL

Die Methadon-Illusion

Das gegenwärtige Ausmaß und die weitere Zunahme der Heroinsucht in den Vereinigten Staaten sind schwer abzuschätzen. Trotzdem kann man sagen, daß das Land hinsichtlich dieser Droge und ihres Gebrauchs mitten in einer Entwicklung steht, die man als eine »besorgniserregende Epidemie« [1] bezeichnet hat. Die orale Verabreichung von Methadon*, einer dem Heroin ähnlichen, synthetischen Droge, hat sich sehr schnell zur bevorzugten Heilmethode gegen die Heroinsucht entwickelt.[2] Vor drei Jahren noch erhielten höchstens dreitausend Heroinsüchtige in medizinisch überwachten Testreihen Methadon. Im April 1971 wurde ein Programm in Angriff genommen, das allein im Staat New York [3] mindestens zwanzigtausend Süchtigen eine Methadon-Kur sichern sollte, und in verschiedenen Staaten liegen jetzt Gesetzentwürfe vor, die darauf abzielen, Methadon-Programme in so großem Rahmen durchzuführen, daß sämtliche Drogensüchtige der betreffenden Staaten erfaßt werden können.

Zur Zeit laufen 275 Methadon-Programme, die von der »Food and Drug Administration« genehmigt worden sind, und diese Zahl wird noch weiter zunehmen.[4] In den Leitartikeln vieler einflußreicher Zeitungen wird die Lockerung der Vorschriften für den Gebrauch von Methadon gefordert.

Die »Food and Drug Administration« und das »Bureau of Narcotics and Dangerous Drugs« haben am 2. April 1971 »flexiblere« Richtlinien für die Verschreibung von Methadon herausgebracht. Diese Richtlinien lockerten frühere Vorschriften, welche die Abgabe von Methadon an schwangere Frauen, Kinder und Süchtige mit schweren geistigen oder physischen Leiden untersagten. Auf-

* Die in der Bundesrepublik für diese Droge übliche Bezeichnung ist Polamidon.

gehoben wurde auch eine frühere Bestimmung, welche die Dosierung beschränkte und vorschrieb, daß alle Methadon-Programme ausschließlich auf die Heilung von drogenabhängigen Patienten ausgerichtet sein müßten.[5]

Ansatz zur Überprüfung des Methadon-Modells

Wir haben in diesem Artikel sorgfältig das gesamte Spektrum der möglichen sozialen und persönlichen Folgeerscheinungen erwogen, die sich aus der Anwendung des Methadon-Modells für die Behandlung der Heroinsucht auf breiter Basis ergeben können.

Der rapide ansteigende Methadon-Gebrauch ist geradezu ein Musterbeispiel dafür, daß die vorschnelle Lösung noch ungeklärter Probleme schließlich weit ernstere Konsequenzen zeitigt als das ursprüngliche Problem selbst. Wenn allein der Gebrauch von Heroin »das Problem« wäre, dann könnte es sehr gut mit Hilfe von Methadon gelöst werden. Da aber letzten Endes doch drogenbedingte physische, psychologische und soziale Schädigungen der Person und der Gemeinschaft »das Problem« sind, wirft Methadon weit mehr neue Probleme auf, als es beseitigt: Man braucht sich nur zu überlegen, daß die »Methadon-Lösung« mit Gewißheit die verbreitete Illusion bestätigen wird, die Droge könne eine rasche, billige und wunderwirkende Antwort auf komplexere menschliche und soziale Probleme sein.

Der Drogengebrauch, ob legal oder illegal, führt unweigerlich zu einer ganzen Reihe von Schäden, offenkundig und versteckt, lang- und kurzfristig, auf individueller wie gesamtgesellschaftlicher Ebene.[6] Wenn man sich also entschließt, eine Droge anzuwenden, zumal eine stark wirksame, dann muß man diese möglichen Folgen mit in Betracht ziehen. Ebenso wie bei den zerstörerischen Eingriffen in die Ökologie, die nun unseren Lebensraum bedrohen, werden sich die Konsequenzen des Drogengenusses erst dann zeigen, wenn nicht wiedergutzumachende Schäden eingetreten sind. Hoffentlich jedoch ziehen wir aus den ökologischen Katastrophen die Lehre, sorgfältiger das ganze mögliche Ausmaß von kurzsichtigen Planungen und Entscheidungen zu überdenken, ehe sie unwiderruflich geworden sind.

Das Grundprinzip der Methadon-Behandlung

Die Methode der Methadon-Behandlung wurde vor sieben Jahren von dem New Yorker Ärzteehepaar Vincent Dole und Marie Nyswander entwickelt.[7] Sie begannen mit einer kleinen, ausgewählten Gruppe von Süchtigen, bei denen die konventionellen Heilmethoden, nämlich Entziehungskur und psychotherapeutische Behandlung, versagt hatten. Sie entdeckten, daß die Süchtigen bereit waren, die intravenöse Injektion von Heroin durch die orale Einnahme des synthetischen Opiats Methadon zu ersetzen. Die Firma Eli Lilly & Company, welche die Droge für Forschungszwecke herstellt, beschreibt Methadon als ein »synthetisches, schmerzlinderndes Narkotikum, welches in seinen Auswirkungen dem Morphium in vielfacher Hinsicht sehr ähnlich ist. Methadon ist ein Narkotikum, das die große Gefahr in sich birgt, wegen seiner abhängigkeitsfördernden Eigenschaften zum Mißbrauch zu verleiten.«[8]

Da Dole und Nyswander der Meinung waren, die Heroinsucht rufe bleibende und nicht wiedergutzumachende Veränderungen hervor, so daß der Süchtige auf Lebenszeit ein unwiderstehliches Verlangen nach Opiaten verspüre, glaubten sie, einen brauchbaren Ausweg aus dem Dilemma gefunden zu haben, indem sie Heroin durch ein legales und vermutlich »besseres« Opiat ersetzten. Woher rührt jedoch die Annahme, Methadon sei eine »bessere« Droge als Heroin? Als Hauptgrund wird angeführt, Methadon sei legal, eine vom Arzt verschriebene »Medizin«, wohingegen Heroin illegal sei, ein Rauschgift, das man sich nur auf kriminellen Wegen verschaffen könne. Dagegen ist einzuwenden, daß dies mit den eigentlichen Wirkungen der beiden Drogen wenig zu tun hat. Als man um die Jahrhundertwende das Heroin entwickelte, wurde es auch von einigen Ärzten als willkommener Ersatz für Morphium zur Behandlung der Morphiumsucht begrüßt.[9]

Ein anderer Punkt, der von vielen Befürwortern des Methadon-Programms häufig hervorgehoben wird, besteht darin, daß Heroin Euphorien hervorbringt, Methadon jedoch nicht.[10] Mehr noch, man hat festgestellt, daß Methadon in einer gewissen Dosierung eine zusätzliche Hemmung hervorruft (oder einen Blockierungseffekt, wie Dole es nennt), der bei einer auf Methadon folgenden Heroineinnahme keine Euphorien mehr auftreten läßt.

Diese Argumentation geht von der Überzeugung aus, daß es wünschenswert ist, den Süchtigen einer angenehmen Erfahrung zu berauben, da Methadon eben zu keiner Euphorie führt. Doch sollten wir nicht vergessen, daß Methadon und Heroin sehr ähnliche Drogen sind und daß beide auf verschiedene Weisen vom Körper aufgenommen werden können. Wird Methadon oder Heroin oral eingenommen, tritt die Wirkung nur langsam ein, und der Organismus kann die sich allmählich verstärkende Konzentration der Drogenstoffe im Blut verarbeiten. Wird Methadon oder Heroin intravenös injiziert, ist die Wirkung viel unmittelbarer und subjektiv stärker. Die Anpassungsmechanismen des Organismus werden für kurze Zeit ausgeschaltet und lösen den »Anfall« von Euphorie aus. Deshalb darf man wohl mit einiger Berechtigung sagen, daß die Euphorie durch die orale Einnahme gehemmt wird und nicht durch eine besondere Drogenart.[11]

Darüber hinaus wird bei beiden Drogen, sobald sie regelmäßig und in gleichbleibenden Dosierungen angewandt werden, die Wirkung schließlich in dem Maße geringer, als sich die Widerstandsfähigkeit des Körpers dagegen entwickelt. Sobald die Abwehrkräfte gegen die eine oder die andere dieser Drogen stark genug sind, wird keine von beiden mehr nennenswerte Euphorien hervorrufen, obwohl die eine wie die andere durch Injektion immer noch die ursprüngliche Wirkung in abgeschwächter Form auszulösen imstande ist.

Deshalb kann die Behauptung, Methadon rufe bei den Patienten in den Behandlungsprogrammen keine Euphorien hervor, insofern auf Wahrheit beruhen, als der Süchtige, der einmal an große, regelmäßige Mengen dieser Droge gewöhnt ist, durch die Einnahme dieser gleichbleibenden Dosis nur einen sehr geringen Rauscheffekt erreicht. Das gleiche kann man jedoch von Heroin sagen.

Was den »Blockierungseffekt« von Methadon angeht, so entsteht dieses Phänomen durch die tägliche Einnahme der Droge in sehr hoher Dosierung (ein Vielfaches der Menge, die man früher einmal zur Schmerzlinderung bei Krebs empfohlen hat).[12] Bei dieser hohen Dosierung haben kleinere, zusätzliche Heroinmengen wahrscheinlich keine Wirkung auf den Körper. Eine ausreichend massive Heroindosis würde diese »Blockierung« jedoch immer noch durchbrechen und Rauscheffekte bewirken. Man sollte außerdem nicht verschweigen, daß Methadon nicht immun macht gegen Nichtopiate wie Anregungsmittel, Barbiturate und Alkohol. Man hat festgestellt, daß eine beträchtliche Anzahl von in Methadon-Behandlung befindlichen Patienten allem Anschein nach gerade diese Drogen benutzen, um sich die Euphorien wiederzuverschaffen, die ihnen ansonsten versagt bleiben. Bei einer kürzlichen Untersuchung, die Carl Chambers und Russell Taylor an vierzig Methadon-Patienten vornahmen, fand man heraus, daß 82 Prozent der Patienten mindestens eine nachweisbare Droge genommen hatten (festgestellt durch Urinuntersuchung); 77 Prozent der Gesamtgruppe hatten mit Methadon gleichzeitig Heroin genommen; 30 Prozent nahmen Barbiturate und 25 Prozent Amphetamine. Die Behandlungsdauer betrug zur Zeit der Untersuchung im Durchschnitt 22 Monate.[13]

Drogenwirkung

Wie steht es mit den übrigen Auswirkungen, abgesehen von dem subjektiven Gefühl der Euphorie? Die Befürworter von Methadon behaupten, daß die Droge bei einer Behandlung im Methadon-Programm praktisch keine Nebenwirkung habe – daß die Süchtigen bloß normalisiert würden, ähnlich wie Diabetiker durch Insulin.[14] Wenn man den vorhandenen dürftigen Zeugnissen glauben darf, scheint das nicht zuzutreffen, obwohl einige Süchtige das subjektive Empfinden hatten, »normal zu sein«, meinten andere, sie fühlten sich »high« unter dem Einfluß von Methadon.

Obwohl es wenig wissenschaftliches Vergleichsmaterial gibt über die Leistung und das Alltagsverhalten von Methadon-Patienten und das von nichtsüchtigen Personen oder »mittlerweile abstinenten« ehemaligen Süchtigen[15], berichten viele Beobachter, daß Süchtige, die unter Methadon gehalten werden, schläfrig seien, leichter ermüdeten und mehr Schlaf brauchten als nicht unter Drogen stehende Personen. Ihre Reflexreaktionen sind leicht anomal. Oft schwitzen sie übermäßig und leiden an Verstopfung. Sexuelle Impotenz findet sich ebenfalls, besonders bei älteren Männern, obwohl dieser Tatsache in der Öffentlichkeit bisher wenig Aufmerksamkeit geschenkt worden ist.[16]

Wegen der üblicherweise sehr hohen Methadon-Dosierung kann

die Methadon-Entziehung schwieriger und langwieriger werden als die Heroin-Entziehung. Häufig kommt es zu schweren Muskelschmerzen und Muskelkrämpfen, und oft ist ein Krankenhausaufenthalt unumgänglich.[17]

Die Nachteile von Methadon

Es gibt keine spezifische Drogenwirkung. Die sogenannte typische Drogenwirkung ist zu einem beachtlichen Teil reine Fiktion, die dazu geführt hat, daß das ganze Ausmaß und die Vielfältigkeit der Drogenwirkungen von der Forschung lange vernachlässigt wurden. Wie jede starke Droge wirkt Methadon nicht nur auf den physiologischen Bereich, sondern auch auf den ganzen Komplex psychologischer und sozialer Vorgänge, die das Individuum mit seiner Umwelt und mit der Gesellschaft verbinden.

So vermindert Methadon nicht nur das Verlangen nach Heroin, es zieht auch Atmung, Verdauung und sexuelle Potenz in Mitleidenschaft; es beeinflußt ferner, wie jedes Opiat, das soziale und psychische Verhalten. Wir können davon ausgehen, daß Methadon – wie andere Opiate – das Wahrnehmungs- und Reaktionsvermögen verlangsamt und reduziert, daß es die Gefühle dämpft und die Möglichkeiten der menschlichen Erfahrung einengt.

Darüber hinaus ziehen die Drogen nicht nur den Menschen in Mitleidenschaft, der sie nimmt, sondern auch all jene Personen, die in engem Kontakt zu ihm stehen: seine Kinder, seinen Ehepartner, seine Eltern.[18] Die Einnahme von Methadon, besonders innerhalb eines Methadon-Behandlungsprogramms, konfrontiert alle, die das Privatleben des Süchtigen teilen, mit einem Menschen, der ständig unter starken Narkotika steht. Die Familie des Süchtigen ebenso wie seine Freunde haben sich deshalb mit den Beschränkungen von Reaktion, Wachsamkeit und Gefühl abzufinden, welche die Droge dem Süchtigen aufzwingt.

Doch sind diese Einflüsse auf den Süchtigen, seine Familie und seine unmittelbare Umgebung, so unerfreulich sie auch sein mögen, nicht das größte Problem, wenn wir Methadon zum Wundermittel gegen die Heroinsucht erklären. Wir glauben, daß eine Sozialpolitik, die Drogen wie Methadon so bereitwillig akzeptiert, weitreichende Auswirkungen auf die Gesellschaft als Ganzes haben wird.

Der Beschluß, Methadon auf breiter Basis anzuwenden, stützt und fördert die Mentalität, Drogen zur Lösung sozialer und persönlicher Probleme einzusetzen. Eine solche Entscheidung, die ursprünglich allein zum Vorteil der Heroinsüchtigen getroffen wurde, wird eines Tages auch schwerwiegende Folgen für Menschen zeitigen, die bisher nicht zum Gebrauch oder Mißbrauch psychoaktiver Drogen verführt wurden, da sie den Drogeneinsatz rechtfertigt, um Störungen im sozialen Leben zu regulieren. Was sollen zum Beispiel junge Leute, die den Drogengebrauch ablehnen, oder ehemalige Süchtige, die ein drogenabstinentes Leben führen möchten, davon halten, wenn die Gesellschaft sich offen zur Verwendung einer so starken Droge wie Methadon bekennt?

Da Methadon als das billigste und wirksamste Mittel für Süchtige angepriesen und allmählich auch akzeptiert wird, ist die Methadon-Behandlung auf dem besten Wege, allen anderen therapeutischen Methoden den Rang abzulaufen.[19] Wegen der generellen Befürwortung und der Forderung, diese Behandlung allen Süchtigen zu ermöglichen, bedingt die Methadon-Lösung ein technologisch und organisatorisch aufwendiges Vorgehen, das im Gegensatz zu allen Bemühungen steht, die Hoffnung auf die Droge durch Vertrauen in den Menschen und in eine lebendigere Neuordnung des sozialen Zusammenlebens zu ersetzen.

Die Fürsprecher von Methadon bezweifeln oft die Effektivität von Bemühungen, die persönlichen und sozialen Beziehungen des Süchtigen wiederherzustellen[20], Bemühungen, für die die Arbeit der therapeutischen Kommunen, wie z. B. »Phoenix House« und »Daytop« in New York beispielgebend ist. Selbst wenn manche Erfolge dieser Bemühungen widerstrebend zugestanden werden, ist dieses Zugeständnis oft gleichzeitig mit der Überzeugung verbunden, daß der geheilte Süchtige eine Abhängigkeit von dem Programm entwickelt hat. Indem die Verfechter des Methadon einem künstlichen chemischen Mittel die gleiche Wirkung zuschreiben wie der Erhaltung lebensnotwendiger, unentbehrlicher zwischenmenschlicher Kontakte, mißachten sie gerade jene Faktoren, die einen Menschen dazu treiben, nach Drogen zu greifen. Solch ein Vergleich zwischen der sozialen Funktion der Droge und der Bedeutung zwischenmenschlicher Beziehungen übersieht offensichtlich, daß nur wenige Menschen, wenn je überhaupt, »mit sich allein« sind, daß wir alle vom Mitmenschen abhängig sind, daß wir gehalten und geformt werden durch die Unterstützung unserer Familie, unserer Freunde, Mitarbeiter und natürlich durch die sozialen Verflechtungen und Beziehungen, in denen wir stehen. Im Falle des Süchtigen waren solche sozialen Beziehungen oft mangelhaft und unvollständig ausgeformt. Er hat es früher nie gelernt, sich auf andere menschliche Wesen zu verlassen.

Warnung vor der Methadon-Lösung

Um die beträchtliche Anziehungskraft zu begreifen, welche die Methadon-Lösung für staatliche Institutionen, für die Medizin und für die Öffentlichkeit hat, müssen wir uns die Hintergründe der Heroinsucht vergegenwärtigen, sowie die Faktoren, die ihr stetiges Anwachsen bedingen.

Das »Heroinproblem« hat verschiedene Ursachen. Eine der Wurzeln liegt in den ungerechten sozialen Zuständen, die gewisse Schichten der Bevölkerung zum Leiden zwingen. Eine Reaktion auf solche über jedes erträgliche Maß hinausgehenden sozialen und finanziellen Entbehrungen war der Griff zu chemischen Mitteln, die kurzfristig beträchtlichen Lustgewinn verschaffen können, da sie den Menschen gegen Schmerz unempfindlich machen. Die meisten Süchtigen in New York sind Schwarze und Puertoricaner. Es heißt, James Baldwin habe einmal gesagt, nur die Kombination von »Jesus and Joint« habe Harlem für so viele Jahre ruhig gehalten.[21] Der Alkohol erfüllt ganz ähnliche Zwecke für viele Menschen, die sich auf der untersten Sprosse der sozialen Leiter befinden und die nur beschränkten Zugang zu sozialen und ökonomischen Reichtümern oder zu anderen Vergnügungsquellen haben.

Eine weitere Anzahl von Gründen für das sogenannte Heroin-Problem liegt in der Förderung, Anwendung und im Gebrauch von chemischen Mitteln. Man bedenke, daß wir in einem Land leben, in dem von Ärzten 1970 mehr als 225 Millionen Rezepte für Beruhigungs-, Schlaf- und Anregungsmittel ausgestellt wurden[22]; einem Land, in dem die Vorteile von Drogen – und damit die sofortige Beendigung aller Arten von Schmerzen – unablässig durch die Werbung in den Massenmedien angepriesen werden; einem Land, in dem die Herolde des Jugendkults unerhörte Offenbarungen durch Drogengebrauch verheißen; und wo in populären und ernsthaften Veröffentlichungen Tag für Tag mit den Versprechungen spektakulärer wissenschaftlicher »Durchbrüche« mittels Drogengebrauch geworben wird. Wen überrascht es da noch, daß viele junge Menschen Drogen aller Art, einschließlich Heroin, erproben, gebrauchen und schließlich süchtig davon werden?

Es entbehrt daher nicht einer gewissen Ironie, daß die Gesellschaft sich bei der Suche nach einer Lösung für das Heroinproblem gerade an die Gruppen und Personen um Rat und Hilfe wendet, die bereits an dem weitverbreiteten Drogengebrauch und -mißbrauch beteiligt sind.

Die Gesellschaft wendet sich an die professionellen Media-Fachleute, die Artikel für den Gebrauch der »guten« Droge schreiben, während sie zugleich Kampagnen gegen den Gebrauch der »schlechten« Drogen führen.

Die Gesellschaft wendet sich weiter über ihre offiziellen Vertreter in allen Drogenfragen an die herrschende Medizin. Doch haben die Ärzte selbst das Gefühl, daß sie, alle miteinander, in Ausübung ihres Berufs in zu starkem Maße psychoaktive Drogen verschreiben und verwenden.[23] Es ist in diesem Zusammenhang wichtig, daran zu erinnern, daß einige Mitglieder des Ärztestandes den Einsatz von Opium als Mittel gegen chronischen Alkoholismus befürworteten und – nach den Aussagen einiger Chronisten des Drogengebrauchs – Heroin als Waffe gegen die Morphiumsucht einzuführen halfen.[24]

Allgemein empfehlen manche Mediziner Methadon als erste Behandlungsmethode für Heroinsüchtige. Nachdenklichere Vertreter dieses Berufsstandes raten – angesichts dieser früheren Fehlschläge – zu Vorsicht und Zurückhaltung bei der Verkündigung voreiliger Lösungen und lehnen es entschieden ab, als Mediziner die Rolle von »Universalexperten« zu spielen. Aber sie werden von den entscheidenden, verantwortlichen Gremien nicht gehört.

Oft werden taktische Entscheidungen von Funktionären und Politikern auf Stadt-, Landes- und Bundesebene getroffen, die den Eindruck aufrecht erhalten sollen, daß sie sich mit einem für die

Öffentlichkeit eminent bedeutsamen Problem befassen, obwohl sie sich um gerade jene sozialen Faktoren und Bedingungen nicht kümmern können, die dieses Problem erst schaffen und aufrechterhalten.

Methadon scheint aus mancherlei Gründen eine medizinische und wissenschaftliche Lösung anzubieten, die es allerseits respektabel macht. Es beschwichtigt die öffentliche Besorgnis über die Drogenkriminalität, da es anscheinend beachtliche Ergebnisse bei geringem Kostenaufwand liefert (Ergebnisse, die sich ausdrücken in verminderter Kriminalität und zurückgegangenen Verhaftungsziffern bei Süchtigen, die sich in Methadon-Behandlung befinden). Doch erfaßt die Methadon-Methode nicht die Wurzeln des Drogenproblems, das untrennbar verbunden ist mit den herrschenden sozialen Zuständen und Ungerechtigkeiten; mit der Glorifizierung der Technologie und ganz besonders der Droge; mit der unzureichenden staatlichen Kontrolle über bestimmte geschäftliche Interessen und Taktiken (zum Beispiel die äußerst intensive Verkaufsförderung für Drogen durch die pharmazeutische Industrie). Methadon schenkt die Illusion, eine Lösung gefunden zu haben.

Schließlich gilt es noch, die Behauptung der Methadon-Verfechter zu prüfen, daß sich bei den in Behandlungsprogrammen erfaßten Süchtigen eine Verminderung des kriminellen Verhaltens zeigt.[25] Der Unterschied im kriminellen Verhalten von Heroin- und Methadon-Konsumenten ist vor allem auf die unterschiedlichen Preise der Drogen zurückzuführen. Heroin ist wesentlich teuerer als Methadon, das oft umsonst geliefert wird. Diese Preisdifferenz ist wiederum nur eine Folge des Heroinverbots.

Man sollte auch nicht vergessen, daß in einigen Methadon-Programmen den Teilnehmern zu sicheren Anstellungen und Unterhaltszahlungen verholfen wird, wohingegen das bei Heroinsüchtigen nicht der Fall ist. Gerichte erklären sich manchmal bereit, die Strafverfolgung bei Vergehen von Methadon-Patienten vorerst auszusetzen oder Sondervereinbarungen zu treffen, um das Behandlungsprogramm nicht zu unterbrechen.[26] Die Kriminalität ginge natürlich ebenfalls zurück, wenn Heroin legalisiert und dadurch leichter erhältlich wäre. Wenn die Stärke und die Reinheit von Heroin überwacht würden, gingen auch die Sterbeziffern wegen Überdosen dieser Droge beträchtlich zurück. In der Tat ging dem amerikanischen Methadon-Konzept das britische Beispiel voraus, Süchtige bei jeder Drogen- und Einnahmeart zu belassen, die die Sucht ihnen aufzwang.

Diese Lösung halten viele Amerikaner für moralisch unakzeptabel; sie würden die Methadon-Methode vorziehen, wenn die Experten ihnen bestätigten, daß es sich dabei um eine »gute« Droge handle (mit anderen Worten: um ein »Arzneimittel« wie Insulin oder Digitalis). Die Freigabe von Heroin ist für uns ebenfalls nicht akzeptabel, weil sie ein Verzicht auf humane Lösungen für selbstverschuldete Probleme wäre.

Weiterhin wäre anzumerken, daß nicht jeder kriminelle Verstoß von Drogensüchtigen auf finanzielle Schwierigkeiten bei der Drogenbeschaffung zurückzuführen ist. Rauschmittelabhängigkeit verschiedenster Art steht im Zusammenhang mit Verbrechen – tatsächlich ist es von allen Rauschmitteln der Alkohol, der die stärkste Verbindung zu Gewaltverbrechen aufweist –, aber dieser Zusammenhang muß nicht kausal sein. So haben zum Beispiel verschiedene Untersuchungen über Rauschgiftsüchtige ergeben, daß ein großer Prozentsatz bereits vorbestraft war, ehe er süchtig wurde.[27]

Die persönlichen und sozialen Bedingungen, die Menschen dazu veranlassen, Drogen zu nehmen, veranlassen sie auch dazu, Verbrechen zu begehen. Eine Untersuchung in England hat erwiesen, daß ungefähr 34 Prozent aller Süchtigen wegen Straftaten verhaftet wurden, obwohl sie die Möglichkeit gehabt hätten, sich ihre Opiate legal und billig zu verschaffen.[28] Diese Zahl sollte als Warnung dienen und zu bedenken geben, daß eine Lockerung der Bestimmungen für Opiate, sei es Methadon oder Heroin, die kriminelle Aktivität der Rauschgiftsüchtigen möglicherweise vermindern, aber gewiß nicht beseitigen wird, da die Süchtigen in ihren sozialen wie in ihren zwischenmenschlichen Beziehungen schwer geschädigt sind und ihnen der Zugang zu »ehrlicher« Arbeit oft durch Herkunft und gesellschaftliche Situation verbaut wird.

Schlußfolgerung

Die »Heroinepidemie« ist nur die Spitze eines Eisberges. Es wäre naiv, wenn wir Heroin mit dem eigentlichen Problem verwechselten, dem wir gegenüberstehen. Der Kern des Problems ist eine sich fortwährend steigernde »Innenwelt-Verschmutzung« durch den allerorts üblichen Konsum psychoaktiver Drogen. Die sozialen, psychologischen und menschlichen Konsequenzen bedrohen uns alle – nicht nur jene, die das unglückliche »Endprodukt« dieses Prozesses sind: die Drogensüchtigen.

Man darf es wohl tragisch nennen, daß dieser eigentliche Sachverhalt bisher so wenig begriffen wurde, daß sogar der Präsident der Amerikanischen Psychologenvereinigung, Kenneth Clark, in seiner Antrittsrede die Entwicklung von »Antiaggressionsdrogen« für die führenden Politiker aller Länder fordern konnte.

Wichtig und unerläßlich sind tiefgreifende Änderungen der professionellen und öffentlichen Einstellung in bezug auf Verbreitung und Gebrauch aller psychoaktiven Drogen. Wir müssen uns mit dem gesamten Komplex der Drogensucht auseinandersetzen, nicht allein mit der Heroinsucht. Es ist illusionär zu glauben, daß irgendeine Droge jemals die umfassenden, schwerwiegenden Probleme bewältigen könnte, mit denen wir uns auseinandersetzen müssen.

Wir danken Frederick Meyers, Professor der Pharmakologie an der Universität von Kalifornien, San Francisco, der uns sein umfangreiches Wissen über Opiate und der damit verbundenen Süchtigkeit großzügig zugänglich gemacht hat. Charles Winnick, Forschungsdirektor der »American Social Health Association«, der sich lange Zeit intensiv mit dem Studium der Drogensucht beschäftigte, stand uns mit Ratschlägen helfend zur Seite. Steven D. Allen, wissenschaftlicher Mitarbeiter der »Family Study Station« an der Universität von Kalifornien, San Francisco, wirkte bei der Vorarbeit zu diesem Artikel mit.

[1] David, H.: »Memorandum für die Teilnehmer der Fachtagung zum Problem der ›epidemieartigen Verbreitung der Heroinsucht‹«. National Research Council. Washington, D. C. 3. Mai 1971.

[2] Methadon selbst war dem einzelnen Süchtigen durch illegale Kanäle zugänglich seit seiner Erfindung während des 2. Weltkriegs. Es wurde als billiger Ersatz für Morphium bei der Schmerzbekämpfung eingesetzt.

[3] Dole, V. P.: In: *Journal of the American Medical Association*. 215. S. 1131. (15. Februar 1971).

[4] *New York Times*. 18. April 1971. S. 69.

[5] *San Francisco Chronicle*. 2. April 1971. S. 5.

[6] Lennard, H. L./Epstein, L. J./Bernstein, A./Ransom, D. C.: In: *Science*. 169. 1970. S. 438.

[7] Dole, V. P./Nyswander, M. E.: In: *Arch. Intern. Med.* 120. 1967. S. 19.

[8] *Product Information Leaflet* (Eli Lilly & Company, Indianapolis. 1971). S. 1.

[9] »1898 wurde Morphium mit Azetyl versetzt und frühe Versuche ergaben, daß das Produkt sowohl Opium- wie Morphiumsucht heilte. Es wurde mit solchem Enthusiasmus und so großen Hoffnungen aufgenommen, daß man den Namen dafür von ›Heros‹ ableitete: ›Heroin‹.« (Cohen, S.: *The Drug Dilemma*. New York 1969. S. 71).

[10] Zum Beispiel *Newsweek*. 5. Juli 1971. S. 31.

[11] F. Meyers. Private Mitteilung.

[12] *Physicians' Desk Reference* (Eli Lilly & Company Oradell, New York 1970).

[13] Chambers, C. D./Taylor, W. R.: »Patterns of Cheating Among Methadone Maintenance Patients«. Beitrag zum Eastern Psychiatric Research Association Meeting. New York. 7. November 1970.

[14] Interessant genug, daß die meisten Diabetiker nicht durch Insulin, sondern durch Diät »unter Kontrolle gehalten werden«. Auch in dieser Hinsicht ist der Vergleich zwischen Insulin und Methadon irreführend.

[15] Wir glauben, daß Methadon in manchen Fällen nützlich ist, um kurzfristig Süchtigen den Heroinentzug zu ermöglichen. Bei Personen, die jahrelang süchtig waren, kann die Umstellung von Heroin auf Methadon kriminelle Bindungen lösen und somit drohende längere Gefängnisstrafen verhindern. Dieser Gebrauch des Methadons sollte jedoch nicht fälschlicherweise als Behandlung oder als Lösung bezeichnet werden. Wenn Methadon weiterhin einer größeren Anzahl von Personen verabreicht wird, wird es notwendig sein, der Erforschung der Drogenwirkungen (einschließlich der sozialen und Interaktionseffekte) den dringlichsten Vorrang einzuräumen, ebenso wie den Folgen, die eine Akzeptierung dieser »Lösung« nach sich zieht. Ein solches Forschungsunternehmen sollte ausgehen von einem umfassenden Rahmenwerk, das sowohl die medizinische wie die soziale Problemstellung mitein-

schließt und das, wie wir hoffen, auf einige der Fragen eingehen wird, die wir in diesem Artikel angeschnitten haben.

16 Die von Eli Lilly & Company verteilte Informationsbroschüre (s. Anm. 8) beruhigt den Arzt in diesem Punkt: »Die meisten männlichen Patienten berichten von einer Verminderung der Libido während der ersten zwei bis sechs Monate. Man kann sie damit trösten, daß diese Auswirkung der konstanten Methadon-Einnahme für gewöhnlich vorübergehend ist.«

17 Es werden noch weitere gesundheitsschädigende Wirkungen des Methadon-Gebrauchs aufgezählt: »Bei Patienten, die gleichzeitig . . . andere, das zentrale Nervensystem in Mitleidenschaft ziehende Mittel (einschließlich Alkohol) zu sich nehmen, kann es zu Atmungsschwierigkeiten, abnorm niedrigem Blutdruck, zum totalen Zusammenbruch oder sogar zum Koma kommen . . . kann der Krankheitsverlauf bei Patienten mit Kopfverletzungen irregulär verschoben werden . . . bei Patienten mit geschwächter Atmung kann es die Atemtätigkeit weiter vermindern, während es gleichzeitig den Widerstand in den Atmungswegen bis zur völligen Atemlähmung steigert . . . es kann die Diagnose akuter Abdominalzustände wesentlich erschweren oder ihren Verlauf verschleiern ... starke Überdosierungen ... können zum Tode führen.«

18 Lennard, H. L./Epstein, L. J./Bernstein, A./Ransom, D. C.: *Mystification and Drug Misuse.* San Francisco 1971. S. 85–88.

19 Ein Artikel im »San Francisco Chronicle« stellte zum Beispiel fest, daß das San Francisco Health Department mit seinem Projekt zur Erweiterung der Drogenbehandlungsprogramme Versorgungsmöglichkeiten für fast 3000 Heroinsüchtige, darunter Jugendliche, ehemalige Gefangene und zurückgekehrte Vietnamsoldaten schaffen will.

20 Zum Beispiel: »Was noch zu beweisen wäre . . . ist, daß ›Synanon‹, ›Phoenix House‹, ›Daytop‹ und andere Programme eine große Zahl der Behandelten schließlich als wiederhergestellt oder ›geheilt‹ in die Gesellschaft entlassen können ... Es ist offensichtlich äußerst schwierig, ja unmöglich, die Effizienz irgendeines Behandlungsprogramms zu bewerten, das seine Patienten nicht in die Gesellschaft zurückschickt und die Behandlung niemals abschließt – woran die tatsächliche Wirksamkeit sich am besten überprüfen ließe.« (Brill, L.: In: *International Journal of Addiction.* 6. 1971. S. 45–50.)

21 James Baldwin, zitiert von Meyers, F. H./Jawetz, E./Goldfien, A.: *Review of Medical Pharmacology.* Los Altos, 2. Aufl. 1970. S. 42.

22 Altman, L. K.: In: *New York Times.* 14. März 1971.

23 Bericht von D. Lewis, vorgelegt dem U.S. Senat. Small Business Committee, Subcommittee on Monopoly (92. Kongreß. 1. Sitzung. 22. Juli 1971). S. 465–507.

24 Black, J. R.: In: *Lancet-Clinic.* 20. 1889. S. 537.

25 Eine Broschüre, die um Spenden für eine Methadon-Klinik in San Francisco bittet, behauptet, Methadon sei eine »Arznei« zur Behandlung von Kriminalität.

[26] Ein rechtlicher Ausnahmestatus wird Süchtigen zugestanden, die in das Methadon-Programm eintreten oder daran teilnehmen. Zwei Beispiele mögen genügen: In Kalifornien kam kürzlich ein Gesetzesentwurf zur Vorlage, der darauf abzielte, Süchtigen die Fahrerlaubnis zu verschaffen, obwohl die Gesetzgebung dieses Staats die Führung einer Fahrzeugs unter dem Einfluß von Narkotika ausdrücklich verbietet. Aus einem ähnlichen Bestreben heraus – um Süchtige zur Teilnahme an Methadon-Programmen zu bewegen – kündigte Francis Curry, der Direktor des städtischen »Department of Public Health« von San Francisco kürzlich an, daß er versuchen wolle, das Einverständnis der Gerichte zu erwirken, daß die Strafverfolgung gegen fünfzig schon vorbestrafte Süchtige, die unlängst wegen schwerer Vergehen festgenommen wurden, ausgesetzt werden könne. Wenn sie sich freiwillig für die Methadon-Behandlung meldeten, würde man die Anklage fallen lassen. (*San Francisco Chronicle*. 14. Oktober 1971. S. 4.)

[27] Zum Beispiel I. P. James, zitiert von May, E.: In: *Harper's Magazine*. Juli 1971. S. 60.

[28] Stimson, G. V./Ogborne, A. C.: In: *Bulletin of Narcotics*. 22. 1970. S. 13.

MENACHIM AMITAI, HANS H. DICKHAUT
und PETER HASENKNOPF

Behandlung des Entzug-Syndroms bei »Fixern« mittels Apomorphin

Der Rauschmittelgebrauch durch junge Menschen war noch vor wenigen Jahren in der Bundesrepublik eine Randerscheinung der Psychiatrie, hat sich aber seit 1968/69 lawinenartig zu einem der schwierigsten Probleme der Jugend-Psychiatrie entwickelt. Die Bundesrepublik scheint hier – analog zu anderen Gebieten – den USA um viele Jahre »nachzuhinken«. In den USA umfaßt der Mißbrauch der verschiedensten Drogen und sonstigen Rauschmittel mehr als 3 Millionen Menschen, während die Zahl der Alkoholiker dort auf etwa 6 Millionen geschätzt wird. Für die Bundesrepublik nennen die meisten Autoren übereinstimmend ca. 600 000 Alkoholiker und etwa 20 000 Drogensüchtige bzw. 50 000 (meist Jugendliche) mit regelmäßigem Rauschmittelgebrauch. Wie die moderne Wissenschaft der transkulturellen Psychiatrie in anderen Bereichen gezeigt hat, so dürften auch bei dem Drogengebrauch von Jugendlichen in den USA einerseits und im deutschsprachigen Raum andererseits nicht unwesentliche Unterschiede hinsichtlich der persönlichkeits- und umweltbedingten Faktoren, der Motivationen, des »Rituals« sowie der therapeutischen Konsequenzen bestehen. Die Erkenntnisse der amerikanischen Psychiatrie bei dem Drogenmißbrauch Jugendlicher sind nur mit erheblichen Einschränkungen auf das Rauschmittelproblem bei Jugendlichen in der Bundesrepublik anwendbar. Hierin könnte eine der Ursachen dafür liegen, daß die deutsche Psychiatrie dem Problem der Drogenabhängigkeit junger Menschen, insbesondere bei den sog. »harten Drogen« (Opiate usw.), bislang ebenso ratlos gegenüberstand wie andere Bezugs-Gruppen (Elternschaft, Schule, Jugendamt, Polizei, Gerichte usw.), d. h. wie die gesamte Öffentlichkeit. Die bisherigen Erfahrungen bei Suchtkranken und die bisherigen Vorstellungen von Sucht und Entziehung, die überwiegend im Umgang mit suchtkranken Erwachsenen gewonnen wurden, reichen nicht aus, um das Problem der Drogenabhängigkeit Jugendlicher zu bewältigen. Die diagnostischen und therapeutischen »Schablonen« passen einfach nicht mehr.

In der Fachliteratur und allgemeinen Publizistik der letzten Jahre finden sich eine Reihe widersprüchlicher und auch verwirrender Mitteilungen über das Rauschmittelproblem bei Jugendlichen, wobei man sich zum Teil nicht des Eindruckes erwehren kann, daß mangelndes Wissen, uneingestandene Ratlosigkeit oder aus verdrängter Hilflosigkeit resultierendes Festhalten an autoritären Vorstellungen über das Suchtproblem mit forsch-sicher vorgetragenen Aussagen überspielt werden. Ein Teil dieser »fachkundigen« und laienhaften Veröffentlichungen sind offensichtlich in ihren Deutungen, Wertungen und Beurteilungen von gesellschaftspolitischen und weltanschaulichen Standpunkten her bestimmt. Die traditionelle deutsche Psychiatrie mit ihren Kliniken vermochte bislang nicht mehr zu bieten als die klassische Form der Entziehungsbehandlung in geschlossenen Abteilungen mit Absetzen der Drogen und anschließender erzwungener Abstinenz über unterschiedliche Zeiträume. Verschärfte Gesetze gegen den Drogenhandel sind praktisch unwirksam. Die »modernen« Morphinisten gehen nicht mehr nur nach der alten Methode der Rezeptfälschungen vor, um zu ihren Rauschmitteln zu gelangen, sondern sie brechen in Apotheken ein, stehlen wahllos Rauschmittel der verschiedensten Art, verkaufen sie zu solch hohen Preisen, daß andere Drogenabhängige zu kriminellen Handlungen veranlaßt werden, um so zu den erforderlichen Geldmitteln zu gelangen, und entdeckten in letzter Zeit eine Fülle neuer, rauscherzeugender oder Ersatz-Befriedigung vermittelnder Stoffe (Klebemittel, konzentrierte Fruchtsäfte, Pilz- und Kräuterextrakte u. a.). Die Kriminalisierung der drogenabhängigen Jugendlichen liegt nicht in einer primär kriminellen Veranlagung begründet, sondern in der Rücksichtslosigkeit bei der Beschaffung der Drogen. Wer das Problem der rapide zunehmenden Drogenabhängigkeit Jugendlicher mit Härte lösen will, übersieht, daß hinter der Abhängigkeit von der Droge und hinter der später sich manifestierenden körperlichen Sucht eine psychische Ursache steht, die gewöhnlich nur psychotherapeutisch aufgedeckt und behandelt werden kann.

Zu dieser psychischen Verursachung der Drogenabhängigkeit führen Ammon u. a.[1] aus:

»Neuere wissenschaftliche Untersuchungen (Kielholz 1970[2]) haben zum Beispiel ergeben, daß Drogenkonsumenten, bei denen Mißbrauch und Abhängigkeit von der konsumierten Droge besteht, überwiegend aus gestörten Familienverhältnissen stammen und eine labile psychische Konstitution aufweisen. Damit wird ein Zusammenhang zwischen dem Drogenmißbrauch und persönlichen Konflikten der Drogenkonsumenten deutlich... Der realitätsferne Rauschzustand stellt für den Drogenbenutzer ... einen Versuch dar, dem als unerträglich empfundenen Konflikt zu entgehen. Die Neigung, vor dem Konflikt zu fliehen, wird um so stärker sein, je schwächer das Ich des Kranken ist, und es ist hier nicht die Droge, welche das Ich des Kranken zerstört, sondern das schwache Ich greift zur Droge, um sich dem Konflikt zu entziehen ... Können wir ... feststellen, daß hinter der Abhängigkeit von der Droge immer eine Abhängigkeit von ungelöst gebliebenen infantilen Konflikten steht. Diese Hypothese einer psychogenen Ursache, auch der später sich physiologisch manifestierenden Sucht, wird bestätigt durch den Umstand, daß die Heilungsquote der konventionellen Entzugsstationen gleich Null ist. Hier, wo die Drogenabhängigkeit allein als ein physiologisches Problem behandelt wird, wird mit der körperlichen Abhängigkeit von der Droge nur das Symptom beseitigt, ohne daß der zugrunde liegende Konflikt auch nur berührt würde.

Der rapide ansteigende Drogenkonsum in unserer Gesellschaft, in der nach vorsichtigen Schätzungen mindestens zehn Prozent der Bevölkerung an psychischen Störungen unterschiedlicher Schwere leiden, ist dann auch weniger ein Indiz für die Gefährlichkeit der Drogen als für die menschenfeindliche Organisation unserer Gesellschaft, die ihren kranken Mitgliedern eine Therapie nicht ermöglicht und sie zur ständigen Flucht mit Hilfe der Drogen geradezu treibt.«

Dennoch bleibt die Drogen-Entzugsbehandlung der Anfang aller therapeutischen Bemühungen bei drogenabhängigen Jugendlichen. Diesen Jugendlichen, die ernsthaft mit dem Drogenmißbrauch aufhören wollen, stehen zwei fast unüberwindbare Hindernisse im Wege: erstens die Angst vor der Auslieferung an die Polizei und die Gerichte – zum Teil sogar durch Ärzte – und zweitens die Angst vor den Entzugserscheinungen, was oft noch schwerwiegender ist.

Praktisch besteht kein wesentlicher Unterschied zwischen dem plötzlichen Entzug der »harten« Drogen und dem ausschleichenden Absetzen dieser Präparate. Die körperliche Abhängigkeit verbleibt, die Entzugserscheinungen sind außerordentlich qualvoll. Die Patienten klagen über »brennende Kälte« (gleichzeitig Frieren und Schwitzen, was diesem Symptom den amerikanischen Namen »cold turkey« gegeben hat). Ferner treten heftigste Glieder- und Gelenkschmerzen auf, das Gefühl, als wenn die Tastnerven auf der Haut liegen, so daß jede Berührung qualvollste Schmerzen auslöst. Psychisch leiden diese Patienten während der Entziehung unter blühenden Halluzinationen mit erschreckender Intensität und Qualität. Hinzu kommt die Angst vor der gesamten Umwelt, besonders vor dem ärztlichen und pflegerischen Personal.

Die bisherigen Versuche, diese qualvollen Begleiterscheinungen bei der Entziehung mit Hilfe von Tranquilizern zu lindern, sind wenig erfolgreich gewesen. Barbiturathaltige Schlafmittel können bei der Entzugstherapie die oft paranoid gefärbten Halluzinationen verstärken. Hochpotente Neuroleptika führen selten zu einer echten Erleichterung, bringen eher neue, oft quälende Beschwerden in Form der bekannten extrapyramidalen u. a. Die körperliche Abhängigkeit von den »harten« Drogen ist die erste und schwerste Barriere auf dem Wege der Entziehung. In diesem Stadium der Entziehungstherapie ist eine psychotherapeutische Hilfe sinnlos. Die Psychologie ist kein Morphium-Ersatz. Es ist verständlich, daß die Rückfallquote nach einer Entzugsbehandlung in einer geschlossenen psychiatrischen Klinik zwischen 95 und 100 Prozent liegt sowie daß alle bisherigen therapeutischen Bemühungen anderer Art kaum erfolgreicher geblieben sind.

An unserer Klinik wurde im Oktober 1969 eine »Sozialpsychologische Beratungsstelle« errichtet, von der im Oktober 1970 wegen der zunehmenden Häufigkeit entsprechender Fälle eine eigene »Informations- und Beratungsstelle für Rauschmittelfragen« selbständig abgetrennt wurde. Diese beiden Beratungsstellen werden jetzt im Rahmen einer gegründeten »Gesellschaft zur Fürsorge für psychisch Gefährdete e. V.« in ein im Aufbau befindliches »Sozialpsychiatrisches Zentrum für den Kreis Friedberg/Hessen« eingegliedert. Die Rauschmittel-Beratungsstelle arbeitet wertneutral, vertraulich und kostenlos. Der anfänglich spärliche Besuch der

Rauschmittel-Beratungsstelle nahm schlagartig zu, als in einem Ortsteil der Stadt zwei Jugendliche an den Folgen des Drogengebrauchs verstarben. Da das ärztlich-psychologische Team der Klinik und Beratungsstelle aus den obengenannten, für die gesamte deutsche Psychiatrie geltenden Gründen über relativ wenig Erfahrungen und Kenntnisse im Zusammenhang mit dem Problem der Drogenabhängigkeit Jugendlicher verfügte, fanden wir uns mit den zu uns kommenden drogenabhängigen Jugendlichen zu einer »Rauschmittel-Diskussionsgruppe« zusammen, deren Teilnehmerzahl zwischen zwölf und 21 schwankte. Dieser Gruppe gehörten sowohl »Hascher« als auch »Fixer« an. Wir waren uns sowohl der Problematik einer solchen, in jeder Hinsicht schwer zu steuernden Gruppenordnung – bezogen auf die wechselnde Zahl bei einem konstanten Stamm – als auch hinsichtlich des häufig provozierend-aggressiven und typisch ambivalenten Verhaltens der Jugendlichen sehr wohl bewußt. Das ärztlich-psychologische Team gab in der Diskussionsgruppe bewußt und übertrieben deutlich seine mangelhaften Erfahrungen und Kenntnisse im Zusammenhang mit dem Fragenkomplex der Drogenabhängigkeit Jugendlicher zu und bat die jugendlichen Teilnehmer um Informationen. Bei dieser von den Jugendlichen als äußerst fortschrittlich und liberal empfundenen Einstellung des ärztlich-psychologischen Teams entwickelte sich ein unerwartet gutes Vertrauensverhältnis als Basis für die eigentlichen therapeutischen Versuche. Wir traten in der Diskussionsgruppe an die Jugendlichen mit der Bitte heran, das Problem von ihrer Sicht zu erörtern und eventuell nicht-medizinische Literatur zu beschaffen. Vorsichtig und behutsam gelang es allmählich, aus dieser Diskussionsgruppe eine echte Gruppentherapie zu entwickeln. Etwa zu diesem Zeitpunkt sahen wir uns als psychiatrisches Zentrum im hiesigen Landkreis aufgrund des Anwachsens der Zahl drogenabhängiger Jugendlicher – insbesondere manifester Fixer – gezwungen, stationäre Entzugsbehandlungen in größerer Zahl durchzuführen. Aus dem Kreis der jugendlichen Teilnehmer der sich gruppentherapeutisch entwickelnden »Rauschmittel-Diskussionsgruppe« wurden wir nicht nur auf die verschiedenen therapeutischen Modelle im In- und Ausland, so z. B. auf »Release« in Hamburg, Heidelberg, Frankfurt usw., sondern auch auf die Underground-Literatur hingewiesen, insbesondere auf das Buch »The naked lunch«

von W. Burroughs (zitiert in der Zeitschrift »twen«). Burroughs war selbst lange Jahre ein süchtiger Fixer gewesen und war von einem englischen Arzt, Dr. Dent, mit Hilfe des Präparates Apomorphinum hydrochloricum [3] angeblich erfolgreich behandelt worden, wobei besonders die schnelle und intensive Linderung der schwersten Entzugs-Symptome verblüffend gewesen sein soll.

Nachdem wir bei den ersten stationären Behandlungen von Entzugs-Syndromen bei jugendlichen Fixern mit den üblichen Tranquilizern und sonstigen Psychopharmaka nur geringen Erfolg gehabt hatten, regten jugendliche Teilnehmer der Rauschmittel-Diskussionsgruppe einen Versuch mit Apomorphin an.

In dieser Phase hatten wir uns bereits intensiv um Fachliteratur über Apomorphin bemüht, leider mit sehr wenig Erfolg. Die meisten Autoren erwähnen es nur im Zusammenhang mit der Behandlung des Alkoholismus oder von Vergiftungen. Weitbrecht [4] schreibt: »Eine reine Hilfsmethode, welche niemals für sich allein ... irgendeine Aussicht auf Erfolg bieten kann, ist die Verekelungskur mit Apomorphin ...« »Übelkeit und Erbrechen unmittelbar nach dem Lieblingsgetränk sollen einen bedingten Reflex (Aversion) anbahnen und setzen.«

Weitbrecht fordert bei der Behandlung Suchtkranker (Morphium, Morphiumabkömmlinge und synthetische, morphiumähnliche Mittel) den plötzlichen Entzug unter Neuroleptika und unter Insulinschutz mit hypoglykämischen Zuständen. Hoff [5] nennt eine ähnliche Methode der Apomorphin-Behandlung bei Alkoholikern bis zur Aversion, fordert anschließende psychotherapeutische Behandlung und empfiehlt bei der Therapie des Morphinisten die Anwendung von Largactil für die Entziehung sowie nachfolgende Psychotherapie und Arbeitstherapie. Wandrey und Leutner [6] nennen Apomorphin als Brechmittel bei akuter Überdosierung von Psychopharmaka (Misch-Spritze mit je zehn Milligramm Apomorphin und Novodral i.m.). Moeschlin [7] erwähnt Apomorphin in subcutanen Dosen von 0,01 bis maximal 0,02 Gramm als Brechmittel bei Vergiftungen, führt dabei aus, daß Apomorphin im Gegensatz zum Morphium kaum eine zentral-lähmende, sondern eher eine zentralerregende Wirkung entfalte. De Morsier und Feldmann [8] (zitiert nach Moeschlin) beschreiben eine ähnliche Apomorphin-Kur bei chronischem Alkoholismus wie Weitbrecht und Hoff.

Kuschinsky und Lüllmann[9] bezeichnen Apomorphin als Emeticum mit zentralem Angriffspunkt zur Anwendung bei Vergiftungen und raten, Apomorphin wegen der Kollapsgefahr möglichst zu vermeiden.

Weitere Literatur-Hinweise über Apomorphin ergaben keine neuen Gesichtspunkte und werden daher nicht zitiert. Auch eine Anfrage bei der Herstellerfirma des Apomorphin (Woelm, Eschwege) führte nicht weiter. Die Firma hatte bei einer umfangreichen Literatur-Recherche (zurückverfolgt bis 1945) nur Arbeiten über die Anwendung von Apomorphin bei Alkoholkranken ermittelt, keine einzige wissenschaftliche Publikation über Apomorphin bei Rauschmittelsucht. Zur Behandlung von Alkoholikern mit Apomorphin wies die Firma ausdrücklich darauf hin, daß diese Therapie nicht unproblematisch sei, da Apomorphin auch hypnotische und euphorische Nachwirkungen besitzen solle und seine Anwendung bei Alkoholikern zu verschiedenen Nebenwirkungen führen könne.

Wir haben dann bei der ersten jugendlichen morphiumsüchtigen Patientin zu Beginn der stationären Entzugsbehandlung unterschwellige Dosen (zwei Milligramm Apomorphinum hydrochloricum s.c.), gegeben, also eine Dosis, die kein Erbrechen verursacht. Unmittelbar nach der Injektion traten für zehn Minuten verstärkt die typischen Entziehungserscheinungen, insbesondere die qualvollen Entzugsschmerzen, auf und verschwanden nach Ablauf dieser zehn Minuten nach der Injektion völlig. Die Patientin fühlte jetzt eine angenehme Wärme und Müdigkeit, schlief dann ein. Im weiteren Verlauf gaben wir bei neuerlichem Auftreten des Entzugs-Syndroms – etwa alle zwei Stunden – zwei bis vier Milligramm Apomorphin s.c. Nach sieben Tagen konnten wir Apomorphin absetzen, ohne daß irgendwelche Entzugserscheinungen wieder auftraten. Wir setzten dann die Behandlungsversuche mit Apomorphin fort. Inzwischen konnten wir 19 Patienten (5 weibliche, 12 männliche Jugendliche im Alter zwischen 17 und 24 Jahren), die seit einer unterschiedlich langen Zeit regelmäßig Morphium und ähnliche Präparate intravenös gespritzt hatten und weiter spritzten, die also als typische rauschmittelsüchtige »Fixer« zu bezeichnen waren, einer Entziehungsbehandlung mit Apomorphin unterziehen. Durchschnittlich gaben wir während der ersten drei bis vier Tage alle zwei Stunden, meistens auch nachts, 1,5–2,0 Milligramm Apomorphin hydrochloricum s.c., setzten gleichzeitig alle anderen Medikamente (das Suchtmittel, nebenher genommene Tranquilizer, Neuroleptika, barbiturhaltige Mittel usw.) völlig ab. Die bisherigen Erfahrungen waren mehr als ermutigend. Spätestens nach der zweiten bis dritten Apomorphin-Injektion waren die schwersten Entzugserscheinungen so gut wie verschwunden. Bei der genannten Dosierung kam es weder zu Übelkeit noch zu Erbrechen, allenfalls im Verlauf der weiteren Tage bei einer, in zwei Fällen auch bei einer zweiten Injektion. Als einzige Nebenwirkung klagten die Patienten über »Kreislaufstörungen« wie Schwindelerscheinungen, leichte Benommenheit usw., wie sie allerdings ähnlich auch beim Fixen von Morphium und ähnlichen Präparaten aufgetreten waren.

Subjektiv und objektiv war die Tatsache am eindrucksvollsten, daß das Verlangen nach einem »Schuß« von Morphium oder anderen Rauschmitteln nahezu vollständig unter der Apomorphin-Behandlung aufhörte.

Bei unseren Patienten haben wir nach etwa sieben bis acht Tagen die Behandlung mit Apomorphin ausschleichend absetzen können. Hierbei war bezeichnend, daß alle Patienten Apomorphin nach spätestens acht Tagen nicht mehr ohne wesentliche Nebenerscheinungen vertrugen, d. h. es kam jetzt zunehmend zu Übelkeit und zu Erbrechen. Während der Apomorphin-Behandlung und ebenso nach dem ausschleichenden Absetzen des Apomorphins blieb jedes Verlangen nach Morphium oder ähnlichen Suchtmitteln aus. Zu diesem Zeitpunkt setzte bei uns die gruppenpsychotherapeutische Behandlung ein, über deren Ergebnis an dieser Stelle noch keine Aussage gemacht werden kann.

Trotz der Kürze der bisherigen Beobachtungszeit glauben wir, mit der beschriebenen Apomorphin-Behandlung einen entscheidenden Schritt in der Behandlung des Entzugs-Syndroms und damit auch in der gesamten Entziehungstherapie weitergekommen zu sein. Offensichtlich werden unter Apomorphin die Entzugserscheinungen in einer Weise und in einem Ausmaß abgemildert, d. h. die Entzugsbehandlung so weitgehend erleichtert, daß sich Apomorphin als Mittel der Wahl anbietet. Mit keinem anderen Medikament konnte bisher auch nur vergleichsweise ein ähnliches Ergebnis erzielt werden. Apomorphin ist mit an Sicherheit grenzender Wahrscheinlichkeit, wie andere Autoren übereinstimmend bei ihren

Erfahrungen bei Alkohol-Entziehungskuren berichtet haben, nicht suchterzeugend.

Die Voraussetzung für die Behandlung dieser rauschmittelsüchtigen Jugendlichen in unserer Klinik war die freiwillige Entschlossenheit, sich entziehen zu lassen und jede Form der Behandlung mitzumachen. Bei unserer Klinik handelt es sich um eine offene psychiatrische Klinik ohne geschlossene Abteilung oder ähnliche Sperrungsmaßnahmen. Die jugendlichen Fixer wurden bei uns wie alle anderen Patienten behandelt, wobei anfänglich die Einordnung in die Klinikgemeinschaft nicht allzuviel Komplikationen verursachte. Diese Einfügung wurde allerdings von vornherein von seiten der anderen Patienten der Klinik durch die Betroffenheit über den anderen Lebensrhythmus und das sonstige unkonventionelle Verhalten der langhaarigen, nachlässig gekleideten Jugendlichen erschwert. Dennoch konnte durch intensive aufklärende und vermittelnde Tätigkeit des ärztlich-psychologischen Teams bei den anderen Patienten und den Mitarbeitern der Klinik eine wohlwollende Toleranz gegenüber der Gruppe der stationären Fixer für einige Zeit erreicht werden. Mit der Zunahme der Zahl der stationären »Fixer« auf schließlich fünfzehn (25 % der 60 Betten der Klinik) verminderte sich die Bereitschaft zur Toleranz der anderen Patienten und der Mitarbeiter, so daß besonders die anderen Patienten schließlich eine übersteigerte Aversion gegen die Fixer entwickelten. Bei der charakteristischen Indolenz und provozierend-antibürgerlichen Haltung der Fixer – ein gleichsam negativistisch-nihilistischer Protest gegen die gesamte Gesellschaft – war jeder Versuch, die Gruppe zu einer gewissen Anpassung zu veranlassen, vergeblich. Scheinbar einsichtsvolles, reuig-zerknirschtes Versprechen, sich den zum Teil verständlichen Forderungen der anderen Patienten zu fügen, hielt nur kurze Zeit an. Nachdem auch die Krankenschwestern und andere Mitarbeiter der Klinik zunehmend aufbegehrten und in eine aggressive Aversion gerieten, mußten wir die stationäre Behandlung der Fixer in dieser Größenordnung abrupt beenden. Seither bemühen wir uns, ein anderes Haus zur stationären Unterbringung der dringend behandlungsbedürftigen Fixer zu errichten, und behandeln nur noch etwa vier bis sechs Fixer in der Klinik, wenn diese zur Mindest-Anpassung an die sehr locker gehaltene Hausordnung der Klinik bereit sind.

Diese als vorläufige Mitteilung gedachten Ausführungen sollen andere Kliniken anregen, die Apomorphin-Behandlung des Entzugs-Syndroms bei Fixern anzuwenden und deren Wirkung anhand einer größeren Zahl von Patienten kritisch zu beurteilen. Wir sind der Auffassung, daß drogenabhängige, süchtige Jugendliche (Fixer) in separaten Kliniken mit dem Charakter eines offenen Hauses auf dem Boden der Freiwilligkeit erfolgreich behandelt werden können. Was Leuner[10] für die Therapie bei fortgeschrittenen Drogenkonsumenten fordert, kann bestätigt werden:

»... Ist die klassische psychiatrische Entziehungsbehandlung offenbar wertlos, auch wenn sie in für die Altersgruppe speziell angepaßten Institutionen erfolgt. Der Einfluß der Gruppe der RM-Konsumenten, in die sie zurückkehren, wirkt sich vor allem negativ aus. Therapeutische Maßnahmen sollten also zu einem viel früheren Zeitpunkt einsetzen. Die Einrichtung von Spezialinstitutionen wird sich notwendig machen, in denen ein vielfältiges Angebot therapeutischer Maßnahmen besonders auf die Belange dieser Altersgruppe zugeschnitten sein sollte. ... Aufklärende Vorträge, programmierter Unterricht, langsame Rehabilitation mit Ermittlung der Begabungsschwerpunkte, die Förderung sportlicher, spielerischer oder auch sozialer Aktivitäten über den Rahmen dieser Institution hinaus sind weitere Stufen. An die Stelle von Therapeuten, die eine Vater-Imago induzieren, müßten junge, experimentierfreudige Psychiater, Psychologen, Sozialarbeiter und Psychotherapeuten treten. Als Hilfstherapeuten bewähren sich intelligente Exuser. ... In der Behandlung und Prophylaxe empfiehlt sich die Kooperation mit den einschlägigen Stellen wie Erziehungsberatungsstellen, Schulen, der Suchtkrankenfürsorge und dem Arbeitsamt, ferner die Zusammenarbeit mit den freien Verbänden, mit Jugendgruppen und -clubs. Die Mitarbeiter der Informationsstellen bedürfen einer dauernden Pflege des Vertrauens und strikter Einhaltung der Schweigepflicht, auch bei Minderjährigen, wobei im Einzelfall oft erhebliche Konflikte beim Berater auftreten können. Einen weiteren Anteil an der Tätigkeit der Arbeitsgruppen hat die Einzelberatung von Eltern, Lehrern und sonstigen Bezugspersonen, aber auch Ärzten und Journalisten. Vortrags- und Diskussionsveranstaltungen sind an Schulen, Volkshochschulen, in Jugendclubs und bei Verbänden und Behörden durchzuführen.«

In derartigen therapeutischen Einrichtungen zur Behandlung drogenabhängiger Jugendlicher verbietet sich ein hierarchisches System ebenso wie ein autoritäres Verhalten der Therapeuten. Selbst das übertrieben-sichere Auftreten der Behandelnden als Wissende und Erfahrene kann nachteilig sein, da die jugendlichen Fixer sehr oft instinktiv erfassen, daß die Therapeuten bei dem Problem der Rauschmittelsucht Jugendlicher keineswegs über umfassende Kenntnisse und Erfahrungen verfügen. Unsere anfänglich vorsichtig-tastenden Bemühungen um einen informativen Kontakt mit den Fixern im Rahmen der Sozial-psychologischen Beratungsstelle und später der Informations- und Beratungsstelle für Rauschmittelfragen mußten in den letzten Monaten – bedingt durch das starke Anwachsen der Zahl der rauschmittel-gebrauchenden Jugendlichen im Kreis Friedberg – einer notgedrungen schnellen Entwicklung eines therapeutischen Konzeptes weichen. Hinzu kamen die erwähnten beiden Todesfälle in einem Ortsteil der Stadt. Die unter dem Druck dieser Entwicklung mühsam erarbeitete Therapie kann bisher nur als ein Provisorium betrachtet werden, obwohl sie bereits als »Nauheimer Modell« bezeichnet wird. Wir sind der Auffassung, daß man dieses »Nauheimer Modell« allenfalls als einen methodischen Versuch bezeichnen kann, der allerdings einen gewissen Optimismus zu rechtfertigen scheint. Sollte es gelingen, die erforderlichen finanziellen Mittel zu beschaffen, so könnte dieser methodische Versuch vielleicht zu einer aussichtsreichen Therapie der jugendlichen Fixer führen. Erst dann wäre unseres Erachtens der Begriff »Nauheimer Modell« gerechtfertigt. Die wesentlichen Faktoren dieses methodischen Therapieversuches sind:

1. Einrichtung einer Informations- und Beratungsstelle, die absolut wertneutral und vertraulich, unter strikter Einhaltung der Schweigepflicht auch bei Minderjährigen gegenüber Eltern, Schule usw. sowie kostenlos arbeitet.

2. Aufklärende Zusammenarbeit mit Beratungsstellen der verschiedensten Art, mit Schulen, mit Polizei, Gerichtsbehörden, Jugendamt und anderen Bezugsinstitutionen, um dort im Rahmen der gesetzlichen Möglichkeiten eine weitgehende Toleranz zu erreichen sowie eine Unterstützung der therapeutischen Bemühungen.

3. Einrichtung von Rauschmittel-Diskussionsgruppen und psychotherapeutischen Gruppen für Hascher und Fixer, soweit keine

stationäre Behandlung, insbesondere Entziehungs-Therapie, erforderlich ist, sowie Aufbau einer Vertrauensbasis zur Zusammenarbeit mit diesen Gruppen, um über diesen Weg – »Mundpropaganda« – manifeste Fixer als jugendliche Suchtkranke zur freiwilligen stationären Entziehungs-Behandlung zu veranlassen.

4. Mit der Apomorphin-Therapie des Entzugs-Syndroms bei jugendlichen Fixern wird ein nicht hoch genug einzuschätzendes Vertrauensverhältnis zwischen dem Behandlungs-Team und der Gruppe der Fixer geschaffen. Hierfür ist wahrscheinlich die verblüffend milde Behandlung des Entzugs-Syndroms mit Apomorphin verantwortlich. Die dadurch erreichte Vertrauensbasis bietet optimale Voraussetzungen für die anschließenden therapeutischen Maßnahmen.

5. Nach Überwindung des eigentlichen Entzugs-Syndroms müssen psychotherapeutische Behandlungen wie Einzel- und/oder Gruppen-Psychotherapie mit einer Analyse der Konflikte und Probleme oft über lange Zeit durchgeführt werden. Parallel mit diesen psychotherapeutischen Maßnahmen sollten Beschäftigungstherapie oder andere Rehabilitations-Bemühungen angewandt werden.

6. Es scheint günstig für den Erfolg der gesamten therapeutischen Anwendungen zu sein, wenn die jugendlichen Fixer auch nach der eigentlichen Behandlung des Entzugs-Syndroms in kommune-ähnlichen »Übergangsheimen« oder dergleichen wohnen können. Hierbei erscheint es von untergeordneter Bedeutung, ob in derartigen therapeutischen »Kommunen« ausschließlich zu therapierende ehemalige Fixer – quasi in Selbstverwaltung – leben oder ob andere Personen, Therapeuten oder therapeutische Hilfspersonen mit zur Wohngemeinschaft gehören.

Anmerkungen

[1] Ammon, G./El-Safti, M. S./Hameister, H.-J./Kries, D. von: »Bewußtseinserweiternde Drogen in psychoanalytischer Sicht«. In: *Dynamische Psychiatrie*. Sonderheft 1. Berlin 1971.
[2] Kielholz, P.: »Spezielle Erfahrungen des Auslandes hinsichtlich der Formen von Mißbrauch und Sucht und ihrer Bekämpfung«. In: Laubenthal, F. (Hrsg.): *Sucht und Mißbrauch*. Stuttgart 1964.
[3] »Apomorphin«, ein Präparat der Fa. M. Woelm, Eschwege.
[4] Weitbrecht, H. J.: *Psychiatrie im Grundriß*. Berlin/Göttingen/Heidelberg 1963.
[5] Hoff, H.: *Lehrbuch der Psychiatrie*. Basel 1956.
[6] Wandrey, D./Leutner, V.: *Neuro-Psychopharmaka in Klinik und Praxis*. Stuttgart 1967.
[7] Moeschlin, S.: *Klinik und Therapie der Vergiftungen*. Stuttgart 1964.
[8] Morsier, G./Feldmann, H.: In: Moeschlin, S.: a. a. O.
[9] Kuschinsky, G./Lüllmann, H.: *Kurzes Lehrbuch der Pharmakologie*. Stuttgart 1967.
[10] Leuner, H.: In: *Nervenarzt*. 6. 1971. S. 281.

WOLFGANG SCHMIDBAUER

Selbsthilfegruppen Drogenabhängiger: Synanon und Release

Unabhängig von der professionellen Hilfe durch Ärzte und Psychotherapeuten, ja teilweise in Opposition zu ihr, haben sich in den letzten Jahrzehnten Selbsthilfegruppen von Ex-Süchtigen gebildet. Auf diese Weise entstand eine sehr wirksame Methode in der Therapie des »ausgeflippten« Drogenabhängigen. Der wichtigste Ansatz auf diesem Gebiet ist (abgesehen von den Anonymen Alkoholikern, die wir hier ausklammern) »Synanon«, das sich seit 1958 *krimineller* Süchtiger in den Vereinigten Staaten annimmt. Praktisch alle leitenden Mitglieder dieser Organisation waren früher süchtig; sie weisen Drogenkarrieren von fünf bis fünfundzwanzig Jahren auf und blicken meist auf mehrere konventionelle Entziehungskuren, psychiatrische Therapieverfahren, gelegentlich auch Psychoanalysen zurück.

Synanon wurde 1958 von Charles (»Chuck«) E. Dederich gegründet, der damals auf eine sehr bewegte Vergangenheit zurückblickte: ein abgebrochenes Studium, mehrere gescheiterte Karrieren als Manager in der Industrie und Alkoholismus. Im Rahmen der Anonymen Alkoholiker (AA) überwand Dederich seine Alkoholabhängigkeit und baute dort seine erste Diskussionsgruppe auf, in der er allmählich als führende Figur hervortrat. Er entwickelte eine ebenso eigenständige wie eigenwillige Methode der Gruppenpsychotherapie. Das Wort »Synanon« für diese Form der Gruppenarbeit wurde von einem Süchtigen geprägt, der in einem Atemzug die beiden Fremdworte *Symposion* und *Seminar* aussprechen wollte und sie zu Synanon verkürzte.[1]

Synanon ist mehr als nur eine neue Technik der Gruppenpsychotherapie. Die Organisation bietet ein gutes Beispiel dafür, wie umfassend die Therapie schwerer Persönlichkeitsstörungen sein muß, um die es in der Behandlung von Drogenabhängigen geht. Der Fixer ist fast immer ein *drop-out,* ein Ausgestoßener, der keine sozialen Bindungen an die Gesellschaft hat, sondern nur sehr unzuverlässige Kontakte zu seinen Kumpeln. Synanon bietet ihm nun eine eigene Gesellschaft, eine Form sozialen Zusammenlebens, die seiner geringen Frustrationstoleranz, seinen Selbstzweifeln, seiner mangelnden Leistungsfähigkeit zunächst entspricht, zugleich aber imstande ist, dieses Defizit allmählich aufzufüllen. So nimmt Synanon dem Süchtigen nicht nur seine Droge – sondern gibt ihm darüber hinaus Sympathie, soziale Bindungen, Bestätigung, Lob. Synanon hat eine eigene Philosophie und eine durchaus unkonventionelle Ethik: in der Organisation ist die rassische Integration voll verwirklicht.[2]

Wer in ein Synanon-Haus aufgenommen werden will, muß zwei Grundgebote erfüllen: Er darf keine Drogen nehmen und keine physische Gewalt anwenden. Die Drogenabstinenz wird zwar nicht objektiv geprüft (etwa durch Urintests), aber durch die »alten« Synanisten überwacht, die als Ex-Süchtige einen scharfen Blick haben für die durch Drogenkonsum hervorgerufenen Veränderungen. Die Entziehung selbst findet ohne jede medikamentöse Unterstützung statt. Das ist bereits ein Teil der »drogenfreien« Ideologie von Synanon, die so weit geht, daß selbst Besucher aus den Häusern gewiesen werden, wenn sie zugeben, daß sie regelmäßig »legale« Psychopharmaka nehmen. Alkohol ist ebenfalls verboten, nur Zigaretten werden akzeptiert.

Ungefähr dreimal pro Woche finden in den Gemeinschaftshäusern die sogenannten »synanons mit kleinem s« statt, d. h. die spezifisch gruppentherapeutischen Sitzungen. Dederichs Methode, die heute in zahlreichen Synanon-Häusern im ganzen Gebiet der Vereinigten Staaten praktiziert wird[3], ist eine spezielle Form der »Angriffstherapie« *(»attack therapy«)*. Das Verhalten des einzelnen Mitglieds innerhalb der Gemeinschaft wird einer schonungslosen Kritik unterzogen; er wird beschimpft und angegriffen, man zerpflückt seine Entschuldigungen und fordert ihn zu rückhaltloser Ehrlichkeit auf, da sie das Grundprinzip der Synanons und die Basis der ganzen Organisation sei, während sich der Süchtige in seinem bisherigen Leben immer belogen habe.

Synanon fordert in der Regel keine Honorare; die Organisation wird durch Spenden erhalten und trägt sich zum Teil auch selbst, weil alle Mitglieder nach ihren Fähigkeiten arbeiten müssen. Wer

»draußen« arbeitet, kann für eine längere Übergangsperiode noch im Gemeinschaftshaus leben. Viele Süchtige verlassen die Gemeinschaft jedoch nicht mehr; sie finden in ihr einen befriedigenden Rahmen für ihr weiteres Leben, rücken allmählich in der Hierarchie nach oben und gründen vielleicht sogar irgendwo ein neues Gemeinschaftshaus. Seiner Vergangenheit als Industriemanager getreu hat Dederich die Selbsthilfegruppen als »Synanon Foundation, Inc.« mit einer Hierarchie von Direktoren, Abteilungsleitern usw. organisiert.

Diese Tatsache macht es naturgemäß etwas schwierig, die Erfolgsquote von Synanon abzuschätzen, da die Ex-Drogenabhängigen vielfach nicht als »geheilt entlassen« werden, sondern für fünf, zehn, ja zwanzig Jahre in der Organisation bleiben und während dieser Zeit – Therapeuten und Patienten in einem – die gruppentherapeutischen Sitzungen fortführen.

Die Ethik Synanons ist eine Form der Selbstverwirklichungs-»Religion«, wie sie sehr häufig entsteht, wenn die Psychotherapie die Grenzen zum Transzendentalen überschreitet, wie z. B. auch im Werk von Carl Gustav Jung.[4] In der weltanschaulichen Magna Charta von Synanon steht etwa: »Die Kraft, die in ihm (d. h. jedem Menschen) wohnt, ist neu in der Natur, und niemand außer ihm weiß, was es ist, das er leisten kann, noch weiß er es selbst, ehe er es versucht hat ... Ein Mensch ist entspannt und froh, wenn er sein Herz in seine Arbeit gesetzt hat; was er sonst tat oder sagte, wird ihm keinen Frieden geben ... Niemand kann eine Person zu dauerndem, schöpferischen Lernen zwingen. Sie wird nur dann lernen, wenn sie es wirklich will ...«[5]

In dem formellen Morgengebet, das jeden Tag zu Beginn des ersten Treffens gelesen wird, heißt es:

»Bitte, laß mich zuerst und stets mich selbst prüfen.
Laß mich anständig und ehrlich sein.
Laß mich Verantwortung suchen und akzeptieren.
Laß mich Vertrauen in mich selbst und meine Mitmenschen haben.
Laß mich eher lieben als geliebt werden.
Laß mich eher geben als empfangen.
Laß mich eher verstehen als verstanden werden.«[6]

Synanon bietet also eine Alternative zu den Konsum- und Leistungsideologien der westlichen Industriegesellschaft. Kulturgeschichtlich gesehen enthält diese Alternative viele Züge einer »primitiven« Stammeskultur, also eines in mancher Hinsicht für den Menschen biologisch »richtigen« Milieus [7]: relativ kurze Arbeitszeit, eine große Zahl rein menschlicher Kontakte, Betonung schöpferischer Aktivitäten (Musik, bildende Kunst, Theaterspielen, Filmemachen usw.). Es ist sicher kein Zufall, daß in Kalifornien, dem Stammland der Synanon-Bewegung, viele weitere Formen der Gruppenarbeit im Dienste der Selbstverwirklichung entstanden sind: Sensitivitätstraining [8], Encounter-Gruppen [9] und Marathon-Gruppen [10]. Teilweise handelt es sich dabei um Synanon-Kopien durch professionelle Gruppenleiter (Psychiater, Psychologen, Soziologen).

Um die konkrete Methodik der Synanon-Arbeit mit Drogenabhängigen zu verdeutlichen, sei hier eine kurze Zusammenfassung der wesentlichen Schritte in der »Synanonisierung« eines Süchtigen gegeben:

1. Aufnahme

Der Drogenabhängige wird, im Gegensatz zur Prozedur der »caritativen« Institutionen, recht nüchtern, fast abweisend, empfangen. Vor allem gibt man ihm zu verstehen, daß seine Versuche, mit der Menge seines Drogenkonsums zu prunken, sich als »schweren Jungen« hinzustellen, niemanden beeindrucken werden. Weiter macht man ihn mit den Grundregeln der Synanon-Gemeinschaft vertraut und bereitet ihn auf die verbalen Attacken vor, die einen wesentlichen Teil der gruppentherapeutischen Arbeit ausmachen. Wenn ein Süchtiger zum ersten Interview auch nur wenige Minuten zu spät kommt, wird er nicht vorgelassen, sondern auf einen anderen Termin bestellt – auch wenn er tausend Flugmeilen hinter sich hatte. Manchmal wird ein Eintrittshonorar verlangt. In jedem Fall soll der Neuankömmling – im Gegensatz zu seinen bisherigen Zwangsaufenthalten in therapeutischen Institutionen – freiwillig und gern in die Gemeinschaft eintreten. Sowohl die Bekanntschaft mit Ex-Süchtigen, die »sauber« geworden sind, wie auch die schonungslos offene Kommunikation in den Gruppensitzungen verwirren ihn. Außerhalb der Gruppen, in denen Aggressionen verbal ausagiert werden dürfen und sollen, findet er verständnisvolle

Freunde; er hat immer – nicht, wie in anderen Kliniken, nur während begrenzter therapeutischer Sitzungen – die Möglichkeit, sich mit psychologisch geschulten Laien-Therapeuten zu unterhalten, nämlich den »älteren« Synanisten.

2. *Entzug*

In Synanon geht man davon aus, daß die Entzugssymptome auch des routinierten Fixers zwar sehr unangenehm, aber keineswegs so unerträglich sind wie sie Filme (»Der Mann mit dem goldenen Arm«) oder auch einschlägige Bücher [11] schildern. Ein Teil der Entzugssymptome ist wohl psychogen. In den staatlichen Nervenkrankenhäusern und Entzugskliniken ist der Süchtige geneigt, sie zu übertreiben, um Medikamente oder auch eine Dosis seines Suchtmittels zu erhalten. Manchmal bekommt er dabei Stoff in einer ganz ungewohnten Reinheit, und wird gerade dadurch noch abhängiger. »In Lexington erfuhr ich zuerst, wie stark Drogen sein können. Nie im Leben habe ich so gut gefixt wie dort. Ich war zwei Wochen high, und wenn es schlechter wurde, kam der Doktor und gab mir einen neuen Fix.« [12] Überdies gilt es in der Szene als »schick«, möglichst viel Stoff zu brauchen, um deshalb auch besonders dramatisch unter dem Entzug zu leiden. In Synanon wird durch die Anwesenheit freundlicher Kameraden, welche zwar die Symptome verstehen, sich aber – weil sie sie aus eigener Erfahrung kennen – nicht durch Übertreibungen beeindrucken lassen, die Entziehung sehr erleichtert. Das Vorbild der gesunden, vergnügten Ex-Süchtigen macht dem Neuankömmling den Entschluß zu bleiben leicht. Er liegt auf einer Couch mitten im Gemeinschaftsraum, hat immer wieder Kontakt mit den Mitgliedern, erhält warme Getränke, wird ermuntert. Und vor allem: Er weiß, daß niemand ihn zurückhält, wenn er gehen will. Zu den Spielregeln der Angriffstherapie gehört es manchmal, daß man den Süchtigen geradezu auffordert, sich doch fortzuscheren und wieder auf die Straße zu gehen, wenn er nicht Manns genug sei, sich zu bessern.[13] Andererseits begreift er aber, daß alle diese Angriffe nur darauf abzielen, ihn zu ändern; wenn man sich nicht für ihn interessieren würde, wäre auch das nicht der Mühe wert.

3. Indoktrination

Noch während des Entzugs wird der Ex-Süchtige mit den »Spielregeln« des Zusammenlebens in der Gemeinschaft vertraut gemacht. Anständiges zwischenmenschliches Verhalten, Freundlichkeit und Wärme werden verlangt; kathartische Äußerung aggressiver Emotionen ist nur während der synanon-Sitzungen erlaubt. Eine erfolgreiche Indoktrination macht dem Süchtigen klar, daß er sich bisher wie ein kleines Kind benommen hat; sie zeigt ihm, daß Gefängnis oder Tod die einzigen Auswege aus seinem bisherigen Lebensstil sind, wenn er nicht bereit ist, sich zu ändern. Diese Änderung wird ihm gleichzeitig als durchaus möglich hingestellt. Die scharfe Kritik, die oft während der Indoktrination laut wird, dient dem Zweck, den Süchtigen davor zu befreien, noch eine Fassade aufrechtzuerhalten, die er nur mit Hilfe von Drogen tatsächlich ausfüllen konnte. Er begreift, daß Synanon etwas ganz anderes ist als die Krankenhäuser, Entziehungskliniken oder Gefängnisse, die er bisher kennenlernte.

4. Kontakt mit den Angehörigen

Pathologische Beziehungen zu Familienangehörigen spielen oft eine wichtige Rolle in der Entstehung von Drogenabhängigkeit. Oft fördern die Eltern des Süchtigen den Drogenabusus auf subtile Weise: durch zerstörerische Kritik auf der einen und durch Vorbilder im »legalen« Drogenmißbrauch (Alkohol, Tabletten) auf der anderen Seite.[14] Eine wesentliche Aufgabe der Synanon-Gemeinschaft ist es, dem Drogenabhängigen die defekten, verbogenen und doppeldeutigen Familienkommunikationen, an die er gewohnt war, durch offene Ausdrucksweisen zu ersetzen, welche eine realistische Bedürfnisbefriedigung gestatten. Da Synanon anfänglich eine Reihe neu hinzugekommener Mitglieder wieder verlor, sobald zum ersten Mal eine frühere Bezugsperson des Süchtigen auftauchte und mit ihm sprach, werden in der Regel solche Besuche verboten, bis der Neuankömmling fest genug verwurzelt ist, so daß ein Rückfall ausgeschlossen scheint. Synanon ist also nur nach einer Seite hin offen. Der Süchtige kann jederzeit gehen (dadurch wird dauernd seine Motivation geprüft), doch seine früheren Bezugspersonen dürfen ihn nicht sehen, da man annimmt, oft zu Recht, daß diese entweder – bewußt oder unbewußt, direkt oder indirekt – seinen Drogenkonsum fördern oder doch zumindest nichts gegen ihn tun können.

5. Abbau der antisozialen Identität

Der Drogenabhängige sieht sich selbst oft als »harten Burschen, der eine Menge verträgt« und für den die sozialen Normen nicht gelten. Synanon geht gegen diese antisoziale Rolle sehr energisch vor. Jede seiner Äußerungen, wie die typischen Gefängnisgespräche über »erfolgreiche« Einbrüche, Betrügereien, sexuelle Großtaten etc. werden scharf mißbilligt. Neben diese »negativen Verstärker« (siehe S. 92 f.) der Identität des kriminellen Süchtigen tritt der absolute Wegfall positiver Verstärker: niemand respektiert einen Neuankömmling, weil er viel Heroin konsumiert, viele Einbrüche oder kleine Raubüberfälle begangen hat. Selbst die Tatsache, daß er keine Drogen mehr nimmt, wird praktisch nicht beachtet. Hier liegt nämlich ein wesentliches Hindernis für den Entzug »mir zuliebe«. Der Süchtige ist manchmal durchaus fähig, eine Weile auf die Droge zu verzichten, wenn dieser Verzicht genügend verstärkt wird – etwa durch die liebevolle Zuwendung einer Freundin, eines Freundes, eines Therapeuten. Aber sobald er dann bemerkt, daß dieses Lob abnimmt, je länger er »sauber« bleibt und daß nun neue Forderungen auf ihn zukommen (er soll sich doch wie ein erwachsener Mensch benehmen), wird die Versuchung groß, wieder Drogen zu konsumieren. Er möchte auf diese Weise die Sonderrolle des Kranken zurückgewinnen, der schon dadurch etwas leistet, daß er für eine Zeit auf Drogen verzichtet. In Synanon wird die Drogenabstinenz für selbstverständlich gehalten und dadurch die Rückfallgefahr vermindert. Es geht von Anfang an darum, positives Sozialverhalten aufzubauen, wobei die »beschützte« Arbeit, die Geborgenheit in der Gruppe, die zahlreichen Kontaktmöglichkeiten auf allen Stufen des Entwicklungsprozesses verhindern, daß die therapeutische Potenz eines einzigen Menschen überfordert wird.

6. *Vom Patienten zum Therapeuten*

Nachdem die antisoziale Identität des Süchtigen zusammengebrochen ist, kommt es in der Regel zu einer »Honigmond-Periode«, in der er Synanon ganz und gar akzeptiert und behauptet, sich so gut wie nie zu fühlen; innerlich ist er aber noch höchst unsicher und verwundbar. Nur die Fassade hat sich geändert, die früheren emotionalen Probleme bleiben dahinter bestehen. Insgesamt lassen sich drei informelle und nicht an festgelegte Zeiträume gebundene Phasen des Hineinwachsens in Synanon unterscheiden:
A: der Neuankömmling hat minimale Kontakte mit der Außenwelt, darf nur mit einem erfahrenen Mitglied spazierengehen, wird vor Kontakten mit früheren Bezugspersonen bewahrt.
B: das Mitglied gilt als genügend stabilisiert, um eigenverantwortlich Kontakte mit der Außenwelt aufzunehmen; meist sind ein bis zwei Jahre des Lebens in Synanon vergangen.
C: das Mitglied ist »graduiert«, es kann frei entscheiden, ob es in Synanon bleiben, die Gemeinschaft verlassen, oder in ihr wohnen, aber außerhalb arbeiten will. Synanisten mit besonderen Fähigkeiten werden zu Direktoren usw. ernannt.

Synanon ist eher eine Lebensweise als eine Therapieform. Deshalb kann man auch keine Erfolgsquote angeben; festzuhalten bleibt, daß seit 1958, als Dederich mit einigen Freunden die ersten Treffen organisierte, viele hundert Drogenabhängige über fünf Jahre lang (nach dieser Zeit der Rückfallfreiheit nimmt man in der Medizin vielfach eine »klinische Heilung« an) drogenfrei lebten und sich produktiv betätigten. Dieser Erfolg ist besonders ermutigend, da er praktisch ohne jede staatliche Hilfe erreicht wurde. (Dederich begann mit dreißig Dollar Arbeitslosenunterstützung pro Monat.) Synanon wurde durch eigene Arbeit und private Spenden finanziert. Offensichtlich bewährt sich angesichts des Problems der Drogenabhängigkeit auch die Forderung Karl Menningers: *brains, not bricks.*[15]

Stellt man diesem Weg der Hilfe für Drogenabhängige die hohen Rückfallquoten und das oft völlige Versagen traditioneller Entziehungskuren in psychiatrischen Kliniken gegenüber, dann wird man zugeben müssen, daß die Laienhilfe nicht nur billiger, sondern auch erheblich wirksamer ist.

Auf der anderen Seite ist nicht zu übersehen, daß Synanon nur für einen bestimmten Patientenkreis die richtige Lösung darstellt: für Drogenabhängige, die einen Tiefpunkt ihrer sozialen Laufbahn erreicht haben und deshalb einer quasi-religiösen Bekehrung zugänglich sind. Sozial noch stabilisierte Süchtige – wie etwa Ärzte, die opiatabhängig geworden sind – werden sich kaum bereitfinden, als Tellerwäscher bei Synanon anzufangen. Eine weitere Einschränkung des Synanon-tauglichen Patientenkreises bedeuten die hohen Anforderungen, welche an die Motivation der Drogenabhängigen gestellt werden. Sie müssen viele Frustrationen einstecken, darunter auch einen medikamentös nicht abgestützten Entzug. Was für jene heilsam ist, die in Synanon bleiben, kann für die schädlich sein, welche in den ersten Wochen ausscheiden und die nun um diese Chance ärmer sind, dem Teufelskreis der Sucht zu entrinnen. Notwendig wäre es, Therapiemodelle zu konstruieren, die anfänglich weniger hohe Anforderungen an die Motivation der Patienten stellen.

Trotz vieler Schwierigkeiten mit den Behörden, die Synanon-Häuser oft nicht in den Wohnvierteln dulden wollten und einer kritischen Position den starren Leistungsnormen der Industriegesellschaft gegenüber, ist Synanon keineswegs betont gesellschaftskritisch eingestellt.[16] Die soziale Kritik spricht sich eher in der Praxis aus als in der Theorie, indem man einen weniger leistungsorientierten, mehr auf Kreativität und Selbstverwirklichung ausgerichteten Weg des Zusammenlebens beschreitet, der verbunden ist mit einem gerüttelten Maß an Konsumverzicht. Es kann gut sein, daß diese ideologisch neutrale, unpolitische Position nicht nur dem Zwang zum Überleben in einer kapitalistischen Gesellschaft zuzuschreiben ist, sondern auch dem Bemühen, den Drogenabhängigen keine Rationalisierungen anzubieten. In den synanons wird den Mitgliedern oft drastisch versichert, selbst wenn ihr Vater sie geprügelt und ihre Mutter sie vernachlässigt hätte, so sei das noch lange kein Grund dafür, sich heute schlecht zu benehmen (psychologische Traumen werden also nicht als Entschuldigung akzeptiert).

Die Gefahr, soziale Rationalisierungen statt effektiver Therapie anzubieten, ist innerhalb von Synanon zweifellos deutlicher erkannt worden als in den verschiedenen Formen der Release-Bewegung.[17] Während Synanon eine Organisation von Ex-Süchtigen ist, die ihre Mitglieder wirklich vom Drogenkonsum abhält, glauben Vertreter von Release offensichtlich immer noch, zwischen »richtigem« und »falschem« Drogenkonsum unterscheiden zu können. Soziales Ziel ist nicht der Drogenabstinente, sondern der *cool user*.[18] Dieser konsumiert Drogen angeblich überlegt und aus rationalen Motiven und glaubt dabei, dem Leistungs- und Abhängigkeitsprinzip der Konsumgesellschaft entronnen zu sein. Tatsächlich ist er aber ein Konsument, der seinen Konsum besonders überzeugend rationalisieren und seine Persönlichkeitsstörung verleugnen bzw. projektiv abwehren kann (»die Gesellschaft ist schuld«). Verborgene Schuldgefühle über diesen permanenten Selbstbetrug werden dann mitunter dadurch abgewehrt, daß man den wirklich kaputten Fixern hilft, denen es ja noch viel dreckiger geht.

Wie weit eine solche Motivation trägt, läßt sich augenblicklich noch nicht abschätzen, da die Aktivitäten der deutschen Release-Gruppen noch kaum älter als zwei Jahre sind und durch dauernde Spaltungen, Kündigungen gemieteter Wohnungen usw. beeinträchtigt wurden. Die im Release-Report immer wieder auftauchenden Klagen über mangelnde Unterstützung durch Behörden, Industrie und Jugendämter zeigen immerhin, daß die eigenen Abhängigkeitsbedürfnisse noch nicht durchgearbeitet worden sind.[19]

Die theoretischen Vorstellungen von Release kommen manchmal einer rationalisierenden Rechtfertigung des Drogenkonsums in jeder Form bedenklich nahe. Die Fixer gehören nicht in Nervenkrankenhäuser, denn »die Anstalten sind gefüllt mit Geisteskranken, Alkoholikern, Sittlichkeitsverbrechern«, heißt es etwa im Release-Report.[20] Um die eigene Interessengruppe herauszuheben, werden andere diskriminiert. Klinisch-psychologisch ist der Unterschied zwischen einem Alkoholiker und einem Fixer minimal, zumal viele Fixer auch Alkohol mißbrauchen.[21] Geisteskranke und Sittlichkeitsverbrecher – diese Nebeneinanderstellung zeigt, wie gründlich das sozialpsychiatrische Denken ist, das im »Release-Report« ausgesprochen wird – sind nicht weniger Opfer einer sozial- und individuell-psychologisch bedingten Störung der Persönlichkeitsentwicklung als die Fixer; ihnen allen wird die herkömmliche Anstaltsbehandlung nicht gerecht.

Jedenfalls ist es nicht nur falsch, sondern auch gefährlich, zu behaupten, »der jugendliche Drogenabhängige ist nun nicht krank aufgrund einer psychischen Erkrankung, sondern zeigt alle Phänomene einer geschädigten Sozialstruktur, die aufzeigt, daß er keine ihm adäquate Einstiegschance in die gesellschaftliche Kommunikation fand«.[22] In diesem Satz ist nicht nur die Grammatik falsch, sondern auch der Inhalt. Sicher ist die Sozialstruktur mitverantwortlich für psychische Krankheiten [23], aber der Drogenkonsument, ja der psychisch Kranke überhaupt leidet vor allem an verinnerlichten Störungen der Familiengruppe und nicht an aktuellen menschenwidrigen Sozialstrukturen. Revolution ist für ihn keine Therapie; die Therapie kann ihn allenfalls fähig machen, später erfolgreich politische Arbeit zu leisten. Das Wort von der kranken Gesellschaft wird im Mund unkritischer Autoren zur Universalentschuldigung. Es hilft dem Drogenabhängigen, seine elementare soziale Unfähigkeit, seine Regression, sein kindisches Benehmen als sozialen Protest zu rationalisieren. Und zugleich dient eine solche Haltung dazu, die eigene Drogenabhängigkeit zu bemänteln und auch sie in einen Akt des Protests gegen die Konsumgesellschaft umzuformen, während man doch tatsächlich nur das Konsumgut gewechselt hat. Beschönigende Phrasen sind dann das Endprodukt: »Profitüberkrustet, in die eigenen Normen verklemmt, sind die Produzenten selbst außerstande, durch Verwendung psychedelischer Drogen die vergifteten Schalen ihres Bewußtseins zu sprengen, um jenseits der Turbulenz der befreiten Wahrnehmung die Dimension des reinen psychischen Erlebens und deren Relation zu den geringen Grundbedürfnissen menschlichen Seins zu erfahren ... Uns jedoch können sie nicht davon abhalten, vermittels der gezielten Anwendung von Cannabis, LSD, Mescalin die psychosozialen Determinanten unseres Selbst zu durchdringen, um eine Anschauung zu erhalten von möglichen Varianten zukünftigen Lebens ...« [24]

Es ist notwendig, auf diese Gefahr hinzuweisen: Selbsthilfegruppen gefährden ihre Existenz, wenn sie keine klare Alternative zum Drogenkonsum bieten, sondern das Idealbild des cool user propagieren, das in Wirklichkeit nur ein Konzentrat von Rationalisierungen und Entschuldigungen für eine eigene, unbewältigte Drogenkarriere ist. Selbsthilfegruppen sind ein unentbehrliches, vielleicht sogar das wichtigste Mittel, um den Drogenabhängigen aus seiner tödlichen Einbahnstraße zu befreien. Sie können diese Aufgabe aber wohl nur dann erfüllen, wenn sie eine völlige Umkehr verlangen und nicht Rationalisierungen wie »Opfer der Gesellschaft« oder »cool user« freigebig anbieten. Das Beispiel Synanons – und einer zahlenmäßig noch viel größeren Gruppe: der Anonymen Alkoholiker – hat dieses Grundgesetz der Selbsthilfegruppen sehr deutlich gemacht.

Anmerkungen

[1] Yablonsky, L.: *The Tunnel Back: Synanon.* New York 1965. S. IX.

[2] Eine Tatsache, die Synanon bereits viele Schwierigkeiten eingebracht hat, wenn die Organisation ein Gemeinschaftshaus in einem »weißen« Wohnviertel mietete oder kaufte. Einen Prozeß der kalifornischen Gemeinde Santa Monica gegen Synanon schildert Yablonsky (Anm. 1), S. 31 ff.

[3] Schon sechs Jahre nach der Gründung von Synanon gab es fünf Synanon-Zentren in den USA: Santa Monica, San Francisco, San Diego, Westport/Connecticut, Reno/Nevada.

[4] Vgl. etwa Jung, C. G.: *Die Beziehungen der Psychotherapie zur Seelsorge.* Zürich 1932.

[5] Auszug aus *Synanon's Philosophy,* die jeden Samstagabend verlesen wird. Zit. n. Yablonsky, L.: a. a. O. S. 87 f.

[6] Zit. n. Yablonsky, L.: a. a. O. S. 88.

[7] Vgl. Schmidbauer, W.: *Jäger und Sammler.* München-Planegg 1972.

[8] Schmidbauer, W.: *Sensitivitätstraining.* München 1973.

[9] Schutz, W. C.: *Freude.* Hamburg 1971.

[10] Dinges, N. G./Weigel, R. G.: *The Marathon Group: A Review of Practice and Research.* Beverly Hills 1971.

[11] Ropp, R. de: *Bewußtsein und Rausch.* München 1964.

[12] Ausspruch von F. Lago, einem Ex-Süchtigen in Synanon, zit. n. Yablonsky, L.: a. a. O. S. 197.

[13] Vgl. Yablonsky, L.: a. a. O. S. 202.

[14] Nachdem ihr Sohn zum erstenmal seit 15 Jahren in Synanon sechs Monate lang keine Drogen genommen hatte, besuchte ihn seine Mutter und klagte: »Liebling, komm doch bitte nach Hause, ich sterbe vor Einsamkeit. Ich laß dich kein Heroin nehmen, aber du bekommst alle Pillen, die du willst.« (Zit. n. Yablonsky, L.: a. a. O. S. 215).

[15] »Gehirne sind wichtiger als Mauern«, d. h. in der Reform einer therapeutischen Institution (im Fall Menningers einer Nervenklinik) muß

man den Akzent auf eine neue Ausbildung und neue Mitarbeiter legen, nicht auf bauliche Veränderungen, wie es vielfach geschieht.

[16] Das gilt für den größten Teil der Arbeit in Selbstverwirklichungsgruppen in den USA. Man sucht eher, eine punktuelle Katharsis familiär oder sozial bedingter Konflikte zu verwirklichen oder eine Lebensgemeinschaft außerhalb der Industriegesellschaft aufzubauen, als diese selbst zu reformieren.

[17] Autorenteam Heuer, R. et al. sowie Lenz, R./Kranich, R.: *Helft euch selbst! Der Release-Report gegen die Sucht.* Hamburg 1971. »Release« wurde unter diesem Namen von Caroline Coon in London gegründet und leistete vorwiegend juristische Hilfe bei Rauschgiftdelikten, vor allem bei Verstößen gegen das Haschisch-Verbot.

[18] *Release-Report.* S. 85 ff. Dort wird »intelligenter Gebrauch« von Marihuana und Haschisch »harmlos« genannt. Prinzipiell ist »intelligenter Gebrauch« jeder Rauschdroge harmlos, er führt nämlich dazu, überhaupt keine Rauschdroge chronisch zu konsumieren. Die Gefahr solcher Verharmlosungen liegt darin, daß Intelligenz zu den Fähigkeiten gehört, deren Ausbildung und Tragweite jeder Mensch, besonders aber der allen Rationalisierungen zugängliche Drogenkonsument, gröblich zu überschätzen pflegt.

[19] Es geht hier nicht darum, Release pauschal zu kritisieren, sondern nur darum, auf mögliche unreflektierte Einstellungen innerhalb der Selbsthilfegruppen hinzuweisen, die diskutiert werden müssen. Ansätze dazu finden sich in dem (sehr uneinheitlich konzipierten und kaum auf einen einzigen theoretischen Nenner zu bringenden) *Release-Report* ebenfalls, z. B. S. 112; S. 90 (»... die Gesellschaft ist schuld! ... Diese Einstellung zu seinen eigenen Schwierigkeiten zeichnet den Jungopa aus. Einen Typ, der noch naß ist, der nach Papa und Mama schreit und gleichzeitig beide für Arschtypen erklärt«).

[20] *Release-Report.* S. 76.

[21] Nach amerikanischen Studien zwischen 30 und 60 %; entsprechende Angaben wurden auf dem Kongreß *Drugs and the Mind,* Amsterdam 1972, genannt.

[22] *Release-Report.* S. 76.

[23] Vgl. Schmidbauer, W.: *Seele als Patient. Eine Aufklärung für Gesunde und Gefährdete.* München 1971.

[24] *Release-Report.* S. 77.

HELMUT WALDMANN
und HEINZ EWALD HASSE

Verlaufsformen der Nachhallpsychosen (Flashback) und ihre Bedeutung für die Therapie

Bei der mehrjährigen Beobachtung und Behandlung jugendlicher Drogenkonsumenten stießen wir auf Persönlichkeitsveränderungen und psychotische Reaktionsweisen besonderer Art, die zumeist erst nach längerem Phantastikagebrauch auftraten. Um diese mittelbaren Folgen der Halluzinogenwirkung richtig einordnen zu können, müssen wir sie den unmittelbaren Auswirkungen dieser Drogen gegenüberstellen. Es lassen sich unter den Wirkungen der verwendeten psychedelischen Drogen vier verschiedene Zustände abgrenzen, die meist in englischer Sprache bezeichnet werden:

1. Der *einfache Rauschzustand*, z. B. durch eine milde THC-Intoxikation (high-sein, angeturnt-sein, stoned-sein).

2. Der *Trip*, eine meist durch stark wirksame Halluzinogene ausgelöste exogene Psychose mit einer Unterform, dem sog. Bad-Trip oder Horror-Trip.

3. Der *abnorm verlängerte Rauschzustand* (Psychedelic afterglow).

4. Das *Flashback*, nach drogenfreiem Intervall wiederkehrende psychotische Zustände (Recurrens-Phänomen, Trip-Rezidiv, Repro-Trip, Spätrausch, Echopsychose).

Für den deutschen Sprachgebrauch kämen als Bezeichnungen für die letztgenannten Zustände auch Rückblendepsychose, Anschlußpsychose oder psychotischer Nachhall in Frage. Wir würden den Begriff »psychotischer Nachhall« oder *»Nachhallpsychose«* vorziehen, weil er folgende Verlaufskriterien ausdrückt:

1. Die vorausgegangene Trip-Erfahrung gibt den Anstoß.

2. Es besteht ein Intervall.

3. Es kommt zur Ausbreitung und eigengesetzlichen Weiterentwicklung der ursprünglichen Erlebnisse.

4. Die Erscheinungen klingen spontan ab.

Im folgenden werden also die Begriffe *Flashback (Fb)* und *Nach-*

hallpsychose (Np) synonym verwandt. Diese Verlaufsform trat erst im letzten Jahr des Beobachtungszeitraumes mit zunehmender Häufigkeit auf.

In den USA, wo der Drogengebrauch früher einsetzte, wurde bereits über Fbs nach Gebrauch verschiedener Drogen berichtet. So beschrieben Keeler [1] Fbs nach Marihuana, Cohen [2] nach Ololiuqui. 1967 fanden Smart u. Bateman [3] bei einer Literaturübersicht insgesamt nur 11 Fälle von Fb. Ungerleider u. Mitarb.[4] ermittelten per Fragebogen ein häufiges Auftreten von Fbs unter LSD-Usern. Robbins u. Mitarb.[5] fanden Fbs bei 11 von 34 Drogenkonsumenten, die LSD genommen hatten. Horowitz [6], der allerdings die Häufigkeit der Fbs 1969 lediglich von erfahrenen Hippie-Gurus schätzen ließ, vermutet unter je 20 Usern einen Fall von Fb. Barron u. Mitarb.[7] fanden bei 11 der von ihnen untersuchten 20 User Recurrens-Phänomene. Mc Glothlin u. Mitarb.[8] berichteten 1971 über 36 Fälle von Fbs. Dort finden sich auch weitere Literaturangaben.

Unbestritten dürfte demnach feststehen, daß es nach vorausgegangenem Phantastica-Abusus zu autonomer Wiederkehr psychotischer Episoden kommen kann. In der angeführten Literatur wird deren Häufigkeit noch unterschiedlich, jedoch neuerdings mit ansteigender Tendenz angegeben. Zur Psychopathologie dieser Episoden wird allgemein berichtet, daß es sich um die gleichen Zustandsbilder handelt, wie bei den Trips oder Horror-Trips. Insofern kann die Nachhallpsychose einen akuten Notfall (Hasse u. Mitarbeiter [9]) darstellen. Die Ähnlichkeit der Symptomatik mit dem ursprünglichen Rauschzustand unterstreicht neuerdings nochmals der US-Report »Marihuana and Health« 1971 [10]. Genauere Aufgliederungen der psychopathologischen Symptomatik stehen noch aus. Hinsichtlich der Ätiologie werden eine abnorm verlängerte pharmakologische Wirksamkeit der Rauschdrogen und durch die Drogen bewirkte Veränderungen des Metabolismus der Gehirnzellen diskutiert. Es wird angenommen, daß diese Funktionsstörungen bei Fb und bei schizophrenen Psychosen identisch seien. Auf eigenen biochemischen Untersuchungen basieren diese Überlegungen bei den zitierten Autoren nicht.

Zu ganz anderen Schlußfolgerungen gelangte 1962 Leuner [11], der bis dahin wohl als einziger Erfahrungen mit längeren Versuchsreihen (bis zu 82 LSD-Sitzungen) hatte. Er beobachtete also schon vor der heutigen Drogenwelle Spätwirkungen nach drogenfreiem Intervall und führte aus: »Diese Phänomene sind mit Sicherheit nicht toxisch bedingt, sie müssen als psychogen betrachtet werden, als kurze Episoden psychogener Psychosen«.

Die experimentelle Psychoseforschung der 20er Jahre (Fränkel u. Joël; Mayer-Gross u. Stein; Beringer; v. Bayer; Zucker [12]) brachte interessante strukturanalytische Ergebnisse, endete aber in Resignation, was die Aufgliederung von Relationen zwischen Primärpersönlichkeit und Rauscherleben, die hierarchisch deduzierbare Gliederung des Bewußtseins und den Modellcharakter für endogene Psychosen angeht. Über Fb-ähnliche Zustände wurde damals nichts bekannt. Bei den Versuchen handelte es sich allerdings um eine meist relativ geringe Zahl von experimentellen Intoxikationen mit einer begrenzten Zahl von psychisch kranken und gesunden Probanden innerhalb eines kürzeren Zeitraumes. Allein Stringaris berichtet in seiner Monographie »Die Haschischsucht« 1939 über psychotische Rezidive nach drogenfreiem Intervall [13]. Wir werden auf seine Beobachtungen noch zurückkommen.

Die Hypothese einer verlängerten pharmakologischen Wirkung oder einer Veränderung des Metabolismus des Gehirns, die auch nach nur einmaliger vorausgegangener Intoxikation in einigen Fällen noch Monate später plötzlich wieder wirksam werden sollen, vermag uns nicht zu überzeugen. Der Hypothese, daß die Zustände unter LSD-Intoxikation direkt schizophrenen Krankheitsbildern vergleichbar seien (Langs u. Barr [14]) oder über das Bindeglied eines veränderten Hirnmetabolismus mit ihnen in Verbindung ständen (Hatrick u. Dewhurst [15]), widersprechen im übrigen die Ergebnisse der Versuche an der Heidelberger Klinik sowie auch M. Bleuler [16] mit seiner Feststellung, LSD trage nur zur Erkenntnis organischer Psychosen, nicht aber endogener bei.

Gegen die Auffassung von der rein psychogenetischen Ätiologie des Fb wendete sich kürzlich Weitbrecht [17], wenn er sagt, hier geschehe zweifellos jeweils mehr als etwas »nur« Psychogenes, Situatives, verstehens- oder verhaltenspsychologisch Analysierbares. Er vermutet in diesen Phänomenen einen Dekompensationsmechanismus auf dem Hintergrund reaktivierter Bahnen und Prägungen.

Die Meinungen zur funktionalen Einordnung des Fbs sind noch kontrovers. Im Hinblick auf die älteren Untersuchungen über die

Intoxikationspsychosen mit Halluzinogenen stellt das Fb eine bisher unbekannte Dimension dar. Wir verfügen heute infolge des massenhaften Phantastikagebrauchs über Beobachtungen, die in ihrem zahlenmäßigen Ausmaß und durch die Dauer des Drogenkonsums absolut neu sind. Sie können an einem Kollektiv gewonnen werden, das in seiner Auslesefreiheit nur durch das jugendliche Alter der User eingeschränkt ist. Die Neuartigkeit dieses Erfahrungsfeldes macht eine differenzierende Sichtung und systematische Einordnung der psychopathologischen Phänomene erforderlich.

Methodik

Wir sammelten unsere Erfahrungen und Beobachtungen auf einer Drogen-Szene, die sich seit fünf Jahren in einem Bevölkerungsgebiet von etwa 300 000 Einwohnern entwickelt hat. Von einer nicht schätzbaren Zahl gelegentlicher Probierer lassen sich etwa 1200 regelmäßige Drogenkonsumenten (User) abgrenzen. Darunter befindet sich eine Gruppe von ca. 50 Jugendlichen, die vornehmlich Amphetamine und besonders Opiate intravenös applizieren. Ein kleiner Teil davon »fixt« regelmäßig wegen schon bestehender psychischer und physischer Abhängigkeit, der größere Teil »schießt« oder »drückt« vorerst nur gelegentlich.

Aus der Zahl der regelmäßig Drogengebrauchenden wird eine Gruppe von 87 herausgegriffen, die von uns in vielstündigen psychiatrischen Untersuchungen eingehend exploriert wurden. Zum Teil wurden auch sog. erweiterte tiefenpsychologische Anamnesen erhoben. Außerdem wurden bei dem größten Teil von ihnen in Einzelsitzungen testpsychologische Untersuchungen durchgeführt. Nach den eingehenden und wiederholten Gesprächen und Explorationen riß während der z. T. zweijährigen Verlaufsbeobachtungen der Kontakt zu den Jugendlichen nicht ab. Es blieb also ein ständiger Informationsfluß erhalten. Die nachstehend aufgeführten Einzelheiten wurden den Explorationsunterlagen entnommen.

Bei der Abgrenzung des Phänomens Np ließen wir alles, was nur Erinnerung von Vorauserlebnissen war, außer acht, auch wenn es sich um z. T. sehr lebhaften Nachvollzug mit großer emotionaler Beteiligung handelte. Wir werteten als Fb zunächst einmal die aktuell vorhandenen eindeutigen psychotischen Zustände, die wir stationär und außerhalb der Klinik direkt beobachten konnten, dann auch Schilderungen von solchen Zuständen, die nicht lange zurücklagen und die eindeutig hinsichtlich ihrer Symptomatik als psychotische Zustände aufgefaßt werden mußten und die sich auch, wenn sie absichtlich provoziert worden waren, eigengesetzlich ausgeweitet hatten. Der zwischen dem Ausbruch der Np und der letzten Drogeneinnahme liegende Zeitraum wurde besonders sorgfältig ermittelt und konnte in vielen Fällen durch objektive Kriterien zusätzlich gesichert werden (stationäre Aufenthalte, Inhaftierung, Trennung von der Drogen-Scene). Die nach Abschluß der in den nachstehenden Tabellen zusammengefaßten Untersuchungen noch neu hinzugekommenen Fälle ergaben hinsichtlich der einzelnen psychopathologischen Phänomene keine neuen Aspekte mehr und stimmten auch in der Häufigkeitsverteilung mit den aufgeführten überein. Es kann daher angenommen werden, daß die Ergebnisse, wenn nicht in den absoluten Zahlenwerten, so doch in ihrem Aussagewert repräsentativ sind. In praktisch allen Fällen bestand zwischen den Untersuchern und den drogenkonsumierenden Jugendlichen ein freundschaftlicher Kontakt. Die Mitteilungsbereitschaft war durch nichts eingeschränkt. Wir möchten an dieser Stelle den Jugendlichen für ihre freimütigen Mitteilungen danken.

Häufigkeitsverteilung

1. Der Drogenkonsum im Vorverlauf

Die Gesamtzahl der von uns untersuchten Drogenkonsumenten belief sich auf 87, davon 63 männliche und 25 weibliche. Von diesen berichteten 47 (30 männliche; 17 weibliche) über das Auftreten von einem oder mehreren Fbs. Die Jugendlichen, denen unsere unkonventionelle Arbeitsweise bereits vertraut war, suchten uns innerhalb und außerhalb der Klinik spontan wegen ihrer psychotischen Erlebnisse auf; sieben mußten wegen der akut bedrohlichen Symptomatik sofort stationär behandelt werden. Die Verteilung der User, sowie der jeweils dabei aufgetretenen Fb-Fälle auf die verschiedenen Geburtsjahrgänge ergibt sich aus Tab. 1.

Tabelle 1.
Gesamtzahl der weiblichen und männlichen Np-Fälle und User (in Klammern) nach Geburtsjahrgängen

Jahrgang	1956	1955	1954	1953	1952	1951
♀	1 (1)	1 (1)	5 (9)	1 (3)	1 (3)	3 (3)
♂	—	—	7 (10)	2 (10)	4 (8)	1 (4)

Jahrgang	1950	1949	1948	1947	1946–1942
♀	3 (3)	1 (1)	—	—	1 (1)
♂	6 (13)	5 (8)	2 (3)	2 (4)	1 (3)

Nachhallpsychosen traten in 53,4 % der Gesamtzahl der von uns über längere Zeit beobachteten User auf. Dieser relativ hohe Anteil scheint durch die große Regelmäßigkeit und Häufigkeit der Drogeneinnahme zustande gekommen zu sein. In den meisten Fällen bestand der Usus seit mehr als einem Jahr. Die Dauer der Drogenerfahrung bei den einzelnen Jugendlichen, die Np hatten, geht aus Tab. 2 hervor.

Tabelle 2.
Dauer des Drogengebrauchs der Np-Fälle

Fälle	10	13	20	4
Jahre	über 3	über 2	über 1	unter 1

In allen Fällen war ein exzessiver *THC-Konsum* zu eruieren. Mit diesem Stoff bestand zumeist die größte Drogenerfahrung. Im einzelnen ist die Verteilung nach der Dauer des Gebrauchs der Cannabis-Droge aus Tab. 3 zu ersehen. In allen Fällen wurde Cannabis geraucht, in einigen auch zusätzlich als Aufguß oder in festen Speisen eingenommen.

Tabelle 3.
Dauer des THC-Konsums, inhaliert und eingenommen (in Klammern)

Fälle	7 (2)	15 (5)	19 (11)	6 (2)
Jahre	über 3	über 2	über 1	unter 1

Der reine THC-Konsum führte insgesamt nur in vier Fällen zum Auftreten von Fbs. In einem dieser Fälle wurde allerdings THC auch intravenös appliziert.

Im Gegensatz zu den Cannabis-Produkten waren einige Stoffe extrem selten im Drogenvorverlauf des Fb vertreten. Wir stellten einen Abusus bei folgenden Stoffen fest:

Selten gebrauchte Stoffe	*Fälle*
Tranquilizer	1
Rosimon-Neu	3
Alkohol	1
Atropin	1
Ololiuqui	1

Es handelt sich hier insbesondere bei den Tranquilizern um regelrechten Abusus, d. h. gewollte Intoxikation. Nach vorausgegangenem Phantasticaabusus war es in einem Fall zu einer Abhängigkeit von Tranquilizern gekommen, deren Gefahrenquotient bezüglich einer Abhängigkeit nach Kielholz [18] für diese Gruppe am niedrigsten von allen Psychodrogen liegt. Darüber hinaus wählten die meisten Jugendlichen gelegentlich Tranquilizer oder andere Psychopharmaka zur Selbstbehandlung unerwünschter Begleitsymptome des Trips. Diesen »symptomatischen« Gebrauch von Medikamenten ließen wir im Hinblick auf die Ätiologie des Fb weg.

Eine gewichtigere Rolle spielten *Amphetamine und Opiate.* Bei den 47 Fällen mit Np wurden in 22 Fällen gelegentlich Rauschzustände durch hohe Amphetamindosen (speed) erzeugt und in 11 Fällen wurden auch Opiate (Rohopium, Morphin, Heroin u. a.) probiert. Dabei handelt es sich nicht um von diesen Stoffen isoliert abhängige Süchtige. Die häufig angegebene Vermutung der Jugendlichen, daß den Cannabis-Produkten teilweise Opium beigemengt worden sei, blieb unberücksichtigt, da sie in vielen Fällen widerlegt werden konnte. Im einzelnen ergibt sich die Dauer der Drogenerfahrung mit diesen Stoffen aus Tab. 4.

Tabelle 4.
Dauer des Konsums von speed und Opium (in Klammern)

Fälle	3 (0)	6 (2)	8 (6)	5 (3)
Jahre	über 3	über 2	über 1	unter 1

LSD war bei praktisch allen Usern neben den Cannabis-Inhaltsstoffen die am meisten genommene Droge. In 43 von 47 Fällen war dem Fb ein z. T. exzessiver Gebrauch von LSD vorausgegangen. In Tab. 5 ist die Dauer des LSD-Konsums in Jahren angegeben. In Tab. 6 ist die Zahl der LSD-Trips in Häufigkeits-Gruppen geordnet.

Tabelle 5.
Dauer des LSD-Konsums

Fälle	3	10	13	17
Jahre	über 3	über 2	über 1	unter 1

Tabelle 6.
Anzahl der Trips pro Np-Fall

Fälle	8	13	16	4	2
Trips	1–5	5–15	15–50	50–100	über 100

Wir werteten, wie bereits erwähnt, als Fb nur solche psychotischen Zustände, die mit Sicherheit nicht in unmittelbarem Zusammenhang mit einer akuten Intoxikation durch die vorgenannten Drogen standen. Das gesicherte *drogenfreie Intervall* konnte besonders in Fällen von kurzdauernden Fbs nicht für jede dieser Episoden mit der gleichen Eindeutigkeit festgestellt werden. Es war aber in jedem unserer Fälle möglich, für wenigstens eine derartige Episode die Dauer des Drogenintervalls zuverlässig zu ermitteln. In der folgenden Abb. 1 sind also die jeweils maximalen gesicherten Zeiten ohne Drogeneinnahme bis zum Auftreten des Np aufgeführt. Für die Überlegungen zur Ätiologie des Np schienen uns diese Zeiten besonders wichtig; sie wurden deshalb mit der größtmöglichen Sorgfalt eruiert und im einzelnen kritisch überprüft.

Daneben gibt es Np-Phänomene nach kürzerer Drogenabstinenz und Symptomfreiheit nach dem letzten Trip. Die Länge der drogenfreien Intervalle ist in Abb. 1 nach Gruppen geordnet dargestellt.

Die ersten Fälle von Fb sahen wir, als einige Jugendliche, die unerwartet davon betroffen wurden, sich erschreckt an uns wandten bzw. in die Klinik aufgenommen werden mußten. Bald stellten wir aber auch fest, daß dasselbe Phänomen von einer Reihe von Usern (23) bewußt herbeigeführt wurde. Sie versuchten auf vielfältige Weise, den für sie angenehmen Zustand auch ohne Droge wieder zu erreichen. Auf die dabei angewandten Techniken kom-

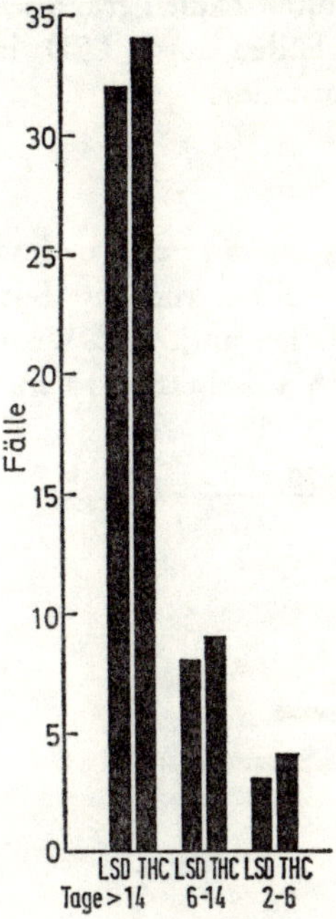

Abb. 1. Gesichertes drogenfreies Intervall

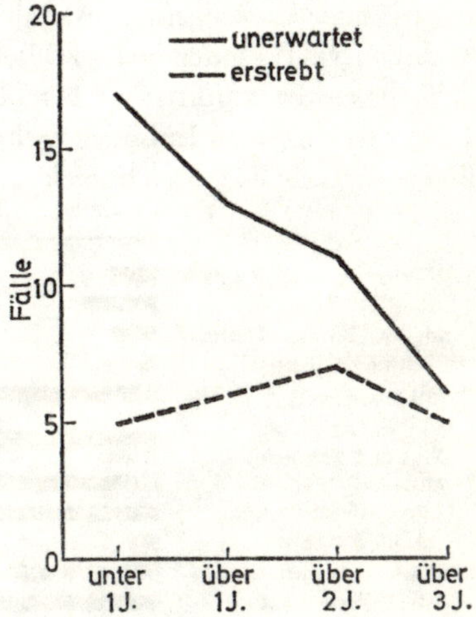

Abb. 2. Fallzahl und Differenz zwischen unerwarteten und erstrebten Nachhallpsychosen in Relation zur Dauer der Trip-Erfahrung

men wir später zurück. Auch bei diesen intendierten Fbs handelt es sich nicht etwa um bloße Rückerinnerungen mit starker emotionaler Färbung, sondern um psychotische Zustände, die an Ausprägung dem unerwarteten Fb und dem Drogen-Trip nicht nachstehen und z. T. neue produktive Erlebnisse mit sich bringen. Häufig waren diese Zustände zwar bewußt initiiert, entwickelten sich dann jedoch eigengesetzlich weiter und gerieten in ihrem weiteren Verlauf außer Kontrolle. Wir haben in Abb. 2 die erstrebten und unerwarteten Npn einander gegenübergestellt und auf die Dauer der vorausgegangenen Trip-Erfahrung bezogen. Dabei ergibt sich eine deutliche Zunahme der intendierten Episoden analog zur Dauer der Trip-Erfahrung. Diese bei zunehmender Erfahrung abnehmende Differenz der Häufigkeiten zwischen erwartetem und unerwartetem Fb ist in Abb. 2 entsprechend den absoluten Zahlen graphisch dargestellt. Die Trip-Erfahrung kam in 43 Fällen durch LSD, in vier Fällen durch exzessiven THC-Konsum zustande.

2. *Auslösefaktoren*

Wir gewannen die folgenden Angaben aus 65 unerwarteten und 30 erstrebten Np-Episoden bei 47 Usern. Wir stellten zunächst fest, welche Faktoren unmittelbar Nachhallpsychosen auslösten. Wenn sich bei den einzelnen Episoden mehr als ein Auslösefaktor eruieren ließ, wurden alle Faktoren berücksichtigt (Abb. 3).

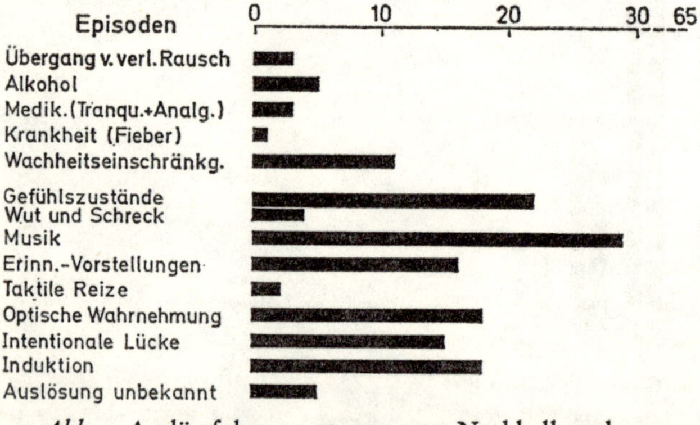

Abb. 3. Auslösefaktoren unerwarteter Nachhallpsychosen

In die Rubrik »Übergang vom verlängerten Rausch« zählten wir nur diejenigen Fälle, die über 72 Std hinaus nach der letzten Drogeneinnahme psychotische Symptome zeigten. Hier ist eine definitorische Abgrenzung erforderlich. Die Verlängerung des Rauschzustandes ohne freies Intervall über die Dauer der unmittelbaren Drogeneinwirkung hinaus, wobei protrahierte pharmakologische Drogenwirkungen und psychologisch ableitbare Kausalfaktoren ebenso diskutiert werden, wie beim Fb, fassen wir mit Kurland u. Unger [19] als »Psychedelic afterglow« auf. Die Abgrenzung der Np vom Afterglow-Phänomen durch ein drogenfreies Intervall und zwischenzeitliche Symptomfreiheit war ohne Schwierigkeiten möglich. Dreimal jedoch sahen wir bei verschiedenen Usern ein Fortdauern der psychotischen Symptomatik über mindestens mehrere Wochen. Auch in diesen Fällen konnte für den gesamten Beobachtungszeitraum (stationär) eine Drogenabstinenz gesichert werden. Solche langdauernden Verläufe sind auch von Kurland u. Unger beschrieben worden.

Alkohol und Medikamente waren achtmal als Auslösefaktoren beteiligt. Dabei handelt es sich jeweils um eine für diese Stoffe atypische Wirkung: Die Jugendlichen hatten zufällig die primär nicht psychedelisch wirkenden Stoffe genommen und gerieten unerwartet in ein typisches Trip-Rezidiv. Über ähnliche paradoxe Auswirkungen bei umgekehrter Reihenfolge der Stoffeinwirkung berichtete Benedetti [20]: Er sah unter LSD eine Alkoholhalluzinose wieder auftreten. Unter der Rubrik »Wachheitseinschränkung« erfaßten wir extreme Erschöpfungszustände, die nach meist mehrtägigem Schlafdefizit zur Auslösung eines Fb führten. Außerdem sahen wir Auslösungen als Folgeerscheinungen verminderter Vigilanz z. Zt. des Einschlafens oder Aufwachens. Hier spielte ein Überwiegen des Bildererlebens im Einschlaf- und Aufwachdenken im Sinne C. Schneiders [21] die wichtigste Rolle, wobei es uns nicht möglich war, zwischen physiologischen Phänomenen dieser Art und schon beginnendem Fb zu differenzieren. Insgesamt kann angesichts der vorgenannten Faktoren schon jetzt gesagt werden, daß sehr heterogene und unspezifische exogene Reize an der Auslösung unerwarteter Fbs beteiligt sein können.

In der Aufstellung der psychischen und situagenen Auslösefaktoren überwiegen Erlebnisse, die als Assoziationsträger Signalcharakter für Trip-Erinnerungen gewannen. Meist handelte es sich um für gewöhnlich unbedeutende Wahrnehmungsgegenstände oder um Gefühlszustände von geringer Dynamik. In seltenen Fällen konnten jedoch von Trip-Erlebnissen weitabliegende, ja ihnen entgegengesetzte Affektzustände zur Auslösung genügen. In einigen Fällen geschah dies, wenn User in hochgradige emotionale Erregung gerieten, etwa bei der Zuspitzung lebenssituativer Krisen. Eine Zwischenstellung nimmt das Musik-Erleben ein. Es ist einerseits Wahrnehmung und andererseits, wie schon aus der Bedeutung der Pop-Musik für die ganze Generation hervorgeht, wesentlich bestimmt durch die Begleitgefühle, die evoziert werden und die sich zu stationären Gestimmtheiten im Sinne von Lersch [22] und eigentümlichen Ich-Zuständen verselbständigen. Eine wichtige Rolle nehmen auch die Erinnerungsvorstellungen ein, die ebenfalls mit einem bestimmten »Feeling« einhergehen und in denen oft taktile Reize und optische Wahrnehmungen zu Assoziations- und Emotionsträgern werden. Mehrfach bedurfte die Auslösung der Episoden nicht einmal besonderer Vorstellungsinhalte oder Gefühle. Es genügte bereits ein Verharren in Passivität ohne zielgerichtete Gedankengänge. Diesen Zustand nennen wir *intentionale Lücke*.

Die Induktion, also das Hineingerissenwerden in einen psychotischen Zustand beim Miterleben des Trips oder Fbs anderer rangiert nach unseren Erhebungen der Häufigkeit nach zwar erst an dritter

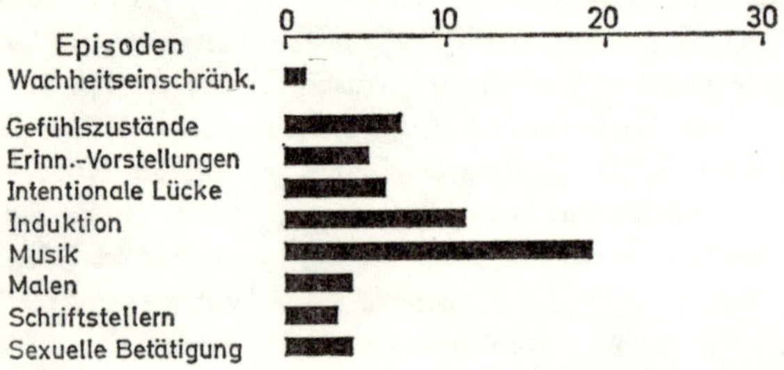

Abb. 4. Auslösefaktoren bei erstrebten Nachhallpsychosen

Stelle, ist aber sicherlich ein besonders starker und adäquater Reiz für die Auslösung. In allen Fällen von Induktion sahen wir ein schlagartiges Überspringen der Symptomatik von einem Tripgefährten auf den anderen. (Bei der Induktion endogen-psychotischer Zustände auf Gesunde in enger Lebensgemeinschaft bildet sich dagegen die induzierte Psychose häufig erst allmählich aus.)

Beim erstrebten Fb waren im wesentlichen die gleichen Auslösefaktoren wirksam wie beim unerwarteten; sie sind nur um einige bahnende Provokationsimpulse zu ergänzen (Abb. 4).

Die einzelnen Arten der Auslösung wurden von den Usern teils zufällig, teils experimentierend gefunden. Die zu ergänzenden Auslösefaktoren sind kreative Fähigkeiten wie Malen, schriftstellerische Betätigung und Musizieren. Diese kreativen Fähigkeiten waren meist erst unter dem Einfluß längerer Trip-Erfahrung durch die Jugendlichen an sich selbst entdeckt worden. Sie entsprangen dem oft übermächtigen Bedürfnis, die Intensität des Erlebten gestaltend zu verarbeiten. Bisweilen führte dies zu erheblicher Selbstüberschätzung der künstlerischen Fähigkeiten. Die Häufigkeit der sexuellen Kontakte war bei den von uns untersuchten Usern insgesamt eher geringer als durch Umfragen bei der Jugend allgemein ermittelt wurde (Schmidt u. Sigusch [23]). Wir erhielten auch keinerlei Hinweise für eine Steigerung oder Abschwächung von Libido und Potenz unter Phantasticaeinwirkung. Die User freilich, die überhaupt ein aktives Sexualleben führten, berichteten gelegentlich über eine Intensivierung des sexuellen Erlebnisses, selbst wenn der Orgasmus nicht erlebt wurde.

Meist wurde eine Ausweitung des Zusammengehörigkeitsgefühls auf die ganze Gemeinschaft im Sinne einer Allverbundenheit oder auch in kosmische Dimensionen zugleich mit einer Steigerung aller Wahrnehmungsqualitäten berichtet. In vier Fällen kam es beim Sexualverkehr nach längerer Drogenabstinenz zur Wiederkehr der genannten Gefühlszustände, die als Begleitgefühle zur Auslösung einer Np führten.

Symptomatik

Eine befriedigende Darstellung der Psychopathologie der Nachhallpsychosen ließe sich im Grunde nur durch einen kasuistischen Anhang bewerkstelligen, der alle Explorationsergebnisse wiedergeben könnte. Da dies nicht möglich ist, soll hier wenigstens ein Überblick über die Häufigkeitsverteilung einzelner Symptome gegeben werden, ergänzt durch die Beschreibung einiger Beispiele.

Die psychopathologische Aufgliederung bietet wegen der Verflechtung formaler, inhaltlicher und affektiver Störungen erhebliche Schwierigkeiten. Es kann nicht ausgeschlossen werden, daß sich in den einzelnen Rubriken, etwa bei Glücks- oder expansiven Zuständen, kategorial verschiedene Qualitäten mischen. Wir sind bei der Einordnung in unsere Tabelle vom Eindruck des Untersuchers ausgegangen und haben registriert, was er als »Primärstörung« ansah. Speziell ausgearbeitete *rating scales* wurden nicht benutzt. Die Abbildung soll nur eine orientierende Übersicht geben (Abb. 5). Die Werte beziehen sich auf 65 unerwartete und 30 erstrebte Nachhallpsychosen.

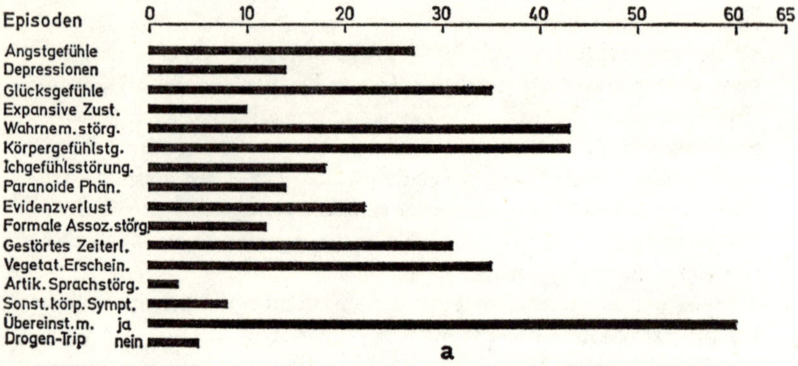

Abb. 5. *a* Symptomatik des unerwarteten Flashback

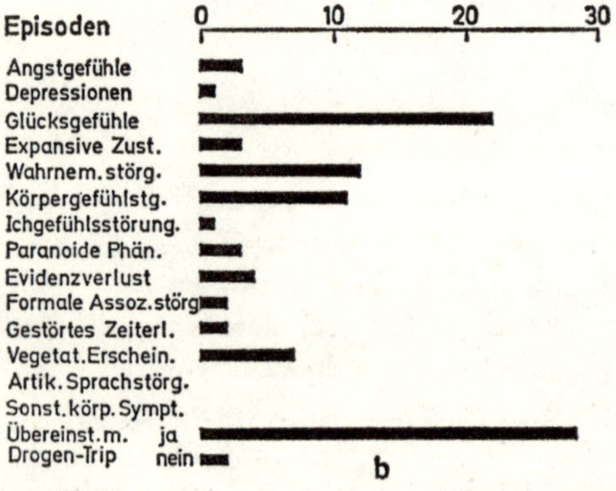

Abb. 5. *b* Symptomatik des erstrebten Flashback

Beim Vergleich der Symptomatik des unerwarteten und des erstrebten Fb fällt das Überwiegen der Glückszustände bei den erstrebten Episoden auf und gibt damit gleichzeitig einen Hinweis für die Motivation. Die expansiven Zustände entwickeln sich zumeist aus einer Ausbreitung des Verbundenheitsgefühls heraus. Die Wahrnehmungsveränderungen reichten vom Zerfließen gegenständlicher Konturen, veränderter Wahrnehmung von Bewegungsabläufen über Farbintensivierungen und -verschiebungen expressionistischer Stilprägung bis zu illusionären Verkennungen, Physiognomierungen (häufig) und Halluzinationen. Visuelle Phänomene standen im Vordergrund; akustische, taktile, osmische und gustatorische Wahrnehmungsveränderungen waren beteiligt. Die angenehmen Wirkungen überwogen wiederum beim erstrebten Fb. Der Gewißheitsgrad der Fb-Erlebnisse verlief schwankend. Häufig war eine kritische Distanzierung praktisch vom Augenblick ihrer Entstehung an vorhanden. Evidenzverlust gegenüber der Realität trat in Abhängigkeit von der Intensität des Wahrnehmungs- und Bedeutungscharakters der psychotischen Erlebnisse auf. Soweit eruierbar, war der Evidenzverlust häufig Ursache von Angstzuständen.

Das Zeiterleben war, wie es vom Drogenrausch her bekannt ist, charakterisiert durch das subjektive Gefühl der Zeitdehnung und der Überfülle von Ereignissen in der Zeiteinheit. Die Überfülle führte meist zum subjektiven Gefühl der Zeitdehnung, seltener zu dem der Zeitraffung. Häufig entstanden diese Gefühle im Zusammenhang mit veränderten Bewegungswahrnehmungen. Dem Beobachter zeigte sich das Bemühen, die Überfülle der Zeiterlebnisse zusammenzuhalten, oft in einer bis zur Unverständlichkeit beschleunigten Sprechweise. Andererseits war äußerlich auch mitunter eine extreme psychomotorische Verlangsamung festzustellen. Unter den sonstigen körperlichen Symptomen finden sich erhebliche koordinative Störungen, »Lähmungserscheinungen« und Automatismen.

Psychopathologische Betrachtung

1. Die Auslösung der Nachhallpsychosen

Bevor wir mit der Betrachtung der psychopathologischen Phänomene beginnen können, müssen wir uns kurz mit den Bedingungen beschäftigen, unter denen sie zustande kamen. Für die Erlebnisse des Rausches und des Fb spielen nicht nur die Art und Stärke der aktuellen oder vorausgegangenen Intoxikationen eine Rolle, sondern auch überindividuelle, generationstypische Faktoren und die Situationen, in denen es zum Rauscherlebnis kommt. Bei den von uns untersuchten Jugendlichen handelt es sich ausnahmslos um regelmäßige User. Ihre Motivationen zum Drogengebrauch entspringen einer besonderen Einstellung zum Leben und zur Gesellschaft, die mit dem Selbstverständnis der heutigen Gegengesellschaft im Untergrund mehr oder weniger identisch ist. Nicht jeder einzelne ist sich des Ausmaßes der Abweichung von kultureller Tradition und bestehender Gesellschaftsordnung bewußt und kann sie ganz erfassen, aber die Tendenz der Grundhaltung stimmt bei allen überein. Wir haben uns mit dem Dissens der Gegengesellschaft und dem neuen Irrationalismus in einer Monographie beschäftigt (Waldmann [24]). Soziologische Aspekte berücksichtigen besonders Coper u. Hippius [25] sowie Hermann [26].

Für unsere Überlegungen möchten wir ein Charakteristikum der Verhaltensweisen der Jugendlichen herausgreifen, nämlich die Art ihrer Beziehungen untereinander. Alle User unseres Kollektivs standen mit kleineren Gruppen in Beziehung, die der Drogengebrauch zusammengeführt hatte. Diese Gemeinschaften waren sehr locker ohne bleibende Bindung und ohne festen Sitz. Organisation, Hierarchie und Führung waren verpönt. Was die einzelnen miteinander verband, war ausschließlich ihr »Gemeinschaftsfeeling«. Es scheint folgerichtig, daß in diesem Ausdruck das »Feeling« wiederkehrt, das für die englischen Sensualisten des 18. Jahrhunderts so wichtig war für ihre Konzeption der *Aktualitäts*-Theorie der Seele. So ist z. B. das Ich für J. St. Mill nichts weiter, als die »Permanent possibility of feeling« (Anschutz [27]). Ähnlich ist für unsere Jugendlichen das Gemeinschaftsfeeling nur jeweils aktuell vorhanden. Es bildet die Ebene der Verständigung und prägt das Lebensgefühl. Durch seinen Aktualitätscharakter bringt es dem einzelnen Bestätigung und legt ihn dennoch nicht auf eine bestimmte Bindung fest. Weder gesteht der einzelne dem anderen ein Weisungsrecht zu, noch übernimmt er selbst Verantwortung für andere. Der andere wird nur in dem aktuell vorhandenen Gefühlszustand angenommen, ohne daß jemals nach dem psychogenetischen Hintergrund gefragt wird. Der aktuelle psychodynamische Zustand wird mitempfunden und damit nicht analysierend auf seine Ursachen reduziert. Unter Außerachtlassung seiner eigenen Art und personalen Prägung wird der andere nur als »Typ« bezeichnet, seine einfachsten biographischen Daten und Lebensumstände bleiben unter engen Gefährten oft unbekannt. Das im Mittelpunkt dieser zwischenmenschlichen Beziehung stehende, aktuelle und nicht weiter reflektierte, intuitiv empfundene Feeling bleibt etwas Allgemeines, an dem jeder Hinzukommende teilhaben kann, und wirkt zugleich in das einzelne Individuum hinein. Es ähnelt damit schon ekstatischen Phänomenen. Diese Ähnlichkeit wird noch deutlicher, wenn das Feeling in seiner Intensität durch den Rauschzustand im Einzelnen verstärkt wird.

Die Vorbereitungen der User zur Steuerung des Rauscherlebens sind im allgemeinen relativ einfach. Am wichtigsten ist das Aufkommen des Gemeinschaftsfeelings als einer Ebene intuitiver Verständigung. Dieses Feeling wird gebunden und erhalten durch das gemeinsame Anhören geeigneter Musik (Beat, Soul, Pop, auch Barockmusik), das gemeinsame Naturerleben, wenn die Rauscherlebnisse, was häufig vorkommt, in der freien Natur begonnen werden oder das Sich-Zusammenfinden in eigens dazu ausgestalteten *Kult*-Räumen (in Kommunen) oder auch, indem man sich nur um eine brennende Kerze versammelt. Diese hier im einzelnen nicht näher zu beschreibenden Umstände und Praktiken konstituieren das Setting, das nach unserer Erfahrung für den Verlauf des Rauscherlebens eminente Bedeutung hat. Schon die Anwesenheit ungeeigneter Teilnehmer, besonders aber Zeitdruck, aktuelle Konflikte und Isolierung, äußere Einflüsse also, sind die häufigste Ursache für Bad- oder Horror-Trips.

Störungen des bereits begonnenen Rauscherlebens können auch aus einer Veränderung der inneren Disponiertheit (»Set«) eines Einzelnen auftreten, der dann die intuitive Verständigungsebene verläßt. Seine folgenden psychotischen Erlebnisse sind für ihn danach nicht mehr integrierbar, sein Ausgeliefertsein erzeugt Angst. Dieser Fehlverlauf wird als (Aus-)Flippen bezeichnet.

Die Auslösefaktoren des Fb waren, wie Abb. 3 und 4 zeigen, sehr heterogener Natur. Es überwogen zwar bei weitem Elemente von Set und Setting, sowie Sinnesreize, die als Assoziationsträger für

Rauscherinnerungen dienten, aber es konnten auch entgegengesetzte Ereignisse, die normalerweise das Setting zerstörten und Horror-Trips zur Folge hätten, als Auslösefaktoren wirken. Zur Verdeutlichung soll das folgende Beispiel dienen:

FALL: 16jähriger Obersekundaner. Bisher keine schweren Erkrankungen. Geordnetes Zuhause. Zu den Eltern besteht ein ambivalentes Verhältnis, geprägt von natürlicher Bindung und Autoritätsprotest. Zum 2 Jahre älteren Bruder (auch User) besteht ein guter Kontakt, nicht ohne rivalisierende Tendenzen, die jedoch den Bereich des Normalen nicht übersteigen. Die schulischen Leistungen zeigten bisher kein Absinken, die Integration in die Familie ist erhalten (kein drop-out). IQ (Hawie) = 128 (Verbalteil = 136, Handlungsteil = 116). Die projektiven Tests und die Schreibdruckkurve (Steinwachs) zeigten einen Aggressionsstau und noch ungesteuertes Affektverhalten mit der Tendenz zur Wendung gegen die eigene Person. Im psychischen Befund werden normale Orientierungs- und Denkabläufe festgestellt. Die Grundstimmung ist nicht pathologisch verändert, die affektive Schwingungsfähigkeit ist nicht eingeschränkt. Im Kontakt ist er zugewandt, jedoch etwas zurückhaltend bei leichter Neigung zu mißtrauischer Reaktion.

Seit zwei Jahren hat er Kontakt zu einer Gruppe, mit der er regelmäßig Haschisch raucht und mit der er im Laufe des letzten Jahres zwölf Trips »eingeworfen« hat. Zweimal erlebte er Horror-Trips, und zwar jedesmal während einer Massenveranstaltung auf einem Pop-Festival.

Auf seinen Trips hatte ihn besonders eine Pop-Platte zu großartigem Rauscherleben verholfen, die ein Crescendo musikalischer Ereignisse in einen langgezogenen frenetischen Schrei kulminieren läßt. Er besaß diese Schallplatte als Tonbandaufnahme zu Hause. Während der langen Sommerferien, in denen er seine Gruppe nicht treffen konnte, spielte er sich drei Wochen nach dem letzten Trip das Tonband allein vor. Beim Anhören der Musik gelang es ihm allmählich, denselben Glückszustand wieder zu erreichen, den ihm die letzten Trips gebracht hatten. Das Erlebnis war dabei so intensiv und aktuell, daß er sich des Wiederholungscharakters momentan nicht mehr bewußt war. Er erlebte einen knapp einstündigen Rauschzustand. Dabei hatte er Farbvisionen und sah im Rhythmus der Musik tanzende Ornamente auf den einfarbigen Polstermöbeln und an der Zimmerdecke. Solche Auslösungen intendierter Rauschzustände gelangen ihm mit Hilfe dieser Musik in der Folgezeit mehrfach. Eines Tages war dieses Erleben wieder besonders intensiv, als er während des Musikhörens vom Zimmerfenster aus den Sonnenuntergang betrachtete. Dieses Schauspiel löste in ihm Visionen von überwältigender Farbfülle aus. Das sichtbare Eintauchen der Sonnenscheibe am Horizont bezog ihn in die kosmische Bewegung ein und gab ihm ein unbegrenztes Gefühl der Allverbundenheit; er begriff das Dasein und war eins mit ihm. In dieser Phase hatte auf der Platte aus dem Crescendo der Musik heraus der Schrei eingesetzt – und brach plötzlich abrupt ab (sein Bruder hatte in der Zwischenzeit das Tonbandgerät benutzt und versehentlich diese Passage gelöscht). Er wurde von tiefstem Entsetzen und von Panik gepackt. Der ganze Kosmos brach in ihm zusammen. Er fühlte sich verloren und wie ein verbindungsloses Atom im Raum. Es schloß sich ein Horror-Trip mit hochgradigem Erregungszustand an, der eine stationäre Aufnahme notwendig machte. Unter der Medikation mit zwei mal zehn Milligramm Diazepam intravenös klang die Symptomatik nach insgesamt vier Stunden Dauer ab.

Zur Psychopathologie der Trip- und Flashback-Erlebnisse sei vorweg nur eine Bemerkung gestattet: In allen Stadien der einzelnen Nachhall-Episoden blieb das Ich-Gefühl stets an die Zustandsgefühle gebunden. Alle Veränderungen betrafen die ganze Person. Nie traten Ich-Erlebensstörungen im Sinne einer Ungewißheit der Meinhaftigkeit des Geschehens auf. Das Aus-mir-selbst-Stammen auch der absonderlichsten Wahrnehmungen blieb stets gewiß. Damit steht formal die ganze Symptomatik der Ekstase so nahe wie einer schizophrenen Psychose fern.

Zunächst aber interessieren uns die Auslösefaktoren. Wie in dem dargestellten Fall gehen sie, falls es sich um ein erstrebtes Fb handelt, häufig aus Elementen des Setting hervor. Dieselbe Musik, Umgebung und Gesellschaft, die auf den Trip führten, sowie dieselbe innere Stimmung werden aufgesucht. Eindrucksvolle Beispiele für jede der in den Abb. 3 und 4 genannten Auslösungsarten ließen sich in Fülle aufführen. Bemerkenswert ist eine scheinbare Diskrepanz: Einerseits kann ein Fb durch gezielte Tätigkeit (z. b. die malerische oder schriftstellerische Bearbeitung von Trip-Erlebnissen), andererseits durch passives Verharren (intentionale Lücke) ausgelöst werden. Die erste Form konnte direkt beobachtet werden und ist nicht strittig, die zweite beruht auf unserer Interpretation: Wir meinen damit einen Zustand besonderer Objektbeziehung, der nicht einfach mit »dösen« umschrieben werden kann. Zwar werden die Dinge der Umgebung nicht, wie sonst üblich, aufmerksam nach ihrer instrumentellen Funktion eingeteilt und gesehen, aber die Aufmerksamkeit wird ihnen auch nicht einfach entzogen. Vielmehr ist dieser Zustand gekennzeichnet durch eine eher gesteigerte Hinwendung zum Objekt, nicht um sich seiner zu bemächtigen oder um es zu gebrauchen, sondern in der Bereitschaft, Signale, Anregungen von ihm zu empfangen und aufzunehmen, womöglich zu verstärken und weiterwirken zu lassen. Es besteht also nur für eine begrenzte Strecke der Objektbeziehung eine Enthaltung von intentionalen Akten. Gegenüber der Fb-Auslösung durch kreative Tätigkeit besteht der Unterschied nur in dem »Einfangsmodus« der Anregungen, ihre weitere Verarbeitung ist dann gleich.

Lassen die Auslösefaktoren des erstrebten Fb noch eine gewisse psychologische Analyse und Verstehbarkeit zu, so verringert sich die Möglichkeit dazu angesichts der Vielfalt der Auslösefaktoren beim unerwarteten Fb. Dies gilt etwa bei folgendem Beispiel aus der Gruppe der »taktilen Reize«: Ein 18jähriger junger Mann hatte sich während eines Trips aus einem defekten Kaltwasserhahn ein Glas gefüllt und sich dabei bespritzt. Von diesem Schreck erholte er sich unter der Drogeneinwirkung nur langsam. Wochen später wusch er sich morgens – noch bettwarm – die Hände. Dabei traf ihn unerwartet ein kalter Wassertropfen am Hals und löste eine Stunden anhaltende Np nach Art eines Horror-Trips aus. Hier konnten wir also den taktilen Reiz als Assoziationsträger eruieren, aber damit (angesichts des langen Intervalls, in dem der junge Mann schließlich mehrfach mit kaltem Wasser in Berührung gekommen war) die Auslösung nicht verständlich machen oder erklären. Ein unerklärlicher Rest bleibt in jedem unserer Fälle, ob es sich nun um eine Folge psychischer Abläufe oder um somatische Auslösefaktoren handelte. Wenn etwa ein junges Mädchen nach wochenlanger Drogenabstinenz eines Abends zu spät nach Hause kommt, deshalb mit der Mutter in eine heftige Auseinandersetzung über den Vorwurf erneuten Drogenkonsums gerät und dabei plötzlich ein Fb nach Art eines Horror-Trips bekommt, das erst nach Stunden unter der Behandlung durch den Hausarzt wieder abklingt, kann man zwar vermuten, daß es sich hier um eine Flucht in die Psychose oder um eine Regression handelt, aber eine Adäquanz dieser Reaktion läßt sich beim besten Willen nicht verständlich machen. Noch weniger gelingt dies in Fällen, in denen eine leicht febrile Erkältungskrankheit, eine Verstimmung in der prämenstruellen Phase oder der Genuß von zwei Glas Wein ein Fb auslösen. Der Versuch, hier eine Kontinuität der Sinngesetzlichkeit im Sinne von Kisker[28] zu konstruieren, mißlingt angesichts der Unspezifität und Heterogenität der Auslösefaktoren.

2. Die Verlaufsformen der Nachhallpsychose

Dieselbe Schwierigkeit besteht, wenn wir den Blick auf die symptomatische Ausgestaltung des Fb richten. Hierzu möchten wir drei Fallbeispiele anführen:

FALL I. 21jähriger Mann, Mitglied einer Wohngemeinschaft und Gelegenheitsarbeiter. Keine schweren Vorerkrankungen. Bis zum 17. Lebensjahr geordnetes Zuhause. Einziges Kind eines Journalisten. Gutes Verhältnis zu den Eltern. Verwöhnende Erziehung. Er wechselte drei mal die Oberschule wegen Anpassungsschwierigkeiten. Mit 18 Jahren bestand er die mittlere Reife. Psychischer Befund: Orientierung nicht beeinträchtigt, keine Denkstörungen. IQ (Hawie) = 116 (Verbalteil = 119, Handlungsteil = 110). Grundstimmung in der Normallage, affektiv schwingungsfähig. Im Kontakt zurückhaltend. Neigung zu impulsiven Reaktionen, mangelnde Ausdauer der Leistungsbereitschaft.

Spezielle Vorgeschichte: Mit 16 Jahren fing er als Internatsschüler an, Haschisch zu rauchen. Seine Kameraden konsumierten zu der Zeit auch Opiate. Er lehnte diese Drogen bewußt ab. Mit 17 Jahren entwich er erstmals für einige Tage nach Amsterdam zu exzessivem Haschischgenuß. Kurz darauf verschwand er für mehrere Wochen nach Südfrankreich. Nach dem Schulabschluß gammelte und vagabundierte er und schloß sich nacheinander mehrmals Kommunen an. In dieser Zeit stieg sein Drogenkonsum (Cannabis und LSD) an. Insgesamt warf er rund 60 LSD-Trips ein. Seit einem halben Jahr engagiert er sich politisch und bemüht sich, mit geeigneten Leuten eine friedliche Kommune zu gründen. In diesem Zeitraum rauchte er insgesamt nur dreimal einen Joint. Er will von den Drogen ganz ablassen, um für die neue Lebensgemeinschaft aktiv tätig sein zu können. Er möchte nicht »abwracken«, wurde aber in der letzten Zeit durch Fb-Erlebnisse beunruhigt. Über vier dieser Episoden wird im folgenden berichtet:

1. Bei Siebdruckarbeiten im geschlossenen Raum hantierte er mit einer offenen Benzinflasche und einem Wattebausch. Der Benzingeruch stieg ihm plötzlich intensiv in die Nase. Ihm wurde flau und übel. Er verschloß die Flasche und riß das Fenster auf. Plötzlich hörte er dröhnenden Motorenlärm im eigenen Zimmer wie seinerzeit, als er im LSD-Rausch ein Auto in eine Garage gefahren hatte. Der Widerhall von den Garagenwänden war für ihn damals subjektiv derart bedrohlich und verblüffend gewesen, daß er sicher war, unter der Motorhaube arbeite ein Preßlufthammer. Dieses Motor- bzw. Preßlufthammergeräusch vernahm er jetzt als elementare Wahrnehmung. Er erschrak und geriet in Panikstimmung. Er rief nach seinen Freunden in der unteren Etage, die ihn, wie durch Fremdanamnese bestätigt werden konnte, verängstigt und in großer innerer Unruhe vorfanden. Von Benzingeruch war keine Spur mehr wahrzunehmen. Er selbst klagte über Herzjagen, Schweißausbrüche, »Kribbeln« im ganzen Körper und sah sich in der Vorstellung gefangen, die Zimmer-

wände würden vibrieren und einstürzen. Das »talk-down« der Freunde beruhigte ihn wieder.

2. An einem eiskalten Januartag lief er ungeniert barfuß und nur mit einer Hose bekleidet aus der Wohnung über die Straße zu einem Zigarettenautomaten. Beim Auftreten auf die kalten Steine des Bürgersteiges hatte er die paradoxe Empfindung von Wärme und plötzlich das Bewußtsein, daß Sommer sei. Er war überrascht, schaute hoch in die Bäume und verkannte die Eiszapfen im Geäst als frisches Blattgrün. Darüber hinaus hörte er Vogelgezwitscher wie im Frühling, und auch die Luft empfand er sommerlich warm. Er kehrte zu seinen Freunden zurück. Diesen fiel sein sonderbares Verhalten auf, das euphorisch-ekstatisch anmutete. Sie sprachen ihn an, er gab jedoch zunächst keine Antworten, sondern redete wie verzückt vor sich hin, wobei er zwar unverständliche, aber wortähnliche Laute von sich gab. Während sich nun seine Freunde über sein Verhalten untereinander amüsierten, fand er zu seiner gewohnten klaren Ausdrucksweise zurück. Er erklärte jetzt, daß Sommer sei und beharrte darauf, verwies auf das Vogelgezwitscher, die Wärme und das Grünen der Natur. Erst als er von den anderen verlacht wurde, diese ihn zur Vernunft mahnten und ihm den Schnee hinter dem Haus zeigten, verschwand die ganze Episode ebenso schnell wie sie aufgetreten war.

3. Beim Lesen des »Ulysses« von James Joyce überfiel ihn eine unwahrscheinlich gute Stimmung. Er hatte körperliche Elevationsempfindungen. Zur Kontrolle hob er beide Arme hoch: nicht nur deren Schwere war verschwunden, sondern er hatte das Gefühl und die Gewißheit, nur noch eine Stufe fehle ihm vor der Fähigkeit, fliegen zu können. Es war ihm gleichzeitig klar, daß er James Joyce verstanden hatte. Er fühlte sich aufgerufen, die Fortsetzung des Buches zu schreiben. Entsprechende Gedankengänge stellten sich ein. Er kam auf die Idee, ein Drehbuch für einen Film daraus zu machen. Er hatte große Gedanken und gute Ideen, die er später nicht mehr referieren konnte, auf jeden Fall seien sie dagewesen und hätten seiner vergleichenden »Kritik«, James Joyce zu übertreffen, standgehalten. Er wollte Papier und Bleistift holen, war aber so fasziniert von seiner Gedankenwelt, daß er es nicht wagte, diese zu stören. Ohne daß ihm der Übergang faßbar wurde, trat an die Stelle dieser Gedankenwelt intensives Musikerleben (bei völliger Stille im Raum). Er hörte die Musik seiner geschätzten Pop-Platte, in die er »hineinging«. Er glaubte nicht etwa mitzuspielen, sondern er sah sich auf den Tönen wie auf schleifenförmigen Ornamenten entlanggleiten in alle Höhen und alle Tiefen, in die Ferne und in die Nähe. Die Musik war nicht in ihm, sondern die Musik war er selbst. Es war eine mystische Union. Die Tür ging auf und herein kam – vom Einkauf zurück – seine Freundin, die ihn in seinem Zustand störte. Er bedeutete ihr still zu sein, da er die Platte noch zu Ende hören wollte. Die Freundin war zunächst belustigt, faßte das Ganze als einen Scherz auf, wurde dann aber ärgerlich und wies mit zunehmender Deutlichkeit darauf hin, daß ja gar keine Platte liefe. Er war zutiefst verunsichert und fand sich widerstrebend in die Realität zurück.

Noch Tage später war er betroffen und konnte sich vom Bedeutungsgehalt nicht vollständig distanzieren. Die Selbstüberschätzung gegenüber James Joyce blieb erhalten.

4. An einem sonnigen Wintertag spazierte er auf einem ihm vertrauten Wanderweg. Er war allein und kam in Gedanken versunken an eine Waldlichtung. In der Ferne sah er den Horizont der Bäume und darüber am tiefblauen Himmel leichte Federwölkchen. Plötzlich bekamen die Wölkchen Gesichter, die ihn faszinierten. Dann entdeckte er ein über den Horizont hinausragendes weißes Schloß in überdimensionaler Größe. Er war sich dabei des Ortes, an dem er stand, bewußt und glaubte, seinen Augen nicht trauen zu dürfen. Aber das Bild blieb trotz aller Versuche, es wegzuwischen und sich einzureden, daß doch nie ein Schloß dort gestanden habe. Im Weitergehen erfüllte ihn Glück und Zufriedenheit. Dieses Erlebnis beschäftigte ihn so nachhaltig, daß er anderntags, um sich zu vergewissern, an die Stelle zurückging. Er sah wieder das von früher vertraute Landschaftsbild ohne irgendwelche Veränderungen. – Erst später, als er noch über das Erlebnis nachdachte, fiel ihm ein, daß er im vergangenen Sommer auf einem Wochenendausflug in die Eifel ein ähnliches Erlebnis auf einem LSD-Trip hatte. Mit seiner Gruppe wanderte er damals durch die Landschaft, schaute plötzlich in ein Tal, entdeckte auf dem gegenüberliegenden Hang ein Haus, das in der Sonne blendend weiß unter einem azurblauen Himmel erstrahlte und ihn an ein Schloß an der Loire erinnerte, idyllisch inmitten eines Parks gelegen. Er geriet damals in eine hochromantische Stimmung.

Die beschriebenen Episoden traten in der obigen Reihenfolge mit zeitlichem Abstand nacheinander auf. Ihre Zergliederung in definitorisch streng voneinander abgrenzbare Symptome ist nicht unproblematisch. Die psychotischen Erlebnisse treten uns ja nicht als ein »Agglomerat isolierbarer Einzelphänomene, sondern als ein in ständiger Bewegung befindliches Beziehungsganzes« (Jaspers [29]) gegenüber. Dessen Störung kann sich z. B. in veränderten Wahrnehmungen oder Gefühlen manifestieren und von einem dieser Bereiche in den anderen übergehen. Das Einzelsymptom ist also nicht identisch mit der Gesamtstörung, sondern nur deren Zeichen. Dennoch lohnt es sich, diese Zeichen genau zu betrachten, wenn man die Art der Störung kennenlernen will.

In der ersten Periode nimmt das intensive Empfinden von Benzingeruch zwar von einer realen Wahrnehmung seinen Ausgang, besteht dann aber ohne diese fort. Es entsteht plötzlich, bei voller Aufmerksamkeitszuwendung den realen Objekten gegenüber, aus einem ungestörten Gegenstandsbewußtsein heraus. Man wird deshalb zögern, eine Affektillusion – wie bei der Wahrnehmung drohender Gestalten in einem Gebüsch aus dem furchtsamen Affekt beim Gang durch die Dämmerung heraus anzunehmen. Die Wahrnehmung geht hier zum Affekt und zur Emotion zeitlich parallel. Sie wird nicht durch eine besondere Stimmung geweckt, sondern ist zunächst ohne Affekt gegeben. Die volle Zuwendung der Aufmerksamkeit läßt sie nicht verschwinden, sondern hält sie in Gang. Sie besteht neben der Wahrnehmung realer Dinge und hat leibhafte Deutlichkeit. Damit verhält sich diese Geruchs-Sinnestäuschung wie (im visuellen Bereich) eine Pareidolie. Allerdings muß bei dieser Einordnung einschränkend festgestellt werden, daß die leibhaftige Deutlichkeit und die Schwierigkeit der Zerstörung dieser Wahrnehmungsstörung sie aus der Gruppe der idealtypischen Pareidolien herausragen lassen. Die Leibhaftigkeit der Störung ist so durchschlagend, daß sie ein weiteres Symptom hervorbringt und unterhält: das deutliche Vernehmen von Motorenlärm in abnormer Verstärkung. Dieses Phänomen war nicht an eine reale akustische Wahrnehmung gebunden; es besaß Objektivitätscharakter, war deutlich gestaltet, blieb über längere Zeit konstant und war vom Willen unabhängig. Es hat damit Wahrnehmungs-, nicht Vorstellungscharakter und kann deshalb nicht zu den Pseudohalluzinationen gerechnet werden. Da diese Störung als Synaesthesie im Sinne Werners [30] zu einer allerdings schon pathologischen und ihrerseits daneben weiterbestehenden Wahrnehmung entstanden ist und an diese gebunden blieb, können wir sie mit Jaspers als funktionelle Halluzination bezeichnen. Auch Beringer [12] beschrieb Zustände, in denen »durch eine halluzinatorische Sinnesempfindung eine solche von anderer Qualität miterweckt wird« und betonte, daß die Phänomene nicht hintereinander, sondern gleichzeitig auftreten. Dieses halluzinatorische Erlebnis ist eingeschoben in die im übrigen ungestörte Realitätswahrnehmung. Dadurch erfährt es zusätzlich eine Verstärkung der Gewißheit und des Wahrnehmungscharakters. Sie stürzt den jungen Mann in Verunsicherung und Ängstlichkeit mit körperlicher Begleitsymptomatik. Zu keinem Zeitpunkt kommt es zu einer Störung der Orientierung. Nie wähnte er sich etwa in der Garage, vielmehr wußte er genau, daß er sich in seinem Zimmer befand und von der unteren Etage seine Freunde zu Hilfe rufen konnte.

In der zweiten Episode, die ekstatischen Charakter hat, kommen u. a. echte Halluzinationen (Vogelzwitschern), illusionäre Verkennungen (Eiszapfen – grüne Blätter) und Elemente der ekstatischen Rede (Glossolalia) im Sinne von Spoerri[31] vor. Der ekstatische Zustand war nicht von vornherein gegeben. Am Anfang stand die paradoxe Empfindung. Erst die bestätigende illusionäre Verkennung riß die ganze Persönlichkeit zum ekstatischen Überschwang empor. Das dann wahrgenommene Vogelgezwitscher möchten wir wegen seiner elementaren Präsenz als echte Halluzination bezeichnen, zumal es über den ekstatischen Zustand hinaus auch im folgenden absolut besonnenen Streckenabschnitt der Episode weiterbesteht und infolge des Gewißheitscharakters sogar als Argumentationsgrundlage dient.

In der dritten Episode entwickelte sich während des Lesens des Joyceschen Textes plötzlich das intensive Gefühl absoluten Verstehens und schließlich auch des Übersteigens. Gleichzeitig trat die Elevationsempfindung auf, die wir hier als Synaesthesie oder als Mitempfindung im Sinne Beringers verstehen. Beringer hatte solche Phänomene bei der Mescalin-Intoxikation beobachtet, wenn einzelne Empfindungen das Wahrnehmungsfeld wechselten. Er betonte deren unzweifelhaften Wahrnehmungscharakter und hielt sie mit E. Bleuler für etwas letztlich nicht Beschreibbares.

In der vierten Episode haben wir es mit einem visionären Erlebnis zu tun, dem Physiognomierungen vorausgingen. Dieses halluzinatorische Erlebnis ist wieder gekoppelt an einen Gefühlszustand, und es ist wiederum bei völliger Aufmerksamkeitszuwendung eingeschoben in die ungestörte Orientierung und Realitätswahrnehmung. Bei alldem ist der Bedeutungscharakter der Erscheinungen kaum greifbar, während der Wahrnehmungscharakter ganz im Vordergrund steht. Der junge Mann hat gewissermaßen selbst das Erlebnis nicht akzeptieren können unter dem Aspekt des Bedeutungscharakters, aber gegen den Wahrnehmungscharakter konnte er sich nicht wehren.

Alle vier Episoden des Falles I klangen ohne medikamentöse Behandlung ab und blieben im subklinischen Bereich. Ihre Dauer lag zwischen zehn Minuten und einer Stunde. Eine gewisse Entwicklung läßt sich vor allem an der Art und Weise erkennen, wie der junge Mann mit seinen psychotischen Erlebnissen umging. Das

Ausmaß seiner Icherlebnisstörung ändert sich im Verlaufe der Fb-Erfahrung. Bedurfte es in der ersten Episode noch längerer und intensiver Bemühungen anderer, um ihn durch ein talk-down (Taylor u. Mitarb.[32]) in die Realität zurückzuholen, so bemühte er sich zuletzt selbst, dahin zurückzufinden. In der Reihenfolge der Episoden war er zuerst von Angst beherrscht und den Erlebnissen ausgeliefert. Dann kam es zu ekstatischen Zuständen von verzückter Beseligung. Schließlich war er vollkommen ruhig und glücklich. Der Wandel hatte sich offensichtlich nicht auf der Seite der sinnesphysiologischen Vorgänge vollzogen, sondern auf der Seite der konstituierenden Akte, eines Integrationsprozesses also, als dessen Ergebnis wir die Ich-Gefühlzustände vor Augen haben.

Als Beispiel für einen andersartigen Verlauf von Fbs möchten wir ein Beispiel skizzieren, in dem neurotische Züge eine Rolle spielen.

FALL II. 26jähriger Student der Pädagogik (4. Sem.). Erkrankungen: Im 14. Lebensjahr Gelenkrheumatismus, mit 16 Jahren Lungen-Tbc. Vor vier Jahren leichte Commotio cerebri (Autounfall). Seitdem Neigung zu Kopfschmerzen. Klagen über allgemeine Mattigkeit und Schwunglosigkeit. Seit sechs Wochen »Herzanfälle«.

Psychischer Befund. IQ (Hawie) = 128 (Verbalteil = 122, Handlungsteil = 112). Orientiert, keine Denkstörungen, Grundstimmung etwas gedrückt, adäquat im Affekt, zugewandt, ideologisierend.

Vorgeschichte. Geordnetes Zuhause. Bis zum 16. Lebensjahr gutes Verhältnis zu den Eltern. Der Vater (Verwaltungsangestellter) wird als weich, nachgebend, die Mutter als dominierend und ehrgeizig geschildert. Der Vater steht wegen eines Herzfehlers, die Mutter wegen vegetativer Labilität in ärztlicher Behandlung. Starke Rivalität zum drei Jahre jüngeren Bruder, der überall besser abschneidet. Als Kleinkind sei er verhätschelt worden. Nach der Geburt seines Bruders entwickelte er einen Tick: Er kratzte sich am ganzen Körper die Haut auf und zog sie sich stellenweise ab. In der Folgezeit trotzig-eigenwillig, wenig Einzelfreundschaften, kein Kontakt zu Gruppen. Bis Obersekunda guter Schüler, dann häufige Konflikte mit den Lehrern. Mit einem Artikel in der Schülerzeitung löste er einen Skandal aus und mußte die Schule verlassen. Nach der Kur wegen Tbc ging er zu einer Zeitung als Redaktionsgehilfe. Als der jüngere Bruder in die Unterprima kam, machte er eine Begabtenprüfung, die er bestand und ging zur Pädagogischen Hochschule. Dort politisches Engagement, Vernachlässigung des Studiums. Durch die Ergebnisse der politischen Tätigkeit »frustriert«, suchte er Kontakt mit der »Subkultur im Untergrund«.

Er begann vor ein bis zwei Jahren Haschisch zu rauchen, unregelmäßig mit monatelangen Unterbrechungen, meist ein bis zwei Joints in der Woche. Häufig war er dabei als gelegentlicher Gast in einer Gruppe von Usern. In dieser Zeit studierte er, lustlos, ohne viel Fleiß und verspann sich immer mehr in die Antihaltung zur etablierten Gesellschaft. Zweimal warf er einen Trip ein, einmal mit Speed gemischt.

Fb-Verlauf. 1. In der Periode lustlosen Studierens wurde dem Patienten vom Studentenschnelldienst eine Statistenrolle für ein Fernseh-Dokumentarspiel vermittelt. Darin geht es um einen Lehrling, der vom unartikulierten Protest als Rocker zu bewußter Aktivität in politischer Demonstration und Gewerkschaftsarbeit findet. Der Patient sah sich in die Zeit seines politischen Engagements zurückversetzt und fand jetzt adäquate Ausdrucksmöglichkeiten. Er machte sich bei den Dreharbeiten so nützlich, daß man ihn als Regieassistenten anstellte. Das Fernsehspiel wurde ein Erfolg, und der Patient erhielt ein verlockendes Stellenangebot. Dies stürzte ihn in einen tiefen Konflikt zwischen seiner Antihaltung zum Establishment und seinem Geltungsdrang. Er bat sich vierzehn Tage Bedenkzeit aus – und sagte dann in einem längeren Gespräch in der Fernsehanstalt ab, weil die Tätigkeit nicht zu seinem Selbstverständnis gepaßt hätte. Die festgelegte Funktion hätte festgelegte Verhaltensmuster mit sich gebracht. Es sei ein schwerer innerer Kampf gewesen. Er habe sich retten wollen. Von dem Gespräch in sein Zimmer zurückgekehrt, sah er plötzlich groß und dreidimensional, wie eine Skulptur, ein formal ausgewogenes Schleifenmuster vor sich im Raum. Er war beglückt und griff nach Papier und Bleistift, um die graphische Figur festzuhalten. Als er den Bleistift mit ausgestrecktem Arm ergriffen hatte und zu dem Blatt Papier führte, schien ihm diese Bewegung seines Armes etwas Allgemeines, nicht nur durch ihn selbst, sondern durch eine weitere, größere Notwendigkeit, fast Naturgesetzlichkeit Motiviertes zu sein. Zudem sah er die Bewegung ruckartig, wie bei einem mit zu geringer Geschwindigkeit projizierten Film ablaufen. Die Figur, die er zeichnete, entstand ebenso ruckartig. Plötzlich hatte er das Gefühl zu erstarren. Sein Arm, sein ganzer Körper waren eiskalt. Er glaubte, keine Luft mehr zu bekommen, sein Herz raste, er hatte Todesangst und stürzte auf den Balkon. Von dort sah er die Hauswand gegenüber sich in ihren Konturen auflösen und plötzlich in mehreren Ebenen hintereinander wieder entstehen. Er blickte auf die Straße hinunter, auf der in geringer Entfernung rechts und links von seinem Standort Verkehrsampeln standen. Diese sah er plötzlich unendlich weit auseinandergerückt, jeweils auf der Linie des Horizontes stehend. Er hatte das Gefühl, ins Bodenlose zu fallen. Alles war unwirklich. Wegen des Herzjagens mußte er sich hinlegen, jedoch trieb ihn die Angst immer wieder hoch. Dieser Zustand dauerte eine Stunde an.

Die halluzinierte Schleifenfigur glich derjenigen, die der Patient auf seinem letzten Trip gesehen hatte. Er hatte diesen Trip eingeworfen, nachdem er sich vierzehn Tage Bedenkzeit ausbedungen hatte, um, wie er sagte, das ihn bewegende Problem mit Hilfe der von ihm als kathartisch empfundenen Wirkung des LSD zu lösen. Er hatte auf jenem Trip geglaubt, den richtigen Weg aus seinem inneren Konflikt durch die formal-ästhetische Realisation bestimmter Bilder lösen zu können. Er suchte und erlebte eine vollständige Ent-Emotionalisierung und fand seine Ambivalenz auf rein formalem Wege graphisch gelöst in der Schleifenfigur, in der er sein Ich lokalisiert sah.

2. Drei Wochen später, ohne daß er zwischendurch noch einmal Drogen genommen hatte, wechselte er den Studienort und wollte wieder mehr politisch arbeiten Nach seiner erneuten Immatrikulation hatte er plötzlich auf der U-Bahnfahrt zu seinem Zimmer das Gefühl wegzusacken, keine Luft zu bekommen. Die Wände des Bahntunnels verschoben sich, sie pulsierten, indem sie sich bedrohlich verengten und erweiterten, synchron zu seinem Herzschlag. Die anderen Fahrgäste hatten blaue Gesichter. Herzrasen und Angstgefühle hielten mehr als zwei Stunden an.

In der darauffolgenden Zeit hatte er in immer kürzeren Abständen derartige Herzanfälle. Bereits geringe Anstrengungen konnten sie auslösen, fast stets hatte er dabei das Gefühl, ins Bodenlose zu fallen und vollkommen zu erstarren, verbunden mit Todesangst. Er kam schließlich zur stationären Behandlung in die Klinik.

In den Episoden dieses Falles finden wir ähnliche Wahrnehmungsstörungen wie im Fall I; zusätzlich zeigt sich hier deutlich eine schon von Fränkel u. Joël [12] beschriebene typische Störung der Wahrnehmung von Bewegungsabläufen und des Zeiterlebens, wenn der Patient die Bewegung seines Armes in einzelne Bilder zerhackt sieht. Andersartig sind in diesen Episoden die Zustandsgefühle und die inhaltliche Thematik. Alle Episoden sind hier durch eine größere Monotonie und ihren Wiederholungscharakter gekennzeichnet. Eine ähnliche Gleichförmigkeit sah Benedetti in seinem Fall, in dem Alkohol, LSD und psychogene Ausnahmezustände immer wieder die gleichen Konfliktsituationen hervorriefen.

Die psychosomatische Symptomatik ist hier die einer Herzneurose. Derartige neurotische Manifestationen sah auch Leuner in den von ihm als psychogen-psychotisch bezeichneten Episoden [11]. Er schreibt: »Auch Körpersensationen können als Konversionssymptome durch geeignete Umwelteinflüsse aktiviert werden.« Die auslösende Situation (Versuchungs- und Versagenssituation) ist in ihrer Art geeignet, bisher latent gebliebene innerseelische Konflikte zu aktualisieren. Im Gegensatz zu den konfliktüberdeckenden psychotropen Drogen (Opiate) können die psychedelischen Drogen intrapsychische Spannungen und unbewältigte Konflikte mit der Umwelt aktualisieren und zentrieren. Der starke Geltungsdrang und die Rivalisierungstendenz des Patienten waren unausgereift.

Seine Lebensgestaltung lief ihnen zuwider. Er hatte die Tendenz, seine Emotionen rationalisierend und ideologisierend abzuwehren. Hierzu setzte er ganz bewußt auch die Drogen ein. Ihre Auswirkungen blieben an diese Tendenz und an diesen Themenkreis fixiert. Sie verhalfen dem Patienten dazu, sein Ich losgelöst von jeder Emotion mit einer Figur zu identifizieren. Dabei glaubte er, sein Ich durchlaufe ständig jeden Punkt der Schleifenbahn. Er sah gewissermaßen die Figur als einen dynamischen, ganzheitlichen Zustand seines Ich. In keinem Augenblick vermochte er allerdings sein Ich exakt zu orten oder zu greifen. Die graphische Lösung gelang ausgewogen und geschlossen, freilich um den Preis einer Trennung von den Gefühlen. So kam es zu Derealisationserlebnissen und Vernichtungsangst. Die Symptomatik der Fbs dient der Verstärkung seiner Abwehrmechanismen. Der Patient hatte auch den vorausgegangenen Trip so eingesetzt. Im Gegensatz dazu sah Leuner bei seinen Patienten Fbs, die er als Auflockerung lang bestehender Abwehrmechanismen interpretierte. In diesen Sitzungen hatte allerdings der Therapeut den »Trip« zur Überwindung von Abwehrmechanismen eingesetzt. Von welcher Seite auch die psychotischen Erlebnisse des Drogenrausches und der Fbs in die neurotische Verstrickung einbrechen, sie zeigen bei diesen Patienten im Grunde immer wieder die Konfliktsituation und die Symptomatik wie unter einem Brennglas vergrößert.

Als letztes möchten wir ein Beispiel von Fb-Verlauf mit Verworrenheitssymptomatik anführen:

FALL III. 16jähriger Obertertianer, Internatsschüler, Commotio vor vier Jahren, sonst keine schweren Vorerkrankungen. Äußerlich geordneter familiärer Rahmen. Drittes Kind eines Unternehmers. Gutes Verhältnis zur Mutter, die ihn verwöhnte; vom launischen Vater vernachlässigt. Inkonsequente, planlos gewährende »Erziehung«. Häufiger Schulwechsel, zweimal blieb er sitzen wegen schlechter Leistungen. Seit eineinhalb Jahren mehrfache Automaten- und Autodiebstähle als Mitläufer in einer Rockerbande, verurteilt zu sieben Monaten Jugendstrafe mit Bewährung.

Psychischer Befund. IQ (Hawie) = 95 (Verbalteil = 89, Handlungsteil 100). Retardiert, einfältig, im Kontakt naiv anhänglich, leicht verführbar, Renommiergehabe, mangelndes Abstraktionsvermögen, Neigung zu impulsiven Handlungen (im Trotzalter fast vom Balkon gesprungen; vor drei Jahren im Affekt ziellos ins Wattenmeer hinausgelaufen). Unreflektiert; außer notwendiger Schulliteratur nahm der Junge von sich aus nie ein Buch zur Hand. Vor zwei Jahren führte der Tod der fünfzehnjährigen Kusine (Leukämie), mit der er kaum Kontakt hatte, zu einem mehrtägigen psychischen Ausnahmezustand, indem er wähnte, selbst sterben zu müssen. Selbst persönliche Geheimnisse, auch wenn es sich um Straftaten handelte, konnte der Patient nicht für sich behalten und erzählte sie der Mutter.

Spezielle Vorgeschichte. Mit fünfzehn Jahren begann er, im Internat Haschisch zu rauchen und bald auch als Tee gelöst zu trinken. Zeitweilig exzessiver täglicher Abusus, zusätzlich Amphetaminkonsum im Kreise der Rocker. In den letzten drei Monaten sieben LSD-Trips, zuletzt sechs Tage vor der stationären Aufnahme. Drei Tage vor Aufnahme in die Klinik wurde der Junge auffällig, redete ununterbrochen in gehobener Stimmungslage vor sich hin und war psychomotorisch sehr unruhig. Er war in seinem ganzen Verhalten so inadäquat, daß aus diesem Grunde die Einweisung erfolgte. Während der stationären Beobachtung wurde die folgende, sich über vier Wochen hinziehende psychotische Episode beobachtet:

Zu Beginn war das Bild durch eine gehobene euphorische Stimmungslage geprägt. Der Junge war umtriebig, im Kontakt distanzlos und der Situation nicht mehr angepaßt. Dabei wirkte er quicklebendig, war auf die Dinge seiner unmittelbaren Umgebung aufmerksam und reagierte exaltiert übersteigert, »theatralisch«. Er bewunderte die Schönheit unscheinbarer Gegenstände, faßte plötzlich sein Gegenüber ins Auge und rief z. B. aus: »Du bist schön, Du bist wirklich sehr schön, Du wirst immer schöner! Ach, was bist Du schön! Bist Du ein Gott? Du bist ein Gott!« Sogleich wandte er sich dem Nächsten zu: »Du bist groß, Du wirst immer größer, Du bist riesengroß . . .« Er ergriff ein weißes Handtuch, lobte die wunderbare Beschaffenheit des Stoffes und sah herrliche Farben darin. Er breitete seine Arme aus, bewegte sie wie Vogelschwingen, machte groteske Sprünge und behauptete, fliegen zu können. Schließlich stellte er fest, sogar mit angelegten Schwingen in einen Sturzflug übergehen zu können. Er schwärmte für die Köstlichkeit seines Speichels und wollte ihn den Anwesenden zum Geschenk anbieten. Er fixierte ein anwesendes Mädchen, rieb wie masturbierend an einem aus der Wand ragenden Wasserhahn und rief stöhnend: »Das ist schön, das tut gut!«

Dieser Zustand hielt mit geringen Intensitätsschwankungen vierzehn Tage an und war mit Phenothiazinen auch in hoher Dosierung nur unvollständig zu dämpfen. Die euphorische Stimmungslage bestand weiter fort. Zwischenzeitlich war er weniger auf die Außenwelt ausgerichtet und versank mehr in die innere Traumwelt. Dabei vergaß er Zeit und Raum, verkannte Personen, legte sich in fremde Betten. In diesem Stadium kam es immer wieder zu Angstzuständen, wenn Fremde an ihn herantraten und einen Distanzkreis von ca. ein Meter durchbrachen. Der Junge wich dann ängstlich zurück. Als einmal ein schizophrener Mitpatient mit einer Drohgeste auf ihn zuging, kam es bei ihm zu einer blitzschnellen aggressiven Reaktion, bei der dem Mitpatienten ein Fingerknochen gebrochen wurde.

Zehn Tage nach der Aufnahme nahmen die Getriebenheit und innere

Unruhe zu. Der Junge mußte isoliert werden. Er zerriß sein Federbett, wirbelte spielend die Federn durch die Luft und brachte das Zimmer in einen chaotischen Zustand.

Nach vier Wochen war dieser psychotische Zustand innerhalb von fünf Tagen abgeklungen. Rückblickend erinnerte sich zwar der Patient noch an die Aufnahmesituation und im groben auch an den Verlauf. Einzelne Vorkommnisse waren ihm im Gedächtnis geblieben, seine Erlebnisse waren jedoch nicht erinnerlich. Er sagte davon nur pauschal, es sei wie im Traum gewesen, er habe sich unwahrscheinlich frei und ungehemmt gefühlt. Er habe nicht gewußt, wo er war und wieviel Zeit verstrichen sei. Beides habe ihn auch nicht interessiert.

Im Anschluß an die Episode war der Patient vierzehn Tage depressiv verstimmt. Während der nachfolgenden viermonatigen Beobachtungszeit ließ sich eine vollständige schwankungsfreie Restitution feststellen. Es kam wieder dieselbe Persönlichkeit zum Vorschein wie zuvor. Besonders bemerkenswert ist, daß er sich nun für die Dinge überhaupt nicht mehr interessiert, die ihn im psychotischen Zustand so über alle Maßen begeistert hatten.

Auch am Aufbau dieser langdauernden Episode des Falles III sind Wahrnehmungsstörungen und Gefühlszustände beteiligt, wie wir sie schon von den Episoden der vorausgehend beschriebenen Fälle kennen. Im Gegensatz zu diesen Fällen konnten die Symptome hier jedoch nur unmittelbar beobachtet werden. Die nachträgliche Schilderung des Patienten fällt dagegen blaß und farblos aus und zeigt, daß hier ein großer Teil der Symptome einer Amnesie unterliegen. Als zusätzliche Störungen fallen Desorientiertheit, Verworrenheit, Distanzverlust und Kritikunfähigkeit auf. Nur in diesem Fall sahen wir eine Inkohärenz des Denkens und der Emotionen, eine dranghafte Abhängigkeit von momentanen Impulsen, Gebundenheit an jeweilige Umwelteindrücke, Labilität des Ich-Bewußtseins. Durchlaufend waren hier Iterationen, Kontaminationen und Ambivalenzen festzustellen, während psychotische Symptome im engeren Sinne wie Pareidolien, funktionelle und echte Halluzinationen zumindest nicht eindeutig faßbar wurden. Die Erlebnisweise war reproduktiv, nicht produktiv. Die Grundstörung scheint in der abnormen Beeindruckbarkeit des Patienten zu liegen. Gleichwohl wird an diesen Eindrücken in keiner Weise festgehalten. Es läßt sich auch nicht zwischen wichtigen und weniger wichtigen Eindrücken unterscheiden. Sowohl vom Verhalten als auch vom subjektiven Erleben her imponiert der expansive Charakter des

Zustandsgefühls. Damit im Zusammenhang steht keine Ideenflucht, sondern eine Flucht der Eindrücke und Emotionen. Dabei fällt auf, daß es außer der dranghaft anmutenden Expansion keinen Maßstab für die Ausrichtung der Wahrnehmungsverarbeitung gibt. Die Empfindungen und Wahrnehmungen bleiben punktuell, werden nicht assoziiert oder systematisiert. Die einzelnen Wahrnehmungen werden nicht mehr als Teilaspekte eines Wahrnehmungsganzen, nämlich der Außenwelt, erkannt. Auf diesen Störungen beruht der »pseudoamentielle« Charakter der Episode. Die beschriebenen Störungen der Bewußtseinslage möchten wir in diesem Falle mit Leonhard [33] (1964) als Bewußtseinsminderung bezeichnen. Sie war vor allem durch eine verminderte innere Aktivität, eine geringere aktive Denkanspannung charakterisiert. Sie könnte auch als Ich-Schwäche aufgefaßt werden, die durch die Expansionstendenzen mangelhaft kompensiert wird. Faßt man die Expansion in dieser Weise als eine Überkompensation auf, so bleibt festzustellen, daß sie sehr schlecht funktioniert: Ihre Insuffizienz führt zu einem Bilde, das eher delirante als manische Züge trägt (im übrigen ist die Episode von einem Delir durch das Fehlen erhöhter Suggestibilität, »doppelter Buchführung«, schwankender Intensität, der Möglichkeit zu zeitlicher Orientierung, der körperlichen Begleitsymptomatik und vitalen Bedrohung deutlich zu unterscheiden).

Eine gewisse Ähnlichkeit der Symptomatik besteht gegenüber den Verwirrtheitspsychosen im Sinne von Leonhard [34] (1968), jedoch fehlt in unserem Falle jeder Hinweis auf die endogene Grundlage des Geschehens. Auch in der Symptomatik läßt es sich von den akuten Verwirrtheitszuständen bei endogenen Psychosen, die zuletzt Mentzos u. Mitarb.[35] vergleichend darstellten, abgrenzen. So zeigen die Personenverkennungen unseres Patienten keine Konstanz und keinen Übertragungscharakter, seine Inkohärenz ist nicht themenabhängig, die psychotischen Inhalte sind nicht auf eine Person ausgerichtet – alles Kriterien, die sich bei endogenen Psychosen finden lassen.

Betrachtet man die ganze Episode mit den Kriterien der Ekstaseforschung, so ließe sie sich zweifellos eher als eine Primitivekstase (Spoerri [36]) oder als eine archaische Ekstase (Langen [37]), denn als eine Kulturekstase (Spoerri) auffassen. Diese Zuordnung wird bekräftigt durch die fehlende kontinuitätswahrende Einschmelzung der psychotischen Erlebnisse in die Persönlichkeitsentwicklung, wie sie Weitbrecht [38] (1968) als Kriterium hervorhebt.

Die beste Übereinstimmung ergab sich für uns beim Versuch, die beschriebene Episode des Falles III als »akut verworrene Psychose« einzuordnen. Diese in der transkulturellen Psychiatrie häufig vorkommende Psychose, wie sie Collomb [39], Carothers [40] u. a., zuletzt zusammenfassend Pfeiffer [41] beschrieben haben, ist durch folgende Stadien gekennzeichnet:

1. Beginn mit einem Zustand ängstlicher Unruhe, Abbrechen der Kontakte, Inadäquanz des Verhaltens.
2. Leichte Trübung der Bewußtseinslage, Desorientierung, Angst, Panik, Impulsivhandlungen.
3. Traumhafte Verworrenheit, oft halluzinatorische oder wahnhafte Erlebnisse.
4. Nach dem Abklingen teilweise Amnesie, Reaktion wie auf Träume.
5. Spontanheilung, Rezidivmöglichkeit.

Diese akut verworrenen Psychosen werden nicht als weitere nosologische Einheit neben den endogenen Psychosen betrachtet, können diesen aber auch nicht zugeordnet werden. Unter den ätiologischen Faktoren wird bei allen genannten Autoren u. a. auch vorausgegangener Haschischabusus erwähnt.

Stringaris [13] beschrieb 1939 Haschisch-Psychosen, die ohne unmittelbaren Zusammenhang mit einer Intoxikation auftraten, als episodische Verwirrtheitszustände, die überraschend für Stunden, Tage oder Wochen ausbrechen können. Er unterschied drei Stadien:

1. einen stuporös-katatoniformen Zustand,
2. oneiroid-halluzinatorische Erregung, komplizierte Illusionen.
3. getrieben-dämmerige Erregungen.

Diese Episoden sind nach Stringaris abgegrenzt, remittieren spontan und verfallen ganz oder teilweise der Amnesie. Er beschreibt z. B. einen Fall, der ein Jahr andauerte und dessen Remission unter seiner sechsjährigen katamnestischen Beobachtung anhielt. – Die ausführliche Bearbeitung dieser Verlaufsform psychotischer Episoden nach Phantastica-Abusus im Rahmen einer gesonderten Darstellung ist in Vorbereitung.

Die Beschreibung unserer Fallbeispiele I bis III folgt einer Einteilungsmöglichkeit, die sich uns im Laufe der Beobachtungszeit und der zunehmenden Kenntnis der psychopathologischen Symptomatik des Fb sowie langer Verlaufsbeobachtung vom Gesamtaspekt her ergaben. Wir lernten, die Phänomene unter drei Verlaufstypen zu sehen:

I. Der psychedelische Verlaufstyp. Primär Gesunde und in der bisherigen Lebensentwicklung weitgehend unauffällige User zeigten in der Symptomatik ihres Drogenrausches und ihrer Fbs einen bunten und vielfältigen Erlebnisreichtum. Die Erlebnisweise war charakterisiert durch eine gewisse Extraversion, d. h. die Umwelterfahrung war intensiviert und richtete sich auf bisher unreflektierte Aspekte bzw. Materialkomplexe (im Sinne Zuckers[12]). Diese Erfahrung wurde in die Persönlichkeitsentwicklung integriert (wir lassen hier bewußt unberücksichtigt, ob der jeweils eingeschlagene Weg richtig und vertretbar war).

II. Der neurotische Verlaufstyp. Bei primär stark in seelische Konflikte verstrickten Usern verliefen die Trip- und Fb-Erlebnisse meist introvertiert. Hier wurden immer wieder neurotische Inhalte aktualisiert. Sie waren meist angstbesetzt. In den psychotischen Episoden wurden bisweilen zwar psychodynamische Einblicke getan und genetische Reminiszenzen aufgedeckt, jedoch blieben diese punktuell und gewannen keine gestaltende Bedeutung für den psychodynamischen Prozeß.

III. Der akut-verworrene Verlaufstyp. Besonders jüngere (unter 17 Jahren) und intellektuell wenig differenzierte User reagierten auf die Trip- und Fb-Erlebnisse mit akut verworrenen Psychosen. Dabei kommt es zwar auch zu einer veränderten Wahrnehmung einzelner Umweltsignale, jedoch bleibt jegliche konstituierende Verarbeitung (auch die psychotische etwa im Sinne einer paranoiden Systematisierung) aus. Auch innerseelische Impulse unterliegen keinerlei Erkenntnis, sondern werden unverändert dranghaft ausagiert.

Wir hatten diese drei Verlaufstypen nach dem klinischen Bild aufgestellt. Dabei ergaben sich nur wenige nicht eindeutig einzuordnende Fälle, die wir als Mischtypen bezeichnen. Nachträglich stellte sich heraus, daß auch die getrennt von unserer Befunderhebung und von anderen Untersuchern[42] durchgeführten psychologischen Tests Unterschiede für die einzelnen Verlaufstypen ergeben hatten. Der Durchschnitts-IQ (Hawie) war beim psychedelischen

Verlaufstyp = 118, beim neurotischen = 112 und beim akut verworrenen = 98. Über weitere testpsychologische Ergebnisse wird andernorts berichtet. Für die Verlaufsform ergab sich darüber hinaus, daß sich die drei Typen hinsichtlich der Zeitdauer der Fbs signifikant unterscheiden. In den folgenden Tabellen 7 und 8 haben wir die zahlenmäßige Verteilung dieser Verlaufstypen auf unsere Fälle (47) und auf die Dauer der ausgewerteten Episoden (95) angegeben.

Tabelle 7.
Häufigkeitsverteilung der Verlaufstypen der Nachhallpsychosen

Psychedelischer Verlaufstyp	25 Fälle
Neurotischer Verlaufstyp	13 Fälle
Akut-verworrener Verlaufstyp	6 Fälle
Psychedelisch-neurotischer Mischtyp	2 Fälle
Psychedelisch-akut-verworrener Mischtyp	1 Fall

Tabelle 8.
Dauer der Episoden bei verschiedenen Np-Verlaufstypen

Verl.-Typ	Sekunden	Minuten	Stunden	Tage	Wochen
Typ I	5	24	11	—	—
Typ II	—	9	20	7	1
Typ III	—	1	2	2	13

Bei dieser Einteilung hatten wir ausschließlich den Verlauf der psychotischen Episoden vor Augen, nicht die Verschiedenartigkeit der Persönlichkeitsstruktur. Eine Typologie der normalen oder abnormen Persönlichkeiten betrachtet ordnend die Voraussetzungen und Reaktionsweisen, die einzelne Individuen für die Gestaltung und Bewältigung ihres Lebensweges mitbringen. Hier geht es ausschließlich um funktionelle Voraussetzungen und Reaktionsweisen für den Aufbau psychotischer Episoden. Die Tatsache, daß es sich beim Fb nicht um unmittelbare Intoxikationsfolgen und damit um exogene Reaktionstypen (Bonhoeffer [43]) bzw. um besondere Formen von Durchgangssyndromen (Wieck [44]) handelt und daß damit auch die mit dem Ansteigen und Abnehmen der Intoxikation zusammenhängenden typischen Rauschstadien und -verläufe, wie sie Beringer und Leuner beschreiben, fehlen, ließ uns diese pragmatische Neueinteilung notwendig erscheinen.

Funktionsanalyse

Das Ingangsetzen psychotischer Erlebnisweisen durch Halluzinogene gelingt, wie schon Beringer [12] und Leuner [11] berichteten und wie uns heute die jungen Drogenkonsumenten zeigen, mit sehr unterschiedlicher Dosierung. Auch die Ausgestaltung des Rauscherlebens ist nicht allein von der Art und Stärke der Phantastica abhängig. Die spontane Wiederkehr psychotischer Episoden ohne erneute Intoxikation weist über die bisherigen Erfahrungen hinaus zusätzlich mit aller Deutlichkeit darauf hin, daß diesen Drogen hauptsächlich ein Anstoßeffekt zukommt. Die psychotische Erlebnisweise, die hier in Gang gesetzt wird, ist offensichtlich so autonom, daß sie zumindest von der Intensität auslösender Reize weitgehend unabhängig werden kann. Muß man nun angesichts dieser Befunde annehmen, daß es sich hier um Reaktionsmöglichkeiten handelt, die im Menschen grundsätzlich angelegt sind? Liegen die Symptomenkomplexe – um mit Hoche [45] zu reden – parat und müssen nur aktiviert werden, oder zeigt die Symptomatik lediglich an, in welchem Gebiete der Persönlichkeit – um mit Kraepelin [46] zu sprechen – sich das Geschehen abspielt?

Innerhalb der Drogenbewegung wird von Bewußtseinserweiterung (Huxley [47], Leary [48], Steckel [49]) gesprochen. Dazu mögen sich diejenigen subjektiv für berechtigt halten, die auf ihren »Reisen in den inneren Kosmos« für sie Neuartiges und Überwältigendes erlebten, die in ekstatischen Zuständen einem *Mysterium tremendum et fascinans* begegneten. Der Begriff wird auch gebraucht für die Ent-Konditionierung, die der Rauschzustand mit sich bringt, indem er die Wahrnehmungsakte intensiviert und die Wahrnehmungsgegenstände in den Vordergrund rückt, so daß sie für sich allein gültig, nicht mehr angewiesen auf ihren Zweck und ihre Verbindung zu anderen Gegenständen erscheinen. Dies gilt auch für die Wahrnehmung innerseelischer Tatbestände. Die Entkonditionierung kann so als Selbstbefreiung empfunden werden und wird häufig auch politisch verstanden. Dies alles sind Formen und Auswirkungen der psychotischen Erlebnisweise, die nur ihrem äußerlichen Aspekt nach als Bewußtseinserweiterung angesprochen werden können. Eine begriffliche Definition und Klarstellung ist damit nicht gelungen. Es ist heute noch nicht möglich, von einem festen Begriff des normalen Bewußtseins auszugehen. Es ist in seinen Dimensionen nicht restlos ausdefinierbar, wenngleich feststeht, daß es existiert. In seiner Existenz bzw. Präsenz kann es freilich eingeschränkt oder ausgelöscht sein. Daher ist es legitim, von Bewußtlosigkeit, Bewußtseinstrübung und Bewußtseinsminderung zu sprechen. Liegt aber keine Bewußtseinstrübung vor, so verbietet es sich, von einer Bewußtseinsänderung oder gar -erweiterung zu sprechen, da wir die Grenzen des normalen Bewußtseins nicht abstecken können.

Eine andere Auffassung geht ursprünglich von der Ubiquität halluzinatorischer Phänomene, denen kein krankhafter Prozeß zugrunde liegt, und den Besonderheiten ihrer Erlebnisweise aus. Sie wird als allgemeines menschliches Vermögen der Eidetik (wobei dieser Begriff nicht auf visuelle Phänomene beschränkt ist) begriffen. Die Interpretation dieses Vermögens führte zu zahlreichen Theorien, die R. Jung [50] in kritischer Auswahl knapp referiert. Daß die Menschheit früher allgemein die Funktion des Halluzinierens besessen habe, gehört auch zu den Ausgangshypothesen der Archetypenlehre von C. G. Jung [51]. Ziolko [52] schreibt: »Die Eigenart der eidetischen Erscheinungen läßt sich aufgrund entwicklungspsychologischer Erkenntnisse auf einen ursprünglichen Gültigkeitsbereich zurückführen, in dem die Unterschiede zwischen Anschauung und Vorstellung noch wesentlich zurücktreten. Diese, bevorzugt das kindliche Weltbild, aber auch das der Naturvölker ausfüllenden urtümlichen Erlebnisweisen, sind als Teil der dabei geltenden Ausdruckshaftigkeit, des physiognomischen Erlebens, zu verstehen.« Unter diesem »Bedeutungsrelief« würden die Ereignisse nicht sachlich, sondern emotional erfahren, die eidetische Bildhaftigkeit sei katathym mitgestaltet. Dieser Begriff der Eidetik umfaßt hier auch die Verarbeitungsfunktionen. Wie die sachliche der emotionalen Erfahrung, wird das sprachliche dem bildhaften Denken gegenübergestellt. Da es zugleich als phylogenetische Reminiszenz angesehen wird, muß diese Auffassung wie ein später Ausläufer der (widerrufenen) Lévy-Bruhlschen Hypothese [53] vom prälogischen Denken der Primitiven anmuten. Aber bildhaft-konkretes Denken muß nicht verschwommener sein als sprachlich-abstraktes (vgl. Castaneda [54]). Wenn wir die psychotischen Phänomene bei unseren Usern einer wieder in Gang gesetzten »urtümlichen Erlebnisweise« zuschreiben wollten, müßten wir zumindest hinzufügen, daß ihre normale, heutige, ausdifferenzierte Erlebnisweise gleichzeitig »funktionierte«. Dies ist am Sich-zu-sich-selbst-Verhalten der User deutlich zu erkennen. Im allgemeinen behalten sie eine gewisse kritische Sicht der psychotischen Erlebnisse. Sie nehmen einzelne Dinge ihrer Umgebung verändert wahr, jedoch bleibt im übrigen ein intaktes Gegenstandsbewußtsein bestehen. Die Art und Weise, wie sie die veränderten Wahrnehmungen verarbeiten und in ihre Gedankengänge einbauen, zwingt nicht zum Postulat einer völlig anderen »prälogischen« Denkweise. Es müßten ja dann im gleichen Gehirn archaische und neue, sich im Grunde ausschließende Funktionsbereiche gleichzeitig wirken. Diese Hypothese kann aufgrund unserer Untersuchungen nicht postuliert werden.

Eine weitere Interpretation liefert Leuner [11], der die »Spätwirkung« nach drogenfreiem Intervall als psychogen-psychotisch bezeichnet. In ihr komme, wie auch im LSD-Rausch, verdrängtes Triebmaterial zum Vorschein. Auch die nicht verstehbaren Phänomene der experimentellen Psychose stünden in Beziehung zu verdrängten emotionalen Komplexen und versagten Triebansprüchen. Sie seien nur dynamisch übersteuert, daher psychotisch. Diese Erlebnisweise wird als Symbolisierung aufgefaßt. Symbol meint hier einen seelischen Abbildungsvorgang, der einen Zustand der Person ausdrückt (Autosymbolismus). Eine unerledigte Handlung, ein versagter Triebanspruch könne zur Spannung in einem »transphänomenalen dynamischen System« führen, wodurch die optischen Phänomene des Autosymbolismus hervorgerufen würden. Man muß berücksichtigen, daß Leuner seine Erfahrungen an Kranken, meist Neurotikern und in therapeutischen und damit thematisch zentrierten Sitzungen gewann. Seine Aussagen und Überlegungen würden auch durch unser Beispiel eines neurotischen Verlaufstyps bestätigt werden können. In der Mehrzahl der Fb-Fälle jedoch waren die psychotischen Inhalte so verschiedenartig, daß es schwerfällt, sie als reine Selbst-Symbolisierungen zu begreifen. Die Symptombildung ging im einzelnen auch nicht der neurosen-psychologisch faßbaren »Charakterstruktur« konform oder war ihr im Sinne von Durchbruchshandlungen entgegengesetzt. Auslösende Versuchs- und Versagungssituationen ließen sich außer beim neurotischen Verlaufstyp meist nicht erkennen. Gerade beim unerwarteten Fb ist ja noch weniger zielgerichtete persönliche Motivation vorhanden als beim Trip, der mittels Drogen herbeigeführt wurde.

Stellen wir unsere Beobachtungen des Fb ganz allgemein möglichen Hypothesen zu ihrer Psychogenese gegenüber, so ergeben sich vom psychopathologischen Standpunkt aus Widersprüche: Von illusionärer Traumwelt kann nicht gesprochen werden, dazu ist der Wahrnehmungscharakter der Erlebnisse zu deutlich. Von halluzinatorischer Wunscherfüllung im psychoanalytischen Sinne kann ebenfalls nicht gesprochen werden, da gar keine konkreten Wünsche in übersteigerter Form vorhanden sind. Die in der Motivation sichtbar werdenden Impulse sind, was die Inhalte des Trip- und Fb-Erlebens angeht, noch lange nicht zu Wünschen ausgereift, noch nicht einmal zu unbestimmten Erwartungen, allenfalls zu Gestimmtheiten. Auch pathologische Affekte, wie sie zur Paranoia führen können, sind am Beginn der Fbs nicht vorhanden. Das Pathologische an ihnen ist nach Gaupp [55] die unerschütterliche Gerichtetheit auf falsche Objekte. Dagegen ist bei den Usern geradezu eine aus dem Rahmen fallende Ungerichtetheit der Affekte bzw. ein rascher Wechsel der Gerichtetheit festzustellen.

Ob wir uns auf der Suche nach Erklärungen für die besonderen psychotischen Reaktionsweisen in archaische, neurotische oder abnorme Funktionsbereiche begeben, nirgends ist mehr als die Erhellung nur eines Teilaspektes zu gewinnen, oder wir sind zu weitgehenden hypothetischen Postulaten gezwungen. Einfacher scheint es uns daher, zu fragen, ob sich am Aufbau des gesunden Seelenlebens ablesen läßt, welche Grundfunktionen beim Zustandekommen dieser Episoden beteiligt sind. Weitbrecht spricht im Zusammenhang mit Fbs von möglichen Dekompensierungen, Rückgriffen auf die in ihrer Entstehung noch weitgehend unbekannte Welt der Engramme, der Wiederherstellung von Fehlprägungen. In der Tat gehen die Fbs ja aus der normalen Erlebnisweise hervor, wenn auch auf ungewöhnliche Art. Das gewöhnliche Seelenleben aber ist ein komplexes, kompliziert komponiertes Gebilde, das störbar ist und dekompensieren kann. Wir können diese Störungen vorerst nur auf dem psychopathologischen Wege verfolgen, da die neurophysiologischen Grundlagen, wie R. Jung [50] betont, noch weitgehend unbekannt sind.

Das Problem der Wahrnehmungsstörungen und des psychotischen Erlebens beim Fb kann von zwei Seiten her betrachtet werden: von der formalen und von der emotionalen. Häufig entsteht daraus ein Prioritätenstreit, etwa wenn behauptet wird, eine gesteigerte emotionale Spannung blockiere das normale, logische Denken oder die Emotion bestimme die Denkinhalte. In unseren Beispielen und bei den übrigen Fällen, die dieser Untersuchung zugrunde liegen, sahen wir eine solche Blockade nur bei Horror-Trips und -Fbs. Diesen steht aber der größere Teil der Fälle gegenüber, in denen wir intakte Orientierung und logische Gedankenverknüpfung fanden. Auch unter den Auslösefaktoren sahen wir einerseits Aufregungszustände (bei den psychogenen und situagenen Auslösefaktoren) und andererseits Vigilanzeinschränkungen und intentionale Lücken wirksam werden. Das Problem läßt sich also nicht auf den emotionalen Aspekt reduzieren und im Sinne einer Priorität der Affekte entscheiden. Wie die Episoden unseres Falles I zeigen und wie schon Beringer [12] feststellte, sind beim Trip und Fb Wahrnehmung und Affekt immer zugleich gegeben, ohne daß eine regelhafte Aufeinanderfolge zu erkennen wäre. Es handelt sich offensichtlich um eine Einheit, nämlich um Erlebnisganzheiten. Betrachten wir diese aber beispielsweise aus dem kybernetischen Blickwinkel, so ist es nicht möglich, gleichzeitig ihren Informationsgehalt und dessen Innenaspekt (Weidel [56]), also die emotionale Seite zu erfassen. Wir müssen sie gesondert behandeln. Dabei bleibt uns aber bewußt, daß es sich hier um eine künstliche Trennung handelt.

Als wichtigste Vorbereitung zum Rauscherleben und als einen Grundzug des Lebensgefühls der User beschrieben wir deren besondere Art von Gemeinschaftsfeeling. Es ist nicht durch gesteigerte Affekte gekennzeichnet. Unter Affekt verstehen wir ja eine akute, intensive Reaktion auf etwas. Er bleibt stets auf dieses »etwas« gerichtet. Das Gemeinschaftsfeeling als eine Form zwischenmenschlicher Beziehung richtet sich jedoch niemals auf »etwas« (soziale Funktionen, Eigenschaften, Lebensdaten) als einem Ausschnitt des

Ganzen. Es besteht in einer nur jeweils aktuell vorhandenen, vergrößerten allgemeinen Empfangsbereitschaft, die keine Vor-Auswahl der zu empfangenden Eindrücke zuläßt. Diese unbegrenzte Rezeptivität unterscheidet das Gemeinschaftsfeeling auch von Stimmungen, die von innen heraus (vom Untergrund getragen) zur Manifestierung – oder gar Realisierung in bestimmten Handlungen – drängen. Die unbegrenzte Rezeptivität ohne Vorauswahl im Gemeinschaftsfeeling findet ihre Entsprechung in der Wirksamkeit der verwendeten Drogen: Sie schaffen nur die Möglichkeit neuartiger Erlebnisse, ohne sich auf deren Inhalte festlegen zu lassen.

Während des dritten Fb im Fall I sahen wir den jungen Mann beim Lesen des Joyceschen Textes nicht von einzelnen Textaussagen mit Begeisterung affiziert und diese fortführend Joyce übersteigen; vielmehr stand bei ihm offensichtlich die Intensität der Eindrücke selbst so im Mittelpunkt des Erlebens, daß daraus das Gefühl der Identität mit dem Autor und – in gradliniger Verlängerung – des Übersteigens entstand. In den Fbs des Falles II ist zwar eine thematische Vorauswahl und Einschränkung durch die Konfliktkonstellation gegeben, aber die Affekte werden unterdrückt und von den Erlebnisinhalten isoliert. Im Fall III liefert die gesteigerte Rezeptivität den Jungen so rasch wechselnden Eindrücken aus (zu denen er von seiner prämorbiden Persönlichkeitsentwicklung her keinen Zugang hatte), daß daraus die akute Verworrenheit erklärbar wird. Er konnte einzelne Eindrücke nicht festhalten, es kam keine Ausrichtung, kein Affekt zustande.

Einigemal sahen wir allerdings situagene Affektzustände zu Auslösefaktoren werden. Dann kam es entweder zum Horror-Trip oder -Fb, wenn der Affekt für die psychotischen Erlebnisse bestimmend blieb, oder es kam zu einem »störungsfreien« Verlauf, wenn der auslösende Affekt durch die Erlebnisse ausgesteuert wurde. Aus dem ungestörten Trip- oder Fb-Erleben heraus kommt es zu Horror-Erlebnissen in der Mehrzahl der Fälle dann, wenn plötzlich eine Abneigung gegen die Gefährten entsteht, also gerichtete Affekte in das Erleben einbrechen.

In allen Fällen, die wir beobachteten, hatten wir den Eindruck, daß die Steigerung der Sensibilität mit einer Abnahme gerichteter Affekte einhergeht. Diese Wendung von der Extraversion zur Introversion wird zu Beginn durch die Drogen erleichtert, kann dann aber, wie Abb. 2 zeigt, mit zunehmendem »Training« fast beliebig vollzogen werden. Offensichtlich wird im Laufe der Drogenerfahrung die unausgerichtete Rezeptivität nahezu grenzenlos, so daß die Auslösefaktoren für Fbs ständig zunehmen, während die Auslösefaktoren für Affektreaktionen abnehmen. Dies scheint ein Grund für die oft inadäquat anmutende Reaktionsweise der User zu sein, die bei aller erhöhten Sensibilität auf den Untersucher häufig so affektlahm und lethargisch wirken.

Wenden wir den Blick nun vom emotionalen Hintergrund zum formalen Aufbau des Fb-Erlebens, so zeigen sich auch hier charakteristische Funktionsveränderungen. Hinter den Epiphänomenen des gesunden und gestörten Seelenlebens verbirgt sich, wie Zeh [57] schreibt, ein kompliziertes Gebilde aus horizontalen Verflechtungen, ein struktureller Zwischenbereich. Wieck [44] spricht von *diaphänomenalen* Bereichen. Betrachten wir den normalen Wahrnehmungsvorgang, so ergibt sich, daß zu ihm unverzichtbar eine konstitutive Leistung (das Wahr-*Nehmen*) erforderlich ist. Sie bedient sich meist mehrerer Sinne. Verändert man beispielsweise nur scheinbar die optische Wahrnehmung, indem man einer Versuchsperson im Strattonschen Brillenversuch eine Umkehrbrille aufsetzt, so daß die Welt auf dem Kopf stehend und seitenverkehrt wahrgenommen wird, so kommt es nach einiger Zeit zur Adaptation, d. h. die Versuchsperson konstituiert die Welt als wahrgenommene wieder in der richtigen horizontalen und vertikalen Zuordnung. Diese Adaptation geht in wiederholten Versuchen beschleunigt vor sich (Kohler [58]). Die Konstitution gelingt mit Hilfe anderer Sinnesempfindungen (Tastsinn, Schweregefühl) und früherer Engramme. Diese Grundfunktion muß am Aufbau auch der psychotischen Wahrnehmungsweise im Fb beteiligt sein. Von jedem Gegenstand nehmen wir das wahr, was er als Gestaltetes *(eidos)* zeigt. Für sich genommen haben die Gegenstände zunächst eine erhebliche eidetische Variationsbreite, sind mehrdeutig. Im konstitutiven Wahrnehmungsakt wird diese Variationsbreite eingeengt durch die Zuordnung der Objekte zu anderen und ihrer Funktion. Bleibt die eidetische Variationsbreite der Dinge aber größer als gewöhnlich, so muß das nicht einer Reaktivierung archaischer Anschauungsformen entspringen, sondern kann als Einschränkung der konstitutiven Akte aufgefaßt werden. Diese eingeschränkte Konstitutionsweise scheint, wenn sie einmal gebahnt ist, im Fb auch spontan anspringen zu können.

Die konstituierenden Akte bedienen sich, wie wir sagten, anderer Sinneseindrücke und früherer Engramme. Unter der Wirkung der Halluzinogene werden die Dinge, wie Beringer zeigte, ohne Sphäre gesehen. Sie haben nur Vordergrund, sind nur Gegenwart. Man könnte sagen, daß die Halluzinogen-Wirkung einer inneren Umkehrbrille entspricht, die nicht nur die rezeptive, sondern auch die konstitutive Wahrnehmung verändert. Diese Fähigkeit scheint in der Intensivierung der Wahrnehmungsempfindung, in der leibhaften Deutlichkeit, oder, wie Beringer [12] sagt, der substantiellen Dichte der Objektwahrnehmung begründet zu sein. Mayer-Gross u. Stein [12] sprechen in ihrer eidetischen Typenlehre von einer Schwellenverfeinerung unter Mescalin. Dieser Begriff ist psychopathologisch zu verstehen und meint nicht eine neurophysiologisch meßbare Schwellenwert-Erniedrigung, die nach R. Jung [50] bisher nicht faßbar ist. Uns war aufgefallen, daß die Auslösefaktoren sehr heterogen sind und aus unserer in gewöhnlicher Konstituierung wahrgenommenen Welt bezüglich ihrer spezifischen Eignung zur Auslösung eines Fb nicht erklärt werden können. Die Erklärung müßte in der Schwellenwertverfeinerung, also der bei den Usern zu beobachtenden Sensibilisierung (die nicht eine gesteigerte, sondern eine verminderte affektive Grundspannung voraussetzt) und in einer Einschränkung der in die konstitutiven Akte einfließenden gleichzeitigen Sinneseindrücke und Engramme gesucht werden.

Damit nun einzelne Wahrnehmungen oder Empfindungen aus dem gewöhnlichen Erlebnisstrom herausgehoben und zu Auslösefaktoren werden können, müssen sie eine größere eidetische Variationsbreite erlangen, innerhalb derer sie den Signalcharakter zur Auslösung gewinnen. Zucker [12] fand bei seinen Vorstellungsversuchen, daß das Material (Eindrücke, Erinnerungen, Bedeutungen) immer in seiner vom früheren Erleben (= Gestalten) letztgeschaffenen Form zur Verfügung stand. In diesem Materialkomplex scheinen die Auslösesignale ihren festen Platz verloren zu haben. Ihre Einordnung im früheren Erleben war – um nur ein Ordnungsprinzip zu nennen – z. B. durch die zeitliche Aufeinanderfolge bestimmt. Dieses Ordnungsprinzip verliert aber seine Gültigkeit, wenn das Zeiterleben und das damit, wie Stein u. Mayer-Gross zeigten, verbundene Bewegungserleben auf dem Trip tiefgreifend verändert wird. Zeh[57] nennt den primitiven Zeitsinn, der aus biologischen Zeitabläufen (Rhythmen) und der Tempoerfassung und den Raumsinn, der aus dem Körperschema gewonnen wird, grundlegende Ordnungsprinzipien, die sich auch bei organischen Störungen als die resistentesten erweisen. Ihr Zusammenwirken bedingt die Zeit-Raum-Struktur des Erlebens. Daß diese Struktur während des Trips und des Fbs häufig gestört ist, zeigten die tabellarische Übersicht der Symptome und die Beispiele (Zeitdehnung, Zeitraffung, zu den Horizonten gedehnte Teilstrecken, Zerfließen begrenzender Konturen, veränderte Bewegungsabläufe u. a. m.). Mit der Störung dieser Grundstruktur zerfällt auch, wie Zeh nachweist, das auf ihr aufbauende hierarchische Ordnungsgefüge. Einzelne Wahrnehmungen, die jetzt noch gemacht werden, können nicht mehr dem Ganzen des früher Erlebten untergeordnet werden. Es sind keine synthetischen Urteile (im Sinne von Husserl[59]) mehr möglich. Dennoch werden Wahrnehmungen auf dem Trip und beim Fb weiterhin, sogar intensiviert gemacht. Aber gegenüber dem rezeptiven ist der konstitutive Anteil des Wahrnehmungsaktes offensichtlich eingeschränkt. So stehen die Wahrnehmungen entweder ganz für sich allein, »entkonditioniert« da wie z. B. in den akut verworrenen Episoden, oder sie werden zu Gliedern neuartiger Erlebnisganzheiten, lockerer verbundener Materialkomplexe, sofern eine gewisse innere (eidetische) Übereinstimmung dies erlaubt.

Wenn die im Zustand des teilweise gestörten konstitutiven Vermögens »gemachten« Wahrnehmungen sich gegenseitig ergänzen und bestätigen, entsteht eine anders wahrgenommene Welt, die ihrerseits durch die Größe des Wahrnehmungskomplexes oder auch -gefüges und die leibhafte Deutlichkeit der einzelnen Wahrnehmungen Bedeutung und Gewißheit erhält. Bei ihrem Aufbau dienen Elemente des Settings und besondere Gefühlszustände als Richtschnur. Von ihr aus betrachtet können gewisse Wahrnehmungen und Empfindungen einen Signalcharakter erlangen, den sie von der in üblicher Weise konstituierten Welt aus nicht besitzen. Diese neu konstituierte Welt kann, wie die Graphik in Tab. 10 über die Differenz zwischen erstrebtem und unerwartetem Fb zeigt, um so leichter auch absichtlich wieder betreten werden, als längere Trip-Erfahrungen vorausgehen. Diese stehen in einem inneren Zusammenhang und bauen aufeinander auf. Es scheint, daß auf jedem Trip die Materialkomplexe durch Neuanlagerung vergrößert werden. Sie gewinnen damit an Gültigkeit und erleichtern dadurch die Auslösung von Fbs. Für diesen Zusammenhang spricht, daß alle Untersucher des Fb wie auch wir selbst in der Regel eine formale und inhaltliche Übereinstimmung der Fb mit den Trips feststellten. Dies findet seinen Ausdruck schon in den gewählten Bezeichnungen: Flashback, Echoeffekt, Recurrens-Phänomen, Trip-Rezidiv, Repro-Trip.

Die Gültigkeit oder Evidenz der Wahrnehmungen kann, wenn wir dem Denkansatz Husserls, wie in Szilasi[60] interpretiert, folgen, als eine Funktion der Erfahrung verstanden werden, und sie reicht genau so weit, wie die leitenden Hinweise der wahrgenommenen Gegenstände reichen. Wenn wir beispielsweise bei der Betrachtung der uns zugekehrten Vorder- oder Oberseite eines Tisches darauf hingewiesen werden, daß er auch eine Unter- und Hinterseite hat, daß er Materialität und bestimmte Funktionen besitzt, so haben wir Strukturen verfolgt, die direkt vom wahrgenommenen Sachverhalt ausgehen, die wir nicht als unsere Ergänzung an das Objekt herangetragen haben. So gesehen, enthält jeder wahrgenommene Gegenstand Hinweise, die über ihn selbst hinausweisen auf weitere Sachverhalte. Die wahrgenommenen Sachverhalte stehen also in einem Verweisungszusammenhang, durch den sie sich gegenseitig selbst bestimmen und bestätigen. Dadurch gewinnen sie Evidenz und werden für uns wahr.

Wenn nun ein User bei seinem Trip- und Fb-Erleben zwischen der in gewöhnlicher Weise konstituierten und der durch die »innere Umkehrbrille der Drogen« konstituierten Wahrnehmungsebene mit ihren verschiedenartigen Verweisungszusammenhängen überwechselt, so kann es am Übergangspunkt des noch nicht sicheren Habens der einen oder anderen Ebene zum Evidenzverlust kommen. Ein derartiger Evidenzverlust erzeugt nach unseren Beobachtungen Angst und scheint eine wesentliche Ursache für die Horror-Trips oder -Fbs zu sein.

Wir können im Verständnis der hier auftretenden Angst noch einen Schritt weitergehen: Die Evidenz der Wahrnehmungsebene hat nämlich noch eine weitere Funktion. Je größer sie ist, desto eher kann sie von anderen übernommen werden. So wird die Evidenz zum Garanten einer gemeinsamen Verständigungsebene. Wir haben nur dann eine uns allen gemeinsame Welt, wenn wir sie in gleicher Weise rezeptiv und konstitutiv wahrnehmen. Auf den Trips und bei den Fbs kommt es, wie uns die User berichten, immer dann zu Angstzuständen, wenn einer von ihnen das Gefühl hat, den Kontakt zu den anderen verloren zu haben. Mit dem »Ausflippen« ist immer Angst verbunden, und der Begriff meint das Verlassen der gemeinsamen Verständigungsebene.

Die Angst entsteht hier beim Verlust der harmonischen Einheit (Richter [61]), die zugleich Ordnungsgefüge und Verständigungsebene ist. Sie wird hergestellt durch die Konstitution der allen gemeinsamen Welt. Die Gleichartigkeit der Konstitution ermöglicht das Verstehen. Die User versuchen auf ihre z. T. irrationale Weise, eine solche Harmonie zu erreichen und nennen sie »Durchblick«. Dieses auch im Rauscherleben noch sichtbare Streben nach Harmonie und die Entstehung der Angst bei ihrer Zerstörung weisen darauf hin, daß Kommunikation wichtiger ist, als die Sicherheit der Erkenntnis. (S. auch die Arbeit von Assmus u. Mitarb.[62])

Konsequenzen für die Therapie

Da es sich bei der Np um eine psychotische Reaktion und nicht um eine unmittelbare Drogenwirkung handelt, bietet sich als erste therapeutische Maßnahme die Technik des talk-down an [32], die auch erfahrene User (Gurus) mit Erfolg anwenden:

Es wird versucht, mit dem »Ausgeflippten« Kontakt aufzunehmen, indem man sich in seinen augenblicklichen Erlebnisstrom einfügt. Der Helfer bemüht sich, den psychotisch Entgleisten in eine enge Dualunion hineinzuziehen. Es wird vermieden, dem Jugendlichen seine psychotischen Verhaltensweisen und Erlebnisse auszureden; sie werden vielmehr als gegeben hingenommen. Der Helfer versucht von seiner Seite aus, Ruhe und Gelassenheit einzubringen. Zugleich isoliert er sich mit dem Jugendlichen aus dem Milieu, in dem die Angstpsychose auftrat und vermeidet alle störenden äußeren Einflüsse. Durch seine Einschaltung in den Assoziationsstrom des Users kann der Auslösefaktor der Np nach und nach durch persuasive, verbale Technik neutralisiert werden. Harte Konfrontationen mit der Realität, Hinweise auf die Diskrepanz zwischen realer Umwelt und erlebter psychotischer Innenwelt sind strikt zu unterlassen, da die Ursache der Angst – wie wir sahen – eben in dieser Diskrepanz liegt. Der Therapeut kann zwar zunächst dem Jugendlichen bei der Aneinandergliederung der psychotischen Erlebnisinhalte zu Erlebnisganzheiten helfen, er darf diese Assoziation jedoch nicht verstärken oder bestätigen, sondern muß sich darum bemühen, den Jugendlichen durch Einordnung seiner Erlebnisse in die altgewohnte Realität zurückzuführen. Ein talk-down gelingt, wenn eine gemeinsame Verständigungsebene aufgebaut und erhalten werden kann. Dabei ist zu berücksichtigen, daß die Nachhallpsychose wie der Trip, also die akute Intoxikation durch Phantastica, einen wellenförmigen Verlauf nehmen kann.

Dieses psychagogische Verfahren konnten wir beim *psychedelischen Verlaufstyp* in sehr vielen Fällen mit Erfolg anwenden, nur selten war eine zusätzliche medikamentöse Unterstützung durch zentrale Beruhigung mit Benzodiazepinen notwendig.

Beim *neurotischen Verlaufstyp* war es häufig wegen der wesentlich längeren Dauer der Np nicht möglich, den engen Kontakt in der ganzen Episode permanent aufrechtzuerhalten. Der neurotische Verlaufstyp zeigt die längsten Nachwirkungen und zwar mit einer konfliktzentrierten Symptomatik. Die Interventionen müssen hier hinsichtlich analytischer Deutungen zurückhaltend bleiben. Häufig kommt es bei diesem Verlaufstyp zu Somatisierungen unter dem Bild einer Herzneurose, asthmoider Zustände oder hysterischer Manifestationen. In diesen Fällen ist eine medikamentöse, anxiolytische Therapie erforderlich. In besonders dramatischen Fällen kann eine intravenöse Applikation von 10–20 mg Valium notwendig sein; im allgemeinen reichen perorale Gaben von 10–20 mg Valium, ca. 50 mg Librium oder z. B. Praxiten forte (50 mg), gegebenenfalls mehrmals täglich.

Beim *akut verworrenen Verlaufstyp* läßt sich die gemeinsame Verständigungsebene meist nur punktuell herstellen und die psychagogische Rückführung in die Realität gelingt erst nach Abklingen der Verworrenheitssymptomatik. In der Regel ist eine längere stationäre Behandlung nicht zu umgehen. Bei akuten Erregungszuständen, die deliranten Charakter haben, können ebenfalls Benzodiazepine eingesetzt werden. Stark wirkende Neuroleptika zeigen nach unseren Erfahrungen keine befriedigende Wirkung. Sie sollten daher zumindest zu Beginn nur zurückhaltend angewendet werden. Nach unseren Beobachtungen läßt sich durch Psychopharmaka mit neuroleptischer Potenz ohnehin nur eine allgemein beruhigende, aber keine sonstige pharmakologische Beeinflussung der Nachhallpsychose erreichen.

Ungeachtet der unterschiedlichen Dauer der verschiedenen Verlaufsformen sahen wir bei allen beobachteten Nachhallpsychosen ein spontanes Abklingen. Wie ihre Frequenz mit zunehmender Drogenerfahrung anstieg, so nahm auch ihre Häufigkeit und Dauer mit wachsendem Abstand von der letzten Drogeneinnahme ab.

Anmerkungen

1 Keeler, M. H./Reifler, C. B./Liptzin, M. B.: »Spontaneous recurrence of Marihuana effect«. In: *American Journal of Psychiatry*. 125. 1968. S. 384.

2 Cohen, S.: *The Beyond Within: The LSD Story*. New York 1964. »Lysergic acid diethylamide: Side effects and complications«. In: *Journal of Mental and Nervous Diseases*. 130. 1960. S. 30.

3 Smart, R. G./Bateman, K.: »Unfavorable reactions to LSD. A review and analysis of available case reports«. In: *Canadian Medical Ass. Journal*. 97. 1967. S. 1214.

4 Ungerleider, J. T./Fischer, D. D./Goldsmith, S. R./Fuller, M./Forgy, E.: »A statistical survey of adverse reactions to LSD in Los Angeles Country«. In: *American Journal of Psychiatry*. 125. 1968. S. 352.

5 Robbins, E./Frosch, W. A./Stern, M.: »Further observations on untoward reactions to LSD«. In: *American Journal of Psychiatry*. 124. 1967. S. 393.

6 Horowitz, M. J.: »Flashbacks: Recurrent intrusive images after the use of LSD«. In: *American Journal of Psychiatry*. 124. 1967. S. 565.

7 Barron, St. P./Lowinger, P./Ebner, E.: »A clinical examination of chronic LSD use in the community«. In: *Comprehensive Psychiatry*. 11. 1969. S. 69.

8 McGlothlin, W. H./Arnold, D. O.: »LSD revisited«. In: *Archives of General Psychiatry*. 24. 1971. S. 35.

9 Hasse, H. E./Schiefgen, W./Schönhöfer, P. S.: »Notfallsituationen bei jugendlichen Drogenkonsumenten«. In: *Deutsche Medizinische Wochenschrift*. 96. 1971. S. 449.

[10] *Marihuana and Health: Report to the Congress from the Secretary Department of Health, Education and Welfare.* Washington 1971.

[11] Leuner, H.: *Die experimentelle Psychose.* Berlin/Göttingen/Heidelberg 1962.

[12] Fränkel, F./Joël, E.: »Beiträge zur experimentellen Psychopathologie: Der Haschischrausch«. In: *Zeitschrift für die ges. Neurologie und Psychiatrie.* 111. 1927. S. 84.
Mayer-Gross, W./Stein, W.: »Über einige Änderungen der Sinnestätigkeit im Meskalinrausch«. In: *Zeitschrift für die ges. Neurologie und Psychiatrie.* 110. 1926. S. 354.
Beringer, K.: »Die Bedeutung der Rauschgiftversuche für die Klinik«. In: *Schweizer Archiv für Neurologie und Psychiatrie.* 28. 1932. S. 1. *Der Meskalinrausch* (1927). Reprint Berlin 1969.
Bayer, W. von: »Zur Klinik des Haschischrausches«. In: *Nervenarzt.* 5. 1932. S. 342.
Zucker, K.: »Experimentelles über Sinnestäuschungen«. In: *Archiv für Psychiatrie und Nervenkrankheiten.* 83. 1928. S. 706.
ders.: »Funktionsanalyse in der Schizophrenie«. In: *Archiv für Psychiatrie und Nervenkrankheiten.* 110. 1939. S. 464.

[13] Stringaris, M. G.: *Die Haschischsucht.* (1939). Reprint Berlin 1972.

[14] Langs, R. J./Barr, H. L.: »Lysergic acid diethylamide (LSD-25) and schizophrenic reactions«. In: *Journal of Nervous and Mental Diseases.* 147. 1963. S. 163.

[15] Hatrick, J. A./Dewhurst, K.: »Delayed psychosis due to LSD«. In: *Lancet.* 1970. S. 742.

[16] Bleuler, M.: »Comparison of drug-induced and endogenous psychosis in men«. In: Bradlay, P. B./Deniker, R./Radonco-Thomas, C. (Hrsg.): *Proceedings of the First International Congress for Neuropsychopharmacology.* Amsterdam 1958.

[17] Weitbrecht, H. J.: »Was heißt multiconditionale Betrachtungsweise bei Schizophrenen?« Vortrag auf dem *1. Weißenauer Schizophrenie-Symposion* am 24. 4. 1971 (In: *Fortschritte der Neurologie und Psychiatrie.* Im Druck).

[18] Kielholz, R.: »Gesamtschweizerische Enquête über die Häufigkeit des Medikamentenmißbrauchs«. In: *Schweizerische Ärztezeitung.* 40. 1968. S. 1077.

[19] Kurland, A. A./Unger, S.: »The present status and future direction of psychedelic LSD research, with special reference to the Spring Grove studies«. Vortrag auf dem *7th Annual Meeting* des *American College for Neuropsychopharmacology* in San Juan. Puerto Rico. 18–20 Dez. 1968.

[20] Benedetti, G.: »Beispiel einer strukturanalytischen und pharmakodynamischen Untersuchung an einem Fall von Alkoholhalluzinose, Charakterneurose und psychoreaktiver Halluzinose«. In: *Zeitschrift für Psychotherapie und medizinische Psychologie.* 1. 1951. S. 177. *Die Alkoholhalluzinosen.* Stuttgart 1952.

[21] Schneider, C.: *Die schizophrenen Symptomverbände.* Berlin 1942.
[22] Lersch, Ph.: *Der Aufbau der Person.* München 10. Aufl. 1966.
[23] Schmidt, G./Sigusch, V.: »Jugendsexualität. Ergebnisse einer empirischen Untersuchung«. In: *Deutsche medizinische Wochenschrift* (Im Druck).
[24] Waldmann, H.: *Phantastika im Untergrund.* Bonn 2. Aufl. 1971.
[25] Coper, H./Hippius, H.: »Mißbrauch von Haschisch (Marihuana)«. In: *Deutsches Ärzteblatt.* 67. 1970. S. 1918.
[26] Hermann, U.: »Soziale Probleme des Rauschmittelmißbrauchs bei Jugendlichen«. In: *Soz. Arb.* 19. 1970. S. 69.
[27] Anschutz, R. P.: *The Philosophy of J. St. Mill.* Oxford 1933.
[28] Kisker, K. P.: »Zur Frage der Sinngesetzlichkeit«. In: *Schweizer Archiv für Neurologie und Psychiatrie.* 76. 1955. S. 3.
[29] Jaspers, K.: *Allgemeine Psychopathologie.* Berlin/Heidelberg/New York 8. Aufl. 1965.
[30] Werner, H.: »Intermodale Qualitäten (Synaesthesien)«. In: Metzger, W. (Hrsg.): *Handbuch der Psychologie.* Göttingen 1966. S. 278.
[31] Spoerri, Th.: »Ekstatische Rede und Glossolalie«. In: Spoerri, Th. (Hrsg.): *Beiträge zur Ekstase.* Basel/New York 1968. S. 137.
[32] Taylor, R. L./Maurer, J. I./Tinklenberg, J. R.: »Management of ›Bad Trips‹ in an evolving drug scene«. In: *Journal of the American Medical Association.* 213. 1970. S. 422.
[33] Leonhard, K.: »Grundformen des Halluzinierens«. In: *Der Nervenarzt.* 35. 1964. S. 443.
[34] ders.: *Aufteilung der endogenen Psychosen,* Berlin 4. Aufl. 1968.
[35] Mentzos, S./Lyrakos, A./Tsiolis, A.: »Akute Verwirrtheitszustände bei endogenen Psychosen«. In: *Der Nervenarzt.* 42. 1971. S. 10.
[36] Spoerri, Th.: »Zum Begriff der Ekstase«. In: Spoerri, Th. (Hrsg.): *Beiträge zur Ekstase.* Basel/New York 1968.
[37] Langen, D.: »Hypnose, archaische Ekstase und Versenkung«. In: *Confin psychiat.* 4. Basel 1961. S. 228.
[38] Weitbrecht, H. J.: »Ekstatische Zustände bei Schizophrenen«. In: Spoerri, Th. (Hrsg.): *Beiträge zur Ekstase.* Basel/New York 1968.
[39] Collomb, H.: »Aspects de la psychiatrie dans l'Ouest Africain (Senegal)«. In: Petrilowitsch, N. (Hrsg.): *Beiträge zur vergleichenden Psychiatrie.* Basel/New York 1967. S. 229.
[40] Carothers, J. L.: »The African mind in health and disease«. In: *WHO Monographs.* Nr. 17. Genf 1953.
[41] Pfeiffer, W. M.: *Transkulturelle Psychiatrie – Ergebnisse und Probleme.* Stuttgart 1961.
[42] Die klinisch-psychologischen Untersuchungen wurden durchgeführt von Frau Dr. I. Hasse-Sander und Frl. S. Peters.
[43] Bonhoeffer, K.: »Die exogenen Reaktionstypen«. In: *Archiv für Psychiatrie und Nervenkrankheiten.* 58. 1914. S. 58.
[44] Wieck, H. H.: »Zur Klinik der sog. symptomatischen Psychosen«. In: *Deutsche medizinische Wochenschrift.* 1956. S. 1345.

[45] Hoche, A.: »Die Bedeutung der Symptomenkomplexe in der Psychiatrie«. In: *Zeitschrift für die ges. Neurologie und Psychiatrie.* 12. 1912. S. 540.
[46] Kraepelin, E.: »Die Erscheinungsformen des Irreseins«. In: *Zeitschrift für die ges. Neurologie und Psychiatrie.* 62. 1920. S. 1.
[47] Huxley, A.: *Die Pforten der Wahrnehmung.* (1954). München 1956.
[48] Leary, Th.: *Politik der Ekstase.* (1968). Hamburg 1970.
[49] Steckel, R.: *Bewußtseinserweiternde Drogen.* Berlin 1969.
[50] Jung, R.: »Neurophysiologie und Psychiatrie«. In: *Psychiatrie der Gegenwart.* Bd. I/1. Berlin/Heidelberg/New York 1967. S. 325.
[51] Jung, C. G.: *Allgemeine Gesichtspunkte zur Psychologie des Traumes.* Zürich 1948.
[52] Ziolko, H. U.: »Über den emotionalen Untergrund visionärer Erscheinungen«. In: *Zeitschrift für Psychotherapie und medizinische Psychologie.* 10. 1960. S. 238.
[53] Lévy-Bruhl, L.: *Die Seele der Primitiven.* (1930). Reprint Darmstadt 1956.
[54] Castaneda, C.: *The Teachings of Don Juan: A Yacqui Way of Knowledge,* New York 5. Aufl. 1971. (Deutsch: *Die andere Realität. Die Lehren des Don Juan.* Frankfurt a. M. 1972.)
[55] Gaupp, R.: »Der Fall Wagner. Eine Katamnese«. In: *Zeitschrift für die ges. Neurologie und Psychiatrie.* 60. 1920. S. 312. »Krankheit und Tod des paranoischen Massenmörders Wagner. Eine Epikrise«. In: *Zeitschrift für die ges. Neurologie und Psychiatrie* 163. 1938. S. 48.
[56] Weidel, W.: »Kybernetik und psychophysisches Grundproblem«. In: *Zeitschrift für Kybernetik und ihre Grenzgebiete.* 1. 1962. S. 165.
[57] Zeh, W.: *Die Amnesien.* Stuttgart 1961.
[58] Kohler, I.: »Die Methode des Brillenversuchs in der Wahrnehmungspsychologie. Bemerkungen zur Lehre von der Adaptation«. In: *Zeitschrift für experimentelle und angewandte Psychologie.* 3. 1955. S. 381.
[59] Husserl, E.: »Ideen zu einer reinen Phänomenologie und phänomenologischen Philosophie. II. Buch: Phänomenologische Untersuchungen zur Konstitution §§ 19–29«. In: Breda, H. L. van (Hrsg.): *Husserliana.* Haag 1970.
[60] Szilasi, W.: *Einführung in die Phänomenologie E. Husserls.* Tübingen 1959.
[61] Richter, H. E.: »Zur Psychoanalyse der Angst«. In: Ditfurth, H. von (Hrsg.): *Aspekte der Angst.* Stuttgart 1965. S. 73.
[62] Assmus, H./Reiner, F.: »Akzidentelle LSD-Intoxikation bei drei Geschwistern im Kindesalter mit Nachhallpsychose (Flashback)«. In: *Praxis der Kinderpsychologie.* 21. 1972. S. 207.

JÜRGEN GÖTTE

Sucht als Abwehr: eine Fallstudie

Zielsetzung

Die vorliegende Arbeit untersucht anhand des Fallbeispiels einer Patientin mit multipler Drogensucht und psychosomatischer Symptomatik die psychodynamischen Zusammenhänge von beiderlei Symptomatik. Sie will einen Beitrag zur Erhellung der praemorbiden Struktur dieser Patientengruppe leisten und somit zur Klärung der Genese beitragen, von der Matussek 1959 noch sagt, hier sei ein »unbekanntes Ineinander von anlage- und milieubedingten Faktoren«.[1]

Es wird besonders der von S. Freud 1894 geprägte Begriff der »Abwehr«[2] diskutiert und inhaltlich neu gefaßt. Das Fallbeispiel wird neben der Biographie die Phänomenologie des Versuchs der Patientin darstellen, eine »narzißtische Lücke im Ich«[3] affektiv zu schließen.

Die sich daraus ergebenden therapeutischen Konsequenzen werden beschrieben und erweisen sich

1. ganz im Sinne von Fenichel (1931) als flexibel-unorthodox[4] und

2. entgegen der de Boorschen[5] Spekulation eines Verstreichens der Anregbarkeit bestimmter Ich-Funktionen und entgegen der Meinung einer in die Nähe von therapeutischer Resignation gerückten Ärzteschaft[6] als geeignet für eine nachholende Ich-Entwicklung;

3. werden die objektiven und subjektiven Schwierigkeiten von Patientin und Therapeut innerhalb entscheidender therapeutischer Phasen anhand der Protokolle des Therapeuten dokumentiert.

Fenichel[4], der sich besonders auf die Untersuchungen von Rado[7] und Simmel[8] stützt, unterscheidet eine rauschmittellose von einer Rauschmittel-Sucht. Erstere bezeichnet er als Impulshandlung, letztere als Sucht, wobei der psychische Charakter im Wechsel von Tat und Reue liege. Sucht und Impulshandlung klassifiziert er als perversionsverwandte Neurose, also zwischen Zwangsneurose und Perversion stehend.

Matussek[1] spricht analog zur Fenichelschen Terminologie von einer »süchtigen Fehlhaltung« auf der einen und der »Sucht« im klinischen Sinne auf der anderen Seite. »Das Problem der Psychologie der Süchte«, schreibt Fenichel, »konzentriert sich auf die Fragen nach dem Charakter der durch sie vermittelten Lust und auf die Bedingungen der Entstehung des Rauschwunsches«. Matussek muß beinahe 50 Jahre danach mangelnde »differenzierte, tiefenpsychologisch orientierte Untersuchungen der praemorbiden Struktur« beklagen.

Schon Simmel[8] hatte darauf verwiesen, daß zur Kenntnis des Suchtmechanismus die praemorbide Persönlichkeit von entscheidenderer Bedeutung sei als die Natur der Intoxikation. J. vom Scheidt[9] faßt in einer Übersicht der unbewußten Motive für die Sehnsucht nach dem Rausch folgende Punkte zusammen:

1. gesteigerte Oralität,
2. enge Beziehung zur latenten Homosexualität,
3. erhöhter Narzißmus,
4. verdrängte Aggressivität (»verschleierter Selbstmord«),
5. frühödipaler Kernkonflikt;
6. hebt er, indem Rosenfeld zitiert wird, die Verbindung von Rauschgiftsucht zu manisch-depressiven Zuständen hervor.

Abraham[10] beschrieb 1908 die psychodynamischen Zusammenhänge von Alkoholsucht und Homosexualität und machte auf die klinische Erfahrung aufmerksam, daß Patienten, denen ein Narkotikum gespritzt wurde, das Gefühl der sexuellen Vergewaltigung haben können.

In Anlehnung an das aus der Triebpsychologie entwickelte Freudsche Neurosenmodell stellt die Sucht innerhalb der Konzeption Fenichels ein als »Reizschutz nach innen« angewandtes Mittel dar, welches sekundär sexuelle Bedeutung gewinne und damit die sexuelle Struktur der Gesamtpersönlichkeit verändere: »Süchtig wird derjenige, der geneigt ist, die Lust des Rausches, den pharmakotoxischen Orgasmus (nach Rado) höher einzuschätzen als alle sexuelle Lust.«

Simmel [8], der den Rausch mit einer künstlichen Manie vergleicht, verdeutlicht die orale und primär-narzißtische Fixierung des Süchtigen, wenn er davon spricht, daß die Organe der Süchtigen oft introjizierte Objekte repräsentieren. Ammon [11] grenzt 1969 in diesem Zusammenhang von einer »primären Oralität« in der gesunden frühkindlichen Entwicklung eine »sekundäre Oralität« ab. Er versteht hierunter eine »fixierte libidinöse Besetzung der Nahrungsaufnahme sowie andere suchtartige Befriedigungen durch den Mund . . .« und deutet damit bereits die psychodynamischen Beziehungen zwischen Suchtmechanismus und psychosomatischer Symptomatik an.

Wenn die Droge dem Individuum zweierlei geben kann,

a) Schutz gegen körperlichen Schmerz,

b) Schutz gegen seelischen Schmerz (z. B. Depression),

dann muß es sich bei der Sucht um einen Abwehrmechanismus handeln. So sieht die ältere Psychoanalyse in der Sucht einen Abwehrversuch gegen unbewußte Triebwünsche. Nach Simmel [8] ist es die Abwehr von Aggressionen, die die Sucht im übrigen mit dem Zwang teile. Bei der Sucht sei die Abwehr lustvoll, beim Zwang dagegen unlustvoll.

Auch Glover [12] sieht in der Sucht eine Abwehrneurose, und zwar zur Niederhaltung verdrängter paranoider Strukturen, wenn er die Bedeutung des Sadismus beim Süchtigen hervorhebt.

Matussek weist zurecht darauf hin, daß – im Sinne des Triebmodells – der Sucht kaum Abwehrcharakter attestiert werden könne, denn es komme ja zur oralen Befriedigung. De la Vega [13] macht 1971 in seiner Studie über die Heroinsucht darauf aufmerksam, daß die Interpretation der Sucht sich »nicht nur auf hedonistische Aspekte« beschränken dürfe. Er begreift die Sucht als den dem Individuum noch verbliebenen letzten Abwehrmechanismus: »Stellen die Süchtigen fest, daß sie mit der Realität nicht fertig werden können, so verlassen sie sich auf verschiedene Drogen, anstatt psychotisch zu regredieren.«

In diesem Sinne kann auch die klinisch beobachtete ausgesprochen geringe Zahl der »endogenen Psychosen« bei Morphinsüchtigen verstanden werden.

Zur Frage der Therapie bei Suchtkranken hält Fenichel [4] unter Hinweis auf die Wichtigkeit der praemorbiden Disposition eine psychoanalytische Behandlung für indiziert, setzt sich aber dafür ein, daß die Technik * »in Anpassung an die Notwendigkeit der Struktur der betreffenden Neurose« geändert wird. Außerdem verweist schon er darauf, daß ohne Einbeziehung des sozialen Milieus keine Therapie sinnvoll ist, die Simmel [8] zumindest zu Beginn immer stationär durchgeführt sehen möchte. Diese Meinung wird auch heute von allen mir bekannten Autoren geteilt, wobei unterschiedliche Auffassungen darüber bestehen, ob stationäre Aufnahme gleichbedeutend mit einer geschlossenen Abteilung einer psychiatrischen Klinik sein soll oder ob es anfangs nicht sogar sinnvoller sei, Drogenabhängige in die Patientengruppe einer offenen Abteilung zu integrieren. Nach dem körperlichen Entzug und der Besserung des allgemeinen Gesundheitszustandes ist bereits in der Klinik mit psychotherapeutischen Maßnahmen und solchen der sozialen Hilfestellung zu beginnen. Ohne die entsprechende medizinisch-psychologische Nachbetreuung, so J. vom Scheidt [9], betrage die Rückfallquote fast hundert Prozent.

Leider muß diese Feststellung erhärtet werden: In einem »katamnestischen Erfahrungsbericht über die stationäre Behandlung von drogenabhängigen Jugendlichen im Jahre 1971« stellen die Autoren K. Behr und H.-P. Königs [14] 1972 lakonisch fest, daß alle 42 Jugendlichen rückfällig geworden sind und somit die Rückfallquote mit hundert Prozent angenommen werden muß.

Noch einmal J. v. Scheidt [9]: »Was läßt sich angesichts einer derart aussichtslosen Situation tun? Alle Fachleute sind sich darüber einig, daß man das Übel an seiner eigentlichen Wurzel packen muß ... Psychotherapie von Drogenabhängigkeit (Sucht) läßt sich heutzutage nur noch erreichen, wenn sie ergänzt wird durch eine Soziotherapie der gesamten Gesellschaft.«

Die Tatsache, daß sich in West-Berlin die Zahl der jugendlichen

* Gemeint ist hier die klassisch-orthodoxe psychoanalytische Technik auf der Couch.

Drogenkonsumenten in den Jahren 1965–70 verzwölffachte [15] und im übrigen die Drogenkonsumenten zunehmend jünger werden, deutet nach Ammon et al.[16] darauf hin, »daß hier ein Aufstand der im eigenen Lande Kolonisierten stattfindet, eine Revolte, deren selbstzerstörerische Folgen wir nur dann abwenden können, wenn wir dem Problem der Ich-Entwicklung in der Gruppe endlich die ihm gebührende praktische und theoretische Aufmerksamkeit widmen«.

De la Vega [13] zeigt, daß und wie zwei Patienten mit Heroin-Sucht im Laufe der Psychotherapie eine nachholende Ich-Entwicklung erleben und auf die Flucht mit Hilfe der Drogen verzichten können. Eben dieser mühsame Schritt bleibt im Rotbuch Nr. 38 [17] nahezu ausgespart: M. Schneider fordert darin, durch die »Politisierung der Drogenfrage« die Süchtigen dazu zu bringen, »ihren in der Sucht pervertierten Liebes- und Solidaritätsbedürfnissen eine politische Richtung zu geben«. Die Einsicht und Erkenntnis aber, daß es sich beim Drogenproblem um ein politisches handelt, kann man doch nur von Menschen erwarten, die über eine genügend starke Ich-Autonomie verfügen, die erst zu erwerben Sinn und Zweck des psychotherapeutischen Prozesses ist, der hier exemplarisch beschrieben werden soll.

Zur Theorie des »Abwehr«-Begriffs

Der Begriff »Abwehr«, erstmals in der Theorie der Psychoanalyse von S. Freud in seiner Arbeit »Die Abwehr-Neuropsychosen« verwandt, ist nach A. Freud [18] der »älteste Vertreter der dynamischen Auffassung in der Theorie der Psychoanalyse«. Er ist definiert als zwischen den psychischen Instanzen Ich und Es befindlich und beweglich [19] und nach Nunberg [34] ein »allgemeiner Begriff für den Schutz des Ich gegen gefahrbringende Erlebnisse und Triebregungen«, also durchaus kein allein psycho*pathologisch* zu verstehender Begriff.

Abwehr ist demnach immer Triebabwehr, und zwar aus

1. Angst des Ich vor der Außenwelt (Realangst),
2. Angst des Ich vor der Triebstärke,
3. Angst des Ich vor dem Überich in Anlehnung an A. Freud [18]

und entsteht immer dort, wo die synthetische Funktion des Ich unzulänglich ist.

»Was das Ich von der äußeren und von der Libidogefahr im Es befürchtet«, schreibt S. Freud, »läßt sich nicht angeben; wir wissen, es ist Überwältigung oder Vernichtung, aber es ist analytisch nicht zu fassen.« [19] R. Waelder [20] bezeichnet es nach A. Freud [18] als »Gefahr, in seiner Organisation zerstört, überflutet zu werden«.

Laplanche und Pontalis [21] unterziehen den Ausdruck »Abwehr« selbst einer kritischen Reflexion und fordern die Einführung begrifflicher Unterscheidungen, bzw. verschiedener Parameter wie den Abwehr-Einsatz, den Abwehr-Träger, ihre Finalität, ihre Motive, ihre Mechanismen.

Was A. Freud [18] als Motiv des Ich zur Triebabwehr und der die Triebe begleitenden Affektabwehr beschrieben hat, nämlich die Vermeidung von Schuldgefühlen und somit sekundärer Unlust, sehen Laplanche und Pontalis als die *Finalität* der Abwehr an. Es ist damit die Gesamtheit der Operation gemeint, die zur Vermeidung einer Störung in der Ökonomie des psychischen Energiebetriebs [34] nötig ist. Unter den Motiven zur Abwehr subsumieren die Autoren all das, »was die Bedrohung ankündigt und die Abwehrvorgänge auslöst«.

Laplanche und Pontalis formulieren die von ihnen theoretisch aufgeworfene Frage, ob die Verwendung der Abwehrmechanismen die Existenz eines organisierten Ich notwendig voraussetzt. Ich verweise hier auf Nunberg, der den Standort der älteren Psychoanalyse markiert, indem er die Erstarkung des Ich »in hohem Maße« mit dessen Fähigkeit korreliert, die Abwehrvorgänge zu beherrschen.

M. Klein [22] sieht die Ich-Entwicklung durch die Verarbeitung und Bewältigung der Trieb-Angst stimuliert.

Über diese rein defensiv angelegte Konzeption der Ich-Entwicklung gehen Spitz [23], Erikson [24], Gisela Ammon [25] und Günter Ammon [26] hinaus. Erikson analysiert: »So konzentrierte sich die (ältere, d. Verf.) Psychoanalyse auf die Symptome, die sie als Abwehrmechanismen des Ich erkannte und hatte zu dem Problem, wie sich die Ich-Synthese innerhalb der Gesellschaftsformen vollzieht – oder nicht vollzieht – vorerst wenig zu sagen.« Spitz, der die »Naturgeschichte der Mutter-Kind-Beziehungen im ersten Lebensjahr« anhand von eindrucksvollen Untersuchungen erhellt, stellt das Vorhandensein einer Vielfalt psychischer Systeme und Apparaturen im Ich fest, die den »Funktionen der Beherrschung und Abwehr« dienen. Sie bewirken aber nicht nur die Abfuhr schädlicher innerer Spannungen, sondern auch Austauschmöglichkeiten des Kleinkindes mit der Umwelt. Der hier angedeutete enge Zusammenhang in der Entwicklung des Einzelnen zu einer Ich-Identität mit der jeweiligen Gruppen-Identität wird besonders durch die Untersuchungen von Gisela Ammon [25] und Günter Ammon [26] erhärtet: Günter Ammon versteht die Ich-Entwicklung nicht als Resultat eines Abwehrmechanismus gegen Triebbedürfnisse und sieht in einer Ich-Autonomie mehr und anderes als »eine den Triebbedürfnissen abgewonnene sekundäre Autonomie«. Er erweitert das Konzept der Ich-Entwicklung konsequent durch die Dimension der sozialen Gruppe: »Ich-Entwicklung heißt nicht primär Abwehr von Triebbedürfnissen, sondern Kommunikation des Individuums mit und in der Gruppe gerade über diese Bedürfnisse ... Je nachdem wie die umgebende Gruppe auf das neugierige Herangehen des Kindes auf seine Umwelt reagiert, wird diese Ich-Funktion (gemeint ist Aggression, d. Verf.) destruktiv oder konstruktiv sein.« Gisela Ammon fundiert diese neue These durch Direktbeobachtungen an Kindern im Alter von zwei bis sechs Jahren aus dem Psychoanalytischen Kindergarten Berlin: »Bestimmend für diese Entwicklung ist die Einstellung der umgebenden Gruppe, die diese kreativen Prozesse beim Kind fördert und dem Kind hilft, damit eine eigene Identität zu entwickeln. Negative Beispiele zeigen, wie sehr eine gegenüber allem Neuen intolerante und ängstliche Gruppe die schöpferische Aktivität des Kindes hindert.«

Als S. Freud 1908 [27] einen in seiner Theorie fundamentalen Abwehrmechanismus definierte, nämlich die Sublimierung, war dies gesellschaftlich hoch relevant: »Man nennt die Fähigkeit, das ursprünglich sexuelle Ziel gegen ein anderes, nicht mehr sexuelles, aber psychisch mit ihm verwandtes, zu vertauschen, die Fähigkeit zur Sublimierung.« Heute, so Günter Ammon [26], legt unsere Gesellschaft wenig Wert auf die Unterdrückung von Triebbedürfnissen zugunsten kultureller Leistung, wohl aber wird viel Wert auf deren Verwertbarkeit für den ökonomischen Prozeß gelegt:

»Triebbedürfnisse werden nicht länger verdrängt, sondern als

Stimulanz für den Kauf und Verkauf von Waren systematisch in den gesellschaftlichen Zusammenhang miteinbezogen«, was Ammon als Schein-Befreiung bezeichnet, da die realen Versagungen des einzelnen vergessen gemacht werden sollen. Auch Kilian [28] befaßt sich mit dem Interesse an und den Auseinandersetzungen mit den Abwehrhaltungen des Ich und bezeichnet es als »kollektives, gesellschaftliches und politisches Schicksal der Mittelschichten, welche sich nur so lange und sicher im Gleichgewicht fühlten, wie sie sich im Einklang mit den Exponenten bestehender Herrschaft befanden.« Ammon weiter: »Das bürgerliche Individuum möchte sich der Stärke seiner Abwehrmechanismen dem destruktiven Ausleben der Es-Tendenzen gegenüber versichern ... Bekannt ist die Flucht nach innen, die Flucht in die Kunst, in die innere Emigration«, und er hätte hinzusetzen können: die Flucht in die Welt der Halluzinationen mit Hilfe der Droge, die nämlich, so Fontana [29], die Abwehrmechanismen intensiviert. Hierdurch wird noch einmal der bürgerliche Charakter der Drogenkonsumenten unterstrichen, gleichgültig, wie sie sich verbal dazu äußern.

Sucht also als Abwehr von unerträglichen Wünschen einerseits und als Restitutionsversuch eines labilen Ich andererseits, das sind die Pole, auf die auch de la Vega [13] in seiner Arbeit über die Heroin-Sucht hinweist. Er macht die politische Dimension klar, wenn er die Bedeutung des von den europäischen Sklavenhändlern gezielt eingesetzten Morphiums skizziert: Das Suchtgift diente als Mittel der Abwehr von Befreiungsbestrebungen;

1. durch Drogengewöhnung geringer Nahrungsbedarf der Sklaven,
2. Sicherheit, daß die Sklaven gleichsam für die Droge arbeiten werden,
3. Umgehen von sexuellen Schwierigkeiten in den engen Schiffsräumen,
4. die Sklaven können nicht fliehen, da sie von der Droge abhängig sind.

De la Vega folgert, daß die systematische Bedarfsweckung einer Gesellschaft nach Morphium der Einrichtung eines totalitären Erziehungssystems gleichkommt. Dem Autor zufolge beginnt die langsame Entwicklung eines Menschen zu einem Süchtigen damit, daß es diesem nicht gelingt, durch ein *trial and error*-Verhalten einen anderen Abwehrmechanismus als den der Sucht anzuwenden. »Wir sehen nach und nach, daß die Patienten seit frühester Kindheit gänzlich unfähig waren, mit ihren Ängsten, libidinösen und aggressiven Impulsen fertigzuwerden.«

Die vorliegende Arbeit wird den Aspekt der Abwehrformationen des Ich-Aufbaus, die dem Süchtigen noch zur Verfügung stehen, besonders untersuchen.

Falldarstellung

a) Aktuelle Vorgeschichte

Die damals 25jährige Patientin, Studentin der Germanistik, kam Mitte 1971 in die ambulante Psychotherapie, nachdem sie wenige Tage zuvor aus siebenwöchiger stationärer Therapie in einer Nervenklinik mit dem Versuch einer Gruppentherapie entlassen worden war. Es lagen bei ihr vor:

- eine multiple Drogensucht (Nikotin, Pattexverdünner, Haschisch, LSD, Meskalin, Weckamine, Opium geraucht, Opium-Tinktur gespritzt, Morphin gespritzt);
- eine ausgeprägte psychosomatische Syndromatik mit seit fünf Jahren bestehenden gastritischen Beschwerden und erstmals im Jahr zuvor diagnostiziertem Duodenalulcus (= Zwölffingerdarmgeschwür) sowie körperlichen Angstäquivalenten im Sinne von Schweißausbrüchen, Frieren und Muskelzuckungen bei leptosomem Konstitutionstypus;
- als Konversionssymptome imponierende Zustände von Kopfschmerz und Schlaflosigkeit;
- starke Arbeitsstörungen mit hochgradiger Konzentrationsschwäche sowie Prüfungsangst, temporäre Frigidität bei Angst vor emotionalen Bindungen, Kontaktarmut und Isolierungsneigung als Ausdruck einer depressiven zwangsneurotischen Symptomatik.

b) Familiensituation

Die Patientin ist das einzige Kind ihrer Eltern und erlebte sich schon in frühester Kindheit als isolierten, ängstlichen Einzelgänger und als »ausgeprägt gehemmt« und »seelisch verkümmert«. Sie hatte Angst vor den Eltern, die sie »für alle Fehlverhalten« mit Schlägen, die rituell durchgeführt wurden, bestraften. Sie habe als »artig« gegolten.

Der Vater, Handwerker, Polizeibeamter, Versicherungskaufmann, wird wie folgt charakterisiert: offen-autoritär, erfolgsbesessener Kleinbürger, allein materiell orientiert, gesellschaftlich überangepaßt, zwanghaft ordnungs- und reinlichkeitsliebend; seiner Zuneigung zum Kind habe er fast ausschließlich durch materielle Gaben Ausdruck verleihen können. Er ist magen- und leberkrank, leidet an Schlafstörungen und betreibt einen Schlafmittel- und Alkoholabusus.

Die Mutter wird von der Patientin beschrieben als »subtil-autoritär« ihr gegenüber und in Abhängigkeit zum Vater, wobei sie versucht habe, die Angst der Tochter vor dem Vater dazu auszunutzen, daß sie sie stärker von sich abhängig machte. Sie habe andererseits durch die Tochter überhaupt erst ihre Interessen dem Vater gegenüber durchsetzen können. Sie leidet an depressiven Verstimmungen mit Konversionssymptomatik.

Die Beziehung zu den Eltern charakterisiert die Patientin durch ihre früheste Kindheitserinnerung, die eine »enttäuschte Hundeliebe« zum Inhalt hat: Asta, ein kleiner geliebter Schäferhund, wurde von den Eltern heimlich verkauft; die Eltern erzählten, der Hund sei entlaufen, und die Patientin mußte nach ihm suchen, hatte aber das Verkaufsgespräch mit angehört.

Die Familiensituation wird von der Patientin graphisch so dargestellt, daß sie mit der Mutter verbunden ist und beide vom Vater bedroht werden, sie noch zusätzlich von der Mutter.

An Personen, die für ihre Entwicklung zusätzlich bedeutsam waren, nennt die Patientin eine Großmutter, die sehr lieb zu ihr war, mit ihr spielte und die Mutter besänftigte. Der Großvater habe sich »nach seinen Kräften« beteiligt, die »Repression der Eltern zu unterstützen«.

c) Adoleszenz

Den Eintritt in die Schule empfand die Patientin als unangenehm, sie war im Unterricht ruhig, still und isoliert und lernte aus Angst vor Eltern und Lehrern. Als sie acht Jahre alt war, zogen die Eltern von A. mit ihr nach B. um; hier wohnte die dreiköpfige Familie zunächst zwei Jahre lang in einem einzigen möblierten Zimmer. Während dieser Zeit begann die Patientin nächtlich schlafzuwandeln, besonders, wenn sie allein gelassen wurde. Sie nahm ihr Bettzeug, verließ die Wohnung und ging auf die Straße. Im Alter von zehn Jahren erfolgte ein nochmaliger Umzug innerhalb von B. (in eine Zwei-Zimmer-Wohnung), was für die Patientin die zweite Umschulung bedeutete.

Unter ihren Mitschülern hatte sie immer nur eine Freundin, galt als Einzelgängerin und fühlte sich in Gruppen unwohl. Bei den gleichgeschlechtlichen Freundschaften spielte sie die Rolle der Dominierenden, aber: »Verständigung war nicht möglich über mich betreffende Sorgen«. Jungenbekanntschaften waren für sie praktisch nicht existent, die Eltern lobten sie deswegen; später waren sie durch extreme Schüchtern- und Gehemmtheit ihrerseits gekennzeichnet. Während der Pubertät, etwa im Alter zwischen zwölf und vierzehn Jahren, lief sie zwei- oder dreimal von zu Hause fort und versuchte einmal erfolglos, sich das Leben zu nehmen. Gleichzeitig isolierte sie sich zunehmend von ihren Eltern, indem sie auch über unwichtige Dinge nicht mehr mit ihnen sprach. – In der Schule hörte sie auf zu lernen, wiederholte zwei Klassen und bemühte sich um die Anerkennung der Mitschüler, indem sie sich »extrem renitent« gegenüber den Lehrern verhielt. Außerdem wurde sie zu dieser Zeit Hochleistungssportlerin (Patientin gewann u. a. eine Jugendmeisterschaft ihrer Stadt) und träumte damals davon, »Erfolg zu haben, anerkannt zu werden, insbesondere durch das Medium des Sports«. Sie wünschte sich, von allen geliebt zu werden.

Im Alter von neunzehn Jahren, als die Patientin ihren jetzigen Mann kennenlernte und in politischen Gruppen aktiv wurde, beendete sie den Leistungssport, weil sie diesen nunmehr für »idiotisch« hielt. In diese Zeit fällt der Beginn erster gastritischer Beschwerden, die die Patientin gut erinnert. Nach Ablegung des Abiturs schlug sie zuerst, ganz im Sinne der Vorstellung ihres Vaters, die Beamten-Laufbahn ein. Nach drei Monaten brach sie jedoch ab, zog aus dem elterlichen Zuhause aus und begann gegen den Willen der Eltern ein Studium an der Philosophischen Fakultät.

d) Jetzige Lebenssituation

Die Patientin bezeichnet als Wendepunkte in ihrer Entwicklung

1. ihre Politisierung,
2. das Verlassen der Eltern ohne Vermittlung,
3. das gewünschte Zusammenleben mit ihrem Ehemann, die erzwungene Heirat und
4. ihren Drogengebrauch.

Gleich nach dem Fortzug aus dem elterlichen Zuhause, die Patientin war damals 22jährig, erfolgte die vom Ehemann initiierte Heirat. Über den Ehepartner schreibt sie: »Akzeptiert nicht meine Interessen (politische Arbeit, Freunde), terrorisiert mich dahingehend mit Vorwürfen. Verlangt von mir totale Anpassung an den von ihm verabsolutierten bürgerlichen Lebensstil, phantasielos, keine Spontaneität. Beim Sexualverkehr Passivität ohne Ausnahme, selten Orgasmusfähigkeit ... Meine Sexualbedürfnisse werden nie befriedigt und sehr oft mit Ablehnung beantwortet.« Etwa ein Vierteljahr nach erfolgter Heirat begann die Patientin mit Drogengenuß, zunächst alle vier bis sechs Wochen. Hierbei ergab sich folgende chronologische Reihenfolge im Laufe von eineinhalb Jahren:

- Pattexverdünner geschnüffelt (allein),
- Haschisch geraucht (mit ihrem Mann im Lokal),
- LSD und Stechapfel (als Tee zubereitet),
- Opium geraucht und Weckamine gespritzt (allein),
- Opium gespritzt (»weil zufällig bekommen«, allein),
- Morphium gespritzt (allein).

Etwa ein Jahr, bevor sie von uns erstmals gesehen wurde, war ein Duodenalulcus röntgenologisch gesichert worden.

Während des Studiums gelang es ihr trotz eines dreimaligen Anlaufs nicht, das Vordiplom abzulegen, wobei sie den Eltern gegenüber immer den schlechten Gesundheitszustand (Ulcus!) rechtfertigend ins Feld führte. Die stationäre Aufnahme in die Nervenklinik, über die eingangs berichtet wurde, hatte sie den Eltern, die über ihre Drogenabhängigkeit angeblich nicht informiert sind, mit dem hohen Tablettenverbrauch erklärt, den sie wegen der Magenschmerzen benötige.

Als sie in die ambulante psychotherapeutische Behandlung kam, hatte sie sich an der Universität krankheitshalber beurlauben lassen und sich aus der Arbeit innerhalb der politischen Gruppen zurückgezogen.

e) Verlauf der Psychotherapie

Die Patientin war bei mir in regelmäßiger ambulanter Psychotherapie im Sitzen, in der Regel zwei Stunden wöchentlich, zuletzt jedoch beinahe täglich.

Innerhalb der ersten Wochen ließ sich ihr Zweifel am Sinn der Psychotherapie, zu der sie besonders über ihren Mann motiviert wurde, am intellektualisierenden Habitus und intensiven Drogengenuß ablesen: Sie testete, ob der Therapeut ihr diese Schutzmechanismen gestattete und wie er auf ihre emotionale Leere reagierte. Ich befriedigte anfangs zwar einerseits ihr Bedürfnis nach rationaler Erläuterung bestimmter Symptome, die sie in die Analyse brachte, sagte aber zusätzlich, ich fühlte mich selbst »emotional abgestumpft«, was sie mit Erleichterung aufnahm, da es auch ihr Gefühl in der therapeutischen Situation war.

Nicht den Inhalt der Interpretation stellte ich in den Mittelpunkt, sondern benutzte diese als Vehikel zu einer empathischen Näherung an die Patientin. Diese hing passiv-lethargisch im Sessel, alle Extremitäten von sich gestreckt – aber zwanghaft – und sah mit leerem Blick ins Freie. Die therapeutische Arbeit war ganz auf das bewußte Konfliktmaterial konzentriert und umging die von der Patientin als Abwehrwall benutzte Symptomatik. Bereits nach wenigen Sitzungen hatte sie einen internistischen Arzt aufgesucht, der ein Ulcus duodeni diagnostizierte, und berichtete dies mit sichtbarer Erleichterung. Kurz zuvor hatte sie die Mutter über den Befund informiert.

Die zweite Phase des therapeutischen Prozesses ist durch eine Widerstandsmanifestation charakterisiert, die aus einer negativen Vater-Übertragung auf mich resultierte. Die Patientin erwartete, »da ich ja doch immer alles besser wisse«, daß ich die Sitzung eröffne, daß ich Einfälle und Interpretationen zu diversen Träumen brächte. Sie spiegelten ihre ödipale Konfliktstruktur sowie homoerotische Wünsche wider. Ich nahm diese Träume als ein Geschenk an, zumal die Patientin in früheren Jahren nie Träume erlebte und diese dann durch die Drogen herbeizuführen wünschte.

In diese Phase, die durch ängstliches Schweigen der Patientin gekennzeichnet war, fiel ein bemerkenswerter Symptonwandel, der auftrat, als die Patientin erstmals in ihre alte politische Gruppe zurückkehrte und hier eine Führungsposition übernehmen sollte: Es trat ein heftiger, anfallartiger asthmatischer Zustand auf, der sich nächstentags wiederholte. Seither beklagte sie keine Ulcus-Beschwerden mehr, auch ein solcher Asthma-Anfall ist nicht wieder aufgetreten.

Ende des ersten Jahres agierte dann die Patientin zunehmend außerhalb der Therapie, verließ den Ehemann, zog zu einem anderen, während der Therapie kennengelernten Freund, zog auch dort nach kurzer Zeit aus, um vorübergehend bei ihrem Mann zu wohnen und bezog schließlich im März des nächsten Jahres eine eigene Wohnung, die ihr die Mutter vermittelte. In dieser Zeit nahm sie wieder häufig Drogen.

Das Agieren der Patientin wurde durch zweierlei ausgelöst:

1. Therapieferien,
2. Gesundheitszustand des Vaters, der sich einer risikoreichen Operation unterziehen mußte.

Die Patientin wollte signalisieren, daß ich mich nicht genug um sie bekümmere und sie nicht verstehe. So stellte sie die familiäre Dreieckssituation ihrer Kindheit gleichsam auf der Bühne des außertherapeutischen Geschehens dar und bewegte sich ebenso passiv, als Objekt, zwischen den beiden Männern hin und her, wie es auch zu Hause mit ihr geschehen war.

Der schlechte Gesundheitszustand des Vaters ängstigte sie zusehends, und als ich den Vater in einer Sitzung als Alkoholiker bezeichnete, wehrte die Patientin außerordentlich stark ab. Sie erinnerte dazu, daß die Mutter dem Vater oft vorgeworfen hatte, daß er ein Trinker sei und sie dann den Vater immer unterstützt hatte.

An diesem Punkt beginnt die dritte Phase, die durch eine intensive negative Übertragungsneurose im Sinne einer Mutterübertragung auf den Therapeuten und durch eine Identifikation der Patientin mit dem Vater gekennzeichnet war und die Wurzel der frühkindlichen Schädigung der Patientin aufdeckte:

Als die Patientin realisiert, daß der Vater sterben kann, befällt sie die Angst, mit der Mutter und dem Therapeuten allein zu bleiben, von beiden gleichsam gefressen zu werden, sich aus der symbiotischen Umklammerung nicht mehr lösen zu können. Der Todeswunsch der Patientin der Mutter gegenüber wird durch einen Traum zu dieser Zeit dokumentiert, in dem eine Frau tot auf dem Tisch liegt und die Patientin ihr mit einer Pistole, mit der sie zuvor den Mann von hinten erschossen hatte, in die Vagina stößt.

Um dieser Realität zu entfliehen, um dem »Gefressenwerden« zuvorzukommen, nahm die Patientin dann eine ganze Reihe von Drogen, spritzte erstmals wieder Morphin und erlitt schwere körperliche und psychische Ausnahmezustände, so daß wir sie stationär aufnehmen mußten (offene psychiatrische Abteilung eines Städtischen Allgemeinkrankenhauses, in dem ich als Stationsarzt arbeite).

Während des kurzen stationären Aufenthaltes von fünf Tagen gestattete sie sich erstmals massive verbale Aggressionen dem Therapeuten gegenüber. Am letzten Tag, bevor sie die Klinik gegen unseren ärztlichen Rat verließ, erinnerte sie das Verlassen der Klinik an das Weglaufen von zu Hause. Sie wurde dann vom Vater empfangen, der lieb und gut zu ihr war und sie von der Mutter fernhielt. Von dieser therapeutischen Phase ein Auszug aus den Therapieprotokollen, aus denen auch hervorgeht, wie heftig die Patientin und deren soziale Gruppe im Sinne ihrer »Krankheitspartei« agierten. Es ist für den Therapeuten deshalb von höchster Wichtigkeit, das Gesetz des therapeutischen Handelns nicht dem von der Krankheitspartei beherrschten Patienten zu überlassen, um nicht zum Mitagieren gezwungen zu sein:

»Patientin erscheint am Samstag nicht zur vereinbarten Therapiesitzung, am Abend ruft der Ehemann an, weil sie zu einer Verabredung nicht erschienen ist und er sich Sorgen macht. Ich sage ihm, er solle sie in ihrer Wohnung aufsuchen; von dort ruft er wieder an und meldet, daß es der Patientin schlecht geht, sie nimmt ständig Rauschmittel (vor allem Pattex). Der Ehemann bleibt über Nacht bei ihr. Ich vereinbare über ihn mit der Patientin für Sonntagabend einen Termin.

Sonntagabend: mäßig orientierte Patientin mit zeitweilig sehr ausgeprägten Erinnerungslücken und starker Verlangsamung im Denken und Handeln. Sie berichtet in erster Linie über einen Streit mit ihrem Freund vor ein paar Tagen. Ich sage ihr, sie habe ja wohl auch vor meiner Freundlichkeit und meinem Leistungsanspruch hier in der Therapie – so wie sie es erlebe – große Angst entwickelt; Angst vor allem, auch mich schließlich enttäuschen zu müssen. – Am Schluß der Sitzung (rund 1 ½ Stunden) habe ich den Eindruck, die Patientin nach Hause lassen zu können, zumal der Ehemann nach ihr sehen will.

Montagabend: Anruf des Freundes, welcher sich seinerseits um die Patientin Sorgen macht. Sie hat ihn angerufen und ist beim Sprechen ganz verwirrt gewesen. Der Freund fragt, ob er nicht hinfahren soll, um sich um sie zu kümmern. Ich antworte, daß ich das selbst tun werde und bedanke mich für seine Mühen. Ich rufe erstmals bei der Patientin selbst an und lasse mir ihren seit kurzem dort weilenden Ehemann am Telefon geben. Ich vereinbare mit beiden sogleich ein Gespräch noch am gleichen Abend.

Dieses findet gegen 23.00 Uhr statt, ich vereinbare mit der Patientin eine stationäre Aufnahme in meiner Station, um sie aus den jetzt ausgeprägten körperlichen Erscheinungen des Suchtmittelkonsums herauszuholen. Zugleich besteht dann die Gelegenheit, mit ihr regelmäßig und intensiv zu sprechen.

Dienstagmorgen: heftige Aggressionen der Patientin gegen mich, die im übrigen alles, von dem sie spricht, auf das schärfste verurteilt. Sie attackiert den baulichen Zustand der Station, das Essen, die Schwestern, die Patienten, bei denen man nur noch verrückter werden könne, und schließlich am heftigsten mich, der ich unfähig wäre und kein Recht hätte, sie hier zu halten. Ich verlege daraufhin die Patientin, die einverstanden ist, auf eine psychiatrische Nachbarstation der Klinik und vereinbare mit ihr regelmäßige psychotherapeutische Sitzungen.

Im ersten Gespräch am Dienstag ist die Patientin wieder heftig aggressiv, erscheint andererseits kaum konzentrationsfähig und hat erhebliche Erinnerungslücken. Sie erregt sich über die Unfreiheit, die hier herrsche. Will morgen für mehrere Stunden Urlaub haben.

Mittwoch: die Patientin ist auf eine niedrige Dosis oraler Medikation eingestellt (Haloperidol®, Valoron®), weiterhin heftige Aggressivität auf mich einerseits und deutliche neurologische Ausfallerscheinungen andererseits (auch erheblich ataktisch-schwankender Gang). Ich gewähre keinen Urlaub für heute abend, weil es der Patientin noch sehr schlecht geht und der Ehemann im übrigen sich weigert, sie abzuholen.

Donnerstag: Patientin erscheint in der Orientierung geordneter, auch im Gedankenablauf; Müdigkeit vorherrschend.

Am Abend Gespräch mit der Mutter; sie sagt, sie hätte für ihre Tochter alles nur Mögliche getan, im letzten Jahr z. B. habe sie dreimal deren Urlaub arrangiert und selbst darauf verzichtet. Außerdem habe sie dreimal für sie eine Wohnung gesucht und Baukostenzuschuß und Abstand bezahlt (mehrere tausend Mark). Nun arbeite sie auch wieder (als Putzfrau), damit sie das alles für ihre Tochter finanzieren kann.

Freitag: Patientin ist unverändert aggressiv, fragt mich, warum ihr Freund heute nicht gekommen ist, da müsse ich ja hinter stekken. Fühlt sich immer noch abhängig von ihrer Mutter, hat gestern nur hilflos und gar nicht aggressiv reagieren können, als sie sie besuchte. Patientin sagt, sie müsse ja aggressiv auf mich sein, weil ich ihr genauso die Freunde wegnehmen will wie ihre Eltern früher. Anschließend wieder Diskussion um den Urlaub, in der ich erneut ablehne, sie nach Hause zu lassen, da sich außerdem der Ehemann nicht zutraut, sie über Nacht zu Hause zu betreuen.

Samstag: Patientin schweigt mich eine halbe Stunde lang an. Dann sagt sie, sie will die Station verlassen, da ich ihr ja keinen Urlaub gewähre. Ich frage sie, wie es denn früher war, wenn sie von zu Hause weglief. Patientin: »Hatte immer große Angst, wieder nach Hause zu kommen (im Alter von 12–14 Jahren etwa). Wenn ich dann nachts kam, so gegen Mitternacht, waren die Eltern immer ganz freundlich, ich wurde eigentlich immer vom Vater empfangen.« – Jetzt sehe sie den nicht gewährten Urlaub als Bestrafung an. Ich weise sie darauf hin, daß ich dann auch die ambulante Psychotherapie mit ihr nicht mehr fortsetzen kann und alle weitere therapeutische Verantwortung für sie ablehnen muß.

Die Patientin packt ihre Sachen und verläßt die Klinik, kommt aber tags darauf noch einmal zu mir. Sie will nur in der Klinik bleiben, wenn ihr regelmäßig Urlaub gewährt wird, z. B. auch heute abend. Da ich ablehne, »verzichtet« die Patientin endgültig und geht. Vorher hatte ich ihr noch die Übertragungssituation, in welcher sie sich momentan befindet, interpretiert: Patientin verhält sich mir, dem Therapeuten, gegenüber völlig passiv-rezeptiv und destruktiv-aggressiv. Sie hatte sich bis dahin keinerlei Gedanken darüber gemacht, wie es mit ihr weitergehen soll. Dies ist ein Spiegelbild ihrer Beziehung zur Mutter, von der sie sich symbolisch dadurch befreit, daß sie den Therapeuten verläßt.

Momentan befindet sich die Patientin in kombinierter Einzel- und Gruppenpsychotherapie bei einem anderen Therapeuten und erscheint stabilisiert, das Studium hat sie wieder aufgenommen.

Somit wurde es zu einer wichtigen Erfahrung für die Patientin, sich schuldfrei Aggressionen gegenüber dem Therapeuten erlauben und diesen auch schuldfrei verlassen zu können.

Psychodynamik

Das kasuistische Material dieser Patientin zeigt zunächst formal eine Dualität der Konfliktstruktur:

1. der initial im Vordergrund stehende ödipale und

2. der die Wurzel darstellende präödipale symbiotische Konflikt, der in der regressiven Phase der Therapie freigelegt wurde.

Die infantile Konfliktsituation besteht aus:

a) der der ödipalen Konfliktsituation entstammenden Kastrationsangst (in frühesten Träumen, die die Patientin erinnert, erschien der Vater als Sexualobjekt; Angst der Patientin davor), die ein auf Schuldgefühlen basierendes Strafbedürfnis entstehen ließ. Dieses wurde vom Vater durch rituell durchgeführte Prügelstrafen befriedigt;

b) aus der Verlassensangst aus der symbiotischen Beziehung zur Mutter, die sie als Einzelkind eifersüchtig festhielt und mit dazu beitrug, das »Urvertrauen« [24] durch die heimliche Wegnahme eines vom Kind geliebten Objektes (Hund) zu brechen. Dem Kind blieb kaum eine Möglichkeit der Ich-Grenzen-Findung (keine Spielecke; kein eigenes Zimmer, kein Liebesobjekt außer der Mutter).

Diese Angst spiegelt sich in der bereits als Kleinkind begonnenen Isolierung der Patientin wider, die den Schuleintritt als »unangenehm« empfand und still, isoliert und depressiv war. Im Sinne von Nissen [30] wird man von einer Schulphobie sprechen müssen, deren Wurzel er denn auch in einer Verdrängung der Angst, von der Mutter verlassen zu werden, und einer Verschiebung dieser Ängste auf das Objekt »Schule« sieht.

Zu Hause von ihren Schulkameraden ferngehalten und abends

häufig allein in der elterlichen Wohnung gelassen, ist der schlafwandelnde Ortswechsel der Patientin als Suche nach dem verlorenen Liebesobjekt aufzufassen; man könnte, in Abwandlung einer 1963 von Kahleyß[31] verifizierten Hypothese Matusseks, diese Flucht des Kindes in das fremde Land des Schlafwandels als einen »Lösungsversuch eines präschizophrenen Autismus« begreifen, welcher in der Isolation der Patientin sein Vorstadium – aber auch seine Abwehr – findet.

Hier deutet sich die Beziehung des Symptoms der Sucht (und auch des psychosomatischen Symptoms) zur Psychose an.

Die Angst der Patientin vor der drohenden Kastration verbot ihr freundschaftliche Beziehungen zu Jungen und gestattete ihr keine weibliche Identität. In diesem Sinne ist die Beziehung zum Ehemann psychodynamisch zu verstehen, auf den die Patientin die verinnerlichten väterlichen Attribute projizierte. Dabei ist die Orgasmusunfähigkeit als Ausdruck der Identitätsdiffusion[11] der Patientin zu verstehen:

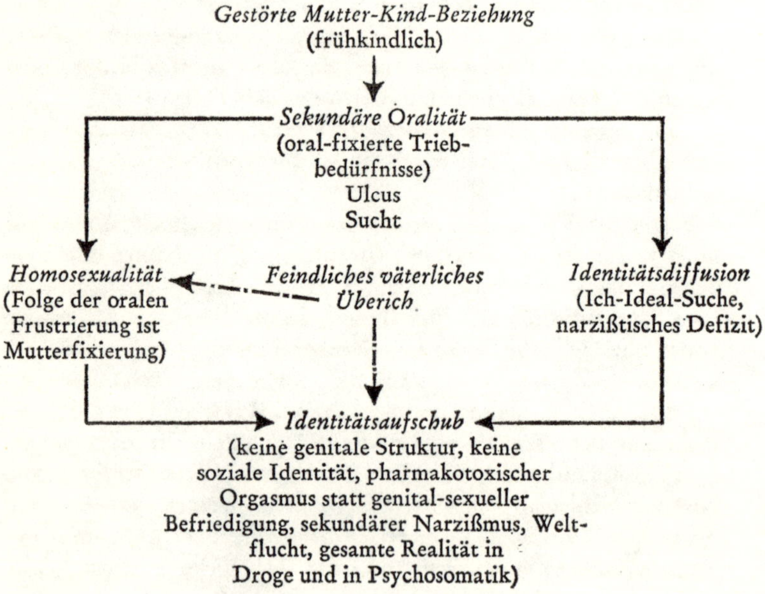

(in Anlehnung an G. Ammon[11])

In der aktuellen Lebenssituation hat die Patientin große Angst vor jeglicher sozialen und emotionalen Beziehung als Ausdruck mangelnden Urvertrauens und als Ausdruck ihres Identitätsaufschubs. Die Vater-Identifizierung als Aggression gegen die Mutter, die sie im Kampf gegen diesen nicht unterstützt hat und die Tochter außerdem noch benutzte, ihr eigenes Ich-Defizit zu kompensieren, läßt sich ablesen aus:

a) der Rollenübernahme der Patientin in der Ehe und in der Übertragung in der Therapie, wo sie die masochistisch-passive Rolle innehatte,

b) der Identifizierung mit dem Vater über den Suchtmechanismus (Alkohol-, Tabletten- und Drogensucht) und über das psychosomatische Symptom (Leber- und Magenkrankheit).

Alle Aktivitäten der Patientin, nämlich die der Beschaffung von Drogen und die der intensiven Information über Drogengenuß und Psychosomatik, dienen auf der bewußten Ebene der Welt-Flucht, sind jedoch unbewußt der Versuch der Patientin, mit Hilfe des Symptoms Beziehungen zu äußeren Objekten wiederherzustellen.

Steht beim Symptom des Ulcus der orale Wunsch im Vordergrund, von der Mutter gefüttert zu werden [32], so stellt die Drogeneinnahme als totale Einverleibung des Objekts Mutter-Imago ebenfalls den Versuch dar, von der Mutter das Defizit an Zuwendung jetzt ersetzt zu bekommen. Die Patientin bezeichnete Morphin als »M« und brachte es mit »Mutter« in Verbindung.

Was Ammon 1969 im Zusammenhang mit »Oralität, Identitätsdiffusion und weiblicher Homosexualität« als Haltung gegenüber Beziehungsobjekten beschreibt, gilt auch in diesem Fall:

»Die Wurzel ihrer Identitätsdiffussion und Homosexualität sehen wir in ihrer gestörten Oralität; sie kennzeichnen sich durch quälende Gefühle innerer Leere und durch eine kannibalistisch-destruktive, wie masochistisch-passive Haltung gegenüber Beziehungsobjekten!« [11]

Da das entwicklungsgestörte Ich der Patientin für eine konstruktive Auseinandersetzung mit der Realität nicht gerüstet ist, tritt es als Schutz- und Abwehrmaßnahme den Rückzug an

a) in die Schein-Realität der Drogenwelt und

b) in die frühkindliche Welt der hilflosen Abhängigkeit,

wobei die Patientin unbewußt Unterstützung und »Hilfe« durch die Haltung der Mutter erfährt, die sich nicht mit dem Fortzug aus dem Elternhaus abfinden kann und durch hohe finanzielle Zuwendungen die Abhängigkeit der Tochter verstärkt.

Suchtmechanismus und psychosomatische Symptomatik stellen also die Abwehrformationen des Ich-Aufbaus gegen eine Lösung der Patientin aus der symbiotischen Beziehung zur Mutter dar. Sie sind eine direkte Fortsetzung der beschriebenen infantilen Abwehrmechanismen, die für die adulte Patientin insuffizient geworden sind.

Bezüglich der hier diskutierten Kasuistik erweist sich das Symptom der Sucht (siehe unten 1 und 2) im Zusammenhang mit der Psychosomatik (siehe unten 3 und 4) als für die Patientin letzter noch verbliebener Abwehrvorgang im Sinne einer Abwehrformation des Ich

1. *gegen das Verlassenwerden in der symbiotischen Mutter-Kind-Beziehung*
– als Ausdruck der Depressionsabwehr;

2. *gegen die Ich-Diffusion*
– als Ausdruck einerseits der oben beschriebenen Verlassenheitsangst und andererseits der Identifikation mit dem als feindlich erlebten väterlichen Über-Ich;

3. *gegen die Desintegration des Ich*
– als Ausdruck des Rückzugs auf die entwicklungsgeschichtlich archaische Basis des Körper-Ich;

4. *gegen die destruktive Autoaggression*
– als Ausdruck von quasi in einem Körperorgan lokalisierten Schuldgefühlen, womit dieses Organ selbst bzw. das Symptom selbst zum Aggressionsträger und -übermittler wird.

Von Kries [33] unterscheidet zwei Klassen psychosomatischer Symptombildung unter Benutzung des Federnschen Konzepts der Ich-Grenze:

I. Patientengruppe mit *Dominanz* der psychosomatischen Symptomatik: Ich-Aufbau ist durch rigide, nicht durchlässige Ich-Grenze charakterisiert;

II. Patientengruppe, bei der das psychosomatische Symptom unter vielen psychischen Symptomen *nicht dominant* hervortritt: Ich-Aufbau ist durch eine übermäßig durchlässige Ich-Grenze charakterisiert.

In Anlehnung an dieses Konzept ist für die hier beschriebene Patientin eine übermäßig durchlässige Ich-Grenze anzunehmen, sie ist also der zweiten Gruppe (der *borderline*-Patienten) zuzurechnen. Die Abgrenzung von Ich zu Nicht-Ich gelingt weder nach außen noch nach innen:

1. Die Außenwelt wird als gefahrvoll und bedrohlich erlebt, der Rückzug auf psychotische Reaktionen, in denen Ich und Nicht-Ich verschmelzen, wird experimentell unternommen, unterliegt aber dem Wiederholungszwang. Eine solche experimentell provozierte psychotische Reaktion hält – zumindest anfangs – die Illusion der Drogenabhängigen aufrecht, dieses Erlebnis sei Ergebnis ihrer freien Willensentscheidung und durch sie selbst steuerbar. Dabei kann es nur als wirklich letztmöglicher Abwehrvorgang des Ich vor drohender Diffusion angesehen werden, stellt aber gleichzeitig in der physischen Realität einen autoaggressiven, destruktiven Prozeß dar.

2. Nach innen, also zum eigenen Körper, wird die Trennung von Ich und Nicht-Ich zunehmend dadurch aufgehoben, daß psychosomatische Affektionen (bei dieser Patientin Zwölffingerdarmgeschwür) die erkrankten Organe als für den Patienten fremd und nicht-eigen erscheinen lassen. Andererseits ist ihnen nur über den Umweg der jeweiligen Krankheit die unbewußt gewünschte Zuwendung gewiß.

Über diese Gruppe von *borderline*-Patienten (die sich diagnostisch im Grenzland zwischen neurotischen und psychotischen Reaktionen bewegen) sagt von Kries 1972 [33], der Erfahrungshorizont dieser Patientengruppe sei groß, die Ich-Struktur aber diffus und identitätslos. Innerhalb des therapeutischen Prozesses ist also Ziel, den Patienten zu einer stärkeren Besetzung ihrer Ich-Grenze zu verhelfen und ihnen gleichzeitig annehmbare Identifikationsmodelle anzubieten.

Die Ursachen der beschriebenen Ich-Störung werden gesehen

a) in Überstimulierung und widersprüchlichem Wechsel von Reaktionsmustern der Mutter, die vom Patienten als dauernder Objektverlust erlebt werden und

b) zusätzlich als die Folge einer nicht geglückten Trennung aus der Mutter-Kind-Symbiose.[3/33]

Der derart kommunikative Charakter des Symptoms der Sucht

und der Psychosomatik als letzter Versuch des Ich, Objektbeziehungen aufzurichten, wird im Hier und Jetzt der psychoanalytischen Situation deutlich und zur Herstellung des therapeutischen Bündnisses nutzbar gemacht.

Es lassen sich im Verlauf des psychotherapeutischen Prozesses drei Phasen der Kommunikation unterscheiden, nämlich:

1. Fremdheitskommunikation,
2. Metakommunikation,
3. echte Kommunikation.

Am Anfang der Therapie konnte die Patientin nicht über sich selbst sprechen, sie stellte über die Schilderung der Suchterlebnisse und der Ulcus-bedingten Beschwerden (hier also, indem sie gleichsam den Körper für sich selbst sprechen ließ) einen Dialog zum Therapeuten her. Die Fremdheit der Symptome ermöglichte ihr einen Abstand, der sich schon äußerlich in ihrem intellektualisierenden Verhalten widerspiegelte.

Dieser therapeutischen Initialphase der Fremdheitskommunikation folgte mit dem Einsetzen der Übertragungsangst die Phase der Metakommunikation, die durch die Symptomverschiebung vom Ulcus zum Asthma-Anfall signalisiert wurde. In dieser Phase brach die verbale Kommunikation ab, die therapeutische Situation wurde durch einen starken Widerstand der Patientin bei gleichzeitigem außertherapeutischen Agieren bestimmt.

Nach Alexander[32] ist das zu dieser Zeit aufgetretene Symptom Asthma einerseits als Wunsch zu verstehen, von der Mutter beschützt zu werden, andererseits legt es die double-bind-ähnliche Kombination von unbewußter mütterlicher Verführung dar mit gleichzeitiger äußerer Zurückweisung in der Mutter-Kind-Beziehung.

Die vorerst letzte therapeutische Phase ist dann durch den Beginn einer echten Kommunikation gekennzeichnet, indem es der Patientin gelang, ihre Aggressionen gegen den als Mutter erlebten Therapeuten zu verbalisieren und auch ansatzhaft durchzuarbeiten. Dieser Prozeß wurde von einem Verzicht auf die Körpersprache des psychosomatischen Symptoms sowie von einem Verzicht auf Suchtmittel begleitet. Äußerlich dokumentierte dies die Patientin dadurch, daß sie – auf Betreiben des Therapeuten – die restliche Opiumtinktur mitbrachte, um sie von mir vernichten zu lassen. Die therapeutische Arbeit war weiterhin stürmisch bewegt, es wurde der Patientin ermöglicht, den Therapeuten zu wechseln.

Zusammenfassung

Anhand des Fallbeispiels einer Patientin mit multipler Drogensucht und Zwölffingerdarmgeschwür wird beiderlei Symptomatik als eine Abwehrformation des Ich-Aufbaus dargestellt. Der von der älteren Psychoanalyse verwandte Begriff der Abwehr als ausschließlicher *Trieb*-Abwehr wird fallen gelassen.

Die Sucht, historisch u. a. von Herrschern zur Abwehr von Befreiungsbewegungen Unterdrückter benutzt, bedeutet für den einzelnen Rückzug von der Auseinandersetzung mit der Realität wie auch Restitutionsversuch seines entwicklungsgestörten Ich. Insofern bilden das psychosomatische Symptom und das darauf folgende Symptom der Sucht die letztmöglichen Abwehrvorgänge des Ich vor Desintegration, Destruktion und Diffusion.

Im psychotherapeutischen Prozeß muß durch das Erlernen einer stärkeren Besetzung der Ich-Grenzen eine nachholende Ich-Entwicklung ermöglicht werden. Eines der Hauptprobleme der ambulanten Therapie Drogenabhängiger ist deren Agieren außerhalb der therapeutischen Stunden, welches durch die unkontrollierbaren Rauscherlebnisse mit einem besonders großen Risiko behaftet ist. Bei der hier beschriebenen Patientin trat die Wende im therapeutischen Prozeß ein, als es ihr erstmals gelang, massiv Aggressionen zu äußern und wir ihr ein schuldfreies Verlassen des ersten Therapeuten ermöglichten.

Anmerkungen

1 Matussek, P.: »Süchtige Fehlhaltungen«. In: *Grundzüge der Neurosenlehre in zwei Bänden.* Band 1. Berlin/Wien 1972. S. 114–138.

2 Freud, S.: »Die Abwehrneuropsychosen«. (1894). In: *Ges. Werke* I. Frankfurt a. M. 1952.

3 Ammon, G.: »Das psychosomatische Symptom aus gruppendynamischer und gesellschaftlicher Sicht«. Vortrag, 1971 gehalten im Psychologischen Institut der Freien Universität Berlin.

[4] Fenichel, O.: *Perversionen, Psychosen, Charakterstörungen.* (1931). Neudruck Darmstadt 1967.

[5] Boor, C. de: *Zur Psychosomatik der Allergie, insbesondere des Asthma bronchiale.* Bern/Stuttgart 1965.

[6] L. Barth, deren Wunschtraum ein chemisches Anti-Sucht-Mittel ist, sagte 1972: »Es gibt keine geeigneten Medikamente dafür. Das ist ein Wunschtraum, den wir alle haben. Es müßte doch bitte ein Mittel geben, das eine Gegenwirkung hat, das alles, was an Wirkung eingetreten ist, aufhält, aber sowas gibt es nicht. Vielleicht wird es erfunden, hoffentlich wird es erfunden.« (In: Joite, E. (Hrsg.): *Fixen – Opium fürs Volk.* Berlin 1972. S. 92–95).

[7] Rado, S.: »The psychic effects of intoxicants«. In: *International Journal of Psychoanalysis.* 7. 1926. S. 396.

[8] Simmel, E.: »Zum Problem von Zwang und Sucht«. In: *Berichte über den V. Allgemeinen Ärztlichen Kongreß für Psychotherapie.* 1930.

[9] Scheidt, J. vom: »Aspekte der Rauschdrogen II: Psychologie«. In: Schmidbauer, W./Scheidt, J. vom: *Handbuch der Rauschdrogen.* München 1971.

[10] Abraham, K.: »Die psychologischen Beziehungen zwischen Sexualität und Alkoholismus« (1908). In: *Psychoanalytische Studien.* II. Frankfurt a. M. 1971.

[11] Ammon, G.: »Oralität, Identitätsdiffusion und weibliche Homosexualität: eine psychoanalytische Studie«. In: *Dynamische Psychiatrie.* II. Heft 1/2. Berlin 1969.

[12] Glover, E. (1933), zit. n. Matussek (s. Anm. 1).

[13] Vega, G. de la: »Die Heroin-Sucht: Ein Abwehrmechanismus«. In: *Dynamische Psychiatrie.* Sonderheft 1. Berlin 1971.

[14] Behr, K./Königs, H.-P.: »Katamnestischer Erfahrungsbericht über die stationäre Behandlung von drogenabhängigen Jugendlichen im Jahre 1971«. In: *Die Berliner Ärztekammer.* Heft 9. Berlin 1972.

[15] Bschor, F. et al.: »Jugendliche und Drogenkonsum«. In: *FU–Pressedienst Wissenschaft.* Nr. 5. Berlin 1971.

[16] Ammon, G./El-Safti, M. S./Hameister, H.-J./Kries, D. von: »Bewußtseinserweiternde oder bewußtseinszerstörende Drogen?«. In: *Dynamische Psychiatrie.* Sonderheft 1. Berlin 1971.

[17] Schneider, M.: »Opium – Religion fürs Volk«. In: Joite, E. (Hrsg.): *Rotbuch.* 38. Berlin 1972.

[18] Freud, A.: *Das Ich und die Abwehrmechanismen.* (1936). München 1964.

[19] Freud, S.: »Das Ich und das Es«. (1920). In: *Ges. Werke.* XIII. Frankfurt a. M. 5. Aufl. 1967.

[20] Waelder, R.: *Die Grundlagen der Psychoanalyse.* Frankfurt a. M. 1969.

[21] Laplanche, J./Pontalis, J.-B.: *Das Vokabular der Psychoanalyse.* Frankfurt a. M. 1972.

[22] Klein, M.: *Die Psychoanalyse des Kindes.* (1932). München/Basel/Wien 1971.

[23] Spitz, R. A.: *Vom Säugling zum Kleinkind.* (1965). Stuttgart 1972.

[24] Erikson, E. H.: *Kindheit und Gesellschaft.* Stuttgart 1968.
[25] Ammon, Gisela: »Stufen der Kreativität in der Vorlatenz«. In: *Dynamische Psychiatrie.* Heft 13. Berlin 1971.
[26] Ammon, G.: »Kreativität und Ich-Entwicklung in der Gruppe«. In: *Dynamische Psychiatrie.* Heft 13. Berlin 1971.
[27] Freud, S.: »Die kulturelle Sexualmoral und die moderne Nervosität«. (1908). In: *Ges. Werke.* VII. Frankfurt a. M. 4. Aufl. 1966.
[28] Kilian, H., zit. n. Ammon, G. (s. Anm. 26).
[29] Fontana, A. E., zit. n. de la Vega (s. Anm. 13).
[30] Nissen, G.: *Depressive Syndrome im Kindes- und Jugendalter.* Berlin/Heidelberg/New York 1971.
[31] Kahleyß, M.: »Über den Ortswechsel von chronischen Wahnkranken«. In: *Confinia psychiatrica.* 6. 1963. S. 121–155.
[32] Alexander, F.: *Psychosomatische Medizin.* Berlin/New York 1951.
[33] Kries, D. von: »Psychosomatische Syndrome als Ich-Aufbau-Kategorien«. In: *Dynamische Psychiatrie.* Heft 17. Berlin 1972.
[34] Nunberg, H.: *Allgemeine Neurosenlehre.* (1931). Bern 1971.

»Laßt doch Zwischenraum bei eurem Zusammensein
und laßt die himmlischen Winde zwischen euch tanzen.
Liebt euch, doch macht aus Liebe keine Fessel:
Laßt sie lieber eine wogende See zwischen den
Ufern eurer Seele sein.
Füllt euch gegenseitig den Becher, aber trinkt
nicht aus einem.
Gebt euch von eurem Brot, aber eßt nicht von
demselben Laib.
Singt und tanzt zusammen und seid fröhlich, aber
laßt jeden von euch alleine sein.
So wie die Saiten einer Laute getrennt sind, wenn
sie auch mit derselben Musik schwingen.
Gebt eure Herzen doch nicht in des anderen Gewahrsam.
Denn nur die Hand des Lebens kann eure Herzen halten.

K. Gibran [1]

GILBERT J. ROSE

Ein Fall von narzißtischer Identitätsstörung mit LSD-Psychose

Narzißtische Identitätsstörungen habe ich in einer früheren Arbeit als Zustände beschrieben, in denen das Identitätsgefühl auf unbewußten Phantasien beruht, die die Verschmelzung von Ich und Objekt zum Thema haben.[2] Es handelt sich um präödipale Fixierungen, in denen die Grenzen zwischen dem Selbst und den Objektrepräsentanzen im Ich verwischt sind.[3] Patienten mit narzißtischen Identitätsstörungen erleben sich selbst wie auch ihre Umwelt in Teilobjekten: als großer Phallus, als anales Produkt, als Brust oder Mund. Die Realitäts- und Selbstwahrnehmung ist dementsprechend gestört. Viele Patienten mit narzißtischen Identitätsstörungen sind neurotisch, manche jedoch psychotisch. Nicht nur ihr Körper-Ich ist deformiert, meistens sind auch ihre Ich- und Überich-Funktionen von äußeren Objekten und Teilrealitäten abhängig. Während äußere Instanzen diesen Patienten als Ersatz für die eigene psychische

Struktur dienen, sind die Patienten gleichzeitig in einem gewissen Maß an einen narzißtischen Zustand vor der Ich-Nichtich-Unterscheidung gebunden.

Die folgende Patientengeschichte ist ein Beispiel für das zuletzt Gesagte; die Überich-Struktur wurde hier teilweise von der Mutter übernommen, deren Überich der Tochter nicht gestattete, unabhängig vom Wertsystem der Mutter Realität zu prüfen und nach eigenem Urteil zu handeln.

Die Zustimmung oder die Mißbilligung der Mutter verliehen den Dingen Realität oder verleugneten ihre Existenz und verhinderten ihre Realitätserkenntnis. Im folgenden sind die Auswirkungen auf die Ich-Funktionen, die Charakterbildung und auf das Identitätsgefühl der Patientin aufgezeichnet.

Ariel, etwas über zwanzig Jahre alt, war eine attraktive, aber nachlässig gepflegte junge Frau. Ihr Verhalten wirkte zögernd und inhaltslos. Mit ihrer ständig wechselnden Miene und ihrem trippelnden Gang wirkte sie wie Alice, die den Weg aus dem Wunderland verwirrt und wie im Nebel sucht. Ariel kam in die Behandlung wegen einer Schreibstörung, die kurz vor dem Abschluß ihrer Berufsausbildung aufgetreten war. Sie litt unter schwermütigen Depressionen und Selbstmordgedanken und konnte bis zu sechzehn Stunden am Tag schlafen. »Mama« wußte am allerbesten, was Ariel durchmachte, sie wußte es besser als Ariel selbst und alle anderen. Obwohl Ariel der Mutter nie etwas verschwiegen hatte, war sie häufig weinend hinter ihrer Mutter hergelaufen und hatte sie angefleht: »Warum glaubst du mir denn nicht?«

Manchmal hatte sie das Gefühl, die Mutter beobachte sie über ihre Schulter hinweg, und Ariel hätte dann am liebsten ihre Mutter gehaßt oder einen Streit mit ihr angefangen, um sie sich vom Leib zu halten, oder sie versuchte, alle Gedanken auszulöschen, damit die Mutter sie nicht mehr lesen konnte. Als Kind hatte Ariel eine Geheimsprache und Code-Wörter entwickelt, um Dinge zu benennen, vor denen sie Angst hatte. Wenn die Mutter dennoch die verborgene Bedeutung erriet, bekam Ariel panische Angst. Wenn die Mutter ihr die Haare kämmte, sprang Ariel vor Schmerzen auf, sie hielt aber still, wenn andere Personen sie frisierten. Wenn eine Bemerkung gemacht wurde, die ihr zu nahe ging, hustete Ariel meistens. Lachen und Brechreiz dienten ihr auch zur verstärkten Abwehr von unangenehmen Dingen. Den Wunsch nach intensiverer Nähe drückte sie durch Gähnen aus. Ariel war die intimste Bezugsperson für ihre Mutter. Sie empfand dasselbe wie die Mutter und fühlte sich auch für deren Schmerzen verantwortlich. Wenn Ariel sich selbst für etwas interessierte, wurde die Mutter depressiv und warf ihr vor, sie sei unreif. Nach solch einem Vorfall konnte Ariel dann manchmal bis zu sechzehn Stunden schlafen. Die Mutter sagte ihrer Tochter, was sie eigentlich dachte und was sie wirklich fühlte. Ariel meinte, sie habe daneben auch eigene Gedanken und Gefühle, die von der Mutter aber nicht anerkannt wurden und ihr daher unwirklich erschienen. Zum Beispiel glaubte sie, Elend und Haß in der Welt zu sehen, doch die Mutter nannte das »Negativismus«. Die Mutter schien vieles zu verharmlosen und zu verschleiern. Zum Beispiel weigerte sie sich, die Armaturen ihres Autos reparieren zu lassen, so daß Tachometer und Tank immer Null anzeigten. Da Ariel sich nicht auf die gebräuchlichen Instrumente verlassen konnte, mußte sie sich an anderen visuellen und auditiven Merkmalen orientieren, um die Geschwindigkeit zu erraten; eine bestimmte Vibration verriet ihr, daß das Benzin noch fünf Kilometer reichen werde. Obwohl eindeutige Beweise zur Verfügung gewesen wären, mußte sich Ariel auf so subtile Zeichen verlassen. Als Ariel eine schadhafte Batterie in ihrem neuen Auto entdeckte und den Autoverkäufer für einen Betrüger hielt, wies die Mutter das als indiskutabel ab.

Die Mutter war kurz nach dem Ersten Weltkrieg in Belgien geboren. Berichte über die Vergewaltigung Belgiens durch die Deutschen begleiteten ihre Kindheit. Bis zu ihrem zehnten Lebensjahr hatte sie keine Geschwister gehabt und hatte sich für einen Jungen gehalten. Sie war sehr verzweifelt, als der Vater ihr sagte, sie könne niemals ein Junge werden. Die Mutter hatte relativ spät geheiratet und bei der Geburt von Ariel kämpfte ihr Mann in Belgien. Sie hatte sich einen Sohn gewünscht und empfand von Anfang an Ariel als eine Last. Mehrfach sagte sie zu Ariel, daß sie sie an einen jüngeren Bruder erinnere, dem sie den Tod gewünscht hatte.

Knapp zwei Jahre alt, kam Ariel wegen einer Pyelitis ins Krankenhaus. Gleichzeitig hatte sie eine Adenoidectomie, und ihre äußeren Genitalien entzündeten sich. Einige Wochen lang wurde sie mehrmals täglich mit heißen Kompressen behandelt und mehrmals wurden die Labien voneinander gelöst, was sehr schmerzhaft war. Vermutlich auf Anraten des Arztes führte die Mutter nach der Entlassung aus dem Krankenhaus die Behandlung noch einige Wochen fort. Damals sagte der Arzt der Mutter auch, daß diese Behandlung eventuell die Ursache für später auftretende emotionelle Störungen sein könne.

In den Jahren darauf hatte die Mutter mehrere Fehlgeburten. Ariel meinte, der Grund für den Brechreiz und die Fehlgeburten der Mutter läge in einem Lied, das sie damals oft sang, und sie fürchtete sich vor der Melodie und ihrer vermeintlichen eigenen Macht. Damals »liebte« Ariel ihre Mutter ebenso, wie sie ihren Vater »haßte«. Sie erinnert sich, daß er bis in ihre Pubertät hinein morgens nackt gymnastische Übungen machte. Er neigte zu Wutanfällen und drang in ihr Zimmer ein, wenn sie zu lange schlief, was häufig vorkam, und riß ihr die Bettdecke weg, unter der sie nackt schlief.

Als junges Mädchen erlebte sie bei der Lektüre des »Doktor Faustus« von Thomas Mann eine mystische, ekstatische Erleuchtung und verwandelte sich von einem »nichtssagenden Mäuschen« in eine »Exzentrikerin«. Sie kannte ganze Teile des Buches auswendig und versetzte sich so sehr hinein, daß sie fast an ihre Phantasie glaubte, früher in Deutschland gelebt zu haben. Sie war besessen von ihrer Liebesgeschichte mit dem Helden, dem talentierten, aber wahnsinnigen Musiker und Komponisten Adrian Leverkühn. Ähnliches erlebte sie, als sie den Film »Die Geschichte einer Nonne« sah, der von einer belgischen Nonne im Kongo handelt, die nicht so selbstlos sein konnte, wie es von ihr erwartet wurde. Die Identifikation mit Adrian war jedoch vollständiger. Sie schrieb eine Geschichte über das Gefühl, eins mit ihm zu sein. Adrian Leverkühn war der edle Deutsche, und ihre Liebe zu ihm entsprach ihrer Abscheu vor dem Bösen. Sie hatte hypnagogische Halluzinationen von bösen Dämonen und lebte in dem Wahn, daß Hitler bei ihr sei oder daß sie ihn, um ihn zu schützen, in ihrem Zimmer beherberge. Sein bloßer Name versetzte sie in Panik, und einmal blieb sie die ganze Nacht auf und warf Gegenstände auf das Buch.

Als sie jünger war, hatte sie oft das Gefühl gehabt, in einer schalldichten Kammer oder hinter Glas zu leben; oft war ihr benommen und schwindlig. Stimmen erschienen gedämpft und die

Formen der Gegenstände verwischt. Obwohl sie ungefähr wußte, was um sie herum vorging, hatte sie doch soweit den Kontakt zur Außenwelt verloren, daß ihr ihre Phantasien wichtiger als alles andere waren. Trotz ihrer ständigen Phantasien über Deutschland sanken ihre Schulleistungen kaum, und auf Außenstehende machte sie nur den Eindruck, sehr viel nachzudenken. Gelegentlich empfand sie plötzlich diffuse Gefühle; sie wurde von Reue oder Wut überwältigt oder von zielloser unbegrenzter Energie. In ihren Alpträumen erlebte sie Vergewaltigungen, Verstümmelungen, Naturkatastrophen und Weltuntergänge. Eine Verbindung zur Realität blieb aber auch in ihren Träumen erhalten. In einem Traum flog Ariel in einem Zimmer mit einigen lebendig gewordenen Möbeln herum und gab damit vor ihrem Freund an. Dieser (vielleicht war es der Therapeut) sagte, natürlich könne sie so herumspielen, aber er möchte gern wissen, was das alles bedeuten soll und er hätte andere Dinge zu tun. In ihren wahnhaftesten Zuständen hörte sie eine kleine Stimme, die sie als Teil ihrer selbst erkannte. Diese Stimme kommentierte Ariels Zustände kritisch in herablassender Weise und fand Ariels Selbstmordgedanken lustig. Ariel ihrerseits verhielt sich dieser Stimme gegenüber amüsiert nachsichtig, weil sie sich als relativ verläßliche Realitätsbindung in stürmischen Zeiten erwiesen hatte. In erster Linie jedoch hing Ariels Realitätsorientierung von der Mutter ab. Ein manifester Traum zeigte, wie weitgehend die Mutter Ariels Wahrnehmungen beeinflussen konnte:

»Es lag ein feenhaftes, blaues, schönes, gleichzeitig bedrohliches Leuchten über einer nächtlichen Landschaft, die weit, kalt und fremd war . Als Mutter das Licht am Horizont gesehen hatte, sagte sie, es sei künstlich und man solle es löschen. Danach wurde es pechschwarz und ich verlor die Lust, es zu sehen, weil Mutter mir das Gefühl gab, das sei furchtbar verrucht.«

Hielt die Mutter eine ihrer Wahrnehmungen für falsch oder schlecht, so verdrängte Ariel sie und verleugnete ihre Realität. Licht gab es nur, wenn die Mutter den Schalter kontrollierte. Heftige Emotionen mußten abgespalten werden, weil die Mutter ihnen keinen Realitätswert zuerkannte. Die Existenz dieser Emotionen war eine ständige Bedrohung der zerbrechlichen Differenzierung von Mutter und Umwelt. Ariel hatte ein ständiges Bedürfnis nach Wahrnehmungs- und Anschauungskategorien (im Kantschen Sinne), die

die Realität in systematische Erfahrungen umzusetzen vermögen. Die Form dient sowohl als Mittel zur Stärkung der Ich-Grenzen, wie auch zur Vermittlung von Bedeutungsinhalten. Der erste Aspekt ist hier der wichtigere.

1. Eine der allgemeinsten Wahrnehmungskategorien hatte Ariel in der Phantasie gefunden, daß weder Aggression noch Sexualität existieren. Die Wahnvorstellung über Deutschland hatte ihr Leben über die Pubertät hinaus bestimmt und gelenkt und sie vor nicht neutralisierter Aggression und Sexualität geschützt. Fast jede Wahrnehmung wurde durch diese Phantasievorstellung gefiltert, und ihre aggressiven und sexuellen Triebregungen konzentrierten sich auf eine sadomasochistische Thematik. Ohne starke Wahnvorstellungen fühlte sie sich, wie sie sagte, gallertartig wie eine Qualle. Die Phantasien kanalisierten nicht nur ihre Gefühle, sondern waren auch der Zugang zur Realität selbst. Alles, was nicht mit einer Phantasie, die auf ihre Person bezogen war, verknüpft werden konnte, existierte nicht für Ariel. Realität konnte nur über den Umweg einer egozentrierten Phantasie zur Erkenntnis gelangen. Ariels Phantasien hatten so einerseits die Funktion, Realität zu vermitteln, wie andererseits, sich vor ihr zu schützen. Starke, direkte Außenweltreize wurden als sexualisierte Angriffe erfahren, die Ariel zu zerreißen drohten. Dazu gehörte auch die Morgensonne, der sie entfloh, indem sie bis in den späten Nachmittag hinein schlief. Sie wurde von verschiedenen Lichtqualitäten sexuell erregt. Sie versuchte deshalb, sie in ästhetische Vorstellungen zu übersetzen, über die unbelebte Welt zu zerstreuen und sie in Phantasien aufzuteilen. Dies gelang, bis ihre Gefühle dann doch so stark wurden, daß sie sie nicht mehr aufhalten konnte und sie in einen orgiastischen, tranceähnlichen Zustand verfiel.

2. Sexuelle und aggressive Triebregungen, die sie nicht neutralisieren konnte, projizierte sie in Form paranoider Angst und ging ihnen durch Gegenphobien aus dem Weg. Diese phobischen Triebentäußerungen bewahrten ihre labilen Ich-Grenzen davor, sich in Verschmelzungsphantasien mit ihrer Umwelt aufzulösen. Ohne phobische Phantasien, mit denen sie sich die Menschen fernhalten konnte, fühlte sie sich der Gefahr ausgesetzt, das passive und willenlose Instrument fremder Wünsche zu werden. Ariel war zwanghaft nachgiebig und übersteigert einfühlsam. Wenn sie ihre Schwe-

ster geschlagen hatte, weinte sie und wenn sie jemand auf die Zehen trat, stieß sie selbst einen Schmerzenslaut aus. Nach einem intensiven Gespräch mit einem Freund erwartete sie im Spiegel dann sein Gesicht zu sehen und war erstaunt, ihr eigenes Gesicht zu erkennen. Ihren Wunsch, wieder in einem undifferenzierten Verschmelzungszustand zu leben, rationalisierte sie durch politische und soziale Überzeugungen, die eine sadomasochistische Färbung hatten. Vor gefährlichen Aktionen schützte sie ihre Angst, die eine Distanz zu anderen Menschen aufrecht erhielt. Gelegentlich kam auch gegenphobisches Ausagieren vor. Manchmal ging sie in den frühen Morgenstunden spazieren und begann Gespräche mit unbekannten Männern. Durch ihre unirdische Unschuld brachte sie die Männer von sexuellen und aggressiven Absichten ab und brachte es fertig, von ihnen tränenreiche Geständnisse ihres Unglücks zu hören. Ihre Überzeugung, daß die künstliche Trennung zwischen den Menschen aufgehoben werden müsse, führte zu einem lustlosen sexuellen Ausagieren. Ein Ventil fand sie vor allem in der Bürgerrechtsbewegung, für die sie unter erheblichen Opfern die Behandlung für einige Monate unterbrach. Obwohl sie fast ständig von Ängsten verfolgt wurde, konnte sie mutig und sogar heldenhaft sein, wenn sie das Gefühl hatte, zu einer wirklichen Versöhnung von Gegensätzen beizutragen. Dies erklärt auch ihre männliche Identifikation mit Adrian Leverkühn und ihre platonische Liebesaffäre mit Deutschland. Ihr Realitätsgefühl zeigte ihr rechtzeitig, daß auf beiden Seiten der kämpfenden Parteien zwielichtige Figuren vorhanden waren, und diese Einsicht, zu der sie durch eigene bittere Erfahrung gekommen war, bewahrte sie davor, weiterhin sadomasochistische Strebungen innerhalb dieses politischen Rahmens zu projizieren.

Später machte sie in ihrer humorvollen Art die Bemerkung: Wenn die Behandlung sie von einem glühenden politischen Integrationisten in einen Erz-Segregationisten verwandele, dann sei die Genesung schlimmer als die Krankheit.

Ihre sadomasochistischen Tendenzen wurden wieder introjiziert und enttäuscht und schwermütig nahm Ariel die Behandlung nach neun Monaten und sechs Wochen wieder auf. Dazu ist ein Traum bemerkenswert, den sie zuletzt vor ihrem Weggang geträumt hatte. Er hatte von einem gefährlichen Flug zusammen mit ihrer Mutter und ihrem Bruder, der im Traum ein Baby war, sowie von einer anschließenden Rettung gehandelt, ein manifestes Thema, das auf Geburtsphantasien wies.[4]

Ariel hatte einige Eigenarten und Sublimierungen entwickelt, um ihren Gefühlen einen äußeren Rahmen zu geben: waren ihre Ich-Grenzen besonders schwach, so bemühte sie sich, steif zu gehen, ihr Haar streng zu kämmen und sah abweisend und unfreundlich aus. Den Winter liebte sie wegen seiner strengen, klaren Schnee- und Eisbildung, die ihr wegen ihrer Strukturen voll Leben zu sein schienen. Der Frühling kam ihr dem Tod gleich, weil die Schneeschmelze die klaren Formen wieder auflöste.*

Vom aktuellen Zustand ihrer Ich-Grenzen hing auch Ariels Musikinteresse ab. Sie liebte klassische Musik, wenn sie sich ihrer selbst sicher war, weil diese ihr vielfältige Möglichkeiten für Gefühlsassoziationen bot. War sie jedoch stark beunruhigt, so hörte sie Rock'n Roll, um sich zu beruhigen. Sie sagte, diese Musik »gebe ihr einen Halt« wegen ihrer Vorhersehbarkeit und ständigen Wiederholung, die für sie Verläßlichkeit, Beständigkeit und Sicherheit bedeute, wie der Funkspruch für den Piloten im Nebel. Es schien, als ließe sie sich von der Rock'n Roll-Musik wie von einer guten Mutter umarmen, deren Sprache noch nicht verstanden, aber in ihren gleichbleibenden Formen wiedererkannt und geliebt wird. Vielleicht ermöglichte die Lautstärke der Rock'n Roll-Musik auch eine neue Gegenbesetzung, die die Differenzierung von Ich- und Nicht-Ich unterstützte.

Ariels größte Begabung war Zeichnen. Wenn sie zeichnete, fühlte sie sich »ganz wirklich«. Wie so viele ihrer Aktivitäten diente auch ihre erste ernstzunehmende Zeichnung dazu, ihre Liebe und ihren Wunsch nach Versöhnung mit der Mutter auszudrücken. Neben der inhaltlichen Bedeutung waren Ariels Zeichnungen durch die

* April ist der grausamste Monat,
er brütet Veilchen aus totem Land,
vermischt Erinnerung und Sehnsucht,
wühlt taube Wurzeln mit Regen auf.
Der Winter hielt uns warm und bedeckte die Erde
mit vergessendem Schnee, fütterte ein kleines Leben
mit getrockneten Knollen.

T. S. Eliot [5] (1930)

ästhetischen Formen, die als eine Art »Verpackung« für zu intensive Emotionen dienten, sehr wichtig.

Nach der Einnahme einer größeren LSD-Menge brachen alle Mechanismen, mit denen Ariel ihre Realität aufrechterhalten hatte, zusammen. Verdrängte libidinöse Strebungen überschwemmten ihr Ich, und stärkste Regressionen machten ihre Realitätsprüfung zunichte. Zuerst fühlte sie sich wie neugeboren und sah die Welt ohne Schutzfilter und ohne die Scheuklappen ihrer Wahnvorstellungen und paranoiden Ängste. Die Welt war neu und farbig, und Ariel empfand ein weites Spektrum libidinöser und aggressiver Gefühle. Sie fühlte sich euphorisch befreit und wollte begierig die Welt erfahren, die ihr durch die LSD-Heilung auf so magische Weise zugänglich geworden war. Gleichzeitig jedoch hatte sie monatelang nachts psychotische LSD-Zustände, die ständig Qualen verursachten. Ihre sexuelle Erregung versuchte sie vergeblich durch Masturbation zu verringern. Sie hatte Angst, einzuschlafen, weil dann die bewußten Abwehrkräfte noch schwächer gewesen wären. Chronische Schlaflosigkeit verstärkte ihren Angstzustand und ihre Furcht vor dem Einschlafen. Sie fürchtete, ihren Verstand zu verlieren, wenn die nächtlich wiederkehrende LSD-Erfahrung konstant bliebe.

Obwohl sie Angst davor hatte, trat der psychotische Zustand nie tagsüber auf und auch nicht ohne vorangegangene Masturbation. Sie war sich immer im klaren darüber, daß sie eigentlich die Täuschungen und Halluzinationen eines Wachtraumes erlebte. In den nächtlichen wiederkehrenden psychotischen LSD-Zuständen war ihre Wahrnehmungsfunktion darauf regrediert, nur Erscheinungen ihres Trieblebens wahrzunehmen, wahrscheinlich mit der Funktion, der Abwehr und der Selbstbestrafung zu dienen. Zugleich repräsentierten diese Wahrnehmungen aber reaktivierte Triebsetzungen. Es ist möglich, daß in diesen Wahrnehmungen das kindliche Trauma wiederholt wurde, in dem die Labien schmerzhaft voneinander gelöst und mit heißen Kompressen behandelt worden waren. Neben dieser inhaltlichen Bedeutung demonstrierten sie die toxische Auflösung von relativ autonomen Wahrnehmungsfunktionen. Wahrnehmungsregressionen führen immer zu Angst und tragen zur Realitätsflucht bei. Wenn Ariel in diesen Zuständen wach war, sah sie intensive Bilder gigantischer Genitalien, weiblicher und männlicher, die manchmal sich zu einem bisexuellen

Symbol verdichteten, z. B. zu einem Krokodil. Orale Themen, wie kannibalisches Beißen, Saugen oder Verschlungenwerden waren vorherrschend. Jede Öffnung war ein weibliches Genital, das wie ein Sog wirkte, alles Gestreckte war ein Phallus. Von allen Seiten drohten Vergewaltigung und Auflösung. Obwohl sie einerseits wußte, daß Gegenstände reale und feste Körper sind, schienen sie ihr andererseits gleichzeitig veränderlich und ständig in Bewegung zu sein. Umriß, Größe und Entfernung waren nicht mehr verläßlich und konnten die visuellen Elemente einer Gestalt nicht mehr zusammenhalten. Bei der Auflösung der Gestaltwahrnehmung und ihrem Verfall in winzige Teilchen schienen diese Teilchen miteinander zu verschmelzen und sich miteinander zu paaren.

Bei einer Berührung war Ariel sich nicht mehr sicher, ob diese von ihr selbst oder von jemand anderem ausgegangen war. Zustände sexualisierter Wahrnehmung und Desorganisation wechselten häufig mit Zuständen, in denen die Wahrnehmung normal war. Zum Schutz vor der intensiven Angst, die mit diesen Erfahrungen verbunden war, phantasierte sie, mit ihrer Umwelt zu verschmelzen. Sie erlebte sich als Teil einer Wand und aller sie umgebenden Gegenstände und halluzinierte den Vorgang der Verschmelzung mit ihnen. Dadurch wurde einerseits ihre panische Angst verstärkt, gleichzeitig fühlte sie sich sicherer. Sie meinte, wenn sie mit allem eins wäre, könne sie den Schmerz, den sie sich selbst zufüge oder der ihr angetan wurde, besser kontrollieren. Das Einswerden mit den Wänden war also ein Versuch, sich gegen die starken sexuellen und aggressiven Impulse abzuschirmen, die sie durch ihre Wahrnehmung empfing. Die Besetzung mit Aggressivität entsprach der Fragmentierung der Wahrnehmung, und die Besetzung mit Sexualität in Form der Paarung der Gegenstände entsprach der Zusammenfügung der Fragmente. Ariel meinte, sie könne ihre Umwelt nur dann kontrollieren, wenn sie sich in alles hineinversetzte und dadurch vor fremden wie vor eigenen Angriffen geschützt sei. Wirklich-Sein hieß für sie Getrennt-Sein und damit Ausgeliefert-Sein. Daher mußte sie sich jede Trennung und Distanz aufheben, die Realitätserkenntnisse opfern und auf narzißtische Zustände regredieren, die vor der Ich-Nichtich-Unterscheidung bestanden, die ihre erste Welterfahrung ausgemacht hatten.

Die Mutter hatte immer große Anteile von Ariels Überich-Struktur ersetzt. Als Ariel ihre Ausbildung abschließen wollte, regredierte sie zu noch stärkerer Verschmelzung mit der Mutter. Während die partielle Vereinigung mit der Überich-Struktur der Mutter Ariel geholfen hatte, Triebregungen zu verdrängen und ihre narzißtisch erlebte Welt in ihrer Erscheinung zu formen und zu kontrollieren, verhinderten die mütterlichen Überich-Störungen die Entwicklung von Ariels Ich-Funktionen, indem Ariel nichts zur Kenntnis nehmen durfte, was dieses Überich nicht billigte. »Das Überich hat nicht nur Einfluß auf das Realitätsgefühl, es spielt eine entscheidende Rolle in der Entwicklung der Wißbegierde« [6]. Das galt für viele der sexuellen und aggressiven Realitätsaspekte und sogar für Ariels Existenz, insbesondere für die Tatsache, daß Ariel ein Mädchen war. Ariel hatte sich derart an die Realitätserfahrung ihrer Mutter angepaßt, daß sie sich wie eine Ausdehnung der Gedankenwelt der Mutter empfand und die geheimgehaltene Vorstellung entwickelte, keine Vagina zu besitzen, was später als Ursache ihrer Frigidität erkannt wurde. Andererseits war sie als kleines Kind intensiver sexueller Stimulierung ausgesetzt gewesen, einmal durch die frühe Behandlung ihrer Genitalien, zum anderen durch das Verhalten des Vaters und ihre sexualisierten Ringkämpfe mit ihm. Als die LSD-Erfahrung Ariels Abwehrmechanismen auflöste und sie mit libidinösen Impulsen überschwemmt wurde, gingen ihre integrativen und der Realität angepaßten Ich-Funktionen in einer regressiven Flutwelle unter. Ariels Realitätswahrnehmung war extrem verletzbar, da das Überich der Mutter ihre volle Entwicklung verhindert hatte.

Ariel konnte während der ganzen Zeit ambulant und ohne Medikamente behandelt werden. Sie schloß ihre Ausbildung ab und konnte schließlich einen Beruf ergreifen. Die analytischen Interpretationen waren bedeutsam gewesen, wichtiger aber war das therapeutische Bündnis. In der Übertragung wurden Überich-Elemente wirksam, die den pathogenen Anteilen ihres Überichs, die aus der Beziehung zu ihrer Mutter herrührten, diametral entgegengesetzt waren. Die therapeutische Beziehung machte es ihr nicht nur möglich, Neues zu erfahren und kennenzulernen, sondern machte dies zum Leitprinzip der Behandlung. Im Gegensatz dazu hatte die Verbindung mit der Mutter ihr verboten, die von dieser mißbilligten Realitätsanteile überhaupt erst wahrzunehmen. Ariel hatte die Wahrnehmung dieser Realitätsaspekte mühsam unterdrückt, um ihre erste Lebenserfahrung – das narzißtische Einssein mit der Mutter – aufrechtzuerhalten. Die Auflösung ihrer Ich-Grenzen war eine Regression zur Erreichung dieses Ziels. Um sich an ihre Mutter klammern zu können, hätte sie die Realität geopfert.

Im therapeutischen Prozeß kam es darauf an, Ariel als ganze Person anzunehmen, damit sie ihre eigene und fremde Identität erfahren konnte. Die therapeutische Beziehung bot ihr realitätsgerechtere Überich-Normen als ihre Mutter. Ariel konnte ihren Existenzanspruch auf alle Gedanken und Gefühle ausdehnen. Die Kritik des Überichs machte es nicht mehr möglich, sie als wirklich zu erkennen, und ihre Existenz konnte die therapeutische Beziehung nicht sprengen, denn gegenseitige Kritik und Anteilnahme waren möglich. Kritik an ihrem destruktiven Ausagieren verletzte ihre Integrität und ihr Recht auf eigenes Verhalten nicht länger. Das alles trug dazu bei, ihr Realitätsgefühl von den Überich-Störungen der Mutter zu befreien. Ihr Humor half ihr, Gedanken und Gefühle bewußt werden zu lassen und ihre abwertende Selbstkritik zu mäßigen. Ihre Gefühlshaltung in der Therapie konnte in einem optimalen Bereich zwischen Nähe und Abstand gehalten werden, ohne in zu großer Einfühlsamkeit unterzugehen oder in äußerster Distanzierung isoliert zu bleiben. Je mehr Toleranz Ariel ihren eigenen Gedanken und Gefühlen entgegenbrachte, um so mehr konnte sich ihr aktuelles Verhalten entspannen. Sie machte die Erfahrung, daß Mißbilligung und Zuneigung einander nicht ausschließen und daß Realität unabhängig von beiden weiterbesteht. Da sie in der therapeutischen Beziehung sowohl eine affektive Beziehung wie auch verläßliche Realitätsmaßstäbe erfahren hatte, konnte sie sich der Realität stellen, ohne die Zustimmung der Mutter zu benötigen. Sie war nicht mehr gezwungen, entweder getrennt von der Wirklichkeit oder vereint mit der Mutter leben zu müssen, um die frühe narzißtische Realität wiederzuerlangen.

In einer der letzten Sitzungen erinnerte sie sich daran, wie sie als kleines Mädchen jahrelang einen schwankenden Gang hatte. Erst als die Mutter ihrer Bitte nachgab, sie als Mädchen zu kleiden und nicht als Jungen, wurde ihr Gang sicherer. Sie beendete die Behandlung mit der Gewißheit, daß sie noch viel lernen müsse, aber ihr Ich und ihre Identität hatten festen Boden gewonnen.

Zusammenfassung

Eine narzißtische Identitätsstörung ist anzunehmen, wenn unbewußte Phantasien von einer Verschmelzung mit Objekten fortbestehen. Solche Patienten sind präödipal fixiert und haben verschwommene Grenzen zwischen ihrem Selbst und den Objektrepräsentanzen. Sie können sich als phallische Auswüchse, anale Produkte, als Brust oder Mund empfinden und ihre Ansicht von der Welt kann von entsprechenden Teilobjekten geprägt sein. Viele Patienten dieser Art sind neurotisch, manche jedoch psychotisch. Nicht nur ihr Körper-Ich ist deformiert, sie verwenden auch ausgiebig äußere Objekte und die Realität für Ich- und Überich-Funktionen. Während äußere Kräfte ihnen als Ersatz für die eigene psychische Struktur dienen, behalten sie in gewissem Ausmaß eine narzißtische präobjektale Fusion bei. Es wurde eine Patientin beschrieben, bei der die Mutter zum Teil das Überich ersetzte. Dieses erlaubte der Patientin nicht, die Realitätsprüfung unabhängig von der Mutter vorzunehmen. Es bestand für sie ein ständiges Bedürfnis nach Formen des Wahrnehmens und Erkennens, durch welche Realität in systematische Erfahrung umgesetzt wird. Diese Formen wurden von ihrer Psychopathologie bestimmt: Phantasien, Phobien und gegenphobisches *acting-out*. Als sie eine massive Dosis LSD nahm, brachen alle Mechanismen, mit denen sie die Realität aufrechterhalten hatte, zusammen. Sie mußte ihre Ich-Grenzen aufheben, die Realität opfern und sich in eine präobjektale narzißtische Fusion zurückziehen. Im therapeutischen Bündnis wurden Überich-Elemente wirksam, die den pathogenen Elementen des mütterlichen Überichs entgegengesetzt waren. Sie durfte nun suchen und zur Kenntnis nehmen, was ihr verboten war, also alle Aspekte der Realität, die mit ihrer narzißtischen Einheit mit der Mutter nicht zu vereinbaren waren. Die therapeutische Beziehung verschaffte ihr realistischere Überich-Normen und verstärkte ihren Sinn für Identität.

Anmerkungen

[1] Gibran, K.: *The Prophet.* New York 1923.
[2] Rose, G. J.: »Body, Ego and reality«. In: *International Journal of Psychoanalysis.* 47. 1966. S. 502–509.
[3] Jacobson, E.: *The Self and the Object World.* New York 1964.
[4] Rose, G. J.: »Unconscious birth fantasies in the ninth month of treatment«. In: *Journal of the American Psychoanalytic Association.* 10. 1962. S. 677–688.
[5] Eliot, T. S.: »The burial of the dead«. In: *Collected Poems.* New York 1930.
[6] Stein, M. H.: »Self-Observation, reality and the Superego«. In: Loewenstein, R. u. a. (Hrsg.): *Psychoanalysis – A General Psychology.* New York 1966.
[7] Rose, G. J.: »King Lear and the use of humor in treatment«. In: *Journal of the American Psychoanalytic Association.* (Im Druck).

LEON E. A. BERMAN

Die Rolle von Amphetamin in einem Fall von Hysterie

Bei der wachsenden Popularität und dem weitverbreiteten Gebrauch von Drogen in unserer heutigen Gesellschaft kommt es immer häufiger vor, daß man bei einer psychoanalytischen Behandlung auf Krankheitsfälle trifft, die durch irgendeine Form von Drogengebrauch kompliziert werden. Das Problem wird komplexer, wenn man die Vielzahl der heute erhältlichen Drogen und Drogenkombinationen in Betracht zieht, sowie die den Drogengebrauch begleitenden gesellschaftlichen und kulturellen Faktoren und die verschiedenen möglichen Reaktionen, die bei dem Zusammenprall pharmakologischer Wirkungen mit der schon vorher bestehenden Psychopathologie auftreten können.

Bei dem in dieser Arbeit beschriebenen Fall gestand die Patientin ihre Abhängigkeit von amphetaminhaltigen Schlankheitspillen ein. Dieser Umstand wurde zum zentralen Problem der Analyse. Meine Aufgabe ist es hier, die Bedeutung zu untersuchen, die die Droge für diese Patientin hatte, und die Rolle herauszufinden, die sie innerhalb ihres Symptomkomplexes einnahm.

Viele Forscher[1] (Breitner 1963, Connell 1966, Kales et al. 1969, Lemere 1966) haben das weitverbreitete Problem der Amphetamin-Abhängigkeit erkannt. Amphetamin-Verbraucher fallen in einen breiten Bereich psychopathologischer Kategorien und soziokultureller Gruppen. Es gehören dazu der harte Kern der Süchtigen, die intravenös enorm hohe Amphetamindosen spritzen; Personen, die Amphetamin zusammen mit einer ganzen Skala anderer in der augenblicklichen Drogenszene populärer Drogen nehmen; und Jugendliche, die vielleicht gelegentlich mit einem *high*-Erlebnis experimentieren.

Die hier beschriebene Patientin gehört zu der vielleicht größten Gruppe der Amphetamin-Verbraucher: Personen, denen die Pillen bei einer Reihe medizinischer Indikationen (z. B. gegen Fettleibigkeit, chronische Erschöpfung, leichtere Beklemmungszustände und Depressionen) von ihrem Arzt verschrieben werden. Dies ist eine besonders heimtückische Form der Drogenabhängigkeit. Da der Drogengebrauch möglicherweise unter der Überschrift von Appetithemmern, Analgetika, Weckaminen begann, können die Patienten ihre wachsende Abhängigkeit von der Droge leicht rationalisieren und so verleugnen, daß sie damit in Wahrheit starke Angstzustände und Depressionen behandeln. Häufig tritt dabei zwischen Arzt und Patienten ein stilles Einvernehmen auf, aus dem heraus dem Patienten eine unbegrenzte Zahl von Rezepten während einer unbeschränkten Zeitdauer verschrieben werden. Die weitverbreitete Verschreibung von appetithemmenden Pillen hat dazu geführt, daß sie zu einem akzeptierten Teil der täglichen Routine mancher Hausfrau geworden sind. Fügen wir noch den Faktor dazu, daß durch Amphetamin-Abhängigkeit keine pathognomonischen Anzeichen oder Symptome auftreten, so ist es nicht überraschend, daß eine solche Patientin beim Eintritt in eine Analyse die Abhängigkeit als eines ihrer Symptome nicht einmal erwähnt.

Eine unverheiratete Frau anfangs der Zwanzig kam zur Analyse, da sie wegen ihrer sexuellen Promiskuität Schuldgefühle hatte und außerdem an häufigen Angst- und Depressionszuständen litt, die ihr Gesellschafts- und Berufsleben beeinträchtigten. Sie war eine hübsche, angenehme und intelligente junge Frau. Trotzdem fühlte sie sich in Männergesellschaft ängstlich und unsicher und landete immer mit jedem darauf bestehenden Mann unweigerlich im Bett. Sie hatte wenige Freunde, fühlte sich von ihren Arbeitskollegen isoliert und war bei gesellschaftlichen Veranstaltungen schüchtern und gehemmt. Obwohl sie in ihrem Beruf gewissenhaft und hart arbeitete, machte sie sich doch ständig Sorgen um ihre Leistung und fürchtete Kritik. Diese Sorgen verursachten Perioden von Depressionen, in denen sie nicht in der Lage war zu schlafen und sich mit Süßigkeiten vollstopfte.

Die Patientin war das jüngste von mehreren Kindern und stammte aus bescheidenen Verhältnissen. Die Mutter war die dominierende Kraft im Hause, hatte aber wenig Zeit für sie. Sie begann wieder zu arbeiten, als die Patientin ein Jahr alt war, und überließ ihre Erziehung in erster Linie den älteren Schwestern. Ihr Vater war ein distanzierter, erfolgloser Mann, zu dem sie nur eine schwache Beziehung hatte. Ihre Schwestern waren alle beträchtlich älter als sie. Ihr vier Jahre älterer Bruder war der einzige Junge in der Familie und der »verwöhnte Liebling«, auf den die Eltern ihre ganze Hoffnung setzten. Sie war eifersüchtig auf die Liebe und Zuwendung, die ihre Eltern diesem »Blech-Jesus« zukommen ließen, und sie fühlte sich wie ein »fettes, anspruchsloses, kleines Nichts«, das vergeblich danach strebte, etwas Aufmerksamkeit und Anerkennung zu gewinnen. Während der Pubertät blühte sie auf, wurde sehr hübsch und fing schon früh an, sich mit Jungen zu verabreden. Sie erhielt ein Stipendium für ein College und war dort sehr beliebt und erfolgreich. Trotz dieser Erfolge blieb sie innerlich doch angespannt und unsicher, war nie mit sich zufrieden und fühlte sich neben den Erfolgen ihres Bruders immer zweitklassig.

Während der Anfangsphase der Analyse versuchte sie verzweifelt, alles und jedes zu tun, um mich als die klügste und die am härtesten arbeitende aller Patientinnen zu beeindrucken. Sie versuchte, sich intellektuell, unterhaltend, einnehmend und verführerisch zu geben. Gleichzeitig fühlte sie sich wegen ihrer sexuellen Aktivitäten zutiefst schuldig und fürchtete eine strenge Verurteilung.

Es wurde klar, daß sie bei ihren Beziehungen zu Männern eine Fassade hilfloser Dummheit vorheuchelte, die einen Schutz gegen tieferliegende Gefühle der Verachtung und des scharfen Konkurrenzverhaltens darstellte. Sie brüstete sich damit, die Beste an ihrem Arbeitsplatz zu sein, ein menschlicher Dynamo, der alle männlichen Kollegen, die sie für »schwach« und »rührselig« hielten, übertreffen konnte. Dieses Selbstlob wiederum schützte sie vor ihren tiefverwurzelten Minderwertigkeitsgefühlen. Sie war in Gesellschaft von Männern auch tatsächlich immer angespannt und verlegen und fühlte sich ständig kritisiert. Sie konnte ihre Augen auf sich fühlen, wie sie sie beobachteten, »sie direkt durchschauten« und entdeckten, daß alles nur Fassade und Schwindel war.

Sie war zutiefst davon überzeugt, daß ihre Genitalien häßlich und beschädigt wären. Sie bezeichnete ihre Vagina als »übelriechend«, »verfault«, »zerfressen« und »deformiert«. Sie hatte das Gefühl, sie sei ausgeweitet worden, und sei durch zu viel Anfassen und Geschlechtsverkehr »lose« und »schlaff«. Obwohl sie Sex genoß und im allgemeinen einen Orgasmus erreichte, war sie doch davon überzeugt, daß kein Mann für ihre Genitalien etwas anderes als Abscheu empfinden könnte.

Man konnte den Ablauf ihrer Verabredungen mit Männern immer mit Sicherheit voraussagen. Vor jeder Verabredung wurde sie von der Vorstellung gequält, man könnte sie wie eine Prostituierte behandeln, dann benahm sie sich genauso und fühlte sich hinterher gedemütigt und deprimiert. In diesem masochistischen Bedürfnis nach Erniedrigung zeigten sich ihr eigener Ekel vor ihrer Weiblichkeit und ihre Aggression gegen Männer.

Ihr Sexualleben war von Gefühlen des Penisneids dominiert. Ein Mann bedeutete für sie nicht eine Person, sondern einen Phallus. Ihr wirkliches Interesse konzentrierte sich auf den Penis, nicht auf die dazugehörige Person. Sie konnte ihre Augen nicht davon abwenden und ihre Phantasien waren immer mit großen, erigierten Penisbildern ausgefüllt. Auf der Couch wälzte sie sich immer hin und her, schlug um sich, rollte sich mit dem Gesicht zur Wand zusammen und drehte sich schließlich immer auf den Bauch. Sie fühlte sich »nackt« und »ausgesetzt« und wollte sich verstecken. Ihre Assoziationen führten zu Erinnerungen an Sexualspiele mit Jungen während ihrer Teenagerzeit. Wenn sie sich an deren Erektion erinnerte, fing sie immer an unkontrollierbar zu kichern, hatte das dringende Bedürfnis, sich umzudrehen und sich dann kerzengerade auf der Couch aufzusetzen. Als sie sich daran erinnerte, wie ein Junge eine Erektion in der Öffentlichkeit bekam, versprach sie sich folgendermaßen: »Wäre ich ein Mädchen und das würde mir passieren, dann wäre mir das schrecklich peinlich.« Der Wunsch, ihre Genitalien anschauen zu lassen, traf auf die Furcht, daß man ihre so wichtige Erektion nicht sehen könnte.

Die Übertragung entstand auf zwei Linien: eine Bruder-Übertragung und eine Mutter-Übertragung. Bei der Bruder-Übertragung war sie kokett und verführerisch und zeigte starkes Konkurrenzverhalten und Feindseligkeit. Lange, träumerische und detaillierte Berichte über ihre sexuellen Heldentaten wurden von Phantasien begleitet, mich zu einer Erektion zu stimulieren. Das führte zu der Phantasie, daß sie mich in Schwierigkeiten bringen würde, so wie es ihrem Bruder ergangen war, als er bei einem Sexualspiel mit ihr ertappt wurde. Der Zwischenfall hatte sich ereignet, als sie fünf und er neun Jahre alt war. Der Bruder hatte mit ihren Genitalien gespielt und sie mit seinem Penis berührt. Das Spiel wurde unterbrochen, als ihre Mutter plötzlich in der Tür erschien. Sie ermahnte den Bruder ärgerlich, und obwohl sie zu der Patientin nichts sagte, behandelte sie sie doch kalt und schien ihr Verhalten abstoßend zu finden.

Bei der Mutter-Übertragung hatte sie das Gefühl, ich sei kalt, kritisch und zurückweisend. Ich wurde zur »Mutter in der Tür«, und sie erwartete von mir, daß ich ihre sexuellen Aktivitäten so verurteilen würde, wie ihre Mutter es getan hatte, als sie sie mit ihrem Bruder ertappte. Sie schreckte oft zusammen, wenn ich die Tür zum Wartezimmer öffnete, und sprang manchmal geradezu von ihrem Sitz auf. Das quälende Gefühl, daß ich sie beobachtete, konnte auf die strenge, verurteilende Mutterfigur zurückverfolgt werden. Es wurde auch auf ihren Chef bei der Arbeit übertragen, von dem sie das Gefühl hatte, daß er sie immer im Auge behielt, ihr immer über die Schulter schaute und immer bereit sei, sie zu kritisieren. Als ich sie nach einem kleinen Autounfall nicht im Krankenhaus besuchte, war sie ärgerlich und enttäuscht. Ich erinnerte sie an ihre Mutter, die ihre Erziehung den älteren Schwestern überließ und nur selten in ihrer Nähe war, wenn sie krank war. Sie hatte dauernd das Gefühl, daß sie mir völlig gleichgültig sei, als wäre sie eine Art »Patient zweiter Klasse«. Das brachte ihr in Erinnerung, wie ihre Mutter immer ihren Bruder bevorzugte, wie sie immer seine Lieblingsspeisen kochte und seine Leistungen zur Schau stellte, während sich die Patientin unbeachtet, ungeliebt und ungewollt vorkam.

Nach eineinhalbjähriger Analyse gestand die Patientin, daß sie seit ihrer Pubertät Amphetamin-Tabletten einnahm. Sie nahm sie ursprünglich als 13jährige gegen Dysmenorrhoe, nahm sie dann weiter sporadisch als Appetitzügler und während der letzten drei Jahre regelmäßig in ständig wachsenden Dosen. Sie nahm damals dreieinhalb Pillen pro Tag (17,5 mg Amphetamin).

Das Amphetamin spielte eine wesentliche Rolle in ihrem Alltagsleben. Sie war von ihm abhängig, da es ihr die Stärke und Energie für die Vielzahl ihrer Projekte und Aktivitäten bei ihrer Arbeit und die Vitalität gab, die ihr den Ruf eines »menschlichen Dynamos« eingebracht hatte. Es war die Pille, die sie in ihrem sozialen Leben lebhaft und sprühend und in sexueller Hinsicht aktiv machte. Vor ihren Verabredungen nahm sie häufig eine Extrapille, um sich nicht müde und uninteressant und wie ein »lausiges Flittchen« zu fühlen. Sie mußte ihre Dosis sorgfältig abstimmen, um sich nicht sexuell zu übermächtig zu fühlen, vor allem in der Zeit um ihre Periode, in der – wie sie gehört hatte – die männlichen Hormone einer Frau vermehrt auftraten.

Es bestand eine wichtige Beziehung zwischen ihrem Amphetamingebrauch und ihrer Menstruation. Ursprünglich war ihr die Droge als eine Art Analgetikum zur Erleichterung ihrer Menstruationskrämpfe verschrieben worden. Menstruation bedeutete für sie der Gipfel alles dessen, was ihr am Weiblichen unerwünscht war: schmutzig, ekelhaft und abstoßend. Sie erinnerte sich immer wieder mit intensiven Scham- und Ekelgefühlen daran, daß sie Menstruationsklümpchen mit ihren Fingern entfernt hatte. Sie assoziierte Menstruation mit Krankheiten, wie Infektionen der Vagina und Krebs, oder mit einer Art traumatischer genitaler Beschädigung. Obwohl sie nicht mehr an Menstruationskrämpfen litt, erhöhte sie doch häufig während der Zeit ihrer Periode die Amphetamindosis, um dem Gefühl von Müdigkeit und Lustlosigkeit entgegenzuwirken.

Während der Analyse dieses Materials berichtete sie folgenden Traum: »Ich war bei einem Zahnarzt und ich bat ihn dringend, sich zu beeilen und mit der Sache fertig zu werden.« Assoziationen über den Zahnarzt führten zu ihrer Sorge darüber, daß ihre mit Kronen versehenen Zähne undicht seien, und zu Ängsten, daß die Wurzeln beschädigt sein könnten, und weiter zu der Tatsache, daß sie augenblicklich in Erwartung einer verspäteten Periode ein Tampon trug. Sie erzählte weiter, daß sie häufig ein Tampon einführte, wenn sie starken Ausfluß hatte, und daß es ihr einmal schrecklich peinlich gewesen sei, als sie durch ihren Ausfluß die Hose eines Freundes befleckte. Der Traum drückte ihre Bitte an mich aus, mich zu beeilen und ihre undichten Genitalien in Ordnung zu bringen. Sie führte das Tampon ein, um das Leck zu verschließen und um sich selbst das Gefühl zu geben, daß ihre Genitalien in Ordnung seien. Die gleiche Funktion erfüllten auch die Amphetaminpillen, indem sie ein pharmakologisches »Hochgefühl« erzeugten, das dem Gefühl kranker, schwacher Weiblichkeit entgegenwirkte, das für sie die Menstruation bedeutete.

Mit meiner Ermutigung begann sie systematisch ihre Amphetamindosis zu verringern. Sie fragte sich, welche Person sie ohne die Pillen sein würde und fürchtete schwach, leblos, intellektuell langweilig und wie ein »wandelnder Leichnam« zu werden. Besonders besorgt war sie darüber, wie sie sich Männern gegenüber benehmen würde. Sie sah sich selbst als lethargisch, sexuell uninteressant und auf keinen Fall liebenswert. Dann erzählte sie, daß sie in einem kleinen Beutel für Wechselgeld in ihrer normalen Geldbörse immer eine halbe Pille bei sich trug, »nur für den Fall, daß ich einen kleinen Energiestoß nötig habe«. Sie nahm die Pille nur selten, aber sie zog große Sicherheit aus dem Bewußtsein, daß sie da war. Gerade dieses unschuldige Stückchen Information aber warf wertvolles Licht auf die wahre Bedeutung, die die Pillen für sie hatten.

Sie hatte durch die Reduzierung der Tabletten buchstäblich keine physiologischen Erscheinungen, aber ihre Angst nahm bei jeder weiteren Verringerung der Dosis zu. Kindheitserinnerungen tauchten mit größerer Klarheit und Einsicht wieder auf. Sie erinnerte sich an viele Situationen, in denen sie – vor allem von Jungen, die sie »fett und häßlich« nannten – gehänselt und lächerlich gemacht wurde. Besonders einer rannte immer hinter ihr her, hob ihren Pferdeschwanz mit einem Stock hoch und rief dazu: »Was ist unter dem Pferdeschwanz – Scheiße, Scheiße, Scheiße!« Sie konnte das nun mit ihrer jetzigen Angst und Schüchternheit, die sie in Gesellschaft von Männern fühlte, in Beziehung bringen. Sie fürchtete, sie könnten sie »direkt durchschauen« und ihre beschädigten Genitalien entdecken und sie als »Schwindlerin« lächerlich machen.

Während dieser sehr produktiven Periode ihrer Analyse konnten wir sehen, wie sie versuchte, mit den auftauchenden Ängsten fertigzuwerden, indem sie sie ausagierte. Eine der dabei von ihr verwendeten Methoden war es, sich mit dem Aggressor – in diesem Fall dem »Hänselnden« – zu identifizieren. Sie nahm ihrer Zimmergenossin gegenüber eine höhnische, herablassende Haltung an und nannte sie oft eine »doofe Nutte«. Sie erkannte dies bereitwillig als eine besonders männliche Haltung an, als einen Versuch, sich gegen ihre durch die Verringerung der Pillendosis verursachte Verletzlichkeit zu verteidigen, indem sie die aktive Rolle übernahm und also sie diejenige war, die sich lustig machte. Das Ausagieren, das sie ihren Arbeitskollegen gegenüber entwickelte, konnten wir besser verstehen. Vor allem Clown- und Hänsel-Spiele, an denen sie ständig teilnahm und die sie unterstützte. Sie hatte ein Spiel eingeführt, bei dem Zettel auf dem Rücken der verschiedenen Leute befestigt wurden, aber dann bekam sie es richtig mit der Angst zu tun, als man begann, das gleiche mit ihr zu machen. Sie hatte besonders davor Angst, daß man einen Schwanz an ihrer Kehrseite befestigen könnte. Einmal erzählte sie, daß sie mit einem auf ihrem Rücken befestigten Zettel durch das Zimmer ging und so tat, als hätte sie es nicht bemerkt. Dabei fühlte sie sich in gehobener Stimmung und fröhlich und genoß alles Gelächter, das sie dabei erntete. Dies war ein Versuch, durch Wiederholung der Situation die Demütigung zu bewältigen, die sie als Kind durch Hänseleien erfahren hatte und die eine deutlich kastrierende Bedeutung für sie hatten.

Ein Traum vereinigte besonders viele dieser Gefühle miteinander: »Zwei Leute und ich werden gefoltert, indem man uns in Säcke steckt und mit dem Kopf nach unten im Stadtzentrum aufhängt, während ein Mann unter uns sitzt und uns mit einem Stock stößt und quält.« In ihren Assoziationen stellte sie sich vor, daß ihr Rock nach unten fallen könnte, wenn sie kopfüber aufgehängt ist, und daß dadurch »alles gezeigt« würde und man sich dann darüber lustig machen könnte. Der Mann mit dem Stock erinnerte sie daran, daß sie einmal während ihrer Arbeit mit einem Meterstab in der Hand mit großen, wiegenden Schritten durch das Zimmer gegangen war, und sich dabei seltsam fröhlich und zuversichtlich gefühlt hatte. Um sich gegen die Angst zu schützen, daß ihre Genitalien zur Schau gestellt und lächerlich gemacht würden, verleiht sie sich in ihrem Traum männliche Genitalien und gibt sich selbst den Stock in die Hand; sie wird der aktive Quäler, wie der Junge, der sie mit dem Stock verfolgte und sich darüber lustig machte, was unter ihrem Pferdeschwanz sei.

Während ihre Amphetamindosis immer weiter herabgesetzt wurde, kamen ihre wahren Gefühle über ihre Genitalien mit einer Ehrlichkeit und Überzeugung zum Ausdruck, wie sie während der Analyse vorher niemals aufgetreten waren. Sie betrachtete ihre Genitalien als eine »zerstörte, klebrige, breiige, haarige, schmutzige Sache«. Nachdem ich ihr Fragen über die Bedeutung der kleinen Pille, die sie in ihrer Geldbörse bei sich trug, stellte, entschloß sie sich dazu, sie herauszunehmen. Sie erklärte, daß sie eingesehen hätte, daß die Pille nur ein »clutch« (Gangschaltung oder: Sich-Festklammern) wäre. Das war aber eine Fehlleistung, da sie eigentlich »crutch« (Krücke) sagen wollte. Sie assoziierte »clutch« mit der Gangschaltung eines Autos und gab den Hinweis, daß vielleicht die Pille in ihrem Geldbeutel für sie etwas zum daran »Festklammern« war. Während sie das beschrieb, umklammerte ihre Hand ganz unbewußt einen imaginären Schalthebel direkt über dem Schambereich. Ich machte sie darauf aufmerksam, indem ich sie fragte: »Woran klammern Sie sich jetzt fest?« Sie lachte überrascht über die offensichtliche Bedeutung dieser Handlung.

Der Verzicht auf die Amphetaminpille – ihre maskuline Verteidigung – bedrohte sie mit dem Auftauchen ihrer gefürchteten Weiblichkeit. Sie glaubte, daß ihre Brüste schwerer würden und sie vaginalen Ausfluß bekomme, daß Milch heraustropft. Während sie befürchtete, daß ihre Weiblichkeit »aus ihr heraustropfen« könnte, war sie heimlich aber auch froh darüber. Sie fragte sich, wie es wäre, von einem Mann geliebt zu werden und Kinder zu haben. Ihre Haltung ihren Neffen und Nichten gegenüber veränderte sich sichtlich. Sie liebte sie zärtlich und mütterlich, wie sie es vorher nie gekannt hatte, und nannte sie »meine Kinder«. Sie phantasierte davon, eine friedliche, beständige, mütterliche Frau zu werden, die mit ihrer Weiblichkeit »ausgesöhnt« war.

Auch andere Veränderungen traten während der Herabsetzung ihrer Amphetamindosis auf. Sie wurde weniger euphorisch und weniger verstört. Bei ihrer Arbeit war sie entspannter, freundlicher und zeigte weniger Konkurrenzverhalten. Bei Verabredungen war sie jetzt zuversichtlicher und reifer und in der Lage, sich in sexueller Hinsicht zu beherrschen. Sie vermittelte den Eindruck, als hätte sie jetzt mehr Zuversicht, Selbstachtung und Stolz auf sich selbst und Glaube an die Analyse.

Dieser Zustand ging einer abrupten Veränderung in der Analyse der Patientin voraus. Das Gefühl wachsender Zuversicht und Selbstachtung wich einem Gefühl von Depression und Hoffnungslosigkeit. Ihr Optimismus und ihr Enthusiasmus in bezug auf die Analysearbeit wichen einem Gefühl von Interesselosigkeit und Unzufriedenheit. Der Materialstrom versiegte und ihre Assoziationen wurden gezwungen und oberflächlich; dann schwieg sie oft lange.

Anhaltende Interpretationen dieses sich entwickelnden Widerstandes führten zu plötzlichen Tränenausbrüchen und Wutanfällen. Sie hatte das Gefühl, daß ich mir nicht wirklich etwas aus ihr machte. Für mich sei sie nur ein erfolgreicher Fall. Ich hätte nur daran Interesse, daß sie die Pillen aufgab – und nicht an ihr als einem menschlichen Wesen. Sie hatte ihre Amphetamindosis von dreieinhalb auf eine Pille pro Tag herabgesetzt und war auf dem besten Weg, sie ganz wegzulassen, aber sie hatte dabei das Gefühl »Was soll das Ganze«. Es war einfach nicht genug. Sie sehnte sich danach, Liebe zu finden. Sie wollte umarmt, verwöhnt und geliebt werden. Sie hatte von mir verlangt, daß ich die Pille durch meine Liebe ersetzte, und jetzt hatte sie mir gegenüber die gleichen Gefühle, wie früher gegenüber ihrer Mutter: enttäuscht, frustriert und leer.

Sie hatte zu dieser Zeit ihre Amphetamindosis auf weniger als eine halbe Pille pro Tag reduziert, aber es war ihr trotzdem nicht möglich, ganz darauf zu verzichten, obwohl sie es häufig versuchte. Es war ihr schon klar, daß das winzige Pillenteilchen, an das sie sich noch immer klammerte, nicht den geringsten physiologischen Effekt haben konnte – und trotzdem konnte sie nicht darauf verzichten. Irgendwie war ihr der Gedanke, sich völlig von den Pillen zu lösen, »ohne alles« dazustehen, unerträglich.

Die Kombination dieser beiden Gefühlskonstellationen (der Furcht, daß sie bei völligem Verzicht auf die Pille »ohne alles« dastehen würde und dem Bedürfnis, sie durch die Befriedigung, geliebt zu werden, zu ersetzen) ermöglichte einen sehr wichtigen Einblick in die Genese der Neurose der Patientin. Sie machte damals einen ihrer häufigen Zahnarztbesuche. Diesmal wurde sie von einem freundlichen, gutaussehenden jungen Zahnarzt behandelt, fühlte sich stark zu ihm hingezogen und wollte sehr gern erreichen, daß er sie mochte. Es war ihr äußerst peinlich, daß er in ihren Mund hineinschaute, nachdem die Zahnplatten, die einen Teil ihrer Zähne ersetzten, herausgenommen waren. Sie fühlte sich von dieser Aussicht so gedemütigt, daß sie nichts anderes mehr tun konnte, als einfach ihren Mund zu öffnen und ihn ihre Zähne untersuchen zu lassen. Sie war davon überzeugt, daß er den Anblick so abstoßend finden würde, daß er sie unmöglich gern haben konnte. In Assoziation zu diesem Vorfall brachte sie die tiefe Sehnsucht danach zum Ausdruck, daß ich ihr sagen möge, daß ich sie liebe, und ihr versicherte, daß sie liebenswert sei. Wir konnten jetzt verstehen, warum sie sich an das letzte Pillenfragment klammerte: Sie befürchtete, daß sie sich ohne es völlig unliebenswert fühlen würde. Zu diesem Zeitpunkt konnten wir rekonstruieren, daß sie genau dieses Gefühl während ihrer Pubertät gehabt haben mußte, als sie anfing die Pillen zu nehmen, um sich gegen die wieder auftauchenden Kindheitsgefühle zu schützen, daß ihre Genitalien beschädigt seien und man sie deshalb nicht lieben könnte. Bald darauf verzichtete die Patientin ganz auf die Pillen und verbrannte zeremoniös ihre Rezepte.

Die Verbindung der Amphetaminabhängigkeit mit der hysterischen Neurose meiner Patientin liefert ein Beispiel für die bedeutende Rolle, die der Oralität bei Hysterie zukommt – eine Rolle, die auch in der Fachliteratur mehr und mehr betont wird.[2]

Hinter ihren reichen phallischen Symbolen waren tiefliegende orale Fixierungen verborgen, die genetisch und klinisch dokumentiert werden konnten. Ihre Mutter hatte sich in ihrer frühen Kindheit von ihr zurückgezogen und sie der Obhut ihrer älteren Schwestern überlassen. Sie war ein dickes, einsames Kind, das sich ungeliebt und ohne Zuwendung fühlte. Als Erwachsene war sie von appetithemmenden Pillen abhängig, stopfte sich in periodischen Abständen mit Süßigkeiten voll, rauchte und trank. Ihre Hypersexualität richtete sich primär auf orale Befriedigung. Fellatio war dabei besonders wichtig, und sie träumte beim Geschlechtsverkehr von langanhaltenden, warmen »köstlichen« Orgasmen, die von dem Gefühl begleitet waren, sie würde dabei mit ihrem Partner verschmelzen.

Die Ausbreitung des Analysematerials verlief parallel zur Schichtung der libidinösen Fixierung. Während des Tablettenentzugs wurde deutlich, daß die äußere Schicht der *phallischen* Symptome als ein Schutz gegen die tieferen *oral-depressiven* Symptome diente. Erst nachdem die oralen und phallischen Elemente auf einen Nenner gebracht werden konnten und ihre genetische Verbindung bewiesen wurde (d. h. daß sie das Gefühl hatte, ihre Mutter hätte sie zurückgewiesen, weil sie ohne Penis nicht geliebt werden konnte), war sie in der Lage, vollständig auf die Pillen zu verzichten. Diese analytische Einsicht war zwar von großer Bedeutung, aber gleichzeitig gab es auch einen Antrieb, durch ihren erfolgreichen Verzicht den innerhalb der Übertragung gestellten Forderungen nachzugeben.

Dieser Umstand lieferte weitere Charakteristika ihrer besonderen Psychopathologie. Sie gab die Pille in der Hoffnung auf, daß diese durch meine Liebe ersetzt würde. Als sich das nicht erfüllte, kam die ganze Gewalt ihrer oralen Sehnsüchte, begleitet von Wut und Depressionen, zum Tragen. Diese Reihenfolge wird von Marmor (1953) lebendig beschrieben: »Das einfache Verschwinden der hysterischen Symptome im Verlauf einer Therapie ist – durch die Suggerierbarkeit hysterischer Patienten – häufig ein Nachgeben gegenüber den Anforderungen der Übertragung, wobei die unbewußte Formel lautet: Wenn du mich liebst und schützt, werde ich tun, was auch immer du von mir verlangst. Aber genau diese orale Abhängigkeit wird zum Auslöser eines sehr starken Widerstandes, wenn die Analyse direkt darauf eingeht.« [3]

In der Literatur findet man häufig Hinweise auf die Beziehung zwischen Hysterikern oder hysterischen Persönlichkeiten und Drogengewöhnung oder Drogensucht. Fenichel (1945) nennt bestimmte Zwangsneurotiker »Liebessüchtige« [4], deren Hypersexualität auf orale Befriedigung gerichtet ist. Er zitiert Wulffs Beschreibung »einer bei Frauen nicht seltenen Psychoneurose, die mit Hysterie, Zyklothymie und Sucht in Zusammenhang steht« [5]. Marmor (1953) erklärt das Auftreten von Sucht bei hysterischen Charakteren als das Ergebnis ihrer Neigung zu oraler Regression in Streß-Situationen.[6] Wittels (1930) glaubt, daß Hysteriker als Ergebnis ihrer Suche nach einem *Ekstase*-Zustand die Hauptgruppe der Drogenbenutzer stellen.[7] Jedoch wird der Mechanismus, durch den Drogenabhängigkeit in einen primär neurotischen Symptomkomplex integriert werden kann, selten erwähnt.

In diesem Fall waren die multiplen symbolischen Funktionen der Droge innerhalb des Symptomkomplexes der Patientin von zentraler Bedeutung. Dies konnte in objektiver Form (das, was die Pille selbst symbolisierte) oder in subjektiver Form (die symbolische Bedeutung der durch sie hervorgerufenen pharmakologischen Wirkungen) gesehen werden. Diese beiden symbolischen Formen drückten wiederum die oralen und die phallischen Antriebskräfte aus.

Die Pille selbst symbolisierte objektive Männlichkeit – ihren illusorischen Penis. Ein höchst dramatisches Beispiel dafür trat in der symptomatischen Geste in Erscheinung, in der sie unbewußt einen imaginären Schalthebel über ihrer Schamgegend umklammerte, während sie die Pille, die sie in ihrer Geldbörse mit sich führte, als etwas zum »daran Festklammern« (clutch) beschrieb. Es war eine klare Demonstration dafür, wie leicht sich die Sprache durch das, was Freud (1893) verbale Symbolisierung nannte[8], zur Symptomausbildung hergibt. Das Wort »clutch« (Schalthebel und Anklammern) war ein überdeterminiertes, zentrales Wort, das die Trieb- und Schutzaspekte in dieser symptomatischen Geste zusammenfaßte. In der unbewußten Geste »umklammert« (clutch) sie das, was sie einen »Schalthebel« (clutch) nennt. Das ist eine Dramatisierung ihres phallischen Triebs: der Wunsch, ihren eigenen erigierten Phallus zu ergreifen. Aber dieses Wort war nur ein Versprecher. Sie wollte eigentlich sagen, daß die Pille eine »Krücke« (crutch) war – etwas, um sie zu stützen und aufrechtzuerhalten. Das Versprechen entstand aus einer assoziativen Verbindung zwischen »clutch« (Schaltknüppel, Anklammern) und »crutch« (Krücke). Noch zwei andere gebräuchliche Verwendungen des Wortes »clutch« suggerieren diese Assoziation. »Clutch« bezieht sich auf einen Zustand starker Spannung oder Panik: »sich in die Enge getrieben fühlen« (clutched-up). Außerdem beschreibt das Wort auch die objektive Situation, nämlich einen entscheidenden Moment oder eine kritische Lage: »in der Klemme sitzen« (in the clutch). Diese Bedeutungen des Wortes »clutch« beschreiben eine Notsituation, in der sie eine Krücke (crutch) nötig hätte. Dadurch wird die assoziative Verbindung zwischen den beiden Worten hergestellt.

Die symptomatische Geste bewies, daß für sie die Pille das Symbol eines illusorischen Penis darstellte, den sie zur Linderung ihrer Panik, die sie in bestimmten entscheidenden Situationen empfand, ergreifen konnte. Gewöhnlich waren das Augenblicke, in denen sie sich wegen ihrer Weiblichkeit unsicher fühlte oder sie verabscheute: vor Verabredungen mit Männern, in Erwartung sexueller Kontakte, während der Menstruation oder im Konkurrenzkampf mit den Männern an ihrem Arbeitsplatz, usw. Der ganze symptomatische Akt könnte durch die verschiedenen Bedeutungen des einen Schlüsselworts ausgedrückt werden: Sie klammert sich (clutch) an ihrem Schaltknüppel (clutch) fest, wenn sie sich in einer schwierigen Situation (in the clutch) in die Enge getrieben (clutched-up) fühlt.

Die pharmakologischen Wirkungen der Pille verstärkten ihren phallischen Trieb noch weiter und schützten sie gegen ihre ungewollte Weiblichkeit. Zuerst nahm sie die Pille zur Behebung ihrer Menstruationskrämpfe, die für sie schwache, kranke Weiblichkeit darstellten. Später wurden sie ihr zur Bekämpfung ihrer Fettleibigkeit verschrieben, die auch schlaffe, passive, unattraktive Weiblichkeit bedeutete. Der durch die Amphetaminpillen bewirkte Energie- und Vitalitätsaufschwung gab ihr die entsprechenden männlichen Gefühle: physische Kraft, scharfen Verstand und sexuelle Kühnheit.

In ähnlicher Weise drückten die Pillen auch orale Antriebskräfte symbolisch aus. Objektiv bedeutete die Pille eine Essensreserve für den Notfall, wie die Süßigkeiten auf ihrem Nachttisch, und schützten sie gegen primitive Ängste, sich oral verlassen zu fühlen. Während der letzten Stufen des Entzugs hatte sie das gefürchtete Gefühl, »ohne alles« dazustehen, sowohl der oralen als auch der phallischen Bedeutung nach. Während ihrer Teenagerzeit hatte ihre Mutter die Einnahme von Appetitzüglern befürwortet und dadurch frühere Konflikte im Zusammenhang mit Diätessen, Essenstehlen und Versagungsgefühlen wieder erweckt. Als eine Substanz, die gegessen wird, um sie am Essen zu hindern, konnte die appetithemmende Pille für sie die nährende Mutter und die versagende Mutter gleichzeitig darstellen. Das Amphetamin bewirkte auf verschiedene Weise die Gefühle oraler Befriedigung. Die appetitunterdrückende Wirkung nahm ihr die Hungergefühle und gab ihr ein relatives Völlegefühl. Sie beschrieb auch, daß die Pillen Gefühle von Wärme, Wohlbefinden und Optimismus erzeugten. Durch die Pille fühlte sie sich liebenswert und zu langanhaltenden sexuellen Aktivitäten befähigt, bei denen ein großer Teil der Befriedigung auf einer oralen Ebene stattfand.

Es war genau diese einzigartige Qualität der Droge, nämlich daß sie gleichzeitig für eine objektive und eine subjektive Symbolisierung eingesetzt werden konnte, die ihre Einbeziehung in den gesamten Symptomkomplex erleichterte. In dieser einzigen Pille, die sie in ihrer kleinen Börse bei sich trug, waren symbolisch die oralen und die phallischen Momente ihrer Neurose kondensiert. Sie diente als ein Schmelztiegel, in dem diese Elemente miteinander verbunden wurden, und durch ihre tiefgreifenden symbolisch-pharmakologischen Wirkungen verstärkte und verfestigte sie die Neurose. Dies wurde nirgends so deutlich wie in ihrem Kampf, sich von der Pille zu lösen. Auch Glover (1931, 1932) weist darauf hin, daß der Süchtige leicht die Droge bis auf den letzten, verdünntesten Tropfen reduzieren kann[9]; dann aber wird es schwierig, denn dieser Tropfen enthält die Symbolik.[10]

Die Tatsache, daß sie die Pille, die sie zwar selten verwendete, die ihr aber durch ihr Vorhandensein Sicherheit gab, bei sich trug, legt in Verbindung mit ihrem objektiven Symbolismus und der Angst, die sie bei dem Verzicht darauf durchmachte, die Vermutung nahe, daß das Amphetamin die Funktion eines Übergangsobjekts oder eines Fetischs hatte. Greenacre (1960) beschrieb das Phänomen des Pillenfetischismus als eine »Pseudosucht«, die eher bei der Entstehung einer Neurose als bei einer echten Perversion auftritt.[11] Sie beschreibt einen Fall, bei dem die Pillen den Penis des Vaters und die Brüste der Mutter darstellten. (Dieser besondere Fall war ein Mann, während es sich bei der Mehrzahl ihrer Krankheitsfälle um Frauen handelte.) Sie zitiert Glover, der sagt, daß »viele Fetischisten eine Phase von Drogensucht durchlaufen und vielleicht die Droge bei sich tragen, aber nicht so sehr, um sie im Notfall zu verwenden, sondern um eine Trennung von dem symbolischen Liebesobjekt zu vermeiden« (S. 204).

Greenacre mißt dem fetischistischen Pillengebrauch sowohl phallische als auch orale Bedeutung bei. Ihrer Meinung nach dienen die Pillen dazu, »den phallischen (oder klitoralen) Wert als Teil eines allgemeinen körperlichen Schutzes zu unterstützen und zu verfestigen und so gegen körperliche Angst oder Trennungsangst zu schützen« (S. 204).

Obwohl meine Patientin mit diesem klinischen Bild viel gemeinsam hat, gibt es bei ihr doch einige wesentliche Unterschiede. Greenacre deutet darauf hin, daß das für einen Fetischisten Wesentliche an der Droge ihr Aussehen sei: ihre Größe, Form, Farbe etc. Er neigt dazu, die Drogenmenge nicht zu steigern und kann sie durch weniger aktive Drogen ersetzen. Wenn man die Beschreibung Greenacres liest, bekommt man den Eindruck, daß die pharmakologischen Wirkungen vergleichsweise weniger bedeutend sind. Das traf bei meiner Patientin nicht zu. Sie hatte die Dosis ständig erhöht und die pharmakologischen Wirkungen der Droge sowie die symbolische Bedeutung dieser Wirkungen waren für sie von größter Wichtigkeit. Deshalb war die Tatsache, daß die Pille, die meine Patientin mit sich führte, tatsächlich eine fetischistische Funktion hatte, indem sie ihren illusorischen Penis symbolisierte, doch nur einer der Aspekte, durch die sie an dem gesamten Symptomkomplex beteiligt war.

Die durch die pharmakologischen Wirkungen des Amphetamin hervorgerufenen Gefühle von Wärme, Wohlbefinden und Sicherheit standen mit einem Übergangsobjekt in engerer Verbindung als mit einem Fetisch. Winnicott (1958) nannte Sucht eine »Regression in das frühe Stadium, in dem die Übergangsphänomene noch nicht herausgefordert wurden«[12]. Die Patientin gestand ihre Pillenabhängigkeit zu einem Zeitpunkt ein, an dem die Analyse ein Stadium erreicht hatte, in dem sie einen Verzicht darauf in Betracht ziehen konnte. Ihr stufenweiser und schmerzhafter Verzicht erinnert an ein Kind, das ein Übergangsobjekt aufgeben muß. Es bedeutete für sie eine weitere Durcharbeitung ihres Konfliktes, der durch die Trennung von der Mutter entstanden war.

Daher stellte die Pille für diese Patientin sowohl einen Fetisch als auch ein Übergangsobjekt dar. Sie hatte eine fetischistische Funktion, indem sie ihr als Absicherung gegen ihren eingebildeten genitalen Defekt das Gefühl phallischer Unversehrtheit verlieh. In der Funktion einer narzißtischen Reserve, die sie von ihren Gefühlen der Trennungsangst befreite, diente sie als Übergangsobjekt.[13]

Die Patientin beschrieb einmal den pharmakologischen Effekt der Pillen auf folgende Weise: »Wenn ich sie nicht nehme, dann fühle ich mich im Innern tot, wie ein leeres Gefäß, und ich möchte niemand um mich haben. Wenn ich die Pille nehme, dann werde ich lebendig, das Gefäß wird aufgefüllt und ich bin gern mit anderen Leuten zusammen.« Diese Worte bezeugen sehr anschaulich die Funktion der Pille: Sie soll ihre narzißtische Integrität und ihr Gefühl der Selbstachtung aufrechterhalten.

Viele Charakteristika dieser Patientin lassen an narzißtische Pathologie[14] denken: ihre Schüchternheit, ihre Sorge um ihr Aussehen, das dauernde Gefühl beobachtet zu werden und ihre phallisch-exhibitionistischen Anstrengungen. Ihre Beziehungen zu Männern wurden von der Notwendigkeit dominiert, den Penis zu besitzen (um einen eingebildeten genitalen Defekt zu beheben) und von dem

Wunsch, mit dem Objekt zu verschmelzen (um sich so dauernden narzißtischen Vorrat zu sichern).

Der pharmakologische Effekt der Droge spielte bei der Regulierung ihrer Selbstachtung eine wichtige Rolle. Sie war dazu gekommen, sich auf eine morgendliche »Unterhalts«-Dosis zu verlassen, die ihr genügend Spannkraft für die Konfrontation mit der Welt gab. Im Verlauf des Tages ging es ihr dann häufig so, daß sie auf imaginäre, narzißtische Beleidigungen zu stark mit einem plötzlichen Gefühl der Leere und Hilflosigkeit reagierte. Durch die Einnahme von mehr Amphetamin wurde ihre narzißtische Batterie neu aufgeladen und ein Gefühl von Unversehrtheit und Macht erzeugt. Dieses Gefühl der narzißtischen Macht beschreibt vielleicht die pharmakologische Wirkung der Pillen am besten. Dadurch wird in etwa die Beobachtung von Frosch [15] bestätigt, daß die spezifische, von Amphetamin hervorgerufene Veränderung des Ich-Zustandes eine Aktivierung mit einem Gefühl »aktiver Überlegenheit« ist (S. 214).

Der von Amphetamin hervorgerufene Ich-Zustand der Aktivierung kann direkt auf seine pharmakologischen Wirkungen zurückgeführt werden [16]. Chemisch gesehen ist es ein Epinephrin-Derivat und seine autonome Wirkung ist sympathomimetisch. Es ruft eine Stimulierung des Zentralnervensystems mit gesteigerter Aktivität im Stammhirn hervor, die sich in erhöhter Munterkeit, verstärktem Bewußtsein und größerer Aufmerksamkeit bemerkbar macht. Es gibt Beweismaterial für die Vermutung, daß auch die libidinöse Antriebskraft [17] verstärkt wird. Der durch Amphetamin bewirkte psycho-physiologische Zustand ist also der natürlich auftretenden adrenergischen Reaktion auf Streß, sexuelle Erregung und Aggression ähnlich.

Wir leben in einem Drogenzeitalter, einem Zeitalter, in dem das Interesse an Drogen, das Wissen darüber und – in einigen Fällen – die Verehrung der Drogen eine noch nie dagewesene Höhe erreicht hat. Es steht jetzt eine größere Auswahl an Drogen zur Verfügung, und sie sind leichter zu beschaffen als je zuvor. Sie bilden ein mächtiges Reservoir für die Entwicklung neurotischer Symptome. Wir können damit rechnen, auf eine wachsende Zahl von Krankheitsfällen zu treffen, bei denen neben Amphetamin auch Marihuana, Barbiturate und Halluzinogene mit in den Systemkomplex einbezogen wurden. Dabei kann der Grad, wieweit die symbolische Bedeutung der Droge, ihre pharmakologische Wirkung und der Einnahmevorgang mit in die Struktur der Neurose einbezogen wurden, eine wichtige Rolle bei der Einschätzung ihrer Analysierbarkeit und ihrer Prognose spielen.

Anmerkungen

[1] Breitner, C.: »Appetite suppressing drugs as an etiologic factor in mental illness«. In: *Psychosomatics.* 4. 1963. S. 327–333. Connell, P.: »Clinical manifestations and treatment of amphetamine type of dependence«. In: *Journal of the American Medical Association.* 196. 1966. S. 718–723. Kales, A. et al.: »Drug dependency – investigations of stimulants and depressants«. In: *Annals Intern. Medicine.* 70. 1969. S. 591–614. Lemere, F.: »The danger of amphetamine dependency«. In: *American Journal of Psychiatry.* 123. 1966. S. 569–571.

[2] Chodoff, P. und Lyons, H.: »Hysteria, the hysterical personality and ›hysterical‹ conversion«. In: *American Journal of Psychiatry.* 114. 1958. S. 734–740. Fitzgerald, O.: »Love deprivation and the hysterical personality«. In: *Journal of Mental Sciences.* 94. 1948. S. 701. Marmor, J.: »Orality and the hysterical personality«. In: *Journal of the American Psychoanalytic Association.* 1. 1953. S. 656–671. Rangell, L.: »The nature of conversion«. In: *Journal of the American Psychoanalytic Association.* 7. 1959. S. 632–652.

[3] Marmor (s. Anm. 2), S. 661 f.

[4] Fenichel, O.: *The Psychoanalytic Theory of Neurosis.* New York 1945. S. 382.

[5] Fenichel, O.: *Collected Papers.* New York 1954. S. 315.

[6] Marmor (s. Anm. 2).

[7] Wittels, F.: »The hysterical character«. In: *Medical Rev. of Reviews.* 36. 1930. S. 186–190.

[8] Freud, S.: »Studies in hysteria«. (1893). In: *Standard Edition.* (Gesammelte Werke). 2. London 1955. S. 181.

[9] Glover, E.: »A discussion on the prevention and treatment of drug addiction«. In: *British Journal of Inebriety.* 29. 1931. S. 13–19. »On the etiology of drug addiction«. In: *International Journal of Psycho-Analysis.* 13. 1932. S. 298–328.

[10] Crowley, R.: »Psychoanalytic Literature on drug addiction and alcoholism«. In: *Psychoanalytic Review.* 26. 1939. S. 39–54.

[11] Greenacre, Ph.: »Further notes on fetishism«. In: *The Psychoanalytic Study of the Child.* 15. New York 1960. S. 191–207.

[12] Winnicott, D. W.: *Collected Papers.* New York 1958. S. 242.

[13] Greenacre, Ph.: »The fetish and the transitional object«. In: *The Psychoanalytic Study of the Child.* 24. New York 1969. S. 144–163.
[14] Reich, A.: »Pathologic forms of self-esteem regulation«. In: *The Psychoanalytic Study of the Child.* 15. New York 1960. S. 215–231.
[15] Frosch, W.: »Psychoanalytic evaluation of addiction and habituation«. In: *The Journal of the American Psychoanalytic Association.* 18. 1970. S. 209–218.
[16] Breitner, C.: »Appetite suppressing drugs as an etiologic factor in mental illness«. In: *Psychosomatics.* 4. 1963. S. 327–333.
[17] Bell, D./Trethowan, W.: »Amphetamine addiction and disturbed sexuality«. In: *Archives of General Psychiatry.* 4. 1961. S. 100–104.

»Solche Erfahrung ist ebensoweit
von der Wirklichkeit entfernt wie
eine Fata Morgana vom Wasser. Ganz
gleich, wie lange man das Trugbild
verfolgt, *so* wird man das Wasser
nie erreichen.« Meher Baba

KLAUS LEA

Über Tun und Lassen

1. Anfänger

Als Autodidakt ist man ein anderer Mensch. Nicht, daß man unbedingt anders sein will. Es ist eine Frage des Akzeptierens. Kaum gelingt es einem, sich selbst zu aktzeptieren, da warten schon die anderen und ihre Resultate. Ich nehme keine Gegebenheiten hin, denn der Sinn des Lebens heißt: ewiger Anfang. Ich bekenne mich dazu, fortwährend Anfänger zu sein.

Entweder du gehst zur Schule oder du lernst etwas. Ein Autodidakt fängt immer wieder an und liebt Werkzeuge.

Mit zwanzig hatten mir Hunger und Kälte die Sinne geöffnet und die Autorität der Natur gezeigt. Es erschien mir alles sehr sehr schwer, und eine Lähmung befiel mich, aus deren Verstrickung zu befreien mich zwölf Jahre gekostet hat. Warum so lange? Weil ich alles selbst bewältigen mußte (wollte): das Arbeiten und das Arbeiten lassen, das Gammeln und das Gammeln lassen, den Rausch und den Rausch lassen . . .

An der abendländischen Kultur-Maxime gemessen, bin ich eigentlich ein ungebildeter Mensch geblieben. Will hinzufügen: der abendländische Geist konnte mir auf dem Weg auch nicht helfen – hat mich eher verwirrt.

Als Junge aus dem Teufelsmoor (der aus der spätzeitlichen Torfbildung mit abgeschlossener Volksschul*bildung*, fünfzehnjährig, ohne Zwischenetappe gleich dreihundert Millionen Jahre zurück durch die abgeschlossenen *tieferen Bildungen*, über Quartär, Tertiär, Kreide, Jura, Dyas, also bis Karbon zum fertigen Paläozoikum sank und dort als Knappe dafür sorgte, daß die schwarze Seele der Erde zutage gefördert wurde) fiel es meinem farnverwobenen, verschachtelten Blick nicht leicht, einen geeigneten Hintereingang ins europäische Geistesgebäude zu finden, ohne dabei Gefahr zu laufen, vom erstbesten Türsteher wieder hinausgeworfen zu werden. Gut, jeder weiß ja, daß es bei der Umschulung von Kumpels besonderer Prüfungen wie Knast, Genickbruch und Arbeitslosigkeit bedarf, und schließlich machen sie doch alle ihren Weg und oft nicht schlecht, weil sie gelernt haben, daß nicht alles verloren ist, solange »die Lampe noch brennt«.

»Es gibt nichts Unmögliches« – dieser untertage geschaffene Satz wird mir durch die Existenz des Menschen selbst immer wieder bewußt. Allein, man muß das Unmögliche erkennen.

Im Lösen von Rätseln also geübt, wollte ich mein Leben ändern. Bei der Gewöhnung ans überflüssige Tageslicht halfen mir Traven, Hemingway, Dostojewsky und ausgiebige Fußmärsche im Land unseres Erbfeinds Frankreich, dessen delikate Wässerchen während der Begegnung mit den alten Chinesen (Küche und Tao) geradezu Wunder in mir wirkten. Zugang zum grellen Licht deutscher Geistesblitze fand ich allerdings nicht.

Ted, ein junger Beatnick und Gitarrist, wies mir von der sonnigen Seine den Weg zurück: »Ain't German your language?«

Und siehe da! Kaum faßte man einen Schopenhauer, Nietzsche oder Kant an, sprang der Knüppel aus dem Sack und man bekam eins aufs Dach. Das war wirklich nicht, was ich wollte, und ich beschloß, selbst Dichter zu werden, komme, was da wolle. Und ich fing an, mein Licht vor Windmachern zu schützen.

2. Selbsthilfe

Niemand in meinem Bekanntenkreis, der keine »Drogen« nimmt. Und wenn es nur Vitaminstöße sind. Drogen-Inflation. Inflation der Drogenprobleme. Ernste Menschen scheuen sich, solche Worte noch zu gebrauchen, sie bringen nur Verdruß und Mißverständnisse. Drogen, gesprochen oder genommen, wirken bei mir wie Finger im Hals. Die Wortschwemme entwertet nicht nur, sie zerstört jede Hoffnung auf Klärung. Jene Unfähigkeit der Drogenabhängigen, die sogenannten Auflösungserscheinungen zu bremsen, potenziert sich in Köpfen und Händen derer, die befugt sind und sogar eifrig sich befleißigen, dieser delikaten Tagesfrage Herr zu werden. Falsch informierende Dissertationen, Zeitungsartikel und Aufklärungsschriften schüren tiefes Mißtrauen gegen empirische Wissenschaften und akademische Verantwortung. Nicht nur das. Sie entlarven oft auch die Erfolgs- oder Profitgier der Verfasser.

Falsche Anwendung selbst der heilsamsten Mittel hat zur Folge, daß sie in Notfällen nicht mehr wirken. Aus Ignoranz entstandene Engpässe in der »psychohygienischen Versorgung« (in den ersten Jahren des Rauschdrogenbooms) werden verbehördlicht und damit zementiert.

»Arzt hilf dir selbst!« (Lukas 4) möchte man den Wissenschaftlern ins Stammbuch schreiben. Fatal, angesichts dessen, daß sich Selbsthilfe bei jeglicher Sucht heute als die wirksamste Rehabilitation herausstellt. Staatsgelder, das weiß jeder Betroffene, sind zum Fenster hinausgeschmissen, wirklich hinausgeschmissen, denn unten auf der Straße warten nicht etwa die Süchtigen, sondern die Nüchternen mit den dicken Geldtaschen, die das System kapieren. *Sie* verstehen Innenweltverschmutzung ebenso als Geschäft wie Außenweltverschmutzung. Die Werbung gibt es gratis, das Geld liegt auf der Straße, das ist wahr. Wer es nicht aufhebt, ist blöd.

3. Etwas mehr über Statistik

Jedenfalls können wir Süchtigen das Geld nicht sehen, weil wir schon auf dem Rücken liegen – also auf dem Geld drauf. Es sei denn, es bisse sich ein Schein an uns fest.

Wir können aber mit geschlossenen Augen sehen, daß man uns mit manipulierten Statistiken an der Nase führen will, ausgerechnet an unserer nach innen gerichteten Nase!

Wir wissen: Geld ist auch eine Droge wie Autos, die jährlich Tausende von Menschenleben fordern. Und mehr als 600 000 Alkoholiker können unbeschwert ein Lied auf die Freiheit anstimmen. Unser blauer Dunst und unsere Unfälle werden staatlicherseits noch subventioniert. Prost!

4. Die Dealer

Der Drogenmarkt ist in festen Fäusten, denen man ihn nicht entreißt. Was Leverkusen und Basel für die synthetischen Präparate, das sind Teheran und Katmandu für die Rauschdrogen. Eiskalte Agenten spinnen Tag und Nacht ihr perfektes Netz rund um den Globus. Schwache Fäden werden umgehend ausgetauscht, von der Polizei eingezogene Informanten sofort ersetzt. Der Pakt mit der Sucht ist tausendmal stärker als alle Armeen der Welt. Die andere Seite: Regierungen und Institutionen. Anruf genügt. Einige Millionen Beamte heben träge die Augenlider, als würden sie mit einem Aphrodisiakum gedopt. Verzückt setzen sie ein Heer speziell gedrillter Schnüffler in Bewegung. Sie können noch im dicksten Großstadt-Smog ein Milligramm Tetrahydrocannabinol wittern. Sie tauchen überall im Untergrund auf und »ticken« per Walkie-Talkie jede Spur. Aber der echte Feind hat längst dicke blinde Fährten gelegt. Prompt platzen die Gefängnisse von türkischen Gastarbeitern, die auf dem Weg von ihrem entfernten Heimatdorf zum Sammelbahnhof mit dem Esel zufällig an einem Hanffeld vorbeigeritten waren. Der Zoll stellt in einem Lkw drei Zentner Haschisch sicher, während eine Taschenarmee mit drei Millionen Einheiten Heroin durch tausend Grenzmaschen schlüpft. Gleichzeitig laufen die städtischen Abfalltonnen dank der Broschürenflut der Staatskampagnen über, und die Müllverbrennungsanlagen ersticken in Anti-Drogen-Papieren.

5. Alle, die sich eine Weile mit Drogenproblemen beschäftigen, werden früher oder später wirr

Wer soll da noch die Lage überschauen oder gar helfen.

6. Heute

13. März 1973 in München, Olympia-Sporthalle. Es spielen »Jethro Tull«, eine amerikanische Top-Rock-Gruppe. Amerikaner wissen, wie man Geschäfte und Musikgruppen macht. Die Deutschen haben von den Amerikanern nur gelernt, wie man Geschäfte macht. Zwischen acht- und neuntausend junger Fans haben fünfzehn Mark Eintritt gezahlt. Die 150 Phon der Gruppe schluckt die Halle

sportlich. Jeder weiß, die Gruppe ist drogenfeuergehärtet, wirklich zäh, innen und außen durchtrainiert. Sogar ihre Routine kommt der großen Veranstaltung zugute. Das Geschäft erfordert einfach Spitze, ganz gleich, welche Gattung Wettkampf hier stattfindet.

Bin herumgegangen, habe geschaut und gefragt, ob sie *shit* geraucht oder sonstwie ange*törnt* hätten. Nein. Manche brauchte ich nicht erst zu fragen – aber es waren nur wenige, die was genommen hatten. Die neue Generation scheint zumindest nicht mehr der Ideologie einer »erleuchteten Gesellschaft durch künstliche Mittel« anzuhaften. Die zweite Jugend nach 1963 gibt sich frisch, froh und brav. Vielleicht schon wieder zu brav und angepaßt.

NOTIZ – Drogenmode und -ideologie liegen hinter uns. Die Menge der Konsumenten wird sich teilen. Haschisch wird die überwiegende Zahl, etwa wie Bier, zum Freizeitspaß nehmen. Ein kleiner Kern wird zu harten Drogen greifen – geringe Rettungschancen, Quotenhöhe aber wesentlich geringer als bei Alkoholikern, zumal Beschaffung der Mittel mit Schwierigkeiten und Gefahr verbunden. Berechtigte Furcht vor harten Drogen wird gewahrt, solange Musterbeispiele frei herumlaufen. Leute, die sich von Drogen frei gemacht haben, fallen oft exzessivem Alkoholkonsum zu.

»Es ist nicht eigentlich so, daß
wir im Universum sind, als vielmehr das Universum in uns.«
Meher Baba

7. Gestern von 1937

Zu meiner Geburt, 1937, mitten in der Dschingderassa-bumm- Epoche, wurde äußerlich alles uniformiert und ein deutscher Junge hatte als gepelltes Ei auf der Welt zu erscheinen. Der Schalen-»Ersatz« wurde einem übergequatscht, HACKENZUSAMMNKNALLN HEILLL! wenn du den Blockwart grüßt. Und je mehr man Heilll! schrie, desto mehr ging alles KAPUTT!

Dieser Widerspruch alles Fanatischen und Einseitigen ist das Wesentliche, das die Welt mich gelehrt hat. Vor allem anderen hat mich mein Phlegma bewahrt. Was soll man von so einem Jungen erwarten?

Folgerichtig einen Süchtigen, der nicht mit kleinen Dosen zu befriedigen ist, von welchem Stoff auch immer. Wenn schon, dann reichlich! Er findet sich damit ab und ist glücklich. Nicht überschwänglich glücklich allerdings und sehr mißtrauisch gegenüber allem nur-empirischen Wissen – was sowohl Drogen wie Geist betrifft.

Anstelle von Struwwelpeter und Wruken gab es nach dem Zusammenbruch Bibeln und Kaugummi, statt des braunen Seppels kriegten wir einen schwarzen Kasper zum Aufschaun. Na, mit dem Aufschaun nahm es kein Ende. Erst der Führer, dann die alliierten Bomber, dann der Adenauer und das alliierte Geld und schließlich – zu uns selber aufschaun!

Ich begriff. Bald machte ich mit geschenkten amerikanischen Lutherbibeln das beste und letzte Geschäft meines Lebens, indem ich sie an Bauernlümmel verschacherte. Ich wäre wohl heute noch ein guter Geschäftsmann, doch einerseits bedeutet mir Erfolg nichts und andererseits schaue ich auf, renne fort und lasse alles stehen und liegen, wenn die Herrgötter ihren Probealarm geben. So kommt man zu nichts. Recht geschieht es instinktbegabten Flüchtlingen, daß sie beklaut werden.

IN MIR, sollte das Gesagte eröffnen, hat sich also etwas *nicht* manifestiert: Selbstbewußtsein. Eine Last weniger, die ich nicht verlieren kann.

8. Kontakte und Bindungen

Für einen Einzelgänger ist die Welt vorwiegend kalt. Die Nähe, die Wärme sucht oft der einsamste Eremit. Ungestraft verbannt keiner seinen Herdentrieb. Gäbe es nicht Mittel zu Räuschen und Versammlungen, die Leute würden sich urig die Keulen über den Kopf schlagen und Städte wären nicht möglich. Sollte *dies* auch falsch sein – Sesam öffnet sich leichter mit LSD. Sterben tut es sich leichter mit Opium. Das Leben vergeht wie eine Sekunde mit Haschisch. Amphetamine bringen dich in Ekstase. Und stets bist du von gleichgestimmten Brüdern und Schwestern umgeben, die dich lassen und nehmen wie du sie läßt und nimmst. Es sind die Räusche, die Odysseus verführten. Und wenn er siegte, besiegte er eigentlich nichts anderes als seine Räusche . . .

9. Grundsatz

... wenn er siegte, war es stets mit Schmerz verbunden. Die Nabelschnur des Abschieds trennt nur die Schwertentscheidung. Die Kräfte dessen, der sich noch einen Schimmer von Realität bewahrt hat, dürfen sich nicht auf das Lassen einer Droge an sich konzentrieren. Wie leicht wäre das. Wie schwer ist es aber, sich von der Nähe und Wärme der Freunde zu trennen und von den Liebespartnern. Wer will hinaus in die Kälte? Wer hat die Kraft für neuen Anfang? Wer fällt nicht zurück wegen der Freunde und Bekannten?

10. Wider die Erfahrung

Gute wie schlechte Erfahrungen hindern dich am Neubeginn. Weise den Erfahrungen, und wiederum nur jenen mit Schlußfolgerungen, eine gebührende Ecke zu. Damit du sie schneller vergessen kannst. Denn aus ihren Einwirkungen besteht dein So-Sein. Was bedeutet es dem Autodidakten, daß er die Kohlen, die sich vor dreihundert Millionen Jahren aus Farnen gebildet haben, losmacht? Es heißt real nur Teer, Arbeitslohn und Tinte ... So ist es mit der Historie. Der wirkliche Ausdruck der Geschichte ist immer gegenwärtig und leitet sich von den stärksten früheren Eindrücken ab. Das Verlorene, das man sucht und ausgräbt, wird nie wieder in gleicher Form, von gleichem Sinn und Inhalt sein. Atlantis zu weit zurück, das Paradies zu weit voraus, vergessen die Menschen, daß sie einen besseren Zustand *jetzt* erarbeiten und haben könnten – einen besseren eben, weil er jetzt ist oder machbar wäre. Die Essenz des Menschseins äußert sich in der ewig veränderten Wiederholung. Das wirklich Neue ist nur eine geringfügige Veränderung des wiederholten Alten. Darum auch haben Revolutionen in Wahrheit keinen nützlichen Effekt, eher das Gegenteil. Jeder andere Aspekt von Geschichte ist müßig. Woher ich das weiß? Eben dadurch – LSD hat geholfen. Es entspricht auch der Realität, daß ich solcher Schlußfolgerungen halber Drogen wie Alkohol wieder aufgegeben habe. Aber die Aufgabe entspricht keineswegs der Erfahrung, denn sie hätte mich nie entlassen.

11. Bei mir wie bei dir

Der Wille allein setzt keinen Wert, wird er nicht mit dem entsprechenden Werkzeug gepaart.

- Ich bin süchtig.
- Mir will geholfen werden.
- Die Droge liegt in der Luft.
- Die Droge hat mich.
- Die Droge geht mir auf den Wecker.
- Mir will geholfen werden.
- Ich brauche das Mittel WIE.
- Ich habe das Mittel WIE, ich habe es nicht.
- Ich suche das Mittel WIE.
- Ich finde das Mittel WIE nicht – die Droge liegt in der Luft – die Droge hat mich – die Droge geht mir weniger auf den Wecker als es schon der Fall war.
- Ich finde das Mittel WIE – die Droge liegt in der Luft – die Droge hat mich nicht – die Droge geht mir auf den Wecker – ich sehe wirklich anders.
- Mein Abstand wird größer – der Wille verkrampft mich nicht – ich bleibe fest.
- Der Abstand wird nur allmählich größer – der Wille verkrampft mich – ich werde rückfällig (müde).
- Die Droge liegt in der Luft.
- Circulus vitiosus, das heißt die Droge hat mich.
- Wiederholt werden Werkzeug und höhere Dosis fällig, immer eines nach dem anderen.
- Gefahr, gegen Hilfe und Werkzeug resistent zu werden (wie Ungeziefer gegen DDT).
- Schlußfolgerung: Wirkung der Droge heißt Fehldenken, Fehlfühlen. Sucht bekämpfen heißt, den ersten Zugriff vermeiden.
  Bei mir WIE bei Dir oder GAR NICHT.

12. Achtung!

Der Schläfer träumt, er sei Betrachter eines Films, in welchem er selbst eine dominierende Rolle spielt. Der Film ist wunderbar. Er ist verführerisch. Mühelos gleitet der Träumende in die Illusion des

Films. Restlos wird er von einer Hesseschen Atmosphäre aufgesogen. Er befindet sich mit Gefährtinnen und Gefährten auf der Morgenlandfahrt. In einer naturgewachsenen Landschaft, umgeben von angenehmer Vegetation, sitzen bei sinkender Sonne die Eingeweihten um das knisternde Lagerfeuer und ergehen sich – während von unsichtbaren Händen schmauchende Pfeifchen gereicht werden – in einem anspruchsvollen Gespräch über das Stigma am rechten großen Zeh des Gotama Buddha und über die Bewußtseinsverbesserung der Menschheit.

In sicherer Entfernung flackern am Horizont Mündungsfeuer auf und steigen Rauchsäulen empor. Dumpfe Detonationen grollen ... Der Schläfer erwacht.

Ungeduldiges Klopfen! Der Schlaftrunkene wankt zur Tür und öffnet ... Ein hartnäckig wartender Mensch gibt sich als Gerichtsvollzieher H. zu erkennen und überreicht ihm einen Haftbefehl zum Offenbarungseid wegen einer längst fälligen Forderung jenes verdrängten Zahnarztes ... Weder der Schläfer, noch der Träumer, noch der Filmstar waren ER SELBST. Und würde man nicht zu gern den ZIPFEL SELBST, den der Zahnarzt aus seiner Kartei über Medium Gerichtsvollzieher erwischte, auch noch leugnen?

13. Junge, mach die Kellertüre zu, es ist doch Krieg! (Eine Mutter 1944 im Luftschutzkeller.)

Bio-Bibliographien

Menachim Amitai wurde 1938 in Tel Aviv geboren. Er ist Arzt, Diplompsychologe und Psychoanalytiker. Er arbeitete an der Burghof-Klinik in Bad Nauheim beim Aufbau des Sozialpsychiatrischen Zentrums für den Kreis Friedberg/Hessen und ist jetzt am Wissenschaftlichen Institut des Freiburger Jugendhilfswerks tätig. Die Studie über die »Behandlung des Entzug-Syndroms bei Fixern«, die er zusammen mit seinen Kollegen H. H. Dickhaut und P. Hasenknopf erarbeitete, entstand unmittelbar aus dieser Tätigkeit. Sie wurde erstmals 1972 unter dem gleichen Titel in *»Der Nervenarzt«* (Jg. 43. S. 157–160) publiziert. Rechte: bei den Autoren.

Leon E. A. Berman, Jahrgang 1930, studierte an der Wayne State University in Michigan Medizin, arbeitete als Psychiater am Detroit Receiving Hospital und wurde am Michigan Psychoanalytic Institute zum Psychoanalytiker ausgebildet. Seit 1969 ist er Direktor für die Post Graduate Psychiatric Education am Detroit Psychiatric Institute; außerdem ist er Dozent für Psychiatrie und Psychologie. Sein Beitrag erschien erstmals 1972 im *»Journal of the American Psychoanalytic Association«* (Jg. 20. S. 325–340) unter dem Titel »The role of amphetamine in a case of hysteria«. Aus dem Amerikanischen von Heidi Gonzalez. Rechte für die deutsche Übersetzung: Nymphenburger Verlangshandlung.

Peter Choras ist Dozent für Psychiatrie an der Harvard Medical School und Program Director for Children's Services im Department of Mental Health des Staates Massachussetts. Die Studie, zusammen mit A. A. Stone verfaßt, erschien 1969 im *»American Journal of Psychotherapy«* (Jg. 23. S. 65–77) unter dem Titel »A strategy for the initial stage of psychotherapy with adolescents«. Aus dem Amerikanischen von Dagmar Türck-Wagner. Rechte für die deutsche Übersetzung: Nymphenburger Verlagshandlung.

Hans H. Dickhaut wurde 1921 in Hamburg geboren. Er promovierte über die »Beziehung endogen-depressiver Verstimmungen zu den tetanischen Erkrankungen« und publizierte verschiedene Arbeiten über psychiatrische und pharmakopsychiatrische Themen. Er war u. a. an der II. Medizinischen Universitätsklinik in Hamburg und an der Nervenklinik der Universität Hamburg tätig; heute leitet er die Burghof-Klinik in Bad Nauheim, eine Fachklinik für Neuropsychiatrie und Psychotherapie. (Weiteres s. Amitai.)

Leon J. Epstein wurde 1941 in Psychologie und 1949 in Medizin promoviert. Er ist jetzt Professor für Psychiatrie an der University of California und Associate Medical Director des Langley Porter Neuropsychiatric Institute am California Department of Mental Health in San Francisco. Er hat sich besonders mit den Wirkungen psychoaktiver Drogen beschäftigt, vor allem in bezug auf Gruppenprozesse und die Hospitalisierungsdauer bei psychisch Gestörten. Außerdem hat er geriatrische Themen bearbeitet. Zusammen mit A. Simon und M. F. Lowenthal schrieb er ein Buch über »Crisis and Intervention« (New York 1970). (Weiteres s. Lennard.)

Jürgen Götte wurde 1944 in Detmold geboren. Er promovierte 1970 mit einer Arbeit aus der klinischen Enzephalographie und ist z. Zt. als Assistenzarzt des Städtischen Auguste-Viktoria-Krankenhauses in Berlin tätig. Seiner Arbeit über »Sucht als Abwehr« liegt das Referat »Psychosomatisches Symptom und Sucht – eine Fallstudie zur Diskussion des Abwehrbegriffes« zugrunde, welches der Autor im Mai 1972 auf einer Arbeitstagung der Deutschen Akademie für Psychoanalyse (DAP), Berlin, vortrug (1972 abgedruckt in *»Dynamische Psychiatrie«*. Jg. 5. S. 252–265). Rechte: beim Autor.

Peter Hasenknopf wurde 1939 in Bischofswiesen bei Berchtesgaden geboren. Er ist Arzt und Psychotherapeut und arbeitet an der Burghof-Klinik in Bad Nauheim. Zusammen mit M. Amitai und H. H. Dickhaut erforschte er u. a. die Wirkung von Apomorphin bei Entziehungskuren von Fixern. (Weiteres s. Amitai.)

Heinz Ewald Hasse wurde 1930 in Stadthagen geboren. Er promovierte mit einer experimentellen toxikologischen Studie zur Kennzeichnung von Schmerz- und Schlafmitteln; später befaßte er sich mit Untersuchungen zur mikrokristallographischen Kennzeichnung verschiedener Schmerz- und Schlafmittel. Er arbeitete zunächst als Psychiater an der Bonner Universitäts-Nervenklinik und ist seit 1972 Leitender Arzt des Therapie-Zentrums Altona, Hamburg. Die vorliegende, zusammen mit H. Waldmann verfaßte Arbeit ist eine erweiterte Fassung von »Flashback: spontane psychotische Episoden als Folgeerscheinung des Phantastikagebrauchs Jugendlicher«, 1971 publiziert im *»Archiv für Psychiatrie und Nervenkrankheiten«* (Bd. 214. S. 399–439). Rechte: bei den Autoren.

Heinz Kohut wurde 1913 in Wien geboren, wo er in Medizin promovierte. Er lebt heute als Neurologe und Psychiater/Psychoanalytiker in Chicago. Er lehrt Psychiatrie an der Universität Chicago und Psychoanalyse an der Universität Cincinatti. 1964/65 war er Präsident der amerikanischen Psychoanalytischen Vereinigung, ab 1965 Vizepräsident der Internationalen Psychoanalytischen Vereinigung. Er ist Mitglied der Leitung des Chicagoer Psychoanalytischen Instituts, wo er auch als Lehranalytiker wirkt. Neben psychoanalytischen Studien zu Musik, Kunst und Literatur

(u. a. über Thomas Manns »Tod in Venedig«) sowie über die psychoanalytische Ausbildung, sind vor allem seine Studien über den Narzißmus und das Selbst von Bedeutung (*»The Analysis of the Self«*. New York 1971; deutsch: *»Narzißmus«*, Frankfurt a. M. 1973). »Die psychoanalytische Behandlung narzißtischer Persönlichkeitsstörungen« erschien 1969 unter demselben Titel im Mai-Heft der *»Psyche«* (Jg. 23. S. 321–348). Aus dem Amerikanischen von Hilde Weller. Rechte: beim Autor (für die Übersetzung: Verlag Ernst Klett).

Klaus Lea wurde 1937 in Greifswald geboren. Er absolvierte zunächst eine Lehre im Bergbau; heute lebt er als freischaffender Schriftsteller in München. Er war Herausgeber der ersten deutschen Underground-Zeitschrift »mama« (1964–1968) und Ko-Autor verschiedener Film-Drehbücher (»Der Griller«, »Kuckucksjahre«, »Liebe und so weiter«, »Agilok und Blubbo«), 1969 war er Gastdozent an der Hochschule für Bildende Künste in Kassel. Er schreibt Gedichte (*»Ob's stürmt, ob's schneit«*, München 1968) und ist Mitarbeiter bei Zeitschriften und Tageszeitungen. 1971 wirkte er bei der »Münchner Kunstzone« mit, davor bei Happenings. Außerdem spielte er in einigen Filmen (»Lenz«, »Agilok und Blubbo«). Den Bericht über seine Drogenerfahrungen (»Über Tun und Lassen«) schrieb er eigens für diesen Band. Rechte: beim Autor.

Henry H. Lennard wurde 1955 zum Dr. phil. promoviert. Nach seiner Tätigkeit als Ko-Direktor des Mental Health Training and Research Program an der Columbia University und anderen Instituten arbeitet er heute als Professor für Medizin-Soziologie (speziell: Psychiatrie) und Direktor der Family Study Station an der University of California in San Francisco. Er schrieb u. a. »The Anatomy of Psychotherapy«, »Patterns in Human Interaction: An Introduction to Clinical Sociology« und »Mystification and Drug Misuse«. Seine hier vorgelegte Studie, die er zusammen mit L. J. Epstein und M. S. Rosenthal verfaßte, erschien 1972 unter dem Titel »The Methadone Illusion« in »Science« (Bd. 176. S. 881–884). Aus dem Amerikanischen von Dagmar Türck-Wagner. Rechte für die deutsche Übersetzung: Nymphenburger Verlangshandlung.

Gilbert J. Rose ist Professor für Psychiatrie an der Medizinischen Fakultät der Yale University und Vizepräsident der Western New England Psychoanalytic Society. Die Psychoanalytische Vereinigung New York verlieh ihm den Sandor-Lorand-Essay-Preis. Rose hat zahlreiche wissenschaftliche Arbeiten über kreative Phantasie, unbewußte Geburtsphantasien und narzißtische Identitätsstörungen verfaßt. »Ein Fall von narzißtischer Identitätsstörung mit LSD-Psychose« erschien 1971 unter demselben Titel in *»Bewußtseinserweiternde Drogen in psychoanalytischer Sicht«*, ein Sonderheft der Zeitschrift *Dynamische Psychiatrie*, Pinel-Publikation, und wird mit freundlicher Genehmigung des Hrsg. Günter Ammon nachgedruckt. Rechte: LFI, Berlin.

Mitchell S. Rosenthal wurde 1935 in New York geboren. Er ist Psychiater und gründete 1967 die Phoenix-House-Programme, deren Direktor er bis heute ist. In vierzehn dieser Institutionen, die sich der Rehabilitation Drogensüchtiger (vor allem Heroinisten) widmen, werden derzeit über tausend Klienten betreut. Sie gehören zu den wenigen funktionierenden Selbsthilfe-Organisationen auf diesem Sektor. 1972 erschien in New York sein Buch »Drugs, Parents, and Children«. (Weiteres s. Lennard.)

Jürgen vom Scheidt wurde 1940 in Leipzig geboren. Nach dem Studium der Psychologie, Soziologie, Psychiatrie und Philosophie schloß er 1967 als Diplompsychologe ab; seit 1970 hat er eine psychologische Privatpraxis in München, wo er sich speziell mit Drogenabhängigen und -gefährdeten beschäftigt. Er ist Verfasser und Herausgeber verschiedener wissenschaftlicher Bücher über Drogenmißbrauch und verwandte Themen: 1971 *»Handbuch der Rauschdrogen«* (zusammen mit W. Schmidbauer), 1972 *»Drogenabhängigkeit«* (Hrsg.), 1973 *»Innenwelt-Verschmutzung«* und *»Freud und das Kokain«*. Derzeit arbeitet er an einer psychologischen Dissertation über jugendliche Drogenkonsumenten. Außerdem gab er die Science-Fiction-Anthologie *»Das Monster im Park«* heraus (München 1971).

Wolfgang Schmidbauer wurde 1941 in München geboren. Er studierte dort und in Florenz Psychologie, Psychopathologie, Anthropologie und Geschichte; 1968 promovierte er über Zusammenhänge von »Mythos und Psychologie«. Er ist Mitglied der Deutschen Akademie für Psychoanalyse (DAP) und der Deutschen Gruppentherapeutischen Gesellschaft sowie Lehrbeauftragter der DAP in München. Neben praktischer psychologischer Tätigkeit verfaßte er u. a. die Bücher: *»Psychotherapie – ihr Weg von der Magie zur Wissenschaft«* und *»Seele als Patient«* (1971); *»Jäger und Sammler«* und *»Die sogenannte Aggression«* (1972); *»Verwundbare Kindheit«* und *»Biologie und Ideologie«* (1973). Seine Beiträge »Verhaltensforschung und Verhaltenstherapie bei Drogenabhängigen« und »Selbsthilfegruppen Drogenabhängiger: Synanon und Release« wurden eigens für diesen Band geschrieben. Rechte: beim Autor.

Alan A. Stone ist Chief Lecturer für Forensische Psychologie an der Harvard Law School und Assistant Professor für Psychiatrie an der Harvard Medical School. (Weiteres s. Choras.)

Clara Torda ist Ärztin. Sie arbeitet an der Mount Sinai Medical School in New York. Ihre Studie erschien 1970 unter dem Titel »Observations on an effective method to shorten the psychotherapy of LSD-users« im *»American Journal of Psychotherapy«* (Jg. 24. S. 499–508). Aus dem Amerikanischen von Dagmar Türck-Wagner. Rechte für die deutsche Übersetzung: Nymphenburger Verlagshandlung.

Helmut Waldmann wurde 1933 in Karlsruhe geboren. Er promovierte über den »Wahnsinn im griechischen Mythos« und verfaßte im Rahmen seiner klinisch-psychiatrischen Tätigkeit Arbeiten zur Depressions- und Rhythmusforschung. An der Bonner Universitäts-Nervenklinik befaßte er sich, zusammen mit H. E. Hasse, mit dem Drogenmißbrauch Jugendlicher. Seit 1972 ist er Mitarbeiter des Max-Planck-Instituts für Psychiatrie in München. (Weiteres s. Hasse.) Ab 1974 leitet er die »Drogenklinik« der Stadt München, ein modellhaftes Rehabilitationszentrum für Drogenabhängige.

Namenregister

Sachregister